乡土乡音乡情

XIANGTU · XIANGYIN · XIANGQING

殷耀散文自选集

殷耀◎著

新华出版社

图书在版编目（CIP）数据

乡土·乡音·乡情：殷耀散文自选集 / 殷耀著.
--北京：新华出版社，2019.9
ISBN 978-7-5166-4889-6

Ⅰ.①乡… Ⅱ.①殷… Ⅲ.①散文集-中国-当代
Ⅳ.①I267

中国版本图书馆CIP数据核字(2019)第219604号

乡土·乡音·乡情：殷耀散文自选集

作　　者：殷　耀

责任编辑：林郁郁　　**封面设计**：刘宝龙

出版发行：新华出版社
地　　址：北京石景山区京原路8号　　**邮　　编**：100040
网　　址：http://www.xinhuapub.com
经　　销：新华书店、新华出版社天猫旗舰店、京东旗舰店及各大网店
购书热线：010-63077122　　**中国新闻书店购书热线**：010-63072012

照　　排：六合方圆
印　　刷：三河市君旺印务有限公司

成品尺寸：170mm×240mm
印　　张：23.5　　**字　　数**：335千字
版　　次：2019年12月第一版　　**印　　次**：2019年12月第一次印刷

书　　号：ISBN 978-7-5166-4889-6
定　　价：89.00元

乡土沧桑 大地永存

——品读殷耀君系列散文有感

段羡菊

1895公里，电子地图画出一条粗重的路线后，跳出了这个数字。这是从我出生的山村，到殷耀君故乡的地理距离。一个在南，一个在北，中间隔着长江，隔着秦岭、太行，隔着黄土高原，隔着黄河。

相隔这么遥远，地貌完全不同，作物迥然相异，然而彼此的乡村经历却有很多相同之处。他的文字，让我少见地强烈体会到了什么是共鸣。读来时而激动，时而战栗，时而会心一笑，时而轻声叹息。

这些率性自然，满怀对乡土、岁月，对亲人、师长、同学真挚之情的文章，被他称为“云中游子吟”。哦，云中！我因此才知道，蒙古族色彩浓厚的托克托地名，原来就在阴山南麓、黄河岸边，原来就是东坡词中的“西北望”里的“云中”，原来就是冯唐持节犒赏猛将勇士的地方，原来就是赵武灵王胡服骑射后威震塞北的地方。

陌生的托克托县，一下就那么近了，就好像前生去过的地方，让我心生温暖，因为那些渗透骨髓的人文历史，更因为，殷耀君笔下的乡村，如此相似，如此共鸣。

他比我年长四岁，如果套用五年一辈的说法，我们几乎一辈人。品读他的文字，深感虽然我们生长的乡村天南地北，但从《上海滩》到《霍元甲》，看过的小说、电影如此相似；从“年轻的朋友们，今天来相会”到“在希望的田野上”，唱过的歌如此相似。还有无数的相似，劳动如此相似，苦读如此相似，对父亲的崇拜如此相似，对师长的感谢如此相似，对乡土的感受如此相似……

曾经的贫穷如此相似。“穷光景要供三个读书的不容易。”殷耀的父母东挪西借供他读完本科、双学位班。“每到开学季的头几天，父亲就要为我的学费熬煎，夏天时就愁苦地在井台前抽着旱烟……”直到他1993年工作后，才把家里历年借下的4000多元债务还完。

小时，夏天没有新衣服穿。“父亲在地里瞅农闲时打了好几天草籽，在供销社卖掉后换了一块布，给我做了一件米花色的衬衫；我上一年级的时候，别的同学都买了《新华字典》，但我没能买得起。两个月后的一天放学后，父亲和母亲指着柜上的梳头匣子神秘地笑着，我打开一看，是我梦寐以求的《新华字典》。为了这本定价1元的字典，父母又辛苦地攒了两个月。”

小学时，我也曾心跳加速，脸色涨红，像国宝般从父亲手中接过一本《新华字典》。为了保护好它，父亲从废弃的衣服上，剪了一块黑布，将封面、封底包裹起来，升华成了“精装本”。它跟随我辗转数十年，如今还放在我的书柜上。

摆脱贫困的原因如此相似。“从我记事开始，贫穷就像幽灵一样折磨着父亲，作为一家之主他得为这个家操心。包产到户的前一年，家里顿顿只能吃玉米饼，有一次母亲看着我们兄妹三人吃玉米饼流泪了，父亲发誓要我们能吃上小麦面。”

父亲的誓言竟然很快实现了。“恰好第二年包产到户，父亲像关爱我们一样关爱着庄稼，从那年以后我们再没为吃白面而发愁，还吃上了以前我们没见过的大米。”“人们不仅吃饱穿暖了，而且通过种植枸杞、向日葵等经济作物致富了，村里出现了万元户、出现了手挎人造革皮包的小老板。”在短时间内实现这个漫长年代难以实现梦想的，是殷耀写的“包产到户”，书面语言为“联产承包责任制”，而在我小时候，听大人常直白说起的是，“分田到户”。

我不由想起了新华社 1979 年发自湖北蒲圻县赤壁公社一篇影响很大的消息，《农民都夸三中全会政策好——赤壁公社基层干部称赞三中全会给农村带来十个好处》。第一，安定团结的形势好，农民安心生产了。第二，按劳分配，多劳多得的政策好，不吃大锅饭了，不搞“大概工分”了，农民干活劲头大了。……第五，尊重基本核算单位所有权和自主权，农民能够因时、因地制宜种田，有权抵制平调和瞎指挥了。第六，自留地、家庭副业和农村集市贸易的政策好。从前那么多个“不准”，把农民卡得死死的，卡穷了……

今日乡土的惆怅如此相似。改革开放以来，在绝大部分乡村，农民的温饱问题根本性解决，无数农民脱贫致富，农业机械化梦想成真，农村面貌焕然一新。但是在一些地区，也出现了乡村人口流失的现象，引起社会关注。

小学就读的托克托县五申乡团结村学校，这是殷耀君念兹在兹的地方。“东校先卖了，那棵大树也没保存下来。村里只保留小学，西校还在。在天津上大学时我还到西校看看，和老师们下下棋。再往后，小学也并到了五申镇里，西校也没有了，学校从一个昔日两千多人的村庄消失了。”

他叹息，镇里、县里的教学质量也许高，也许村民们也愿意把孩子送到更好的学校里去。但是，“失去了琅琅读书声的村庄也就像失去了魂，只能越来越萧然衰残，让人别有一番滋味在心头。故乡，晨昏炊烟袅袅升起时，何时能再有童稚的读书声也飘荡在村庄的上空？”

“可爱的农民们，他们爱孩子胜过自己，这使得村庄能生生不息代代繁衍。但下一代人的心已不在村庄里，不在土地上。灯红酒绿的城市对他们更有吸引力，互联网和手机里的世界更精彩。城市的巨大吸力使乡村越来越干瘪，像我们村现在只剩下不足 700 人。我有时想：钱换、补元他们能够守望着村庄，他们之后呢？又有谁会安定其中？”钱换是他的表哥，补元是他的同学。

作者对故乡人口削减、乡村生气衰落的忧虑，是无数同样从乡村走出者的共同焦虑。改革开放打破了对农民固守于土地的禁锢，城市化、工业化推进了人口的转移，计划生育政策又导致乡村人口增长大幅减缓，这些重大的时代变量，汇聚成潮流席卷了乡村，乡村人口向城市的大规模流动，呈现史所未有之格局。我所就读的村小建起了崭新的教学楼，不久，生源减少，只保留低年级班，当我最近经过时，校门口加挂了一块幼儿园的招牌。

赐予我们经历、情感、品格、气质的乡土，何去何从？这是多少身在城市，思念乡村的人的时代之问。在南方，掩卷这本来自北方的文集，遥想托克托县，我不由想到了那些曾经熟悉的北方作家，他们80年代的笔下，和殷耀君一样，对乡村的土地总有一种宗教般的虔诚。

张承志的《黑骏马》结尾，是这样描写纠结于这片土地的游子白音宝力格：“我滚鞍下马，猛地把身体扑进青青的茂密草丛之中，我悄悄地亲吻着这苦涩的草地，亲吻着这片留下了我和索米娅的斑斑足迹和炽热爱情，这出现过我永远不忘的美丽红霞和伸展着我的亲人们生活的大草原。”

又是结尾，在路遥的《人生》里，当被处分清退、干部梦碎的高加林回到山沟里，满身补丁的老光棍农民德顺爷爷对他说：“你的心可千万不能倒了！你也再不要看不起咱这山乡圪了。”他用枯瘦的手指头把四周围的大地山川指了一圈，说：“就是这山，这水，这土地，一代一代养活了我们。没有这土地，世界上就什么也不会有！是的，不会有！只要咱们爱劳动，一切都还会好起来的……”

一席先知式的话入耳，高加林一下子扑倒在德顺爷爷的脚下，两只手紧紧抓着两把黄土，沉痛地呻吟着，喊叫了一声：“我的亲人哪……”

《牧马人》中的许灵均，虽然历经被打成“右派”后的坎坷，但是“文革”结束后，他拒绝了已成为富商、从海外回来的父亲，把他找到后要带到美国、给予他人生弥补的提议，而是留下来坚守草原。

“但我知道我的担心是多余的，土地永远会有人耕作，村庄永远会有人坚守，铁打的乡村流水的农人。父亲那一代人的远去，使得他们那辈人及先辈们的奋斗永远被尘封了，村庄会升起新的炊烟，诞生新的故事。”殷耀君同样对北方脚下的乡土，怀抱美好的向往。

当许多人为故乡的人气减弱愁肠百结之时，对未来应对的出路还自觉迷茫时，他们对乡土的未来，却是充满坚定的信心。他们有理由这样做，因为他们的人生，亲身感受了乡土浓厚的力量，他们只能这样做，因为乡土就是他们灵魂的圣殿，而圣殿，是永不会坍塌的。

同样的土地，为什么在改革开放之前，却是如此贫穷，改革开放之后，却又是如此慷慨？答案很简单，问题不在土地，而在人如何对待土地。

必须清醒正视的现实是：农业人口向城市人口转移，这是经济社会发展势不可当的潮流；目前不少地方维持传统农业的乡土格局，无法为乡民提供就业机会、生存机会。当从乡村出走的人，在外面找到赚钱的就业创业机会，他们是快乐的；当他们在县里买房享受城市化生活，他们是幸福的。

那些从乡村走出、并不安身立命于乡村，却无时无刻不在回望乡村、忧虑乡村的人，和广大的农民，看待今日乡村变化的感受是不一样的，这两个群体，颇有点“人不堪其忧，回也不改其乐”式的对照。

如果进城的人，能够有一份好工作，能够全家团圆，不必担心牵挂“空巢老人”“留守儿童”；如果留乡的人，能够安心农村，农业很美，能够给他们提供与进城平等的致富机会——这样的乡村人口“衰减”，这样的城乡“消长”，又何愁不是一件“两全其美”之事呢？

与四十年告别贫穷相比，今日的历史使命则是振兴乡村。创造实现这样的“美美与共”的美好乡村，解决当前城乡平衡发展面前的难点、痛点，需要有人去贡献力量，需要改革，需要创新。

殷耀君在笔下多次讴歌改革开放。只有出生于乡村，经历过改革开放前后对比的人，才对改革开放的价值，有这样切身深刻的感受，有这样真诚的赞美，有这样殷切的期望。

“一直庆幸自己生得巧，我们这一代人要比大我们十岁甚至五岁左右的人幸运。我们没有被轰轰烈烈的‘文化大革命’耽误学业，到适龄时顺顺利利上了小学，这时‘文化大革命’已近尾声，中国大地即将迎来一个春天，改革开放的春天。”

1895公里，这是从湘东到塞北的地理距离——感谢殷耀君的这些沾着乡村露珠、透着泥土气息的文字，帮助我体验了对乡土的共鸣，启发了对三农的思考，点燃了对改革的热望。

书中文章，绝大部分是殷耀君在父亲去世周年到今年止，一年多时间写就的。

想念让人心痛，怀念让人温暖，而思念，也让人有力。

我们都是过客，而大地永存。沧桑的乡土，正在孕育一场新生。

2018年10月

（作者系新华社高级记者、贵州分社副社长）

目 录
CONTENTS

第二篇　日暮乡关何处是

第三篇　朝花夕拾忆旧时

第四篇　生活杂感随想录

第五篇　含英咀华赏诗词

第六篇　自叙少小欢乐事

第七篇　人间有味是清欢

第八篇 草原处处有美景

第一篇

难忘父母哺育恩

总是难忘——怀念父亲

转眼间父亲走了已经一年多了。

俄罗斯谚语说“坟墓生荒草而湮没，忧痛随岁月以渐逝”，哪里能够呢，老人家的音容笑貌经常浮现脑海，好像昨天的事情。

回忆倒没有太多悲哀，眼前闪现最多的是父亲那温暖如阳光的笑脸。朱颜辞镜花辞树，美好的人和事毕竟最终会归于寂灭的，这是规律。何况父亲的晚年是幸福的，儿子媳妇、女儿女婿都很孝顺，还有孙女、孙子绕膝承欢，

我的父亲

逗他开心，享寿84年，人生亦足矣。

但父亲小的时候很苦。3岁的时候爷爷去世，到后来父亲都记不住爷爷长啥样，也记不清他的岁数。那么小就失去父爱，吃过的苦难以想象。父亲常和我忆苦思甜，7岁就和守寡的奶奶从离托克托县城很近的苗家壕村搬到了团结村，给人家放牛羊、打短工。起初住在搭建的简陋窝棚里，没有柴烧，就跟在地主牛群后边捡牛粪，晚上和奶奶把牛粪在炉灶边烤干，储存起来能当柴取暖。

艰辛和苦难历练过的父亲特别能吃苦，父亲是村里有名的“受苦人”。耕种耙锄、碾簸扬场……没有他不会的农活，修渠打坝、掏壕担土……再重的农活都压不垮他那瘦弱的身躯。父亲常自豪地和我聊起年轻的时候步行到呼和浩特再到武川去给人家拔麦子的事情，为的是挣一点吃的。父亲还不止一次说起到呼市打工掏壕的故事，为了多挣几角钱，一天要掏出担走好几方子土。每谈到精彩处父亲眉飞色舞，我会赶紧附和：“老爸，你真厉害！”

男儿能吃千般苦，吃苦受累使父亲变得心灵手巧。他是村里有名的能工巧匠，除了干农活外，上梁盘炕、杀猪宰羊、打猎捕鸟、烧窑制砖、嫁接果树、做粉条、做豆腐……小的时候我特别崇拜父亲，觉得世界上没有父亲不会做的手艺。我的童年撒落在了生产队的粉条豆腐坊、砖窑果园和打麦场，这些都是父亲露过手艺的地方。记得我四五岁的时候，每到冬季杀猪宰羊的时节，父亲要忙一个腊月，东家请西家叫，顺便把我抱上，我也能沾光吃一个腊月的杀猪菜。

那个年代的农村，再加上外来户根基浅，尽管父亲吃苦耐劳、心灵手巧，但光景一直过得烂包。打我记事起，我们家就一直过着穷光景，特别穷。有两件事记忆犹新：我很小的时候，夏天没有新衣服穿，父亲在地里瞅农闲时打了好几天草籽，在供销社卖掉后换了一块布，给我做了一件米花色的衬衫；我上一年级的时候，别的同学都买了《新华字典》，但我没能买得起。两个月后的一天放学后，父亲和母亲指着柜上的梳头匣子神秘地笑着，我打开一看，是我梦寐以求的《新华字典》。为了这本定价1元的字典，父母又辛苦地攒了两个月。

从我记事开始，贫穷就像幽灵一样折磨着父亲，作为一家之主他得为这个家操心。包产到户的前一年，家里顿顿只能吃玉米饼，有一次母亲看着我们兄妹三人吃玉米饼流泪了，父亲发誓要我们能吃上小麦面。恰好第二年包产到户，父亲像关爱我们一样关爱着庄稼，从那年以后我们再没为吃白面而发愁，还吃上了以前我们没见过的大米。

但钱一直没有宽裕过，这与父亲的志向有关。父亲的志向是，一定要供我们兄妹三人读书上学。穷光景要供三个读书的不容易，尽管后来种植枸杞有些经济收入，但我上大学后家里供得还是吃紧。父母东挪西借供我读完天津工业大学的本科，又供我上了中国人民大学的双学位班。每到开学季的头几天，父亲就要为我的学费熬煎，夏天时就愁苦地在井台前抽着旱烟……直

2005年，我和父亲在天安门前留影

到我1993年工作后，才把家里历年借下的4000多元债务还完。很庆幸父母亲有远见，艰难地供我们读书成人改变命运，不再下咽他们尝过的苦。

贫穷使人谦恭，父亲是村里出了名的老好人。诚实善良为人实在的父亲乐于助人的同时，别的乡亲们也愿意帮衬我们这个家。尽管是人少户稀的外来户，但父亲总能得到别人真心的帮助，生活尽管有困难，但从来是“山重水复疑无路，柳暗花明又一村”，回忆里有人与人最美好、最温馨的情感留存。

奶奶和父亲迁到团结村后，第一个窝棚被淹了，第二个简陋的房子实在太狭小了。20世纪60年代初，村里的朋友们和青年队的年轻人帮他盖起了新的土坯房；我上大学时，只要父亲张口借学费，乡亲们就会把成百上千的钱送来，父亲不止一次和我念叨这些乡亲的好处。他说，你对人的好处不要记在心上，人对你的好要记在骨头里。

2000年以后，父亲搬到呼和浩特市一直和我生活在一起。晚年幸福的父亲笑口常开，他对我说：“你记住，吃得了苦才能享得了福，和善待人路才能越走越宽。”

生活波澜壮阔，父亲不会给儿女们生活铺轨设道，但他朴素的话却给我们拥抱幸福生活指明方向：吃得了苦，积得了善。

爱逛早市的父亲

2017年夏天炎热难耐，我把父亲留下的砖茶泡在大碗里喝，真解渴，砖茶是父亲2013年夏天最炎热的时候在早市上买的。

家里平时绿茶、红茶、岩茶都有，父亲不爱这些花哨东西，说年轻的时候干活就喝砖茶最解渴。我家在一个老式五层楼的顶楼居住，夏天炎热难耐。有一次回家我在炕桌上写东西，汗流浃背。父亲从炕边递过一碗砖茶："给你，喝喝我这茶。"我喝了一口伸出大拇指："真解渴，老爸你在哪儿买上砖茶的？"父亲笑着说："早市上，三十元一块，我还价到二十五元哩。"第二天，父亲又在早市上买了四五块砖茶，也给我两个妹妹每人一块。

1992年父亲得过脑血栓，后来恢复得算好，能走路但步履蹒跚。到呼和浩特市和我们一起居住，闲不住的父亲拖着不利索的脚步逛早市。每到秋季父亲早早逛早市，把过冬的葱买好，在院里晾晒好扎成小捆储存起来。又从早市上买来苋菜，削好洗净再放到缸里，细心地撒上盐腌。父亲腌的咸菜不咸不淡，又脆又可口，亲友们吃了赞不绝口，父亲笑得像孩子。

前几年，父亲经常在早市上转悠。今天给孙女子买些驴打滚、山楂糕，明天给孙小子买些新鲜水果。早市上的小商小贩都认识这腿脚不利索的老爷子，不用他讨价还价就给他最便宜的价格。我对他说："老爸，你别逛早市了，咱们家啥也不缺。你这么大岁数，腿脚又不好，早市上人多车也多，万一磕碰了怎么办？再说你这样逛街，叫人家说我们这些儿女们。"父亲说："你们挺孝顺，还怕个外人说哩。"父亲依旧逛他的早市。

冬储葱

后来我想，父亲逛早市是一种情结，是一种对生活的热爱。2000年搬到城市后，父亲告别了熟悉的土地和农村，父亲肯定很想农村。早市上摆摊的大都是农民，卖的东西五花八门，和农村的集市像极了。在这里逛，两边摆着柴米油盐、糖果酒茶……父亲可以想象受苦人想要的好生活是啥样，父亲可能会想起他的农村，想起他的朋友，甚至想起他的童年。

有父亲逛早市，家里的大料花椒、肉菜水果都不用我们操过多的心，生活中的许多小零碎，父亲也都以极便宜的价格买好了。2015年秋天父亲告诉我："感觉没劲，逛不动早市了。"那一年冬天，父亲没腌咸菜，没有储葱。2016年父亲节后的第三天，父亲安详地走了。直到现在我们用的还是他早市上买好的牙签、垃圾袋等，妻子收拾了收拾说："老爸买的这些够用好几年的。"

炎夏时节，喝着父亲留下的酽酽解暑的砖茶，我想，这一代父亲宽厚足以承载苦难，宽广容人容事。除此之外呢，像这砖茶一样虽极平常，略显苦涩，却要比其他名茶更酣畅淋漓地解暑。

关于父亲的小传

再过一个星期，父亲去世两周年的日子到了。

父亲走了整整两年了，我固执地认为他还没有走远，他和母亲永远牵挂并佑护着儿孙们健康地成长，平安地生活。昨天晚上查询高考分数，女儿考得还可以。可以告慰父母的是：你们的孙女即将迈入大学的校门。

断断续续写过一些怀念父亲的文章，但好多都是零光片羽，我一直想写一篇像样的文章，能够使父亲通过文字活灵活现起来。

一

父亲小的时候很苦。3 岁的时候爷爷去世，到后来父亲都记不住爷爷长啥样，也记不清他的岁数。那么小就失去父爱，吃过的苦难以想象。父亲常和我忆苦思甜，7 岁就和守寡的奶奶从离托克托县城很近的苗家壕村搬到了团结村，给人家放牛羊、打短工。起初住在搭建的简陋的窝棚里，没有柴烧，就跟在地主牛群后边捡牛粪，晚上和奶奶把牛粪在炉灶边烤干，储存起来能当柴烧。

我们村的常铎老师告诉我，刚解放时，什达岱村沉浸在轰轰烈烈的互助组、初级社、高级社的农业合作化运动中，初级社的名字叫“久光社”。当时的第一个农业生产合作社，设在原地主老赵二的大院内。村里的大喇叭里唱歌曲——“青线线蓝线线……”“雄赳赳气昂昂，跨过鸭绿江……”作为贫下中农代表的父亲当然是其中的年轻骨干。青年男女每天扭秧歌、唱革命歌曲……村里成立了青年队、生产队。那个年代人们虽然很穷，但心劲挺高。

团结村在黑河故道上，过去被水淹是经常的事。20 世纪 60 年代水淹后，我父亲担负起村西泄洪渠老乡们过河渡船的营生，本村人不要钱，外村人有几毛收几毛，没钱的就不收了，好几年一直坚持着。因用力搬渡船劳碌，父亲的胳膊腕上起了一个软骨包，当地人叫腕痨儿，听人们说带上银手镯子就能克下去，奶奶就给父亲戴了一只拧花的银镯子……村民们直夸这个戴手镯单身后生人品好、心地好。

水草肥美的地方鸟儿多，心地善良的人朋友多。奶奶和父亲迁到团结村后，第一个窝棚被水淹了，第二个简陋的房子实在太狭小了。20 世纪 60 年代初，村里云二旦、李才元、茹心乐等朋友们和青年队的年轻人帮他盖起了新的土坯房。这是父亲最得意的家产："当时我们都是青年队的，年轻人有的是力气，白天干农活，晚上点着汽灯拓土坯，几个月就盖起了这个家，当时在村里那是好房啊。"

那个年代的农村，再加上外来户根基浅，尽管父亲吃苦耐劳、心灵手巧，但光景一直过得烂包。打我记事起，我们家就一直过着穷光景，特别地穷。但人们都愿意和这个勤快实在的外来户打交道，缺钱短粮了，要好的朋友就会帮衬。日子过得尽管紧巴，但心情从来都是敞亮的。

直到我上大学时，只要父亲张口借学费，一些乡亲们就会把成百上千的钱送来，父亲不止一次和我念叨这些乡亲们的好处。他说，你对人的好处不要记在心上，人对你的好要记在骨头里。

二

艰辛和苦难历练过的父亲特别能吃苦，父亲是村里有名的"受苦人"。耕种耙锄、碾簸扬场……没有他不会的农活，修渠打坝、掏壕担土……再重的农活都压不垮他那瘦弱的身躯。

父亲常自豪地和我聊起年轻的时候步行到呼和浩特再到武川去给人家拔

麦子的事情，为的是挣一点吃的。“男人拔麦子，女人坐月子”，拔麦子是苦最重的农活，麦芒扫得脸上生疼，麦杆把手指勒得血肉模糊。父亲还不止一次说起到呼市打工掏壕的故事，为了多挣几角钱一天要掏出担走好几方子土。每谈到精彩处父亲眉飞色舞，我会赶紧附和：“老爸，你真厉害！”

父亲查看他亲自嫁接的果树枝

男儿能吃千般苦，吃苦受累使父亲变得心灵手巧，是村里有名的能工巧匠。除了干农活外，上梁盘炕、杀猪宰羊、打猎捕鸟、烧窑制砖、嫁接果树、做粉条、做豆腐……小的时候我特别崇拜父亲，觉得世界上没有父亲不会做的手艺。我的童年撒落在了生产队的粉条豆腐坊、砖窑果园和打麦场，这些都是父亲露过手艺的地方。记得我四五岁的时候，每到冬季杀猪宰羊的时节，父亲要忙一个腊月，东家请西家叫，顺便把我抱上，我也能沾光吃一个腊月的杀猪菜。

从我记事开始，贫穷就像幽灵一样折磨着父亲，作为一家之主他得为这个家操心。包产到户的前一年，家里顿顿只能吃玉米饼，有一次母亲看着我们兄妹三人吃玉米饼流泪了，父亲发誓要我们能吃上小麦面。恰好第二年包产到户，父亲像关爱我们一样关爱着庄稼，从那年以后我们再没为吃白面而发愁，还吃上了以前我们没见过的大米。

再到后来，年景好时，每到中秋节等重要的节日父亲要和邻居共同买一条羊腿分食，甚至要再接上一副羊杂碎。那样不仅有饺子吃，而且会有羊杂汤喝，有羊骨头啃。一连两三天过有油水的日子，在饥饿的日子里再幸福不过了。

父亲总是笑呵呵的，再穷也要让我们吃好穿暖。我很小的时候，夏天没有新衣服穿，父亲在地里瞅农闲时打了好几天草籽，在供销社卖掉换了一块布，母亲用布给我缝制成衬衫，父亲的眼睛眯成一条缝看着炕上穿着衬衫显摆的我。至今我都能清晰地记着父亲那温暖的笑脸。

三

母亲的宝贝是子女，好汉的宝贝是志气。

家里不宽裕或宽裕了也不忙于盖房起屋，这与父母的志向有关。父亲从小打短工没念书，母亲也只念了一两年书。父母亲对读书这件事看得非常神圣，他们因家穷没读上书或读好书，想让遗憾在儿女身上得到弥补，想让夙愿在孩子身上最终实现，他们发誓要供我们兄妹三人读书上学，成龙成凤。

父母对我买书的事情特别慷慨。我上一年级的时候，别的同学都买了《新华字典》，但我没能买得起，父母辛苦攒了两个月的钱给我买了梦寐以求的《新华字典》。1982 年夏天卖枸杞收入了几百元，我和父亲一起骑自行车到土默特左旗旗政府所在地察素齐镇，进了书店便被迷住了，一口气买了《新选唐诗三百首》《李白杜甫诗选译》等好几本书。父亲一边笑着看我挑书，一边和售货员聊天。后来我又向母亲要钱在五申供销社购买了《西游记》《水浒传》，只要是买书，母亲是毫不犹豫。

父亲三十六岁时我才出生，他特别宠爱娇惯我。我四五岁的时候，去四公里外的五申村看戏，一路上是骑在父亲脖子上到了戏场的。本村的武召锁老汉在戏场里卖瓜子，看到我咽口水的样子，父亲给我买了一小杯瓜子。

还有一次他和表哥钱换去县城里给大爹的小卖部备货，我那时正在县城读高中，看到我后把装满货的自行车让我骑，我也要显摆自己长大有力气了，结果车子上货物太重，我还是没执稳把摔倒了，车上的一瓶绿豆大曲摔裂了。酒顺着裂缝流出来了，钱换在一旁拍腿埋怨，我们三个人赶紧把剩下的多半瓶酒分着喝了，那个酒呀，真香！

父亲从来不打骂我们，但有一次例外。小学三年级时，我放学后贪玩，把书包丢了，书包里有各种课本和作业。父亲怒了，念书能把书丢了，"你没把脑袋丢了！"——父亲圆睁怒眼用鸡翎掸把子把我打出门外，沿着门外的巷子追打着号哭的我，号哭也没用，在父亲眼里丢书包是"滔天大罪"。再打也没用，书包是丢了，父亲赶紧找到学校，终于高价弄到了一套教材，这才对我"息怒"。打那以后，我明白：宠爱娇惯是有底线的，父亲种好田，我读好书，这是本分。

为了让我能读好书，父母亲费尽心思不惜花费。在村里一直读到小学六年级，突然打听到我姥姥家所在的中滩乡的学校可以学习英语。当时有人给父母说英语太重要了，没念书或念书不多的他们生怕把我耽误了，托人把我转学到中滩学校，又找到英语老师帮我补落下的英语课。1981年冬，从没离开过家的我实在想家想得不行，正好姥姥家所在的把栅村需要聘请一个做粉条的老师傅，父亲来了一边指导村里粉坊的技术，一边陪我读书。中滩学校离把栅村有3公里路，冬天的白天短，傍晚时分父亲就到村边等我放学回来。

穷光景要供三个读书的不容易，尽管后来种植枸杞有些经济收入。那个年代村里有时就不供女孩子读书了，但父母亲的话掷地有声："一个都不能不念书，砸锅卖铁也要供你们！"改革开放以后，我们村不少农家除了种地，还种植枸杞，收入好起来了。不少有了钱的农民都忙着盖砖瓦房买四轮车，但父母亲铁了心：不盖房，不买车，咬紧牙关先供娃娃们念书！

头一次高考以后，我考得不理想，被一个专科学校录取。我从呼和浩特市回到村里，对正在向日葵地里干活的父母说："能不能退了学，再让我补习一年，我肯定能考上本科。"母亲拿不准，找村里几位老师拿主意，父亲最后拍板："行，你心里有数就行！既然下决心了，好好学习吧，我给你退去！"

没念过书的父亲又到学校、又到县教育局，磕磕绊绊把我的各种手续办利索了。考上不去又补习，好多村民不理解，有的甚至说父亲教子无方："考上了哪里能由着孩子呢，万一明年考不上呢！"但父亲相信我，就像他相信好庄稼地的产量一样。

1987年的高考季节又来了，阳历七月正是农民最忙活的日子，枸杞红了，麦子熟了。父亲放心不下庄稼，更放心不下我，但还是毫不犹豫地放下农活到县城陪我高考，我在考场上奋笔疾书，他圪蹴在烈日下的墙角边等我出来。头一天上午语文考得不错，下午化学考得不理想，父亲连说带哄安慰我的情绪，我顺利地结束了两天半的高考。分数公布之日，超过了一本线，我如愿上了本科大学，父亲悬了一年的心也放下了。

父母东挪西借供我读完天津工业大学的本科，又供我上了中国人民大学的双学位班，供我小妹上初中。每到开学季的头几天，父亲就要为我的学费熬煎，夏天就愁苦地在井台前抽旱烟……1992年，我还在人民大学学习，父亲得了脑血栓，不能下地劳动了。我必须回家乡找工作照顾父母，不能像别的同学那样留在北上广。1993年，我来到现在的工作单位，接过父亲的接力棒，

女儿放学后和爷爷的合影

我继续供小妹上高中。很感谢父母亲有远见，艰难地供我们读书成人改变命运，不再下咽他们尝过的苦。

四

2000 年我把父母亲接来后，住在一栋老式的五层楼上。闲不住的父亲拖着蹒跚的脚步天天从五楼上下好几趟，把我们日常用的零碎东西置办好。夏天他就拿个马扎坐在院门前，冬天就在五楼的阳台上眺望，目送我们上班或姑娘上学去。下班回到院子里，一准能看到父亲在院子里等我们或在阳台上瞭望我们。

父亲的脑血栓恢复得算好，能走路但步履蹒跚。到呼和浩特市和我们住到一起后，闲不住的父亲拖着不利索的脚步逛早市。每到秋季父亲早早逛早市，把过冬的葱买好，在院里晾晒好扎成小捆储存起来。又从早市上买来芥菜，削好洗净再放到缸里，细心地撒上盐腌。父亲腌的咸菜不咸不淡，又脆又可口，亲友们吃了赞不绝口，父亲笑得像孩子："将来我走了，你们要学会自己腌。"

父亲经常在早市上转悠，今天给孙女买些驴打滚、山楂糕，明天给孙小

父亲和乡亲们在村里最热闹的地方拉家常

父亲天天坐在家属院楼下等我们下班回家

子买些新鲜水果。早市上的小商小贩都认识这腿脚不利索的老爷子，不用他讨价还价就给他最便宜的价格。有父亲逛早市，家里的大料花椒、肉菜水果都不用我们操过多的心，生活中的许多小零碎，父亲也都以极便宜的价格买好了。我对他说："老爸，你别逛早市了，咱们家啥也不缺。你这么大岁数，腿脚又不好，早市上人多车也多，万一碰着了怎么办？再说你这样逛街，叫人家说我们这些儿女们也放心。"父亲说："你们挺孝顺，还怕个外人说哩。"父亲依旧逛他的早市。

我习惯晚上在父亲住这个屋的炕桌摊开便携电脑写作，父亲就靠着靠枕坐在我的对面。有时父亲看我写累了，就和我有一搭没一搭地聊，我一边写一边听，偶尔回应两声。聊一会儿，父亲就从炕上下去把小暖壶拿来，给炕桌上我的杯子里添开水，边添边笑着说："你这个人啊，还得我八十岁的老汉侍候你了。"到了泡脚的钟点，父亲就开始泡脚，水凉了就用旁边的电热水壶加点水。泡完后就招呼我泡脚，我就在他的泡脚盆里继续泡，他边擦脚边笑着说："将来我没了，你不泡脚了。"

父亲聊了许多内蒙古西部的谚语、俗语和歇后语，这些俗语也使我咀嚼着做人的道理。如"帮过别人要忘了，别人帮我要记牢"，告诉人们要牢记别人的好处，淡忘自己做过的好事；"越坐人越懒，越吃嘴越馋""人哄地皮，地皮哄肚皮"等告诉人们要勤劳，过日子不可懒馋，种庄稼要下辛苦。

五

其实父亲也以在他手上没有住上砖瓦房遗憾，只是他们把盖房的钱供了孩子们读书。

进了城的父亲和我们一起住，习惯了抽水马桶的洁净和楼房供暖的恒温，也满意我和爱人对他的孝顺，可这挡不住他对老院子、土坯房的思念，经常和我念叨又梦见老家了。每年快到雨季时，就让我找人把老家的房顶抹一抹，

小院除夕的灯与火

免得很快漏成一堆泥。

2009年底，我和妻子及两个妹妹商量，一起给父亲盖个砖瓦房。把计划和父亲一说，他像孩子一样高兴。妻子说，一切设计要照从前的样子，院门朝东开，老人的卧室要在房子正中央，而且盘成土炕。说干就干，2010年开春，扒倒老屋盖新房。

拆房是有讲究的，父亲是怕我们这些子孙们拆得有说道了，气喘吁吁地爬上老屋顶，庄严地向烟囱砸下了第一镢头……房子顺利盖起来了，窗明几净，红砖碧瓦。那年春节前，小院变得簇新漂亮，五颜六色。老院子沉寂了十年多后，2010年过年时又垒起旺火，响起爆竹，小院上空腾起璀璨的礼花，旺火映红了每一张亲人的笑脸，父亲笑得最灿烂，给孙子和外孙们准备好崭新的压岁钱……就这样过了六个大年。

2015年秋天父亲告诉我："感觉没劲，懒得下楼了。"那一年冬天，父亲没腌咸菜，没有储葱。2016年父亲节后的第三天，父亲安详地走了。直到现在我们用的还是他早市上买好的牙签、垃圾袋等，妻子收拾了收拾说："老爸买的这些够用好几年的。"父亲走了以后，我真的没泡几次脚，没吃上那么好的咸菜了。每次走过原先居住的小区时，我习惯地向五楼张望，那温暖的眼神再也看不见了。

这两天炎热难耐，我把父亲留下的砖茶泡在大碗里喝，真解渴。喝着父亲留下的酽酽解暑的砖茶，我想：父亲是一个再平常不过的农民，但他人性中的温暖与宽厚足以承载苦难，处世中的朴素与良善足以指教我一生。像这碗中的砖茶，虽极平常，甚至略显苦涩，却要比名茶喝着更酣畅淋漓，更消暑解渴。

父亲说道过的谚语知识

记得二十四年前我去五原县采访，有一名农民叫王三儿，他形容农民生活好，说“冬天杀了三口猪，天天吃猪肉片子烩酸菜，放屁还得脱裤子了，怕油了裤子”；形容政策走样是“烟锅子里熬稀粥——到我这儿只能喝点拐弯儿米汤”，意思是稠的被人捞走了。

乡村俚语虽然有点粗、有点俗，但有时细琢磨还真有点在理。前些年父亲在的时候，我习惯晚上在父亲住的屋子里的炕桌摊开便携电脑写作，父亲就靠着靠枕坐在炕的西边，我坐在炕的东边。有时父亲看我写累了，就和我有一搭没一搭地聊，我一边写一边听。父亲聊的谚语、俗语文明多了，有许多内蒙古西部的谚语、俗语和歇后语，里面有气象知识，有人生哲理，包罗万象，闲暇时我就琢磨这些谚语：有意思，长知识！

父亲是农民，说得最多的当然是农谚。“清明种麦堆满仓，再迟种麦一把糠”，是说清明节前后播种小麦是最好的季节，如果再有一场春雨滋润，那就更好了，父亲经常念叨“春雨贵如油”。“小满前后，种瓜点豆”，父亲告诉我这是指到了小满这个节气天热得快，还没种就得赶紧抢种一些瓜、豆等适合生长的庄稼。

误了节令农时，就会误了收成。父亲经常说的一句农谚是“处暑不出头，割了喂老牛”。意思是一到处暑葵花、糜黍等作物还没有开花出穗，就干脆割了给老牛当饲料吧，今年不会有收成了，无霜期明显不够了。这一点我有体会，时令到了处暑早晚变凉，这时土默川的田野里就有露水了，我小的时候去地里割草时，裤脚和鞋上被田垄里的庄稼和草上的露水沾得湿透。有一年牛年，父亲一边撕日历一边和我说“牛马年，好种田”，我问为啥？父亲说牛年马年风调雨顺，庄稼会有好收成，“不过有时也不准。”

节气和天气谚语也是父亲常谈的，如“一九二九闭门插手，三九四九隔门喊狗。五九六九沿河看柳，七九河开，八九燕来。九九加一九，耕牛遍地走”，父亲说的这是山西版的数九歌。春天的时候内蒙古西部依旧很寒冷，父亲当年每到春天刮风的时候，就说“春风吹破琉璃瓦”，意思是春天的风寒冷入骨，即使是皇宫上结实的琉璃瓦也经不住春风吹，他反复叮咛我开春一定要捂着，要多穿衣服。

看云识天气，也是父亲经常说的谚语。“云往东刮大风，云往南水漂船，云往西下大雨，云往北打倒糜子带倒谷。”这说的是云的走向决定着阴晴风雨。“天上鱼鳞天，不是下雨也刮风”“不怕云里黑，就怕云里黑夹红，最怕黄云下面长白虫”等谚语准确地预报刮风下雨天和冰雹天。

人生世态的俗语和谚语，老爷子也和我聊了不少。比如“有钱的娃娃会说话，没钱的老汉力气大”，是说有钱的小孩子腰杆子硬，说话神气十足，别人也一个劲点头称是。没钱的老汉说话谁听呢，只好用一把好力气埋头干活。“一分钱逼倒英雄汉”“人穷志短，马瘦毛长”“吃米不如吃面，走亲戚不如住店”等谚语道尽了世态炎凉。

当然更多是传递正能量的俗谚。如“帮过别人要忘了，别人帮我要记牢”，告诉人们要牢记别人的好处，淡忘自己的善事；“越坐人越懒，越吃嘴越馋”“人哄地皮，地皮哄肚皮”等告诉人们要勤劳，过日子不可懒馋，种庄稼要下辛苦。“不怕慢，就怕站。站一站，二里半”，告诉人们干事干农活或学习工作不怕做得慢，只要不停地做就会有成绩，反之迁延停留就会拖沓无成。

父亲说的好多俗语谚语非常接地气，我特别爱听，因此下乡时也喜欢听其他农民说这些俗文俚语。

莫留遗憾多陪伴——写在母亲节前夕

母亲节快到了，这是个唤起子女敬老孝亲的节日。在追忆和感念父母恩情的同时，奉劝父母健在的朋友要多陪伴老人，这是最大的孝顺。

母亲离开我已十六年了，她走的时候才六十三岁。那时，我大妹妹还没找到对象，二妹妹大学刚毕业还没找到工作，她带着好多不放心走了。我常常想，假如活到现在，母亲也才不到八十岁，她要是看到我们兄妹三家现在生活的情形，看到活蹦乱跳的孙子、外孙该多好。可是生活没有假如，现在想一想，有三种遗憾不时袭来，有噬心之痛。

第一，没有多陪母亲好好拉一拉家常。我是个不善言辞的人，和母亲拉家常的情景实在是太少了。小的时候母亲纳鞋底做针线时，我常缠着她讲故事，或问这问那。母亲讲着讲着我就睡着了，一觉醒来灯还亮着，母亲还在干着针线活。那时拉的虽然不是家常，但是和母亲说话最多的时候。

上高中和大学以后，寒暑假回来只顾自己呼朋引伴疯跑疯逛着玩，从没想过好好陪着母亲聊聊天，帮着她干点活。记忆中，我常领着一大帮同学回家，母亲则忙前忙后沏茶做饭。刚工作时，父母还在村里，我又忙于工作、应酬，回村陪母亲拉家常的时候更少了。后来每次回村母亲总催着我找对象成家，二十九岁那年，我还是单身一人回家过年，母亲把舀水瓢往地下一甩：“明年你还是一个人，就别回来过年了。”唉，这也没法聊。

2000年我把父母接到城里，能天天见面了。下班或应酬完回家进门就喊：“妈，我回来了。”然后就没有太多的话了。总想和母亲拉家常有的是机会，可没想到母亲走得那么快。2002 年阴历六七月间，大礼拜天我又要出去应酬，母亲轻轻拍一拍炕说：“坐一会，整天风风火火的，就不能陪我说一说话。”我答应了一声，还是出去了。没想到没几天母亲就住院了，没治好没回家就走了。好后悔没和她知冷知热、入心入肺地拉上一整天，总以为有的是时间，好日子在后边，早知道我绝不去喝酒应酬，绝不去瞎忙乱跑。现在，想起母亲拍着炕让我坐下的动作就扎心。

第二，没有陪母亲好好看一看世界。我母亲是典型的农村妇女，除了我接到呼和浩特市一起生活了两年多，再没有去过别的大一点的城市。除了汽车，我母亲甚至没有坐过火车，更没有坐过飞机、轮船。母亲见到过火车，好像还是到站台上送我。

现在回想起来，后悔得不行。对于农村长大的我来说，刚参加工作那会儿哪懂得陪父母出去转一转，看一看，我自己除了出差根本没有出去旅游过。20 世纪 90 年代初，兜里没多少闲钱，没懂得也没舍得带着父母出去看看，把父母从村里接到城市后，母亲就病了，一直没间断看病跑医院。

母亲去世后，后悔之余我就想到在父亲身上弥补遗憾。父亲尽管六十岁得过脑血栓，但恢复得还可以，腿脚不利索但能走路。我带他去了北京好几次，头一次去北京他说最想看的是毛主席纪念堂，带着老爷子看了纪念堂，逛了故宫，登了天安门城楼，老爷子高兴得像孩子。2004 年单位奖励休假，我们又带着父亲去了趟北戴河，看到了大海后父亲说：“村里多少老人没见过海，我这辈子没白活了。”我高兴之余也有点伤怀：母亲生前为什么我没想起领她逛逛北京、看看大海呢？

第三，没有陪母亲好好瞧一瞧疾病。母亲也非常能吃苦，1992 年父亲得了脑血栓后，要强的母亲独力操持家务，没有喊一声累，也没有抱怨和叹息。农活太重，她就学父亲那样抽烟解乏，身上疼痛就喝一粒去痛片止痛，后来一天得喝三四片，我怀疑她的肺病就是那段时间落下的。

以前母亲没有在大医院瞧过病，她走路特别快我都追不上。偶尔感到不舒服，村里医生也最多给她输几天青霉素，等精神了，她就又心急火燎地跑到地里摘枸杞、锄地。1997 年冬，热心的母亲坐着农用三轮车到几十里外的亲戚家说媒，路上三轮车翻到了路基下的冰滩上，母亲摔在冰滩上昏过去又醒来。打那以后她就再没精神过，我带她住遍了呼和浩特市最好的几家医院，还带着她的CT片去北京找专家看，也没看出个眉目来。

母亲去世后，我一直遗憾没早带她去北京的好医院、大医院去瞧瞧病，也许还有治好的可能。我也一直自责，我一参加工作为什么不马上从村里把她接上来，让她种那些地干啥呀，累死累活累出了病！

想起这些往事真的好遗憾，所以我见到父母健在的朋友就奉劝他们多陪伴父母，多陪父母聊一聊、逛一逛，定期为父母体检一下。这两天我的朋友宏伟带着母亲去北京看病，这个母亲节也得在病房陪床，我告诉他："你这个母亲节最难忘最充实了，好好尽孝吧！"

秋风凉　想亲娘

秋风凉，想亲娘。

明天是七月二十五，十六年前的这一天，母亲病逝。从此，世界上最牵挂我的人走了。母亲是个苦命的人：在艰难的岁月里将我们兄妹拉扯大，到我们工作要孝敬她的时候，她却走了，走得那么匆忙，一点儿反哺报答的机会都不给我们。

小时候秋天一到，母亲就开始忙起来了：要准备我们一家子和我的几个舅舅、小姨的衣服鞋帽，十来个人的各种针线活够她忙的：做鞋帮、纳鞋底、裁衣服、买衣料、备棉絮……入冬前把寒衣准备好，活儿真够多的，经常得熬夜做针线活。

所有的针线活里，纳鞋底最耗工夫也最累。上小学以前，好多次梦中醒来，看见母亲在油灯下纳鞋底。上小学后，经常是我看书写作业陪母亲纳鞋底。夹鞋底还好说，棉鞋鞋底厚，要用锥子穿好孔，再用顶针把穿有麻绳的粗针穿过去，再用牙咬住把麻绳抻紧……一针一针穿呀，母亲戴顶针的手指上磨起了茧子，手指头肚扎出了针眼，牙床子咬得松动了……密密的针脚下鞋底别提有多结实了。穿着母亲做的棉靴靴和牛鼻子鞋，我们兄妹几个从秋暖到了冬，从春走到了夏……我们一年又一年长大，母亲一年又一年变老。

不光纳鞋底费时费力，拆洗缝合被褥、做棉袄棉裤都既要耐心又要细心，既要体力又要技术。一年浆洗两三次被褥、缝制新棉袄棉裤或拆洗翻新，母亲都轻松搞定。小时候家里尽管很穷，但我们兄妹三人穿衣服却没有砢碜过，从肚兜衬衫到夹袄棉衣，母亲会做的衣服花样很多，我们兄妹经常穿戴出去向小朋友炫耀。

母亲是个特别要强的人，苦难和贫穷她可以和父亲忍受，但绝对不能让孩子们在人面前穿得破破烂烂，显得邋邋遢遢。她可以和父亲穿干净的打补丁衣服，我们兄妹三人从未穿过打补丁的衣裳。有时布料不好或尺寸不够，母亲都可以用高超的针线技巧裁缝出工艺品般的衣物来。记得最清楚是母亲用碎皮块给我缝制了一个漂亮的狗皮小帽，刚上小学冬天戴上它既保暖又漂亮，同学们别提多羡慕了。

母亲会的针线技艺太多了：裁、剪、缝、繳，飞针刺绣、挑毛衣织毛袜。小时候我们的鞋垫绣得精致秀美、色彩斑斓，我们都不舍得垫到脚底下穿。不光是鞋垫绣得像艺术品，就连我们穿的夹鞋鞋帮也绣上了五彩的图案：我穿过虎头牛鼻鞋，妹妹们穿过黑底镶金绣花鞋。印象里我的婴儿枕是母亲缝

我的父亲和母亲

制的一个漂亮的虎头枕，后来又传给两个妹妹枕。

我们经常玩得把扣子掉了或衣服划了小口子，母亲就在我们穿着的衣服上飞针引线，熟练地缝着，口里念着“就身缝，扎瞎你的眼睛，扎烂你的嘴……”我问母亲为啥要扎我？母亲说：老人们流传下来的，人的身上不该舞刀动针，念这个意思正好相反，就不会真伤害到你们……

我的童年时代物质匮乏，但现在回忆起来却幸福充溢、色泽饱满，我想这是母亲用灵巧的双手给绘就和剪裁的。小时候看着母亲剪出的窗花我会发呆半晌：花开富贵，窗花里的生活真美好。母亲的针线笸更是我崇拜而喜欢的物件，针线笸在母亲的双手指挥下神奇了，缝制出了我们幸福的童年，缝制出了我们对好光景的憧憬。那时候哪儿有积木玩具，母亲针线笸里十几双大大小小木制的袜楦子就是我的积木玩具；好儿本夹鞋样子的书就是我的启蒙读物，缠着只念过两年书的母亲给我讲故事，母亲说：“你爱看书妈高兴，不争（蒸）馒头气也要争（蒸）糠窝窝气，你将来要做一个识很多字的人，我和你爸砸锅卖铁也要供你念书！”

母亲和我的女儿

母亲最喜爱一台缝纫机，但早年家穷买不

起，直到包产到户后几年才攒钱买了缝纫机。有了缝纫机虽然减轻了好多劳动，但一些技术活还得靠手工，左邻右舍的媳妇们又经常向母亲请教剪裁衣服，母亲的针线活实际还没少下来。好像 20 世纪 80 年代初，机器生产的胶底鞋上市，再后来各种衣物向我们涌来，我们很少再穿母亲缝制的衣服鞋袜。在我感觉来，机制的衣物和化肥地里长出的庄稼一样：穿着没有精神，吃着没有精气。

十六年前母亲走了。母亲走后我一直想写点啥，在电脑上刚打几行字，想起母亲苦得不行，痛得不行，眼睛酸得不行，就一直没写下去。父亲享年 84 算高寿之人，晚年也很幸福，看到了几个儿女都过着幸福而平静的生活。可母亲不一样，才活了 63 虚岁。正要享福的时候却走了，肯定心里有不甘。

人事有代谢，往来成古今。回忆起来有遗憾但不能溺于伤痛，虽哀而不伤，想起昔日生活细节会心一笑化作一缕温馨。母亲和父亲一定变成了天边的星星，不一定是最亮的一双，但对我们来说一定是最温暖的一双。

秋天的夜空繁星点点，天空亮晶晶，对着星空许个愿：下辈子还是你做妈我当娃，穿着你做的鞋儿走天下。

清明时节倍思亲

“清明时节雨纷纷，路上行人欲断魂。”——杜牧这句妇孺皆知的诗句，使清明的风景定格为“雨纷纷”，情绪定格为“欲断魂”。但在我记忆的深处，清明的风景不是风雨如晦，而真正是天地清明，心情也不是一味伤感断魂。

我生于斯长于斯的土默川平原，就是歌诗中的敕勒川。这里的春天总是姗姗来迟。清明时节，没有晏殊眼中“梨花落后清明”的景象，而是冻风时作余寒犹厉，杨柳仍然没有舒展纤长柔弱的身姿，唐人诗云“即今河畔冰开日，正是长安花落时”，即此景象。这时田野刚有点春意，树枝清香嫩蕊含不吐，大地草色遥看近却无，是眼见着姹紫嫣红的春天就要来却还未来的样子。

清明前后，大人们忙着耕田整地，小时的我们却尽情地撒野。复苏的田野上，一伙子玩伴们信马由缰地奔跑着疯玩。或者看大人们把农家肥往田野里送，我们在粪堆上找蝼蛄；或者看大孩子用鸟夹子捕鸟，我们故意把鸟惊走；或者拿上小铲子挎个小篮子，到野地里挖羊角葱……春气萌动的田野是我们的乐园。

折一枝鲜嫩的柳树枝，把粗的一端剥开一点表皮，一手握紧露出的裸枝，一手轻轻转动其余表皮，使表皮与枝干脱开呈筒状，再用剪刀修剪好，轻轻在一端刮薄树皮制出吹嘴……一支柳笛做成了，吹响迎春，满嘴柳树汁的青涩气味——这是我最拿手的本领，会做很多送给他人。“短笛无腔信口吹”，我们鼓足腮帮使劲吹，粗长者浑厚低沉，细短者响亮清脆。春天在我们的笛声中越来越近、越来越温柔，我们的心情就像风儿一样自由。

吹柳笛还不是我的最爱，看母亲清明节捏寒燕儿才是最大的企盼。捏寒燕儿是古老的习俗，用白面捏成燕子或其他飞鸟的样子，蒸熟后插在准备好的树枝上，栩栩如生如群鸟栖息枝头迎接春天。这据说是纪念春秋时贤臣介子推的，又说是迎接候鸟北归万物复苏的，还有说是老人们祈愿孩子们长大后能像燕子一样勤劳灵巧的……但孩子们只惦记好玩好吃，不知道也不管这么多习俗讲究。

每年清明节一早，母亲就把发好的面放在案板上饧好，切成大大小小的面团，跟前还放着食用颜料、黑豆、红豆、剪子、梳子等物什。小小的面团在母亲灵巧的双手下有了生命：这只是玲珑的飞燕、那只像开屏的孔雀、还有振翅的画眉、筑巢的喜鹊……捏好后用黑豆给鸟儿装上眼睛，鸟儿们就活了。最后一道工序是蒸熟出笼后用红绿颜料点染寒燕，再将栩栩如生的鸟儿们插在树枝上，满眼群鸟闹春的景象。为保存方便，一般用红线代替树枝把各种鸟儿串起来挂在墙上，边风干边欣赏。

那个年代白面是稀罕东西，我们眼巴巴看母亲捏寒燕儿其实还是为了吃。母亲知道我们的心事，把大一点的面团捏成盘龙、老虎、小狗、兔子等十二生肖形象，也顺带捏一些小面人。为了我们能多吃点，母亲故意捏得胖大，一出笼，我们兄妹就迫不及待地抓起，一边嘘着热气，一边一口赶不上一口下咽，连红颜料都顾不上点。挂在墙上的寒燕儿，我们会天天认真地端详，直到后来彻底风干。五黄六月农忙时，大人顾不上我们，兄妹仨就会像吃蚕豆一样分而食之。

稍稍长大，每到清明节，父亲便带我去给爷爷奶奶上坟，我才知道清明还是个祭祀的日子。父亲三岁时爷爷就去世了，奶奶是我五岁时去世的。爷爷奶奶的坟在三十多里外的苗家壕，那个年代全是土路，晴天坎坷不平，雨天泥泞不堪。清明节雨天多晴天少，上坟祭扫真不容易。

但父亲每逢清明一定要去上坟，一大早备好几张麻纸，准备一两个窝头作祭品。后来日子好些，窝头换成了馒头，包产到户后再带上一瓶二锅头。父亲用自行车带着我来到爷爷奶奶的坟地，点完麻纸祭奠毕，父亲认真地清理坟头的杂草。有一次，我看父亲有些出神走思，我问他怎么了？他却默默无语。

十七年前，母亲去世了，第二年我上坟时，明白了父亲的沉默。在母亲的坟前，我默默地回忆着母亲生前一个又一个生活片断。母亲肺不好，虚岁６３就走了，不知是什么原因，使母亲患上了病；当时要带她去北京最好的医院瞧病，是不会好些……想得多了，就会走神，就明白了父亲的样子。

每年清明上坟回来，父亲总要问我一些坟地的景象，我说好着呢，枯草都清理了，放心吧。“当年葬你奶奶的时候，天晴得很，下葬后来了一场瓢泼大雨。雨洒墓必定富，咱们倒是富不到哪里去，但肯定吉利。”父亲说奶奶从小拉扯他不容易，又说他１９９２年得了脑血栓后，母亲独自操持家的辛苦。他在炕那边向我诉说，我在炕这边的桌上一边写书一边听着和着。

一晃，和我每天唠家常的父亲也去世快三年了。去年清明节，立在父母的坟前我思绪万千。生活的酸甜苦辣、家长里短、孝顺违逆，一时都到眼前来。有点后悔，趁他们腿脚好时没有多陪他们走，趁他们胃口好时没有多陪他们吃，趁他们耳朵好时没有多陪他们聊。我也在追悔：父母耳背那几年，是不是有时嗓门太高了，像是顶撞……如果再回到从前，我一定不会像以前那么不以为然。

时光就像一趟没有终点的列车，走着走着年迈的父母就下车了，童真的孩子就上来陪伴你。生活，在忧伤和失望时会带给你欢乐和希望，在得意和高兴时会带给你沉思和回望。

“万古人心生意在，又随桃李一番新”，从童年到中年，清明节的回忆是不同的，欢乐、忧伤、痛苦……日子不断向我们涌来。但无论如何，“乐而不淫，哀而不伤”才是中和之美，古人选择在万物萌生的清明时节祭奠先人，既有慎终追远之心，也有生生不息之意。不能沉溺于悲哀，也不必因此寡欢。要紧的是学会在感念中体味美好，在前行中留存温馨，让岁月这趟列车上，时时都能出现醉人的风景。

永驻心中的风景

有些风景是父母给的，珍藏在心中终生难忘。回忆当年和父母在一起的时光，往日温馨的生活片段浮现在我的眼前。

童年的时候贪玩，村头的打谷场是我们的乐园。我们一大群孩子在打谷场上的草垛里翻跟头打滚、捉迷藏打斗，疯跑疯逛，玩得天昏地暗，不亦乐乎……天色已经很晚了，我们还不想回家，母亲站到房顶上呼喊我“称心，回来吃饭”，我才不情愿地从打谷场往家走。

我们这一代人好多人都有这样的经历，土默川有位诗人这样写道：“黄昏，暮色中传来熟悉的声音：××，赶紧回来喝酸粥。啊，这是妈妈的声音，世界上最亲切的声音……”现在回想起来，这是我一直珍藏心中最美的风景，妈妈喊我回家吃饭的声音至今在耳边回荡。

玩耍是有底线的，不能玩有危险的。夏天我特别想到村子西边的水渠里游泳，但母亲坚决不准。有一次我都已经和几个小伙伴到了渠埂上，正准备脱衣下水，远远看见母亲手持一根向日葵杆，“气势汹汹”地向这边走来，吓得我一溜烟地往村里跑。母亲不止一次叮咛我说“淹死的都是会水的”。直到现在我都是个旱鸭子，一直没机会学会游泳。

还有一次下雨后，村子后边的树林里长起了一片又一片蘑菇。我和小学同学马四在树林里采了一大堆蘑菇，回家里的小房子里洗净，放到锅里加上水准备煮着吃。母亲从正房过来，看到我们正要煮蘑菇，凶巴巴地端起锅冲出屋外，水和蘑菇被倒在了粪堆上。若干年后想来，没有母亲的“狠”，我有可能被淹死或被毒蘑菇毒死，谢天谢地谢亲娘。

母亲要强，是特别刚强有骨气那种人。上小学时母亲多次对我说：“好好读书，不争（蒸）馒头气也要争（蒸）个糠窝窝气，将来做一个识文断字的人！”1992年父亲得了脑血栓后，母亲独立操持家务，没有喊一声累，没有抱怨和叹息，我一直觉得她的肺病就是这段时间落下的。母亲有一次和我从县城往回走，半路下大雨，我和母亲在泥泞不堪的路上轮流扛着自行车从二十里外回到家里，两个人全身是泥，母亲笑着说：“这不算个苦，我小时候和你姥姥被土匪撵得跑进狼窝里躲藏，那才叫个苦，叫个怕。”

父亲是村里有名的老好人，对我们也特和气，印象里没有打骂吓唬过我。印象里父亲总是笑呵呵的，为了让我能穿上一件小衬衫，在地里打了好几天辣麻麻籽，卖到供销社换了一块小碎花花布。母亲用布给我缝制成衬衫，父亲的眼睛眯成一条缝看着炕上穿着衬衫显摆的我。至今我都能清晰地记着父亲那温暖的笑脸，这是我珍藏心底的又一暖心的风景。

2000年把父母亲接来后，住在一栋老式的五层楼上。闲不住的父亲拖着蹒跚的脚步天天从五楼上下好几趟，把我们日常用的零碎东西置办好。夏天他就拿个马扎坐在院门前，冬天就在五楼的阳台上眺望，目送我们上班或孙女上学去。下班回到院子里，一准能看到父亲在院子里等我们或在阳台上瞭我们。

我习惯晚上在父亲住这个屋的炕桌摊开便携电脑写作，父亲就靠着靠枕坐在我的对面。有时父亲看我写累了，就和我有一搭没一搭地聊，我一边写一边听，偶尔应两声。聊一会儿，父亲就从炕上下去把小暖壶拿来，给炕桌上我的杯子里添开水，边添边笑着说：“你这个人啊，还得我八十岁的老汉侍候你了。”到了泡脚的钟点，父亲就开始泡脚，水凉了就用旁边的电热水壶加点水。泡完后就招呼我泡脚，我就在他的泡脚盆里继续泡，他边擦脚边笑着说：“将来我没了，你不泡脚了。”

父亲走了以后，我真的没泡几次脚。每次走过原先居住的小区时，我习惯地向五楼张望，那温暖的眼神真的不见了。不，应该是转移珍藏在了我的心底，成为我心中最柔弱的风景。父母已经成为我内心最柔软的地方，触碰一下会流泪的，因为他们的爱沉重而绵长。

父亲去世后的第二个清明节转眼就要来了，我固执地认为父母还没有走远，他们永远牵挂并佑护着儿孙们健康地成长，平安地生活。时光不会回到从前，但过去和父母一起生活的时光成为珍藏心底的风景，激励着我继续远行。

永不荒芜的果蔬园

我的心中有座枝繁叶茂、硕果累累的果蔬园，果蔬园里装满了我美好的童年。

果蔬园其实就是我家老宅的小院，一个四四方方的小院。父亲想在这个小院里种些果蔬，怕猪羊等牲口祸害，就用土坯把四周围成一个圐圙，圐圙里大概有七八分地，父亲开始在里边种了些洋山药和葱韭菜。洋山药是一种多年宿根性草本植物，后来我才知道它的学名是菊芋，人们也叫它洋姜。20世纪七八十年代我们村的好多人家都种洋山药，秋天人们把洋山药的块茎挖出来，腌成咸菜，是饭桌上必备的下饭菜，吃起来清脆酸甜。

雨后的小院

靠从生产队的井上担水浇地不是个办法，父亲就攒钱买了些砖。约了几个朋友在圐圙里打井，打了三四米见水后，他们几个人在圆形水井底盘上一层一层向上砌砖，然后收口。井水清澈甘甜，不仅能浇园子，也可以供人畜饮用。这样的甜水井不多，周边的村民都到我家担水吃，井水汩汩不绝，足以供二十户人家饮用，我们兄妹几个就是吃这井水长大的。夏天，我们常在这口井旁乘凉聊天，看夜色中萤火虫飞来晃去，看夜空中星星眨眼闪烁。

有了水井，父亲就把这个圐圙种得花团锦簇：瓜类有西瓜、香瓜、黄瓜、葫芦、倭瓜；蔬菜有茄子、豆角、西红柿、小白菜、菠菜等。父亲爱试种一些新鲜庄稼，有一年和他在生产队砖窑上一起干活的山东师傅给了他一小袋花生，那是我们兄妹有生以来头一次见到花生，像吃人参果一样稀罕。父亲挑选下一些最好的果实种在园子里，居然种成功了，我又开了眼：原来花生和土豆一样，是长在地里的。

父亲最拿手的还是侍弄果树。圐圙西南角原先有一棵夏果树，在父亲的精心培育下茁壮成长，到我上小学时果树主干已经是一人合抱，果树也到了盛果期。一到夏天，我们兄妹几个像猴子一样一天上树能有几十回。那个时候，人们还在为温饱发愁，农村孩子看着果实累累的果树直眼馋，羡慕我们兄妹几个过得像花果山上的猴子。有时调皮嘴馋的孩子偷果子被抓住，父亲把偷果子的孩子送回去，顺便给大人带上一小兜果子，我心里直嘀咕："偷果子放了就行了，凭啥还给他家果子。"

果树最盛产的时候，除了送给亲朋们外，还能售卖换钱换粮。我记得好几次跟着父亲到邻村去卖果子，好多孩子看到筐里的果子都垂涎欲滴，我觉得自己作为这些果子的主人无比自豪，有时慷慨地给人家抓几个。别看一斤夏果只卖两角钱，几个村子转下来，在那个年代也是一笔不小的收入。心灵手巧的父亲不知又从哪里弄来海红果树、苹果树，还学会了嫁接技术，苹果树上嫁接梨，海红果树上嫁接人参果。后来父亲成了嫁接高手，还到别人家指导嫁接。

一到了夏季，果蔬园里果实累累、蔬菜齐备。在那个缺荤少腥没油水的年代，園圃里的蔬菜使我们的餐桌不再单调，母亲变戏法似的用新鲜时蔬做菜。最困难的一年好多人家吃甜菜叶子度日，但我们家没用吃这极难下咽的东西。園圃也成了我们兄妹几个的乐园：爬到树上摘向阳处晒得最红的果子，要不是身手敏捷好几次差点掉下树来；到种瓜的畦田里挑西瓜，弹来弹去假装懂生熟，满有把握地打开一看是生瓜；把黄瓜摘下来用箩头吊到井里，浸上一会吊上来再吃冰凉爽口……瓜也吃，果也吃，结果吃坏了肚子。父亲这时会告诫我们：桃养人，杏害人，李树底下埋死人；西瓜多吃，香瓜少贪。

枸杞后来成了这个園圃的新宠。刚开始不让种，说是资本主义尾巴。后来放开了，允许每家种 6 棵。人们种这个新鲜玩艺不会侍弄，我们家请来村东的董亮大爷来帮着剪枝。母亲借了一斤白面做蒸饼招待人家，白面蒸饼和玉米饼蒸在一个笼里，母亲事先安顿我："蒸饼是招待客人的，咱们吃窝头啊，记住！""嗯！"——我答应得很好，但饭熟了以后早把保证忘在了脑后，蒸饼像磁铁吸引铁块一样吸引着我的筷子，吃得董亮大爷都笑了，父母亲也笑了：尽管他们心里在为孩子们吃不上个白面蒸饼而难受。父亲发誓要让我

生机盎然的小院春色

杏子熟了

们能吃上白面蒸饼，正好赶上时代变了：改革开放包产到户，这个愿望单干第一年就轻松实现了。

但缺钱花怎么办？枸杞也不是资本主义尾巴了，而是村民们致富的摇钱树。枸杞可以放开种了，这样不仅我家的前后圐圙都种上了枸杞，连村边分的地里也种上了枸杞。枸杞因为其经济价值高，逐渐成了圐圙的主角，果蔬园逐渐变成了枸杞园。枸杞占去了父母亲的主要精力，父亲很难再分心侍弄菜蔬了，一到枸杞红了，不光我们兄妹得采摘并晾晒枸杞，实在忙不过来还得雇人。尽管枸杞夺走了我们的童趣和欢乐，但我们毫无怨言，因为我们村的好多孩子上学都是靠枸杞供出来的，像我上了两个大学都是靠卖枸杞供出来的，所以村民们也管我们叫“枸杞大学生”。

1992 年父亲得了脑血栓，就顾不上这个果蔬园了。到后来圐圙的土坯围墙坍塌了。二妹告诉我，老院子的围墙其实早不行了，她上大学那会儿，每遇上下雨，院墙就坍塌，正赶上暑假，就和老爸在雨里扎枸杞枝围栏。2000 年我在城里安顿好后，和妻子一起接父母进城和我们住，老院子逐渐被冷落了。中间我回去看了几回，土坯房破败不堪，圐圙墙全部坍塌，院里杂草疯长……

带给我那么多童年欢乐的果蔬园哪去了？

不行，我要让我梦中的果蔬园再现芬芳。正好父亲也经常惦记着老院子、土坯房，我们决定给他重新盖个房子，院子中央的空地上栽上果树。2010年，房子盖好了，栽上的果树第一年没成活。第二年重新把院子里的土挖出去，换上好土，又栽上了杏树、李树和夏果树。父亲亲自指导表哥钱换他们嫁接成功了人参果。每年夏季到来，我家小子和几个小外甥在院子里疯玩，和我们兄妹小时的样子像极了。父亲每年夏天和过年回村小住，一来二去，共有六个年头。

两年前的夏天，正是杏树果实累累的时节，父亲离开了我们。但他亲手嫁接的果树依旧每年挂果疯长。院子里春天花蕊满枝、夏日玫瑰飘香、秋天果杏低垂、冬日年味浓郁处仿佛都有他温暖的笑容和慈爱的身影。唉，父亲啊，你就是我心中永不荒芜的果蔬园。

纸糊大年也快乐

没有哪一个节日比过年更红火，更让小孩子们掐着指头盼望不已。不仅节日当天快乐翻了天，准备节日的过程——忙年，对小孩子来说，有时比过年更加快乐与兴奋。过年那天还会有年即将过完的惆怅，而忙年是一心一意向着一个喜乐的目标靠近，满心充满欢喜。

从小时候记事起，就听母亲念叨说大年是纸糊出来的。仔细琢磨母亲这句话，可不是嘛。你就说吧，窗花、窗纸、春联、年画、彩纸……哪一样不是纸。是啊，过年人要穿一身好衣裳，才能显出精气神。年也得打扮，院落居室过年也要认真打扮，除了洒扫粉刷外，喜庆的气氛和美好的细节，要靠纸才能糊出来，打扮装饰出来。

我家过去住的是土坯房，粉刷墙、换窗纸、贴窗花，这些活儿不能太早了，不然烟熏火燎、汽蒸水浸，这些墙粉和窗纸就又显破旧了。一般到了腊月二十五前后才开始打扫家，这时该炸的、该煮的吃食年货都备办差不多了，灶台上的活儿不多了，家里不会有太多烟火蒸汽，正好开始收拾家准备过大年。

一进入腊月，我就相跟上父亲或母亲去供销社，备办打扫家用的白泥粉和各种纸张。白泥粉就是高岭土粉，那个时候村里几乎都是土坯房，墙壁和屋顶都得用白泥粉刷。糊窗用的白麻纸要买上一沓，这种白麻纸韧性很好，轻微的风吹日晒不容易弄破。剪窗花、写春联用的红纸要买上好几张，同样用来剪窗饰的双面薄红纸、薄绿纸也要买几张。此外，除夕晚上敬神用的黄表纸也要准备好。

选个天气晴好的天打扫家，我们都换上破旧的衣服当工衣。母亲把炕上的被褥放到红躺柜里，或让我们抱到院里晒起来，父亲把炕上铺的油布卷好搬出去，把炕扫得干干净净。再用碎布条把墙壁和屋顶擦两三遍，一些起皮的地方用铲子铲干净。再把刷墙用的白泥粉泡上。经历风吹雨打，旧的窗户纸已发黄，有的地方已有了破洞。我和妹妹们最爱干的活儿就是打窗户纸，用拳把旧窗户纸打碎了，一个小格都不放过。我们很过瘾地打着，往往把所有的窗户纸一口气都打碎了，开心地笑着。

窗户上残留的碎纸要清理掉，有的地方得用铲子和铁匙铲掉，甚至用湿毛巾蘸水擦，把残留的灰尘和碎纸屑全部铲得干干净净，母亲用鸡毛掸子把窗棂和窗框上的细沙土打扫干净。母亲说，这些细沙土非常干净，过去小孩起痱子了，就用它来抹。我们家正房两间屋子共有十眼窗户，糊窗户之前，母亲耐心又细心地按照窗户的大小把白麻纸裁好。再用红纸剪出各式各样的窗花来，又用双面薄红纸、薄绿纸剪出各种窗饰。

终于要糊窗户啦！母亲在锅里把浆糊熬好，我用刷子蘸上浆糊均匀地涂在窗框上。母亲先把窗花和窗饰往上贴，我在窗台帮着递这递那。窗花图案有连年有余、富贵平安……盯着窗棂上这些新换的对美好生活充满向往的窗花图案，我会发呆浮想联翩，会走神到画里遨游。该贴白窗户纸了，母亲抓着纸上边的两个角，我抓着下边的两角，慢慢同时靠近窗架，要小心翼翼地往上贴，才能贴平整了。父亲把屋顶和墙壁用白泥粉刷了两遍，又把窗户和屋顶、墙壁的接缝处认真粉刷，每一个旮旯都用白泥粉填齐补平再粉刷。这时，我们赶紧把火炉加上炭重新捅旺了，让屋子里赶紧升温，把墙壁、屋顶、窗户烘干。

屋里粉刷一新，窗明几净，暖意融融，让人感到即将到来的这个“年”充满了光明与温暖。接下来又该用纸装饰了——贴年画，这事我最爱干了，早在供销社一开始卖年画时，我就跟着父亲挑自己喜爱的年画。如果村里供销社的年画还不合我的心意，我就和父亲到乡里的供销社买，或者在腊月里去看姥姥的路上，路过土默特右旗的三道河乡供销社买。我记得还有一次我和父亲去托克托县城办年货时，在旧城的联营商店挑了好几幅年画。

我们家一进门摆一顶红躺柜，柜上悬挂一个玻璃中堂，中堂左边父亲一般要选一幅毛主席像，包产到户后改贴山水画。右边选一幅喜庆的年画，比如连年有余、寿比南山、招财进宝等，这些画里的人物面带笑容，财宝也多得直往出溢。有时也选挂一些山水风景画，这些画大多是绿水青山带笑颜、凤翔鸟飞太阳红。在红躺柜上贴上这些年画，显得特别喜气，感觉幸福生活就在眼前，美好春光就在明天。有一年父亲买了一张义和团抗击英军的年画贴在中堂右边，母亲仔细端详年画发现，画面里有个洋人被打死，直挺挺躺在地上，当即把父亲数落了一顿："大过年买画也不长眼睛，撤下来！"赶紧换上别的喜庆年画，母亲这才笑了。

我家的炕上的北墙和西墙上都要认真选一些故事性强的画，我们可以站在炕上像看连环画一样欣赏这些年画。印象中我们买过任率英先生画的《孙悟空三打白骨精》《劈山救母》《三打祝家庄》等连环画式的年画，这些画贴上后我一遍又一遍欣赏，有的画面都刻在脑海里了。有一段时间，我还照着这些画学画武将。另外，还买过各式各样的四条屏，有梅兰竹菊等花鸟的，也有三国故事，还有一幅是京剧四大名旦，我从这幅年画里知道了京剧四大名旦，把梅兰芳、程砚秋、尚小云、荀慧生的名字背得滚瓜烂熟。

挂年画这天我兴冲冲地把买好的年画抱回来放在炕上摊开，把早已买好的图钉找回来。全家人热烈地讨论着年画张贴的位置，形成一致意见后，我穿着袜子站到柜上或炕上，拿着年画比画着左右前后的距离，母亲在地上瞅着，告诉我左右上下该往哪边挪。位置确定后妹妹一手递上一个图钉一手按住画，我也一手按着画，松开另一只手接过图钉在画的一角使劲摁上去，然后再把另一角也摁好图钉。这两角固定好后我们把画用手认真抚平展了，再钉好另外两个图钉。所有的年画都贴好了，小屋里顿时充满了盎然的春意和扑面的喜气，真是人是衣裳马是鞍，土墙就得年画扮。彩色的纸质年画，打扮出了小屋的精气神。

窗户和房屋被纸“糊”得年味十足，纸还能糊什么呢？灯笼啊。《挂红灯》里唱得好：“正月里来是新年，纸糊的灯笼挂在门前，风吹灯笼呼噜噜转，我和三哥哥过新年……”《挂红灯》是流传于晋西北和内蒙古土默川一带的二人台曲目，是走西口后人传唱了一代又一代的心声。走西口是穷苦人的辛酸史，但老一辈的穷苦人没有失去对美好生活的向往：挂一对红灯到大门外。灯笼是用纸糊的，但我小的时候真没糊过，我们村会糊的也不多。后来，商店里的红灯笼成批地卖，纸灯笼变成了更耐用的布灯笼，我们村家家户户过年都要挂红灯。红灯是一户人家院落的眼睛，挂一对红灯在大门外，流溢出人间的温暖，温暖着轻寒的春夜。

红灯挂在大门外，家家户户都喜气洋洋的，院与院之间红灯相对或相邻，好像互相眨眼打招呼一样。接下来每家院子里的喜气从哪里来？纸糊啊，贴春联、大字、彩旗，这些都是纸做的。写春联时我们把买好的红纸裁成长短大小不同的纸条，长条的写对联用，短条写横批用，方的写斗方用。父亲把炕桌摆好，我把墨汁倒好，把毛笔准备好后，到后街上请菅义老师来家里写春联。我在一旁帮着添墨沏茶，帮着翻书找对联。

春联的内容也充满了喜庆，四季如春、前程似锦、富贵平安等吉祥的字眼多一些便好。粮仓上要贴上“五谷丰登”的斗方，马圈上要贴上“六畜兴旺”的斗方，家门上要贴上“合家欢乐”的斗方。至于春联有一些是多年甚至是几代人不变的，如“门前车马非为贵，家有儿孙不算穷”，好多人家贴这副春联，小时候我觉得贴这副对联的人家虽然穷但很倔。再比如“天增日月人增寿，春满乾坤福满门”，谁家不愿意这样啊，所以贴这副春联的人家很多。我中学读《西游记》时看到“丝飘弱柳平桥晚，雪点寒梅小院春”这一特别温馨的诗句，感觉我家小院正月里的风光就该如此旖旎，好几年过春节自家写对联就用了这句。

春联能折射出时代气息。我们村里的人家过年要垒旺火，旺火上要贴一个“旺气冲天”的斗方。我很小的时候，有一年过年，后街上茹争平哥过来写对联，说不能写“旺气冲天”，要写“炮火连天”。当时春联好多是毛主席诗词，如“四海翻腾云水怒，五洲震荡风雷激”“红军不怕远征难，万水千山只等闲”……我小的时候看这些春联，迷上了毛主席诗词，让人给我抄了一个小本子来背。到后来又有“一年好景随春到，四化蓝图与日新”，这是提倡实现四个现代化的年头；再到后来我还看到“改革开放实在棒，包产到户就是好”这副春联，联语通俗，反映了人们拥护包产到户这一好政策。

除了春联，我们土默川一带还要写大字，挂彩旗。大字是在五彩的麻纸上写上字，上端粘在绳子上，下端粘上两个彩色的纸腿儿，然后吊在屋檐下、大门顶端。大字的内容一般是“欢度春节”“合家欢乐”“幸福美满”等吉祥字眼，一般人家屋檐下挂两三副，大门横梁上挂上一副。然后再把红、绿、黄等五色薄纸剪成三角彩旗，粘在绳子上悬挂在屋檐下和院子里，风吹来像翩翩起舞的彩蝶，又像春日的繁花枝头迎风微颤，使整个院子有了“春意闹”的灵动与生气。

贴春联，挂大字，悬彩旗，挂红灯，一般在腊月二十八上午进行。忙活了一上午，我们全家人面带笑容站在院子里欣赏着劳动成果：成双成对的春联红纸黑字，醒目惹眼；大字檐间翻动，襟飘带舞；彩旗随风起舞，五彩斑斓……再加上大门外这对红灯，通过精心用纸“糊”，年味越来越浓厚了，寻常小院土屋温暖人心，心头万紫千红总是春。真是满院子的喜气，满院子的春色，满纸的红红绿绿、花花草草、热热闹闹，满纸的喜呀、乐呀、春呀、福呀，啊呀，真让人心花怒放，心潮荡漾，感觉大年就要来了，感觉好日子就要来了，感觉美好的明天就要来了。

过了腊月二十八，大年就要到了，我们该穿新衣服过年了。还有纸“糊”的地方吗？有啊，除夕夜旺火盖的帽是五彩纸剪的，除夕夜迎春接福的爆竹是纸扎的。爆竹“咚嘎”一响就没了，父亲总说放爆竹撒手丢财，是败家行为。但为了能哄儿女们高兴，过年总要买上一些。

儿时那些“纸糊”的大年至今难以忘怀，年味是那么浓烈，色彩是那么绚丽，场景是那么温暖。那个年代虽然物资匮乏，但父母亲凭着对美好生活的向往，对幸福生活孜孜以求的专注，虔诚而认真地用纸“糊”出了美好的明天，再通过勤劳把“糊”出来的美景一点一点变成真实的好光景，让我们从苦日子里嚼出了幸福的味道，这种苦日子乐着过的精神如野菜粗粮，使我们消化吸收为健康向上的人生观、价值观和世界观。

有时我也在想，人再忙也要让灵魂跟上自己的脚步，再富也要让精神附上自己的躯壳。逢年过节要有仪式感和庄重感，这一点物质生活比我们贫穷的先辈们做到了，日子过得有滋有味，红红火火。今天，人们过年叫着外卖、订好饭馆，没有了忙年的环节，这年如水一般很快流走了，这年过得像水一样无味。失去了对美好生活的向往，失去了对天地万物的敬畏，再富足的生活也会过成穷日子。因为精神世界一片苍白的话，人，只不过是似水流年里一个空洞的存在。

第二篇

日暮乡关何处是

过大年　回老家

转眼间，母亲去世已十六年，父亲也已走了两年了。可我还是想回老家过年，想回承载着童年许多欢乐的老宅院里过年。

每逢佳节倍思亲。除夕那天，看着小儿在屋外的檐台下燃放爆竹，突然回想起小时有一次过年放炮时父亲看着我走神儿的样子，我问："大，你想甚了？"他说："想你爷爷奶奶哩。"我说："您都这么大了，还想我爷爷奶奶？"父亲说："是啊，人越上岁数，越想爹娘。"

越上年纪越想爹娘，越是过节越想父母。过年应该高兴，回忆并不悲苦，人世连绵不断，往来汇成古今。小的时候，我们兄妹是父母逢年欢乐的源泉，而今，儿女承欢是我们努力生活的理由。年复一年，日复一日，过年是生命成长壮大的历程，是人间至爱传递的接力。我们在父辈的呵护中长大，又在儿孙的嬉戏声中变老，父辈终究在我们的孝敬侍奉中远去……人生代代无穷已。正如路遥在《平凡的世界》里写道"多少美好的东西消失和毁灭了，世界还像什么事也没有发生。"

从前再也不能回来，生活却永远在继续。我们能做到的是回味和珍惜幸福与美好，父母是珍藏在我记忆深处最温暖最幸福的记忆，过年是一年中最美好最温馨的时刻。过年想亲人，为了能回忆起更多的美好时光，我年年不辞辛苦，执着回到家乡过年。父亲和母亲在这个院落生活了四五十年，我和两个妹妹都是在这里诞生并生活了十几年才陆续走进城市，生养我们的老院子里承载了许多生活的酸甜苦辣，但更多的是幸福温馨，尤其是过年：

——小孩爱过年红火。为了使院子有年味，有气氛，母亲腊月里忙着蒸点心、生豆芽，糊窗户、贴窗花，母亲用五颜六色的彩纸把屋子、院子打扮得春意盎然，为我们装点出了吉祥喜庆的童话世界。母亲说："这是纸糊出来的大年。"

——小时候吃不上好的，从除夕到初五能吃上五顿饺子就是好人家。父亲是个能耐人，村里的活儿样样在行，每年腊月，他总是被东家叫、西家请，帮乡亲们杀猪宰羊，按乡俗各家会送给一些肉作为答谢，因此我们就有了好口福。为了我们兄妹吃上更多的荤腥，父母还会多养几只鸡。

所以，记忆中日子再苦可我们兄妹不苦，除了能吃上肉，过年还有梦寐以求的新衣服。没有哪一年没吃过饺子，最少一年还吃了三顿：除夕、初一、初五。这一年父亲在生产队里工分是负的，我到现在不明白，那年为什么越勤劳的农民负分越大，辛辛苦苦干了一年，过年只分回一小瓶胡麻油。

为了让过年的气氛更好，母亲总是变着法儿地做好吃的，她能把玉米做出二十来种吃法。父亲总说："放炮竹撒手丢财，败家。"但为能让我们高兴，过年总要买上一些。过去，正月初一我们的院子里不点旺火，小孩子爱热闹，看到别人家垒旺火，我缠着父亲也垒起旺火。迁就是为了爱，昨天的迁就成了今天最美好的记忆。而今，为了让孩子们过一个热热闹闹、欢乐祥和的年，我也把院子装扮得春色满园：贴对联、挂红灯、悬彩旗，买了很多爆竹，并且在除夕、初一都垒起旺火。

老院子原先盖着两间土坯房，我们兄妹记事起就住在这里。听父亲说，他 11 岁时和守寡的奶奶迁到团结村，住的第一个窝棚被淹了，第二个简陋的房子狭小不说还不遮风挡雨。20 世纪 60 年代初，村里人一帮朋友帮他盖起了这处土坯房。这是父亲最得意的家产："当时我们都是青年队的，年轻人有的是力气，白天干农活，晚上点着汽灯制土胚，几个月就盖起了这个家，当时在村里那是好房啊。"

这栋立了五十年的土坯房装满了我童年的欢乐，我在其中过了将近三十年。2000年，我在城里安顿好后，和妻子一起邀父母进城和我们住，老院子就被冷落了。土坯房就是土坯房，没了人间烟火，少了气蒸烟熏，就支撑不了多久。母亲去世那年，灵柩停回家乡，院子围墙已全部坍塌，土坯房也破败不堪。

二妹告诉我，老院子的围墙其实早不行了，她上大学那会儿，每遇上下雨，院墙就坍塌，正赶上暑假，就和老爸在雨里扎枸杞枝围栏。这似乎成了她一个噩梦，梦里经常有雨天和老爸扎围栏的镜头，是伤感，也是伤痕。

进了城的父亲和我们一起住，习惯了抽水马桶的洁净和楼房供暖的恒温，也满意我和爱人对他的孝顺，可这挡不住他对老院子、土坯房的思念，经常和我念叨又梦见老家了。每年快到雨季时，就让我找人把老家的房顶抹一抹，免得很快漏成一堆泥。

钱挣在世上花在世上，给父亲盖个房子。2009年底，我和妻子及两个妹妹商量，一起给父亲盖个砖瓦房。把计划和父亲一说，他像孩子一样高兴。妻子说，一切设计要照从前的样子，院门朝东开，老人的卧室要在房子正中央，而且盘成土炕。说干就干，2010年开春，要扒倒老屋盖新房。拆房是有讲究的，父亲气喘吁吁地爬上老屋顶，庄严地向烟囱砸下了第一镢头……房子顺利盖起来了，窗明几净，红砖碧瓦。那年春节前，小院变得簇新漂亮，五颜六色。我买了好多的爆竹，带了好多好多好吃的，回家过年喽！

老院子沉寂了十年多后，过年时又垒起旺火，响起爆竹，小院上空腾起璀璨的礼花，旺火映红了每一张亲人的笑脸，父亲笑得最灿烂……熟悉而亲切的童年又回到了我的脑海中，眼前儿子和小外甥们疯了似地玩着、跑着。这才是过年。我走神了：要是母亲能活到现在多好啊……人不得全，月不得圆，人生总有遗憾，遗憾让我们永远憧憬美好的未来。童年的美好远逝了，但儿女过年的快乐与童真又给我们带来了新的美好。

那年春节后，我们全家每年都要带着老父亲回家过年。大年二十九或除夕上午去坟地祭拜母亲，虔诚地把坟地的野草清理完毕。祭拜完回家过年，小院里弥散着欢乐，父亲的皱纹里荡漾着笑容，早早给孙子和外孙们准备好了崭新的压岁钱……就这样过了六个大年，2016年夏至的前一天，父亲安详地走了。我庆幸我盖房子的决策太英明了，老父亲在宽敞明亮的房子里过了六个大年。老人要是没有享受这样的生活就走了，我的心会一直空落落的，攒再多钱有什么用，要再大的房又有什么用呢……

父亲虽然走了，但他亲手嫁接的果树每年依旧挂果疯长。院子里春天满树花开、夏日玫瑰飘香、秋天果杏低垂、冬日年味浓郁，处处仿佛都有他慈爱的身影。再忙再累我还是想回来过年，爱人也同意。因为在这里，满满的父慈母爱看顾我长大，在这里，我最能感受到父母的恩情。他们应该是除夕夜空中两颗闪亮的星星，在遥远的星空祝福和佑护着我们，老宅是他们温暖而慈爱的目光注视最多的地方，我们在这里迎春接福，孙辈们在这里茁壮成长。

我固执地相信，一个人与哺育过自己的院落有一种前世的牵挂，好比姻缘。我们家乡的习俗，儿子生下来胎盘要埋在家里门檐下的泥土里，这叫顶门立户。这胎盘叫作衣胞，我和儿子的衣胞都在这块土地里。

不管世事如何变化，过年我都想回老家，想想父亲母亲，忆忆儿时情景，让老宅院落燃起袅袅炊烟，充满欢声笑语，团聚至爱亲情，接续人间美好。

红灯挂在大门外

“正月里，正月正，正月十五挂红灯……”——这喜庆的旋律打小就耳熟能详。一对红灯，点燃了普通百姓最温馨的记忆，高挂在美好生活最温暖的地方。

《挂红灯》是流传于晋西北和内蒙古土默川一带的二人台曲目，是走西口后人传唱了一代又一代的心声。走西口是穷苦人的辛酸史，但老一辈的穷苦人没有失去对美好生活的向往：挂一对红灯到大门外。

穷苦怕什么呢！人要过出精气神。小时候常听父亲念叨一句谚语——“有钱没钱，剃头过年”。和挂红灯一样，理发沐浴过年这是对生活的一种态度，有了这种态度，日子才有了生气，生活才有了精神。反之，任由春夏秋冬、晨昏朝暮随意而过，再富足的日子又有什么味道呢？

日子不停地往前走，社会充斥着浮躁，人世布满了艰辛，应该不时停下来让灵魂跟上自己的脚步。逢年过节要有仪式感和庄重感，这一点，物质生活比我们贫穷的先辈们做到了，日子过得有滋有味。从苦难中走出来的人能够从灵魂深处感悟人生，能够哀而不伤、苦中作乐。挂一对红灯在大门外，流溢出人间的温暖，温暖着轻寒的春夜。

苦日子的煎熬里嚼出幸福的味道，再唱出来实在不易。二人台经典剧目《走西口》情意悠长：为了生计丈夫太春要去走西口，妻子孙玉莲相送，一对恩爱夫妻凄苦缠绵地唱着别离歌。听这歌曲只感觉：再多的苦难也要笑着面对，再大的委屈唱出来就好受。

与《走西口》同样流传甚广的《五哥放羊》是这样唱："正月里来正月正，正月十五挂红灯，红灯挂在大门外，单等我那五哥呀来上工来……"五哥是个放羊的，生活富不到哪里去，但多情的三妹妹一直把他唱到了十二月，真幸福："八月里来月正明，长工短汉分月饼，白糖黑糖都撒上，我给五哥分半斤；九月里来秋风凉，可怜五哥没衣裳，三妹妹取出一件花袄袄，改一改衣袖送给你穿上……"听唱词就知三妹妹是地主家善良的女儿，爱上了勤劳的五哥，生活总会有美好的远方和诗意。

"正月里来是新年，纸糊的灯笼挂在门前，风吹灯笼呼噜噜转，我和三哥哥过新年……"早些年，灯笼是用纸糊的，也只是听歌才知有那么多灯："西瓜灯，红腾腾。白菜灯，绿莹莹。芫荽灯，碎纷纷。韭菜灯，宽甚甚。茄子灯，紫不楞登。圪柳把弯黄瓜灯。龙儿灯，满身鳞。凤儿灯，花生生。老虎灯，多威风。摇头摆尾，狮子灯。三打金弹炮打灯。那是咿呀嗨，嗖溜溜起火带炮乒乓两盏灯……"

我记得小时候过年，好多人家挂的是电线拉着的白炽灯泡。改革开放后，红灯笼慢慢进入市场，进入千家万户。现在土默川许多农村，逢年过节都要挂一对红灯到院门前。进城后，家家户户过年时都把红灯挂在了阳台上，每当看到夜色中那对对红灯，我都会想一下主人是不是走西口先辈们的后人……生活即使再匆忙，心中都要挂起一对红灯，那是温馨与美好的象征。

元宵节一过，雪融河开春又到。让我们从那抹温暖彤红的光亮里出发，开启新一年的历程。五哥放羊不勤劳不会有三妹妹惦记，甘甜的瓜是苦蔓子结出来的，好光景是吃苦受罪挣来的，幸福的生活是奋斗出来的。

明年的元宵节，再挂红灯到大门外。

又到二月二

昨天早上，屋外爆竹一声接一声响个不停。翻翻日历，可不，二月二又到了。

小的时候盼年盼节心情迫切，其实是盼吃上一顿好饭，至于年俗和节庆的意义，小孩子哪管那么多。比如二月二，我们只知要舞龙剃头吃好的，至于龙为什么要在这天抬头，我们不明白也懒得弄明白。

不像现在的孩子好东西都吃腻了，啥都不新鲜。20世纪60年代末生人，童年别说快餐外卖了，连冰箱都没有，农村本来好吃的就稀罕，从过年一直到正月十五的好生活，使许多人家的储备基本没了，再说春回大地气温骤升，凉房里也放不住东西，人们都赶趁着把年货早早吃完了。

过了正月十五甚至早在初六，我们村好多人家已经是玉米窝头当家。一过元宵节，孩子们眼巴巴地盼着二月二早日到来，能够打一打牙祭。好过的人家，吃猪头肉“抬龙头”，吃饺子“长龙角”……穷的人家，也要吃上一碗龙须面，白面没有就用豆面代替。大人的各种讲究都是为吃出好运来，孩子们乐得吃个自在。

我们家那时光景差些，但我们兄妹几个吃得并不差。印象中吃过几顿饺子，但更多的是母亲变着法儿给我们做好吃的。没有白面羊肉吃饺子，杀一只鸡吃鸡肉蘸糕总行吧。母亲辛辛苦苦喂着十多只鸡，二月二一大早，父亲把刀磨得锃亮，从鸡窝里逮一只大红公鸡回来，在地上放一只碗盛鸡血。大公鸡惊慌失措乱叫着，我们兄妹双手捂脸背过去不敢看。唉，可怜的鸡啊，谁叫你光打鸣不下蛋呢。母亲炖鸡的香味丝丝缕缕从锅中飘出，溢满整个土屋，我们兄妹满心欢喜，对美味充满期待，一个比一个兴奋，早早洗手在炕上翻着跟头，等着母亲盛饭上桌，早把对大公鸡的怜悯抛在脑后。

二月二的塞外田野春天还没有光顾，但有的年景羊角葱也长起来了，母鸡零星开始下蛋，我们就能吃上羊角葱炒鸡蛋。羊角葱是人们在秋后留在地里经历一冬萌芽的绿葱芽儿，硬硬的，形似羊角，故得此名。父亲一早到地里刨挖回鲜嫩的羊角葱，母亲找出攒了一个正月的鸡蛋。羊角葱味重，土鸡蛋金黄，搭配出刻在记忆深处的美味。

吃这些美味前小孩子必须剃龙头，这对小孩子讲是痛苦甚至是要号啕的。一大早，父亲领着我去村里会用剃刀和推子的农人家，本来剃头者是用惯了镰刀的农民，剃头是捎带的事儿，剃刀剐得头皮生疼，长时间不用的推子不时夹住头发……哭也没用，父亲望子成龙，这头必须剃！忍忍吧，剃完就有好吃的了。

罗曼·罗兰说："甜蜜的回忆，亲切的容貌，宛如谐音悠悠的旋律，不时萦回在你的心头。而在那昔日的经历中，纵有名邑大川，梦中月光；纵有恋人倩影，却怎么也比不上童年漫步时留在细小的心灵上那深深的记忆，也比不上把小嘴贴在冰冷的窗上嘘满水汽的玻璃看到的一角庭院那样叫人难忘。"二月二美好的回忆越过了岁月单调的流逝，像幽远的清梦，四十年了，仍历历在目，不惹尘埃。

二月二一过，父母就要忙春耕，为一年的生计、一家的生计忙碌，再没工夫为我们在吃食上变戏法了。

春满人间又一年，莫要辜负好时光。泥土中孕育着一个绿意葳蕤的春天，心里头珍藏着一个温馨美好的童年。

留住乡愁的乡村学校

我上小学和初中是在村里的学校，托克托县五申乡团结村的学校。

学校从一年级到八年级齐全，每个班有三四十名学生。后来村子西头建了新学校，一至五年级的孩子们还留在东校，六至八年级的孩子们去了西校。

东校有两排砖瓦房，装有结实的木制门窗，但后墙好像土坯。当时村里大部分人家都住土坯房，这两排砖瓦房是村里最气派的建筑。学校院子里有一棵两三人合抱的大树，低年级的学生们常常手拉手绕树转着玩游戏。学生们坐的桌凳有一部分是村里教堂的，桌和凳连在一起，一条长凳上能坐七八个学生呢。

村里的孩子都在这里上学，相邻一些小村的孩子们也来这里。这么多孩子聚集在这里，学校当然是村里人气最旺的地方，每当老贾神气地摇响下课的铃声，男孩们像箭一样冲出教室，学校的院子里沸腾了：男孩们互相打闹挤扛，女孩们玩踢毽子、丢手绢的游戏。

学校当然是村里最有文化的地方，在这里有村里非常稀罕的报纸，老师们能从这里最先知道国家大事，然后宣传到村里。学校里的老师们不仅会教文化课，还会吹拉弹唱等多种技艺。我五六岁的时候，拉着父亲的衣襟路过学校，听到里边传出的手风琴声音，就走不动了，入迷地听一阵子。心里默念：快点长大，到这里上学。

父亲非常羡慕识文断字的人，可惜家穷没念一天书，就想让我早些念书。1975 年 8 月，按年龄和生月我还差一年才能上学，父亲就把我拽到学校马开花老师面前说：“让他先试着念，不行我再领回他去。”

报名那天，在学校里遇到了我的邻居耿五。耿五看到我也来上学高兴坏了，拿了一块蓝色旧复印纸，从背后把我的双眼蒙住，我被吓哭了。马老师把耿五拖到办公室拾掇批评了一顿，又用热毛巾把我眼眶上的蓝颜色擦掉。估计马老师心里犯嘀咕：这么小，一碰就哭，能上学吗？

但我入学表现还是不错，尤其是念书的表现，马老师居然没有把我退回给父亲。留在这个班挺幸运的，马老师是我们的班主任，对待每个孩子都像耐心慈爱的母亲。在学习之余，马老师经常带我们参加课外活动，有一次让我读报，刚上了半年学的我被生字拦住，断断续续读下来，马老师鼓励了我。打那以后我就发誓多多识字，能早日读通报纸。

小学一二年级教我们数学的是赵济民老师，那时好像已近六十岁。赵老师讲课不温不火，像个慈祥的老爷爷，加减乘除我们是从他那里开始学会的。之后，崔满威、续二威、菅吉威、续成文、茹栓小等老师都先后教过我们，他们那时很年轻，教书很卖力，可以说他们为我们上高中前打下了一个良好的基础。可惜，崔满威、李文贵老师已去世多年。

在我的印象里，学校里每位老师都有绝活，菅义老师写得一手好字，过年时常被人请到家里写春联；张深老师下得一手好棋，经常在供销社门前当擂主；常铎老师小学没教过我，传说中是能写会画的硬手；韩少雄老师手风琴拉得好，教我们唱歌时胖胖的他满头大汗；茹栓小老师爱钻研字词，我有次从收音机里听了“一叶知秋”的成语，在作业里向他请教，他在作业里详细作答……在那个没有电视、手机、课外书的时代，老师们是我的偶像，将来一定要像他们一样有文化。

小学里珍藏着许多童年的美好记忆。我在班里是最瘦小的一个，秦三奴是班里一“霸”。有一次下学被他拦住，我哭了。幸亏我钱换哥和邻居史二俊平听到哭声及时赶来，两人联手把秦三奴揍了个鼻淌鲜血。最快乐是去史二柱家看小人书，有一本是两只鸟比谁穿的衣服多，有一只鸟脱下一地衣服，我俩笑得不行。现在想想，有啥好笑的？唉，人永远能像孩提时代爱笑就好了。

上小学时，女同学是用来打架的。男生和女生合用一张桌子，桌子中间画一道“三八线”，谁都不能越过。经常有女同学被男同学欺负哭，但矮小瘦弱的我连白巧爱、李美桃、常红梅都打不过，特别是常红梅，太女汉子了。课间我就独自到学校旁边打谷场的麦秸垛里练习翻跟头、拿大顶、空翻……时间久了居然空翻自如。学会这些“武艺”，不会被欺负了吧。可胳膊肘子战照样输，只好用刘备的绝招——哭来抵挡。

尽管是村里的学校，但我记得学校生活丰富多彩。过新年时经常有文艺活动和猜谜活动，猜对一个谜奖一块水果糖，我能得好多糖。那时老师们也少顾虑，所以能组织好多课外活动。已故的崔满威老师曾带我们去村西的水渠里学游泳，我被渠里的浑水呛了好几口，幸亏会水的同学张计平把我拉上来。现在的学校，吓死也不敢组织这种活动。

七年级我为了学英语就去另一个乡读书去了，但我一直惦记着村里的学校。之后，我听说东校先卖了，那棵大树也没保存下来。村里只保留小学，西校还在。在天津上大学时我还到西校看看，和老师们下下棋。再往后，小学也并到了五申镇里，西校也没有了，学校从一个昔日两千多人的村庄消失了。

镇里、县里的教学质量也许高，也许村民们也愿意把孩子送到更好的学校里去。但俗话说孩子是个红人，大人们都围着这个红人转，哪里有孩子哪里就红火热闹。失去了琅琅读书声的村庄也就像失去了魂，只能越来越萧然衰残，让人别有一番滋味在心头。

故乡，晨昏炊烟袅袅升起时，何时能再有童稚的读书声也飘荡在村庄的上空？

铁打的乡村流水的农人

前两天茹义打来电话，告诉我们他父亲去世了，享年八十。

他父亲比我父亲小几岁，掐指算一算，村里和他们年岁相仿的老人们越来越少了，特别是近两年不断有老人们故去的消息传来。老供销社门前是老人们蹲坐着晒太阳聊天的地方，日常总会聚集好多熟悉不熟悉的身影，拉着永远拉不完的家常，但不时总会有掉队的永远缺席，也不断会有年龄大的及时补上。

前些年，父亲时常提到村里一些年长者的名字，我一脸茫然。因为和他年岁相近的人我还能略知一二，更早的甚至名字我都不知。但在父亲的脑海里，每一个名字都是鲜活的面孔，每一张面孔都有属于自己澎湃的人生。

我们村曾是一个常住人口超过两千人的大村。有一次父亲午睡醒来和我念叨：“我活了八十多年，感觉是一眨眼的工夫。想一想，村里光后街上就走了多少人。”八十年的时光堆积，父亲觉来只是一瞬，高度浓缩的回忆使好多熟悉的面容孔攒在一起，他们早已消失在泥土中，和我说话的父亲也离开我近两年，但逝者的过往或许还被高寿的长者铭记。

铁打的村庄流水的村民，村庄是舞台，一代又一代农人是过客。无数过客曾经走过这舞台，上演着一幕幕悲欢离合、爱恨情仇。父亲那代人或年龄更长者，过的是最艰难清苦的岁月，他们牢牢地被拴在土地上，为填饱肚子挣命流汗，为改变穷困的生活熬煎愁苦。当然，他们也有过丰收或添丁等诸多欢乐，欢乐是他们追求的目的和战胜苦难的支柱。

路遥的《人生》中德顺爷爷有句话："就是这山，这水，这土地，一代一代养活了我们。没有这土地，世界上就什么也不会有！"我父亲那辈人以及他们的先辈们像德顺爷爷一样热爱土地和村庄，他们拼命攒钱盖房，为的是给儿娶媳妇，这使得村庄房舍俨然，不断扩大。

如今，我的小学同学这代人已经是村庄里生产和生活的主角，但不同于先辈的是，他们拼命攒钱给孩子们在市里或县城买房买车。和买楼房的天文数字相比，土地上攒下的菲薄收入实在可怜。他们生活在村庄，梦想在城市，这倒不是他们不热爱村庄和这里的土地，而是时代和世事使然。

村庄还在，田野还在，生生不息。纯朴的农民们继续演绎着村里的生活悲喜剧，耕耘着先辈们洒过汗水的垄亩。我的好几位同学就守望着村庄，忙碌于田野。比先辈们幸运的是：住的房子不再是土坯的，走的路变成了水泥的，手里拿的是手机，互相招呼喝酒是用微信。他们生活并不是大发大富，但殷实而知足，茹义端着酒杯和我说："干活觉得累，你想想我；收入觉得少，你想想我；官位觉得低，你想想我……喝哇！"

我敢说，我这几位同学肯定比不上那些先辈们能吃苦。先辈们吃的是"锄禾日当午，汗滴禾下土"的苦，受的是"足蒸暑土气，背灼炎天光"的罪。有了各种农业机械，锄耧耙种、收割脱粒等先辈们累死累活的农活对他们来说是轻松平常的事。这使他们有了更多的时间进城务工，可以自由地两栖于乡村与城市，忙时务农、闲时打工成为他们的生活状态，像二柱、利生等好几位同学都是以务工为主，城市是家，家反而像旅店。

当然为了美好的新生活，不论种地打工，农民都可以吃别人吃不下的苦，咽别人咽不下的气。比如我表哥钱换种完自家的地又租种一百多亩地，他说自己只会种地挣钱；补元喜欢倒腾各种农业机械，又是远近闻名的木匠，农忙时两头不见明起早贪黑种地，农闲时东家请西家等装修房子脱玉米粒；茹义则在外专拣苦重钱多的活揽，为的是给儿子攒钱上学、城市置业。前两天他去工地时心急赶路，让汽车撞掉了门牙。我说："饭要一口一口吃，钱要一分一分挣，不能太着急，要保重好身体。”他说：“你不知道，我得趁着身强力壮，多给儿子攒两个钱！”

可爱的农民们，他们爱孩子胜过自己，这使得村庄能生生不息代代繁衍。但下一代人的心已不在村庄里，不在土地上。灯红酒绿的城市对他们更有吸引力，互联网和手机里的世界更精彩。城市的巨大吸力使乡村越来越干瘪，像我们村现在只剩下不足700人。我有时想：钱换、补元他们能够守望着村庄，他们之后呢？又有谁会安定其中？

但我知道我的担心是多余的，土地永远会有人耕作，村庄永远会有人坚守，铁打的乡村流水的农人。父亲那一代人的远去，使得他们那辈人及先辈们的奋斗永远被尘封了，村庄会升起新的炊烟，诞生新的故事。

渐行渐远的村规古风

乡村让人怀念的，并不是现代化的小洋楼，也不是穿梭于其间的小汽车，而是那些朴素的衣冠所承载的古风。那些积淀了温良恭俭让的古风，远比各种新潮的东西都有生命力，润物无声，滋养着一代又一代村民的心灵。

邻里和睦那种朴素的美好能让人温馨永远。我小的时候，正是人们吃饭最困难的时期，一天三餐都是玉米饼，吃得我们兄妹几个看到玉米饼就犯愁。这时就盼周围邻居家吃好的，我们也好打一打牙祭。我的父母和周围邻居们的关系处得特别好，东家吃汤糕了，不忘给我们端来一瓢；西家吃猪肉烩菜了，不忘给送来一小盆。当然我们家偶尔吃一顿好的，也不忘给邻居们端去一些，我和两个妹妹都被父母指派给邻居们送过饭，邻居大娘大婶会帮我们洗好盆碗，再给我们的兜里塞上点瓜子、炒豆之类的零食。

那个年代物质虽然极度匮乏，但人情却非常美好。邻里像我们的西邻居耿召小大爷家，共有 5 个男孩 3 个女孩，日子肯定过得比我们还紧巴，但每逢吃好的就听到召小大娘隔墙招呼母亲接过吃的来。东邻居茂盛哥家过得和我们差不多，每逢过七月十五和中秋节，两家会合计一起买上一条羊腿给孩子们解馋。周围的邻居们不论哪家有红白喜事，总要给邻居和要好的村民送去事宴上的席面和汤糕。

除了互相赠送一些吃食之外，谁家有稀罕物品也要让邻人和好朋友分享。我们家院里有几棵大果树，每到秋季果子熟了，父母就要指派我们送给好多叔叔大爷家。父亲早年会打沙鸡，也送给邻居品尝。冬日里我们家也会收到

我、土屋和狗

光景好的邻居朋友们送来的猪羊肉和鸡鸭等。朴素的岁月让乡亲们装扮得真情流荡、真气饱满、绚丽温暖，使人感到贫困的岁月底色也永远不是苍白和灰色的。“投我以木桃，报之以琼瑶”，乡人睦邻，礼尚往来，多少时光流逝了，普通人之间那种美好的情感仍然色、香、味诱人。

我的家乡就在阴山南麓的平原，那里不仅有“绿树村边合，青山郭外斜”的自然景观，更有“开轩面场圃，把酒话桑麻”的闲适。印象中，每到天阴下雨或农闲有空时，农民们三五为伴，打一些散酒聚在一起海阔天空地聊，拉家常说农事，壶中日月长，聊得胡麻花儿开了，聊得高粱穗红了。一年又一年过去了，这样的乡村风景重复着：一个农家屋里，被抽烟的人弄得烟雾缭绕的炕上，是几张黝黑泛红的庄稼汉的脸庞，急红白脸地争论着。“肯与邻翁相对饮，隔篱呼取尽余杯”，是一种乡间喝酒古风的写实。

乡亲们在喝酒吹牛中吹出了友谊，吹出了睦邻互助的真情。我的父亲是村里的能工巧匠，常常帮助村里乡亲们上梁盘炕、杀猪宰羊。每逢有人建房上梁，村里往往几十人帮忙。印象中每到收割时节，父亲的几个要好朋友都要来帮忙。农活讲究个协作，耕种、碾场、扬场等往往得几个人密切配合才能完成。这种互相帮助还体现在周急济贫成人之美上，如谁家孩子上学缺钱了，谁家孩子娶媳妇急用钱了，乡亲们都会救急帮衬。

除了邻里和睦、互助互帮外，从小受到最多的乡风教育就是崇尚节俭。小的时候，父母告诉我们：吃饭时不能出声或说话，否则就是骂饭；吃某种食品时不能嫌它不好吃，不然就是诅咒食物；吃饭前不能敲盆打碗，否则将来会讨吃的；更不能随意丢弃粮食，这是作孽将来会落个饿死鬼的下场……这些教育使我们从小对乡规村约有一种敬畏和害怕，对粮食有一种崇拜情结，直到现在我吃饭也是不舍碗里最后一口，宁让撑着也不剩饭，结果弄得身材真不好看。

我不知道现在的农村家长如何教育孩子，但我到现在不埋怨父母。尽管那种教育有咋呼甚至瞒哄的成分，但感谢父母使我们那一代人养成了节俭的美德。每当看到有的小孩嫌弃食物，每当看到饭馆里人们随意丢弃粮食，我的心里就在喊：作孽呀！每当看到小孩子吃饭时高声喊叫，我就想起我们小时候一家人一起喝酸稀粥时，只听到“哧溜，哧溜……”喝粥的声音，这是对食物的赞美之声。

今天，村子里多了砖瓦房，多了水泥路，穿梭其间也多了小汽车。但少了一些规矩，少了几许古风，就像一个人丢了魂似的……这魂，什么时候能叫得回来，这村庄才能像先辈们生活时那样，尽管古朴但不缺精气神。

远逝的乡校和难忘的园丁

教师节来临之际，想起了我上高中以前乡村里的老师们。那时还没有教师节，但他们丝毫无愧于园丁的称号，在偏僻乡村贫瘠的土壤上，扶植起了一棵棵孱弱的渴求知识的幼苗。

在我到县城上高中以前，上过三所乡村学校。每一所学校都有让我难忘的老师，他们有的已经退休在家，有的仍然教书育人，有的还在乡村驻守，还有的已经去世多年……但我一直感念这些启蒙的园丁们，他们用幼儿园教师般的耐心，教会了我们第一个生字和第一道算术题，教会了我们要像庄户人受苦一样拼命学习，才能学有所成，才能长上翅膀飞出乡村。他们用言传身教传递了乡村的质朴，教会了我们善良、吃苦等人生的道理，使我们若干年后走进城里这花花世界，也没有迷失方向。

我上的第一所学校是本村的学校，托克托县五申乡团结村的学校，学校从一年级到八年级齐全。1975 年 8 月，按生月我还差一年才能上学，父亲把我拽到学校马开花老师面前说："让他试着上两天，不行我再领回他去。"报名那天，在学校里遇到了我的邻居耿五，耿五看到我也来上学高兴坏了，拿一块蓝色旧复印纸，从背后把我的双眼蒙住，我被吓哭了。马老师把耿五拖到办公室拾掇了一顿，又用热毛巾把我眼眶上的蓝颜色擦掉。

马老师教我们一、二年级，也是我们的班主任。马老师就像一位慈爱的母亲一样照顾着每一个孩子，我们这些刚刚不穿开裆裤的孩子没有上过幼儿园，更没有上过学前班，一年级就是我们的幼儿园或学前班。马老师在教会我们拼音和生字的同时，还得纠正我们各种毛病，使我们讲规矩懂礼貌，还得制止身强力健的孩子欺负瘦弱矮小者。一个班级好比一块田地，一个学生好比一株庄稼，马老师要使田地上的每一株禾苗都能尽量公平地均沾阳光雨露。

那个时候“文化大革命”虽然已近尾声，但学校里还是以各种学习和运动为主。高年级的学生们走街串巷地张贴标语，我们这些低年级的孩子们不知道他们为啥那样激动和亢奋。我们读一二年级时，赶上了多事的1976年：周恩来总理逝世、唐山大地震、毛主席逝世、打倒“四人帮”……我们看着大人们哭哭笑笑，不知道为了什么。当时上课学习是捎带的事情，但马老师坚持带我们进行读报等课外活动，这实际上是变相的认字游戏。有一次让我读报，我不时被生字拦住，断断续续读下来，马老师不住地鼓励。我内心发誓多多识字，早日读通报纸。

三年级之后，马老师不再给我们教课，但在学校里遇到后总要关心我的学业。四年级有一个学期我好像没得上奖状，马老师问我详细情况，我的眼泪在眼眶里直打转，觉得给马老师丢了人，发誓更加好好学习。马老师一家后来调到了县城，退休后我在县城见过马老师几次。我就想，像马老师那样有爱心的老师当然应该在县城里更大更好的学校里任教，在我启蒙的时候遇到她，实在是人生的一种福气。

赵济民老师像个慈祥的老爷爷，教我们小学一二年级数学时，他看上去已近60岁。赵老师讲课不温不火，加减乘除我们是从他那里开始学会的。他有一个女儿在“文化大革命”期间因标语的事情被人告发是反动分子，惹来了牢狱之灾，后来去世了，时间大概是给我们教数学那几年。赵老师应该忍受了巨大的丧子之痛，但给我们授课时看不出来，至今我记住的还是他那慈祥的面容。听他的儿子赵耀说，赵老师后来到县城安度晚年，九十多岁高龄去世的。经历了白发人送黑发人的善良老人，应该安享高寿。

在团结学校我一直读到六年级，崔满威、续二威、訾吉威、续成文、茹栓小等老师都先后教过我们，他们那时很年轻，教书很卖力，可以说他们为我们上高中打下了一个良好的基础。可惜，崔满威、李文贵老师已去世多年。崔老师也给我们当过班主任，是一个非常和善的人，书教得也很好。李文贵老师没教过我们，我那时个子矮，在学校里遇到李老师，他煞有介事地给我出主意说："告诉你一个偏方，把路边这些通天杨树的树梢截下几段来，在锅里炒一炒研成粉末喝下去，一下子就长高了。"李老师的风趣幽默在学校里是出了名的。

续二威和菅吉威老师也都当过我们的班主任。已经上小学四年级了，我还用我的小名称心，感觉太不洋气了。回去和妈妈说："我的名字太小孩子气了，想改个大人名字。"妈妈笑着就说："那你就加个鹞，一个鹰一个鹞，不过你多大妈也得叫你称心。"我和续老师一商量，续老师推敲半天说："鹞字的谐音是耀字，就叫殷耀吧。"直到如今，我很满意续老师给我改的这个官名。菅吉威老师经常刻蜡版，给我们印辅导资料，有时我们也帮他刻印，那些充满了油墨香味的油印资料伴随着我们成长。

茹栓小老师爱钻研字词，有一次我从收音机了听了"一叶知秋"这一成语，在作业里向他请教，他在作业里详细作答。有一次，他让我们仿照鲁迅先生《从百草园到三味书屋》里"薄薄的雪，是不行的；总须积雪盖了地面一两天……看鸟雀下来啄食，走到竹筛底下的时候，将绳子一拉，便罩住了"这一段写一篇作文，我把和父亲打沙鸡所见的情景写了进去，茹老师赞赏不绝，使我对写作文产生了浓厚的兴趣。还有一次，学校组织的讲故事活动上，他声情并茂地给好几个班的学生讲述小说《党员登记表》，听到黄淑英为保护全区的党员登记表英勇牺牲，我们不少同学掉泪了，有几个女同学哭出了声。

尽管是村里的学校，但我记得那时学校生活丰富多彩，不仅有这种讲故事的活动，过新年时经常有文艺活动和猜谜活动。而且，学校里每位老师都有绝活：菅义老师毛笔字写得好，张深老师下一手好棋，常铎老师能写会画。韩少雄老师教过我们音乐，手风琴拉得好，教我们唱《苦菜花》《黑三角》等电影的主题歌，胖胖的他经常满头大汗高兴地笑着……在那个没有电视、手机、课外书的时代，这些乡村学校的老师们是我的偶像，发誓将来一定要像他们一样识文断字、多才多艺。

父母为了让我学习英语，1981 年下半年就送我到了第二所乡村学校——托克托县中滩学校。外祖母在中滩乡把栅村，我每天要跑近三公里上学。转学到中滩学校时，我耽误了近一个月的课，数学老师王崇英和英语老师王青都抽空给我补了落下的课。父亲买了几盒青城烟要感谢下老师们，他们坚决拒绝。尽管在中滩学校只读了一年书，我一直惦念着这所学校和几位朴实的老师。在中滩学校时我迷上了听评书，每到我听到《杨家将》等评书时，我就把小说的场景和学校周围的景物联系起来。

因为想家，我还是强烈央求母亲把我转回离我们村不远的五申中学读书，这样我可以骑自行车跑校。来到五申学校后，郑福宝老师教我们数学，张心德老师教我们语文。张心德老师家住学校里，经常传授我写作文的技法心得，郑老师教我一道难题的不同算法，这使我偏爱上了这两门课程，这两门课程一直是我考试拿分的强项。

到县城上高中之后，一直关注这三所学校和老师们。后来听说团结学校的东校卖了，我们五年级以前经常在下面玩游戏的那棵大树也被砍了。在天津上大学时，我放假还经常回团结学校西校看看，和老师们下下棋。后来小学撤并到五申镇里，西校也没有了，学校从一个昔日两千多人的村庄彻底消失了，就像生活在这个村庄的无数先辈一样，他们的喜怒哀乐和爱恨情仇消失得无影无踪了。若干年以后，谁还知道这里有过一所学校。

中滩学校也已经消失，五申学校我回家时经常路过，只是一个规模很小的小学了，尽管建筑变成了一栋三层楼，但远远不如我们那个平房时代红火热闹，那些平房早被抹平了，平得像周围长着禾苗的田野。那琅琅读书声仿佛是人家屋顶上飘散的炊烟，连同我们心里最明媚的少年记忆，都消逝得无影无踪。童真的读书声在我心头像泉声一样回荡，心里只剩下了惆怅和不解：我曾就学的三所乡校加起来至少有一千五百多名学生，怎么就都消失或萎缩了。

失去了读书声的村庄就像丢了魂，只能越来越萧然衰残。我已不在故乡生活，但我希望故乡越来越有生气，后辈们拥有比我们更方便的求学条件和更敞亮的读书环境，童稚的读书声更加清脆地在村庄的上空飘荡，而不是仅仅在我们的心中回响。

又到人间七月半

明天又到七月十五了。

小的时候不懂得七月十五是个祭祀悼亡的日子，只盼七月十五、八月中秋快些到来，就能吃到好吃的东西了。

回忆里的岁月，是那么鲜艳而美妙。快到七月十五时，父亲把墙壁用白泥粉刷一遍，母亲要重新糊窗纸、贴窗花，过年时粉刷的墙壁和糊贴的窗花经历了大半年的烟熏火燎，色彩黯淡了，要把它换掉。童年时，对美好生活的向往就在窗花了，盯着窗棂上新换的窗花图案，会发呆、会走神到画里，会浮想联翩……这是喜鹊登枝，这是年年有余，而这个又是富贵平安。

我家在黄河岸边的托克托县，七月十五有捏面人人的风俗。左邻右舍里母亲手艺最好，这几天往往东家请西家叫，帮她们捏面人人。把发酵好的面揪成小团放在案板上，母亲熟练灵巧地捏出了憨态可掬的娃娃和形态逼真的各种小动物，安上黑豆做眼睛，点上色彩为装饰。放在笼里蒸好出锅，一件又一件精美的艺术品出笼，即使是嘴再馋的孩子也不忍下口。

最盼望的是七月十五能有羊肉吃，那个时候穷，正月吃过几顿饺子后，就大半年没吃过羊肉了。记忆里到了七月十五，即使是最差的年景，父亲也要割上一两斤羊肉包上一顿饺子吃。年景好的时候，父亲要和邻居共同买一条羊腿分食，甚至要再接上一副羊杂碎。那样不仅有饺子吃，而且会有羊杂汤喝，有羊骨头啃。一连两三天过有油水的生活，在饥饿的日子里再幸福不过了。

那个年代，物质虽然匮乏但人们的精神却是饱满的，乡下虽然贫穷但乡情却是真挚的。和其他节日一样，七月十五这几天里左邻右舍和亲戚朋友之间会互赠面人人，互赠其他稀罕的吃喝、水果。整个乡村里，层层暮霭里，缕缕炊烟里，飘着馋人的肉味和母亲们叫喊孩子们回家吃饭的声音。在记忆深处，那些声音是那么清晰，那么亲切。想一想，那才像个节日。

至于祭祖上坟，小的时候七月十五和父亲给爷爷奶奶上过几次坟，印象里我没见过面的爷爷奶奶离我很远很远。这倒不是对先人的大不敬，童年时代感觉祭祖是爸爸妈妈等大人们的事，对于我们小孩子来说，任务就是吃好喝好，七月十五中元节是中秋节的序言和前奏，是八月中秋节吃月饼的铺垫。

2002 年阴历七月，没想到母亲走了。母亲是七月二十五走的，去世前的十几天，一直卧病的母亲突然在十五快来这几天精神了，她和了面，兑了碱，给两岁的孙女捏面人人，捏得是那么细致……至今这个面人人我还保存着，这是母亲留下的最珍贵的礼物。

打从母亲去世后，祭祀上坟就成了我七月十五最惦记的事儿。快到这个日子时，我就嘱咐妹妹、妹夫准备好上坟用的纸钱、香烛，生怕落下什么东西。七月十五当然不缺好吃的，比小的时候丰富得多，可我一样也记不住。

2016 年，父亲又走了。父慈母爱没了，我更加怀念童年美好、幸福的记忆，想起过去的片断不觉“酸风射眸子”。可生活永远向前，眼前儿女、外甥们玩得开心，笑得无邪，我得为他们吃好穿好而辛苦操持，目标有点俗气，但很接地气。孩子们会像我童年那样，充满对节日的向往，却不仅是因为一顿羊肉。

出完这趟差，我要回去上坟，看看爸爸妈妈，再回忆一下 20 世纪七八十年代的七月十五。父母亲的爱像太阳一样炽烈，像月亮一样温柔。每每回忆起他们，我眼前弥漫的是温暖的阳光和无尽的月色，天地间充满圣洁的光辉。

又是一年丰收乐

秋分节气快到了，这是第一个中国农民丰收节。

辣椒和葡萄是我的家乡托克托县有名的两大特产，这个时候辣椒红得像农民的笑脸，葡萄紫得像晶莹剔透的水晶。秋天是一个色彩绚丽的季节，大自然毫不吝惜地挥动神奇的画笔，把各种色彩渲染得淋漓尽致，各种颜色的树叶如艳丽的霓裳炫耀着秋光。且将一笑悦丰年，农民脸上的笑容，是这个时节最美的秋色。

从呼和浩特市到我的家乡托克托县团结村只有一个半小时的车程，但已经能感受到丰收的景色：田野里成片的高粱红得像喝醉了，笔直地挺立在地里；玉米有的已经露出了金黄的棒子，等待收割机进地；向日葵叶子已有些染霜变枯，硕大的花盘垂头待采……田野里秋天的颜色并不是十分美丽，但农民们喜欢这种成熟的颜色。

小的时候，包产到户之前父母亲常为一家人吃不饱犯愁，很少有庆丰收的心境。父亲是生产队里的好劳力，记得有一年父亲辛苦一年，到头来工分是倒扣的，过年只分回一小瓶胡麻油。我到现在都不明白，大集体时为何越勤劳的农民负分越大。那年头村里人们都为吃饱肚子而熬煎，粮食不够还得挖野菜、吃甜菜干来接济度日，丰收是很遥远的事情。

包产到户第一年，村里的人们就尝到了丰收的味道。人们被饥饿吓怕了，在责任田里种得五花八门：小麦、土豆、胡麻……餐桌上需要啥就种啥。中秋节前，人们已经把夏天收获的新小麦磨成了面粉，已经吃上了现榨的胡麻油，已经能用新土豆炖羊肉了。以前人们想也不敢想：哪里有这么多的面、这么香的油、这么好的肉……丰收的味道是馋人的，村里弥漫着烙月饼的香味，散发着诱人的炖羊肉的香味。丰年欢笑酿成千里和气，整个村庄都是喜喜乐乐的。“稻花香里说丰年，听取蛙声一片”，这是辛弃疾的丰年味道和声音，而我的丰年味道是月饼香和农家的笑声。

“人饶笑语丰年乐”，粮食丰收了要庆祝，其他经济作物丰收出售了同样要庆祝。记得有一年在供销社卖了枸杞子后，父亲买了供销社里最贵的两包金丝猴烟给人们散发。又割了一条羊腿，买了两瓶绿豆大曲招待亲朋好友。“莫笑农家腊酒浑，丰年留客足鸡豚”，村民们往往以相聚饮酒的方式庆祝丰收，几张黝黑泛红的脸孔，聚在一起共话桑麻，说着家长里短，且尽丰年酒一杯，互相劝饮……古俗交情久，丰收的酒是绵厚的。

在我们家乡托克托县，村里庆祝丰收的方式是大家凑钱请一台戏回来唱，钱多唱晋剧，钱少唱二人台。陆游《秋日郊居》写道：“今年斟酌是丰年，社近儿童喜欲颠。半醉半醒村老子，家家门口掠神钱”，写的是江南农村秋社时村民收取赛神钱的情景，赛神钱是宰牲祭祀神明和娱乐用的。我小的时候也一样，听说要唱戏心里欢喜得不得了，也看到有的叔叔大爷喝得半醉半醒，到我们家里起唱戏钱。唱戏是一个村庄庆祝丰收的狂欢，没有一家人家不愿出这份钱的。

唱戏的日子定下了，家家户户开始请亲戚。在外边做媳妇的闺女，正好拉大引小回娘家，帮父母浆洗浆洗衣服被单；在村里做媳妇的女子，也把娘家人请到家里来看戏，七大姑八大姨挤在一起好不热闹。“鸡豚社酒赛丰年，醉唱村歌舞村乐”，戏要唱上三到五天，戏场就是物资交流会场，出售农机具和五金电器等日用商品的商贩纷纷搭起了帐篷，还有卖衣服、布匹、被单、床罩的，拉一条长绳子搭得花花绿绿的。还有卖羊杂碎、熟肉、酿皮的摊子，香味勾人。

又是一年丰收乐。前两天我的小学同学丁补元从村里上来，我告诉他“中国农民丰收节快到了，就在秋分那天”。补元说：“面朝黄土背朝天，我们农民也终于有了节日了，好啊！”手机上一查日历，秋分正好在中秋节前一天。

第三篇

朝花夕拾忆旧时

男儿当作女孩养

我前两天晒了一张自己小时候的旧照，好多朋友都说“明明是女孩”，我原先的领导、现香港大公文汇传媒集团董事长姜在忠先生还赠诗一首：“五十年前旧时装，娇儿扮作千金养。爷娘心中百重爱，长使孝子泪两行。”

我小时候穿的的确是女儿装。把男孩当作女孩养，在我们土默川那里是一种习俗，一种为了驱病避灾让男孩健康成长的习俗。“娇儿扮作千金养”的确体现了“爷娘心中百重爱”，为了我的健康成长，他们真是煞费苦心。

我出生的那个年代或者我父亲出生的那年头医疗条件差，有不少孩子是养不大的。把男孩当成女孩养，土默川这一带包括山西北部都有这样的习俗，就怕孩子得病或有其他灾祸长不大。一种办法是给男孩辫上小辫子，或者梳成女孩子的头型，像我的大舅梳着女孩的发型，我的三舅扎着辫子；再一种办法就是让男孩穿女孩的衣服，像我这样小时候穿女孩衣裳的男孩不在少数。父亲 36 岁才有的我，我又是头一个孩子，老来得子像得了宝一样。顶在头上怕歪了，含在嘴里怕化了，当然得想着法子趋利避害。母亲的针线活又好，把我打扮得花枝招展，像个大户人家的小千金。其实都是些布头剩料，我穿的毛茸边帽子、虎头镶毛边鞋和花棉袄、小肚兜，都是母亲精心缝制的。

还有一种办法就是取成女孩的名字。像我父亲名讳家女，我们村就有叫这个名字的。我还听过有叫花眼、丑女的。取名避灾还有就是叫得结实点或丑贱一些，如石头、碌碡、拴狗、丑小等，我小的时候想不通：为什么把名字叫得这么难听呢？

现在医学发达科学昌明，当然不会有人讲究那么多了。把男孩当成女孩养，体现出了那个年代父母对孩子的呵护与爱怜，像我奶奶给父亲取名、我姥姥给几个舅舅扎辫、母亲给我穿上一身花衣裳……一代一代爱在接力，爷娘之爱真是绵延深厚，让人思来泪湿双眸矣。

回忆少小读书事

每每读到宋濂《送东阳马生序》中“余幼时即嗜学。家贫，无从致书以观”时，就想起了自己小时候爱看书而无书看的不容易。

出生于20世纪60年代末的农村，没有几本书可看。那时正是“文革”末期，写在农家屋壁上的标语就是我的启蒙识字卡。父母看到我看着墙上的字用小棍在地上照猫画虎，他们高兴：这娃爱读书，好事。“忠孝传家远，诗书继世长”，父母亲对读书这件事看得非常神圣，他们因家穷没读上书或读好书，想让遗憾在儿女身上得到弥补，想让夙愿在孩子身上最终实现。

一直庆幸自己生得巧，我们这一代人要比大我们五岁甚至十岁左右的人幸运。我们没有被轰轰烈烈的“文化大革命”耽误学业，到适龄时顺顺利利上了小学，这时“文化大革命”已近尾声，中国大地即将迎来一个春天，改革开放的春天。但我刚上学时，人们还很穷困，本来没有书籍的农村经历“文革”破四旧后，书更成了奢侈品，我家又穷，上小学前除了母亲夹鞋样子的书，可以说家里没有一本书。

上一年级拿到课本后，算是第一次拥有了书，感到真开心。班里不少同学买了《新华字典》，但我没能买得起。两个月后的一天放学后，父亲和母亲指着柜上的梳头匣子神秘地笑着，我打开一看：是我梦寐以求的《新华字典》。这是家里花钱买的第一本课外书，为了这本定价1元的字典，父母又辛苦地攒了两个月，但从此播下了读书的种子。

家里毕竟不宽裕，买不起更多的课外书，当然那个年代也没有多少书可买。

小学的时候最多的是蹭同学的小人书看，有钱的同学几分钱或一角多买一本小人书，小伙伴们就挤在一起看，《难忘的战斗》《渡江侦察记》《南征北战》……看这些小人书有时围在一起有五六人，拥有小人书的同学非常神气，可以决定让谁看不让谁看，我得拼命巴结着这些书籍的拥有者。记得史二柱家小人书最多，放学后就经常往他家跑。

五六年级时，广播里播放的评书越来越多:《西游记》《杨家将》《大隋唐》《岳家将》……听到痴迷处，我就想什么时候能看到这些书呀？那时我们农村孩子所能见到的书还是少，听老师们谈论说学校有位老师有《红楼梦》，原是禁书。我第一次听到《红楼梦》这个书名，只觉得书名很美，何时能一读呢？

七年级在托克托县中滩中学上学，有一位同学拿着一本唐宋诗词选读的册子，我看了爱不释手，真是词句警人、余香满口。向人家借来抄，这位同学答应借我一天，第二天下午上学归还。借来后我拼命抄呀，到第二天中午还没抄完。从我住的把栅村到学校约有三公里的路，我在上学的路上边走边抄……

1980 年以后，书籍也越来越多，家里也逐渐宽裕，能挤出买“闲书”的余钱了，真正才开始买书了。1982 年夏天卖枸杞收入了几百元，我和父亲一起骑自行车到了 35 公里外的察素齐镇，察素齐镇是土默特左旗旗政府所在地，当时是我出生以来到过的最大最繁华的地方了。进了书店便被迷住了，挑着买了《新选唐诗三百首》《李白杜甫诗选译》等好几本书。

初三那年，我在五申镇供销社看到了《西游记》《水浒传》，分别是四元二角钱和三元五角钱。这笔钱不少，我犹豫了好久，分两次向母亲张口要钱，没想到每次母亲都很痛快地给了我钱，说：“你爱看书我很高兴，不争（蒸）馒头气也要争（蒸）糠窝窝气，将来做一个识很多字的人！”

上高中后学业紧张，我读“闲书”的工夫几乎没有，买书多以辅导资料为主，但也按捺不住添了不少新伙伴，像《唐宋八大家名篇浅析》《唐宋绝句选析》《两汉书人物故事》……这些老朋友至今保存着，只要是读过的书我不会随便丢弃，因为书卷多情似故人，它们启航我的人生理想，展示了另一个可以心游万仞的世界。

回忆少小读书事（续篇）

上了大学以后，一下来到天津这样的大城市，每到星期六日，逛书店成了我最大的乐趣。

天津纺织工学院在唐口，周围没有太大的书店，一到星期日我们就要坐35路公共汽车到市中心去逛商场和书店。上大学时也没有多少钱，逛商场我没有多少实力和兴趣，大多是往书店跑。逛得最多的是东北角书店、古文化街里的古籍书店。

东北角书店是我逛得比较多的书店，是天津市最大的新华书店，在红桥区的大胡同商贸区。书店旁边就是宝林祥食品店，但我每次去了直奔书店，没有进过一次津门这家有名的食品店。我一直喜欢古典文学，在东北角书店我购买了朱东润先生主编的《中国历代文学作品选》，这套书共六册是1988年出版，还有一套于非主编的《中国古代文学》。这几本书我是用功读过，使我的古典文学知识水平有很大的提升。

到古文化街里逛古籍书店，可以说成了我大学四年的一个嗜好。古籍书店的店名是茅盾先生题写的，这里有许多降价书，非常实惠。在这里，我曾买过钱锺书先生的《谈艺录》和缪钺、叶嘉莹先生合著的《灵溪词说》。有时我星期日早晨从学校出发，可以在古籍书店看好长时间书。在古色古香的古文化街里，我淘到了不少降价书，一套中国社会科学院的《中国文学史》(上、下），只卖两元钱，我如获至宝。

在读本科期间，我买的书并不算多，但读得非常认真。读《中国历代文学作品选》，我认真地做了各种眉批和旁注。读《管锥编》是借来的，我在一个笔记本上工整地大段抄写。我和我们宿舍的5位同学一起听完了李野默演播的《平凡的世界》，听到金俊山用大红布给他的奶牛做了两个乳罩，实在是笑得不行，评书听完了，我又买了一套《平凡的世界》来看，这是中国文联出版公司出版的三卷本。

在大学里迷上了金庸的武侠小说，真是读得废寝忘食。飞雪连天射白鹿，笑书神侠倚碧鸳……我一定要把这些书读全了，读得脑袋里全是武侠人物的影子，走过纺织工学院的操场，那仿佛就是高手们华山论剑的比拼地；晚上下自习路过篮球场，路边的树叶被风吹得哗啦啦响，好像裘千仞的铁砂掌……我也和有同好的同学读梁羽生，读古龙，古龙的作品使人有匪夷所思、光怪陆离的感觉，读梁羽生的作品使我更加喜欢上了古典文学，“楚客多情偏怨别，碧山远水登临”“黄叶无风自落，秋云不雨长阴”……这些前人的诗句和小说中主人公的命运结合起来，诗词便有了一种侠气。

大学四年级我备考中国人民大学第二学士学位，天天在宿舍楼道里开夜车到凌晨三点钟左右。考完试后，开夜车的习惯已形成，睡不着怎么办？我就开始读《红楼梦》，是上海古籍出版社的三家评本。说实在此前四大名著其他三部都读了，唯余此书未读。到大学毕业前这段时间，我反复读这部书，读了有七八遍吧。这期间，我从古籍书店淘了一套《新说西游记图像》，中国书店出版的上中下三本，我把《西游记》又重温了一遍，影印绘画绣像挺好，繁体竖排的版面，仿佛把人带入了云遮雾罩的神仙世界。

我是个喜聚不喜散、爱热闹不爱冷清的人，读到“寒塘渡鹤影，冷月葬花魂”这样的句子就觉得凄冷无比了，当读到黛玉香消玉殒后，痛苦“林妹妹死了”。这时就体会到杜甫听到李白死了后那种“世人皆欲杀，吾意独怜才”的悲愤，恨不得把贾府那些阴谋家们剁了喂狗。后边就读得很粗略了，但经典的章节反复玩味。读《三国演义》也一样，读到关羽被杀后感觉蜀汉的下坡路来了，一直读到秋风五丈原诸葛亮病逝这章，禁不住泪流满面。再往后的章回我读得很潦草。再比如《水浒传》征方腊的回目我很少读，我不忍看到那些英雄好汉死伤过半。

从天津到北京上学，可逛的书店更多了。到王府井一带，可以逛王府井书店和外文书店，再往北走就是中华书局和商务印书馆的读者服务部，这两个读者服务部里我买过不少书。琉璃厂的中国书店和古籍书店是我经常去的地方，二十多年前琉璃厂里的古旧书店挺多，饶有兴味地逛着、挑着，不知日头将尽。海王邨的中国书店过去很大，我耐心地一间一间地逛。别人逛琉璃厂是淘宝淘字画呢，我们穷书生只能淘两本古旧书籍。

在人民大学时，每逢六日在教师宿舍区附近都有特价书市。如果这里淘得不尽兴还可以去北大校园里的书店去泡着，在这里挑拣一番就可以到海淀图书城里去逛。现在古旧书比新书卖得贵，但那时特价书就是特价书，只要你肯下功夫，肯定能淘到心仪的特价书。现在我书架上好多书都是那个时候用心、用时间淘来的，每每拿起一本，就像又见到故人，想起了当时买书的情景和青春岁月。

青涩的高中岁月

1983年的夏天，我考高中。初秋时节，收到录取通知书。看着“托克托县民族中学”几个字，一个打小在农村长大、上学的孩子充满憧憬——这是一座多么神圣而高大的学校。数着日子盼望到繁华的县城去上学，风吹杨柳哗啦啦，打麦场水塘边青蛙的叫声都那么欢快。

三十四年过去了，母校的记忆仍然那么清晰而亲切，这就是母校的神圣而高大处：一所学校的成功不仅仅在于教会我们知识的多少，更重要的是教会了我们诚实勤勉的人格品德，教会了我们艰苦拼搏的人生态度。润物细无声，这种品格和力量使我们“自信人生二百年，会当击水三千里”，这使我们在今后的人生受益匪浅。

对于我们这些农村走出来的孩子，在民中的高中生活是真正意义上的寒窗苦读。比起我们在农村干锄地收割等农活，读书这点苦算得了什么。和历届农村班一样，83届高中农村班是出了名的苦学，同学们起早贪黑，点灯熬蜡，没明没夜地学。有的同学就连洗饭盒的时间都生怕比别的同学少学下，干脆中午就不洗饭盒……现在回想起来这种近乎野蛮的苦学，是为了走出乡村走向更广阔的天地，用已故化学老师贾守义的话说：“好好学习才能穿皮鞋，不好好学习只能穿草鞋。”为了未来过上“穿皮鞋”的日子，我们“蛮拼的”，一个“拼”字，是母校留给我们最深的记忆和财富。

直到如今，我们奋斗、拼搏的劲头都没有松懈，这是母校给我们受益终生的财富。我所认识的民中校友，无论经历了多少人生曲折，历尽多少风雨坎坷，最后都在各自的行业或岗位干得非常出色，非常出彩。我的不少同学有下岗的经历，但经过自己的拼搏创业，成了事业有成的创业者；还有不少同学、校友在平凡的岗位上干出不平凡的业绩。吃苦、拼搏——是母校赐予我们每一学生的双飞翼，使我们“乱云飞渡仍从容”，飞纵千山万水，改变命运，走向成功。

我们读高中的那几年，正是中国刚刚步入改革开放的头几年，中国大地上像脱去臃肿的冬装一样，迎接着美丽的春天，到处充满希望梦想，到处洋溢生机活力。至今想起母校，我们耳际回荡着“我们的家乡，在希望的田野上”“小城故事多，充满喜和乐”……这是母校留给我们的不泯的青春音符。我们也抱着“学会数理化，走遍天下都不怕”的信心，从鞋底沾满泥土芬芳的田野走来，组成一个新的集体——托民中 83 届高中农村班。

毕竟农村刚刚包产到户，高中生活里至今难忘的是饥饿记忆。12 元一个月的伙食费，说给儿女们听以为是天方夜谭。稍稍富裕的同学买一个九分钱“炕板”，在同学羡慕的眼光中吃下去，不亚于今天富二代飙车的感觉。有的同学周末回家带来肉酱，一顿饭的工夫就被同宿舍的同学一抢而光……在饥饿中我们学习、成长，现在回忆起在母校的苦读岁月里那种饥饿感觉，居然渗透着一种温馨，也许再苦涩的青春回忆也是美好的，因为里面有我们挥洒汗水奋斗的昨天。

最应该感谢的是母校给我们配备了一批年轻而师德高尚的教师，班主任历史老师孙殿坤、数学老师张文生、语文老师杨静斌、化学老师贾守义、物理老师王再柱、俄语老师姚仲奎……论教学经验他们在当时并不算最丰富的，但他们铆足了劲教我们，正课忙完又补课，那时补课决不会收取学生分文的。在教学相长中，在耳濡目染中，我们体会到了他们对教育事业的忠诚热爱和对学生的无私奉献，这是教师全部道德修养的关键和核心。作为教师最重要的不是砺学，而是敦品，他们用心教会了我们善良、真诚，使我们受用一生。今天在我们许多同学身上或多或少都有老师当年的言传身教。

品格的修行是一种内功，渊渟岳峙，矫矫出众。我所认识的民中校友，在职场上的同学谨言慎行，踏实肯干，在没有任何背景的情况下出人头地，走向成功；在商界里的同学然诺守信，勤俭创业，在没有积累的情况下逐步发展壮大；工薪阶层的同学恪尽职守，兢兢业业……我觉得这种朴实无华、不甘人后是母校对我们的性格养成，这使我们的人生尽管山一程、水一程，有时“山重水复疑无路”，但最终会走进“柳暗花明又一村”的境界。

三十多年了，母校的记忆片段依旧清晰如昨，温暖着我们的心灵；三十多年了，老师们的嘉言懿行依旧在耳在心，照亮了我们人生的航程。一批又一批莘莘学子从母校这一摇篮走出，传承无华而实的母校品格，演绎菊秀兰芳的精彩人生。衷心祝福母校明天更美好！

藏在心中的青春之歌

1983年的夏天，我考上了托克托县民族中学。高中求学那几年，永远难忘。

在这之前，我一直在乡村的几个学校辗转读书，我想象不出县城中学是一座多么神圣而高大的学校；在这之前，我只去过一两次县城，和母亲骑自行车从中滩那边远远看东边云遮雾罩的县城，我感慨还有这么大的城市；在这之前，我和父亲去旧城联营商场备办过年货，我惊叹还有这么繁华的商场。

打小在农村长大的我，掰着指头盼到繁华的县城去上学的日子。母亲这时已经给我准备好了崭新的被褥和一身毛哔叽做的新衣服，怕我睡觉冷，被褥多加了二斤棉花不说，还另外给我缝制了一个沙鸡毛的垫子。我和父亲把地里的庄稼也收拾得差不多了，这时父亲送我去县城上学。在学校里我们遇到一位长得像陈毅的老师，后来才知道他是教我们化学的贾老师，贾老师不厌其烦地告诉了我们报到流程。父亲帮我买了脸盆、饭盒等物什，安顿完以后就有点不放心地回去了。

现实总是没有理想中的事物丰满，繁华热闹过后就是汹涌袭来的寂寞。我们这个宿舍里住18个人，左右通铺各睡7人，中间通铺睡4人，我在中间的通铺上。宿舍里的空气一点都不好，半夜有人磨牙打呼噜，有人打嗝放屁，有的同学吃坏了肚子半夜去上厕所，动静挺大……我睡不着想家呀，想得流泪了。

学校给我们配备孙殿坤老师当高一2班的班主任。孙老师精明强干，教我们历史。开学不久，我们就被送到距县城十多公里的农场里劳动锻炼。我们都是农村来的，农场这点劳动对我们来说很轻松，得空我们就到周围的树林里背诵新语文课本的第一课——朱自清先生的《荷塘月色》。住宿时我被安排和孙老师一个屋子住，可能是有的同学怕和老师在一起不自在，把我给悄悄顶上去了。和老师在一个屋的确不习惯，但一两天过去就习惯了，想家心切的我正好和孙老师拉拉家常。有一天夜里我在睡梦中从床上掉了下来，把孙老师惊醒了，着急地拉着灯关切地问我摔坏了没有。

孙老师当时也年轻，雷厉风行，作风干练，把我们班带得像预备役似的，纪律严明，学风优良。班里有几个捣蛋鬼在孙老师面前也装得像绵羊似的。行动服帖了心里可能不服帖，嘴里学孙老师讲课的样子，重复“乔达摩·悉达多”这句经典台词，还给孙老师编段子。农村班的班风在学校里是最好的，和往届农村班一样，83 届高中农村班的同学们非常吃苦勤奋。

至今很庆幸那个年代没有手机，也没有电子游戏可玩，可以保证我们把全部精力投入学习。而且同班的男女生见面是不说话的，更不会因谈恋爱影响学业。同学们之间争相比赛分数和学习成绩，连吃饭睡觉的工夫都怕别人比自己多学下。不少同学扒拉两口饭就匆匆忙忙拿起书本，把省下的时间都用在读书上。早上洗脸时，勤快的同学打来一盆冒着热气的洗脸水，十几条毛巾就伸过来了，把毛巾蘸湿一擦，就算洗脸了，然后匆匆到教室。有一次我们宿舍集体感染上了红眼病，学校派一辆敞篷车接我们去什拉壕看病，同学们一个个红着眼睛开心死了，我虽然因偷懒没洗脸幸免，但也得被拉去检查……

教室熄灯时间好像是晚上 11 点，熄灯后教室里烛光星星点点，没有一个肯回宿舍先睡的。直到凌晨一两点上了床，有些人还要点蜡再学一会儿。从教室出来，一阵清风吹过，满天的星河闪烁，我们又度过了充实的一天，三五成群高兴地结伴回宿舍。倒头休息到天刚放亮，猛地一睁眼，看到两边有些铺位上被子已叠得整整齐齐，心里慌得不行：人家又比我多学下了，赶紧往教室去追赶……我们恨不得把早锻炼的时间也用在学习上，但那是不可能的，有班主任管束着，操场上教导主任崔尚文老师巡视着我们。有一天跑步，我的裤带挣断了往厕所跑，被崔老师看见追回队列，我只好伸手在裤兜里提住裤子跑完剩下的一圈半。

对于我们这些农村走出来的孩子，在民中的高中生活是真正意义上的寒窗苦读。大家拼的是时间和精力，玩的是意志和精神。比起我们在农村锄地收割等农活，读书这点苦算得了什么。化学老师贾守义用话激励我们："好好学习就能穿皮鞋，不好好学习只能穿草鞋。"为了未来过上"穿皮鞋"的日子，我们"蛮拼的"，爱拼才会赢，是母校和老师们留给我们最深的记忆和财富。

高中生活里至今难忘的是饥饿记忆。高一那年一个月的伙食费是 9 元，高二以后也才涨到 12 元。现在说给儿女们听，以为是天方夜谭。一个月 9 元钱能吃上啥？除了星期二和星期五改善伙食才能见到一些荤腥，其余日子是一桶开水煮土豆牛心菜，外加玉米饼和黑面馒头。漫长的秋冬吃着腌大白菜，胃里直发酸。每周二、五改善两次伙食，可以吃上猪肉烩菜和油饼。肉太少往往有人的饭盒里分不上，班上身强力壮的郝世凯和王银柱有一次因为一大块肥肉打起来了，勺头乱飞，我和张文政等几个瘦弱的端着饭盒里的菜汤直往后躲闪。

稍稍富裕的同学买一个九分钱"炕板"，在同学羡慕的眼光中吃下去，不亚于今天富二代飙车炫富的感觉。有的同学周末回家带来肉酱，一顿饭的工夫就被同宿舍的同学一抢而光；有的同学周末回家好饭吃多了，来学校后就坏了肚子……正是长身体的时候，我们中的大多数人饱尝了饥饿的感觉，但饥饿并没有妨碍我们学习、成长，反而激励着大家更加努力，为了将来能够吃上肉，吃上饱饭。在饥饿中我们学习、成长，现在回忆起在母校的苦读岁月里那种饥饿感觉，居然也有一缕温馨。

再苦涩的青春回忆也是美好的，因为里面有我们挥洒汗水奋斗的昨天，因为我们没有虚度过一天。我们读高中的那几年，正是中国刚刚步入改革开放的头几年，大地上像脱去臃肿的冬装一样，迎接着美丽的春天，到处充满希望梦想，到处洋溢生机活力。至今想起母校，我都感觉耳际回荡着“我们的家乡，在希望的田野上”的优美旋律，萦绕着“年轻的朋友们，今天来相会。荡起小船儿，暖风轻轻吹”的催人奋发的歌曲……我们也抱着“学会数理化，走遍天下都不怕”的信心，近乎疯狂地采撷知识的果实。

想起母校托克托县民族中学，我都觉得有一种飞纵千里山的豪情，为我们曾经的拼搏和奋斗而自豪，为我们“自信人生二百年，会当击水三千里”的青春岁月喝彩。母校和老师们教会了我们诚实勤勉的人格品德，教会了我们艰苦拼搏的人生态度。润物细无声，这种品格和力量使我们今后的人生受益匪浅。直到如今，我们奋斗、拼搏的劲头都没有松懈，我所认识的民中校友，在不同的平凡的岗位演绎着精彩的人生，吃苦和拼搏是母校赐予我们的两大法宝，可以用它们战胜人生道路上的各种困难。

最应该感谢的是母校给我们配备了一批年轻而师德高尚的教师。论教学经验，他们在当时并不算最丰富的，但他们铆足了劲教我们，正课忙完又补课，那时补课决不会收取学生分文的。他们用心教会了我们善良、真诚，使我们受用一生。我佩服孙殿坤老师对师母无微不至的照顾。师母患糖尿病多年，孙老师悉心照料，还得拉扯孩子。一个人一次两次照顾病人容易，难得的是一生的呵护。我上大学后好几次放假回去看望他，看到孙老师守候在师母的病床前，不温不火、不急不躁地看着输液器里的液体静静地滴……

杨静斌老师从高二开始给我们当班主任，是我们的语文老师。高中时同学们家庭大部分都不宽裕，善良的杨老师也是刚从乡下一所中学调去，手头并不富裕，但还是想方设法周济一些贫困生。每年寒暑假有的学生行李多，杨老师就帮他们用自行车驮上行李，骑二三十公里路送他们回家，顺便也完成了家访。“要想让学生二十年、三十年不忘记你，甚至一生一世都惦记着你，你就要永远追求师德的完美。师德是创造这种永恒的刻刀，你的一言一行都会镌刻在学生的心灵深处。”

张文深老师年轻潇洒，数学教得好，给我们打好了数学基础；化学老师贾守义给我们好多同学补课，决不收取分文，可惜贾老师走得有点早；物理老师王再柱、俄语老师姚仲奎课教得好，人也朴实；崔尚文老师作为民中的教导主任，勤谨热心，许多学生的志愿都是崔老师帮助选择填报的……老师们不仅教给了我们知识，更教会了我们善良、真诚，塑造我们的品格、品行、品味，使我们受用一生。我们许多同学都有老师当年的言传身教：朴实无华、踏实肯干、兢兢业业，没有那种嘴尖毛长、使奸耍滑的。

今天，托克托民族中学在呼和浩特市的旗县中学里仍然是佼佼者。我的高中同学李东涛在县里分管教育工作，他对家乡的教育工作饱含感情。同学姜润厚已经在民中担任校长，我和润厚好几次长聊，感觉到了他对教育事业的忠诚热爱，尽管当下旗县的教育面临很多困难，但他把母校办好的信心满满。孙老师等当年教过我们的老师已先后退休，但我的同学周水春、王瑞、崔利军等接力在母校任教，传道授业解惑，在他们和母校老师们的努力下，祝愿母校的明天更美好，祝愿所有的老师们健康快乐！

聊聊亲爱的老师们

一早上忙完稿子的事，有一种“痴儿了却公家事”的快感。还有点时间，想起我的几位老师，该说点写点什么了，才能更一吐为快。

从小学到大学算起来，我在七个学校就过学，念了18年书，感谢每个学校的老师们的辛勤辅导，教给了我知识和做人的道理。一个人遇到好老师是人生的幸运。——真的是这样，遇到无数好的老师站在人生的岔道指引方向、传授技能，使我们的人生不断向新高度和新气象攀登，才使我们在追求真善美的路上字正腔圆，而没有荒腔走板。

每个老师都能使我回忆起成长的片断，印象最深的还是高中的几位老师，是师辈也是父辈，是长辈也是友辈。有缘成为师生，从此半世相携相知，一生亦师亦友。

德嘉行懿孙老师

孙殿坤老师是我们高一的班主任，教我们历史。现在已经退休。

1983年我们从农村初中考到托克托县民中，组成一个高一农村班。和往届农村班一样，83届高中农村班的同学们非常吃苦勤奋，肯定能培养出高考的好苗子。学校可能为了出成绩，使农村班有好的班风，给我们派了孙老师这么个班主任。

同学们说，孙老师非常严厉。孙老师当年也年轻，雷厉风行，作风干练，把我们班带得像预备役，纪律严明，学风优良。班里有几个捣蛋的家伙在孙老师面前也不敢捣乱，见了孙老师装得像绵羊似的。行动服帖了心里可能不服帖，嘴里学孙老师讲课的样子，重复“乔达摩·悉达多”这句经典台词。还给孙老师编段子，孙老师的儿子孙岭正好那年出生，一个捣蛋鬼学着孙老师的样子双手一抖：啊呀，这下闹对了。

我佩服孙老师对师母无微不至的照顾。师母患糖尿病多年，孙老师悉心照料，还得拉扯孩子。一个人一次两次照顾病人容易，难得的是一生的呵护。我上大学后好几次放假回去看望他，看到孙老师守候在师母的病床前，不温不火、不急不躁地看着输液器里的液体静静地滴……啊呀，我当时眼睛热得，想到“易求无价宝，难得有情郎”，真是这样的，真不容易呀。多年下来，精明强干的孙老师瘦成了一条条。老天爷眷顾好人，在孙老师照料下师母身体好转。

积德行善杨老师

杨静斌老师从高二开始给我们当班主任，是我们的语文老师。

同学们说：杨老师的优点是善良，缺点是太善良。但要我说：在杨老师心里不知道什么叫欺骗，在杨老师眼里世上没有一个坏人。善良不是缺点，除了善良你还想让杨老师教你什么。

刚调到呼和浩特市一所中学里，学校分给杨老师的一套房子被另外一个年轻老师抢先住了。这事其实好解决，学校出面，杨老师怒逐之即可。但杨老师克制忍耐，以德服人，几个月后这位老师搬走，而且还经常在教学上向杨老师请教，成了非常好的同事。

杨老师的女儿杨茜考取内蒙古财经学院那年，教师节前一些学生非要凑份子给他家买电脑祝贺，被他严词拒绝：“拿了你们的电脑就会对我的师德和人品有损，师生间就不会再有真情流露。”杨老师说：那么多走上工作岗位多年的学生还惦记着我，这是身为人师最大的快乐。

我们高中时同学们家庭大部分都不宽裕，杨老师也是刚从乡下一所中学调去，手头并不富裕，但还是想方设法周济一些贫困生。每年寒暑假有的学生行李多，杨老师就帮他们用自行车驮上行李，骑二三十公里路送他们回家，顺便也完成了家访。“要想让学生二十年、三十年不忘记你，甚至一生一世都惦记着你，你就要永远追求师德的完美。师德是创造这种永恒的刻刀，你的一言一行都会镌刻在学生的心灵深处。”

天佑善人，善良的杨老师过着幸福的退休生活，两个女儿给他添了两个活泼的小外孙女。去年秋天，杨师母过斑马线被一个骑摩托的小伙子撞得受伤不轻，杨老师电话里说：“唉，这会儿的年轻人操眉驾眼的。”再多的怨言就没了。

真心感谢老师们

高中的时候，真的感谢母校给我们配备了一批年轻而师德高尚的教师，除了孙老师和杨老师，还有数学老师张文深、化学老师贾守义、物理老师王再柱、俄语老师姚仲奎……论教学经验他们在当时并不算最丰富的，但他们铆足了劲教我们，师生都是拼了。

张文深老师数学教得好，当时好像追一位本校的蒙古族女老师，但没因找对象耽误教我们。至今，年轻潇洒的张老师和我们好多同学是朋友。

化学老师贾守义经常给我们励志：“好好学习才能穿皮鞋，不好好学习只能穿草鞋。”他给我们好多同学补课，决不收取分文。可惜贾老师走得有点早，孩子们很争气，两个儿子在呼和浩特市某个区里当公务员，非常优秀。

……

在教学中，在相处中，我们体会到了他们对教育事业的忠诚热爱和对学生的热爱奉献，他们用心教会了我们善良、真诚，塑造我们的品格、品行、品位，使我们受用一生。

今天，我们许多高中同学都有老师当年的言传身教：朴实无华、踏实肯干、兢兢业业，没有那种嘴尖毛长、使奸耍滑的。

证件背后的励志青春

整理旧物，找到我的一大堆准考证、毕业证，这些证件见证了我青春岁月的奋斗历程，勾起了难忘的回忆。

印象中，五年制的小学好像没有发过毕业证。为了追着去学英语，六年级、七年级、八年级我分别在团结、中滩、五申三所学校求学，三年后，我以全校第一的成绩毕业，这个毕业证和参加高中一年级考试的准考证我至今保存着。

考入托克托县民族中学后，我所在的农村班同学学习起来近乎拼命，目的是三年后能够敲开大学校门，改变穿草鞋的命运。那时候不像现在，有许多“高考落榜生”，大约八个人里面才能考上一个，老师给我们鼓舞士气时常讲：“考上就穿皮鞋，考不上就穿草鞋。”高考时考场外的标语就是“一颗红心、两种准备”。学校里设有高考补习班，补两年三年的同学有的是，最多的补八年才考上。

那个年代没有手机、不玩电子游戏，男女生见面不敢说话，可以把全部精力投入学习。同学们之间比的是分数和成绩，连吃饭的工夫都怕别人比自己多学下。不少同学扒拉两口饭就匆匆忙忙拿起书本。晚上全校统一熄灯后，教室里星星点点烛光融融，没有一个肯回宿舍先睡的。直到凌晨上了床，有些人还要点蜡再学一会儿。倒头睡到天刚亮，又争先恐后赶往教室。就像鱼儿汇入洋流，鸟儿成群迁徙，感觉身不由己，也不敢掉队。大家拼的是时间和精力，玩的是意志和精神。现在想起来，那种场面还令人起敬，让人叹服。

当时一个宿舍里住 18 个人，左右通铺各睡 7 人，中间通铺睡 4 人，宿舍里的空气一点都不好，但累到极限的同学们睡得很香，浑然不管别人梦魇磨牙打呼噜。

当时学校的伙食费每月 12 元，现在看来真是不可思议。顿顿几乎都是土豆煮牛心菜和黑面馒头，每周二、五改善两次伙食，可以吃上猪肉烩菜和油饼。肉太少往往有人的饭盒里分不上，班上身强力壮的郝世凯和王银柱有一次因为一大块肥肉打起来了，勺头乱飞，我们几个瘦弱的端着盛菜汤的饭盒直往后退。家境好的同学可以买一个九分钱“炕板”，在同学羡慕的眼神中吃下去；有的同学周末回家带来肉酱，一顿饭的工夫就被同宿舍的同学一抢而光；有的同学周末回家好饭吃多了，来学校后就坏了肚子……正是长身体的时候，我们中的大多数人饱尝了饥饿的感觉，但饥饿并没有妨碍我们学习、成长，反而激励着大家更加努力，为了将来能够吃上肉，吃上饱饭。

三年的寒窗苦读，考上的毕竟是少数，大多数同学还得补习。我因为考得不理想，也返回来复读补习。补习班人太多，有时只能踩着桌子找到座位挤进去。寒来暑往又一年，1987 年的高考季节又来了，正是最农忙的阳历七月，枸杞红了，麦子熟了。父亲放心不下庄稼，更放心不下我。但我的未来是他的寄托，我的前程是他的希望。他义无反顾地放下农活到县城陪我高考，我在考场上奋笔疾书，他圪蹴在烈日下的墙角边等我出来。头一天上午语文考得不错，下午化学考得不理想，父亲连说带哄安慰我的情绪，我顺利地结束了两天半的高考。

焦急地等待了半个多月，分数出来了。我和郝世凯骑上自行车去县教育局去查分数，父亲不放心我，也相跟上到了县城。分数查到了，我上了分数线，世凯查到自己没考上后当时鼻血就流了下来。不相信再查一遍，结果还是一样，世凯蹲在台阶上任由鼻血和眼泪交流。能不着急吗，真考不上就得头顶烈日锄地拔麦子，干那些压弯了父辈腰的农活。流吧，管它是血还是泪，还得再拼它一年。好在世凯擦干泪又补了一年后，考上了有名的兰州大学，成为我们班的骄傲之一。

上了天津纺织工学院之后，高中的惯性使我保持了刻苦学习的劲头。大学四年，除了学习高等数学、电工学、材料力学等又费力又枯燥的工科课程外，我把更多的时间用在了课外学习文史哲，我只是兴趣使然钻研学习这些东西，只是为了爱好去畅游古典文学世界。没有想到大学四年级时可以报考北京广播学院和中国人民大学第二学位。报名后我天天近乎野蛮地在楼道里点蜡烛学习各种课程，每天都坚持到凌晨三点钟……这点苦怕啥呢，我在高中的时候就吃过。

考完试后，我并没有抱太大的希望。毕竟我是个工科生，那么多考生参加考试，有好多都是名牌大学的文科生，我只是来碰碰运气。大学四年级下半年，我们已准备好毕业找工作。一个阳光明媚的上午，我安静地在教室里做我的制图作业——绘制一个纺织厂的平面图，这是我的毕业设计，我认真地画着每一笔，有人通知我去校门口的传达室里去取挂号信。什么挂号信？家里有事情？取到挂号信一看，封面是中国人民大学的，紧张地拆开，是一封录取通知书。欣喜之余想一想，只要你拼过，不可能的事也许就可能了；只要你努力过，你就是龟兔赛跑里那只笨拙的龟，迟早会超过奔跑如飞的兔子。

在人民大学，我一边学习新闻，一边钻研自己喜欢的文史哲。快毕业那年，父亲得了脑血栓，我必须回家乡找工作照顾父母，不能像别的同学那样留在北上广，所以就多了这张支边证，来到现在的工作单位，就这么简单。

这些证件背后，隐藏着自己挥洒过汗水的青春。年轻时的拼搏和奋斗，真的使人不会因为虚度年华而悔恨，也不会因为碌碌无为而羞耻。只是青春已然逝去，往事徒成追忆。

二十四年未知非

宋人蒋捷那首著名的《虞美人》描写了不同年龄段所见风物及听雨之感受，其词云：“少年听雨歌楼上，红烛昏罗帐。壮年听雨客舟中，江阔云低断雁叫西风。而今听雨僧庐下，鬓已星星也。悲欢离合总无情，一任阶前点滴到天明。”这是一种不同时期的人的心绪变化，有一种走向萧瑟看破红尘的味道，落寞得让人压抑。眼下不少传统媒体人，好像有这种“忧伤”。

“男怕入错行，女怕嫁错郎。”记者是个靠手艺吃饭的辛苦职业，眼看着不少同事跳槽转行干得风生水起，眼看着许多同行因纸质媒体衰落而改弦易辙。想想自己走过的路——回首向来萧瑟处，也无风雨也无晴。一脚踏入记者这行当，一干就是二十四年。到现在仍然执迷不悟：至今没有入错行的感叹，从事新闻工作多年，对自己的本业也感慨良多，但不是一味忧老叹贫、怨天尤人。刘禹锡有诗云“二十四年流落者，故人相引到花丛”。感谢误打误撞进入新闻界这个“花丛”，让我知人阅世、看书赏花、挣钱养家。

我是从大学毕业就直接踏进现在这个单位当记者的，中间毫无工作和社会阅历。那时刚刚二十五岁，想着在辽阔边疆当一名国社记者，满脑子“暮云空碛时驱马，秋日平原好射雕”的豪情与兴奋，对于未来的职业和人生，壮怀激烈，志与天齐，真是“中流击楫”轻祖逖。

回想二十多年前的工作和生活阅历，有许多事如今悠悠可叹，甚至为自己的孟浪与冒失而赧颜。然而少年不谙世事也有许多好处，那种采访时的锐气、写作时的激情，现在想来还难以忘怀。记得 1994 年因为一篇稿子，直接联系了自治区当时一位党委副书记采访，那位副书记答应得很爽快。那时我还是单身一个，不修边幅，没把这当作一个重要的采访活动，匆匆赶完一篇稿子后，脚穿一双旧布鞋就往党委大院跑，那位副书记热情地接待了我这素未谋面的年轻人，谈得十分投机。现在想起这件事，我依然佩服自己那时为什么会那么“冲”？面对任何采访对象都是一颗平常心，而如今干一些事、联系一个采访人物感觉很难，要反复掂量，真是沉稳有余，但矫健不足了。

二十多年前，自己对新闻事业充满了热爱，充满了写作的激情。当时喜欢熬夜写稿，也效北宋苏舜钦以《汉书》下酒，自己也是斗酒下肚便到分社写稿，因为那时条件艰苦，单位只有四台终端，白天人多，晚上可以一个人尽兴地写。经常是晚上两三点才回宿舍，为了不惊醒看门的大爷，从单位翻铁栅栏出来，再到宿舍翻铁栅栏回去，那时人年轻，身手也好。考核报纸版面和头条，自己经常陶醉在心中流出的文辞变成报纸铅字的喜悦中。

直到如今，我依然觉得自己是一个勤奋的“写手”。《史记·张仪列传》中言张仪被人怀疑盗楚相之璧而遭一顿暴打，其妻奚落他读书游说无用，他问自己舌头还在不在，其妻回答在，张仪说“足矣！”我觉得，对于一名记者，手中的笔如张仪之舌，往小了说，是安身立命的基础，往大了说，是“为天地立心，为生民立命，为往圣继绝学，为万世开太平”，只有勤奋地写，才能写出好文章，才能有毛锥脱颖之时。把记者之笔比作张仪之舌，似乎有点立意不高，可谁又说这其中没有道理呢？但作为一名记者，尤其是一名国社记者，绝不能俗到写稿“只为稻粱谋”的地步，因为我们笔下有千钧，有“勿忘人民”的先贤。

转眼二十四年过去了，如果再回到从前，我还是希望保持那种“小孩儿家口没遮拦”的劲头，当然能成熟点更好，但少年老成不是每个人都能做到的，弄不好会矫情饰物，失之于真。失去了真，无论做人、做文章都不会达到一流。每一个人都要走过风华正茂的青春时光，让我们保留童年时的真，保留少年时的冲劲。

尽管大学新闻系的课堂讲了不少新闻和文学的区别，但刚进国社，自己还是不那么明白，也听人谈过这样的现象：刚毕业的一些大学生，刚进国社时写的稿子文采和辞藻都很精彩，所表现的新闻事件和所突出的新闻主题却很模糊，穿着华丽“外衣”的稿子最终播发后，抱怨“只剩骨头”了。经过几年的锤炼，写出的稿子中规中矩、体例谨严了，但稿子却又“略输文采”。

这种现象是文学和新闻的差异所致。少年情怀如诗，笔下自然也是花团锦簇，但这确实与新闻有距离。我刚毕业的时候，继续保持大学时的习惯，写作时十分讲究文采。现在回想起来，觉得有时确实是“以文害意”“以辞害志”，文辞淹没了事件和主题，这是新闻之大忌。稿子如过分追求辞藻，如六朝歌赋，连篇累牍，不出月露之形，积案盈箱，唯是风云之状，看得眼晕却难明其旨。

记者就是在记述今天发生的历史，因此应学会史家笔法，务求简约，微言大义，把客观发生的事件告诉别人，不要掺和自己的观点，要以通俗的手法广而告之。新闻是写予大众看的，用传媒语言说就是“要多一些受众意识”。

然而，刚刚从事新闻工作的人或多或少都有这样的倾向。追求表达形式与新闻主题的突出并不相悖，新闻也不全是不讲表达形式，这一点是我后来钻研《史记》《战国策》等史书时才悟到的。新闻与历史文体相似，熟读《史记》的人都知道，太史公为我们塑造了一个又一个千载之下犹栩栩如生的历史人物，为我们描摹了一幅幅波澜壮阔的历史场面，靠的是“睨柱”“怒发上冲冠”等刻画入微的细节，靠的是“人之贤不肖譬如鼠矣”等体现人物性格的语言。要使新闻事件如读者亲临般再现，《史记》是我们最好的教材。

干记者切忌冲动。自己就有过这样的经历，刚入社时“直摅血性为文章”，听人家说一通之后义愤填膺，下笔为文，结果难持公允。现在想来，情感进入文章是见真性情的好文章，情感进入新闻很难做到客观，没有了客观自然就不是新闻。

“豪华落尽见真淳”不是一下子就能达到的境界，需要写作和感悟的过程，杜甫赞扬“庾信文章老更成，凌云健笔意纵横”“暮年诗赋动江关”，其实他自己何尝不是那样，其暮年之作多为集大成之篇什。新闻也是如此，只有笔耕不辍，不断悟道，才能运笔自如地展现时代风云。

“仕宦而至将相，富贵而归故乡，此人情之所荣，而今昔之所同”，举欧阳修《昼锦堂记》开篇之言似乎又落于俗，但谁不想在大学毕业时找到一份体面的工作？谁又不想在工作岗位上建功立业？时代在变，人们的价值观也在变，但建功立业的心志每个时代的每个人都不会改变。

我还在天津上学的时候，因为同村老乡在我现在的单位工作，有幸进出内蒙古著名的小白楼。那时小白楼有点神秘，分社的条件非常好，一踏进小白楼就是铺满走廊的红地毯。我是农村长大上大学的，哪里见过地毯，小时候炕上都铺不上这么好的地毯，一进小白楼不敢踩呀，就靠着地毯边走。心里想：能到这里工作多好啊！何况我确实是一名酷爱写作的青年。可自己的

我深深眷恋并为之奉献青春和梦想的地方

专业是纺织工程，学的是如何把棉花织成布，与新闻是两回事。但我始终没有放弃对文学的追求，大学时就自学了《古代汉语》《中国历代文学作品选》《中国文学史》等课程，那时捧读钱锺书的《谈艺录》《管锥编》已能略通一二了。1990年底得知中国人民大学招收新闻学双学士的消息后，抱着试试看的心理报了名，因为报名的人太多，我没抱太大的希望，但还是认真复习备考，开夜车常到夜间两三点钟，到宿舍的楼道里学。功夫不负有心人，1991年我考入中国人民大学。

在人民大学学习的两年我依然刻苦，成绩优秀，顺利进入现在的单位。人选择了自己满意的职业就不会简单地把它当作谋生的手段，工作和写稿成为一种乐趣。

从业二十四年，我一直没有放弃做一名称职记者编辑的信念。好男儿可以志在四方，但应择一业而处世建功。人立志要专一，古人说“事无始终，无务多业”，做一件事尚且有始无终，就不要从事多种事业了。东汉名士陈蕃独居一室而龌龊不堪，其父之友薛勤批评他，为何不打扫干净迎宾客，他说：“大丈夫处世，当扫除天下，安事一屋？”薛勤当即反驳：“一屋不扫，何以扫天下？”因此，只有笃于一业才能成功，心有旁骛可能会一事无成。“干一行爱一行，行行出状元”，这句话现在都不落俗过时。

时代在进步，改革开放催生了中国不少富裕阶层和有钱行业，可以羡慕但不要嫉妒，红烧肉和大白菜各有各的好。那位说过“为天地立心，为生民立命”的宋代理学家张载同样说过“志大则才大、事业大”，人应该有“凌云志”，任何大志都要从小事做起，从专心一业做起。“人生万事须自为，跬步江山即寥廓”，只要坚持不懈，一步一步地走就会走出一片广阔的天空。“志不真则心不热，心不热则功不紧”，从志在四方到专笃一业，这是人生事功的关键。

老夫应发少年狂

五四青年节当天，微信里看到好多稍上年纪的同志祭青春、忆青春。但我觉得青春是一种奋发有为的少年心志，一种昂扬向上的精神状态。“老冉冉其将至兮，恐修名之不立”，中老年人更应珍惜寸阴建功立业，赢得生前身后名。

奋斗的青春最美丽，无畏的青春最动人。“少年心事当拏云”，青春少年最可贵的就是志存高远，最可佩的就是不畏艰险，最难得的就是雷厉风行。如果宅在家、啃着老，玩着游戏叫着外卖，吃着五谷杂粮想着虚拟世界，“因闲度日月，将寿补蹉跎”，即使是青春年少也让人感到暮气沉沉，有何可羡？有何可慕？

所以青春就是心理的年轻，是不分老少的。我非常喜欢林伯渠的一句诗：“白首壮心驯大海，青春浩气走千山。”烈士暮年，壮心不已，只要有高远的志向，持之以恒，力学笃行，就是保持青春朝气。东汉名将马援常对宾客说：“丈夫为志，穷当益坚，老当益壮。”他白首建功名，马革裹尸还，实现了自己的人生理想，名垂青史。

老怕什么呢，关键要有一颗壮怀激烈的心！苏东坡有词云：“老夫聊发少年狂，左牵黄，右擎苍，锦帽貂裘，千骑卷平冈……会挽雕弓如满月，西北望，射天狼。”气势雄豪，令人有开怀畅饮之心，杀敌立功之志。生性豁达的东坡经历了差点丢掉性命的“乌台诗案”后被贬黄州，46岁的他潇洒地写出了“谁道人生无再少？门前流水尚能西！休将白发唱黄鸡”，勃发出青春阳光的人生态度。

“举头西北浮云，倚天万里须长剑。”一生以收复山河为志、以建功立业自许的辛弃疾写道：“把酒问姮娥，被白发、欺人奈何？”接下来他写出豪气干云的选择——“乘风好去，长空万里，直下看山河”。想到祖国万里山河便豪情万丈，这是一种“壮心未与年俱老”的报国之情。爱国是立德之源、立功之本，可以激发出一个人的鸿鹄之志，可以使人永葆青春。

有了少年狂的志向，更要有少年的无畏和果决，克服持重求稳的心态。比起少年来，老年人有宝贵的人生阅历，丰富的知识储备，但多了“万事不关心”的心态，少了少年人不怕挫败雷厉风行的锐气。好事尽从难处得，有了“可上九天揽月，可下五洋捉鳖”的豪情壮志，还要济以“世上无难事，只要肯登攀”的决心。老同志应有“老牛明知夕阳短，不待扬鞭自奋蹄”的作为，才会实现“碧海掣鲸”的大志向。

老夫应发少年狂，才会有“为霞尚满天”的桑榆晚景，才能有“夕阳无限好”的人生境界，才会在新时代里长风破浪直挂云帆。

愿幸福永远围绕在你身旁

——写在女儿十八岁生日

孩子，今天是阴历三月初一，是你十八岁的生日。我家有女初长成，十八岁，意味着你开始步入成人的序列。

十八岁，多么美好的花季，就像花儿开在春风里。祝贺你在快乐和幸福中走进了这个人生的春天。十八岁，充满着五彩缤纷的人生愿景，愿你就像自己憧憬的那样放飞希望。十八岁，人生又站在了一个新的起点，从这里出发你会拥抱新的幸福。

记得你刚读一年级时，爸爸对你说："滢滢，好好学习，再过十二年你就考大学了。"一眨眼，离考大学已经不到两个月了。为了高考前多陪陪你，爸爸尽量把下乡工作的事儿往前赶。今天爸爸仍在下乡采访途中，不能当面送你生日礼物，不能当面祝你生日快乐，只好送给你几句话。

第一，要有胸怀。这会使你生活得轻松、自在、幸福。有胸怀才不怕吃亏，才不软弱可欺或者胆小怕事。有胸怀才能放眼未来，而非故步自封，优柔狭隘。胸怀是品德、是气度，也是善良的体现，人要拥有一颗金子般的心，日日仁爱平和，才有余庆安宁。胸怀是宽容的体现，吃亏是宽容的流露，退一步海阔天空，云卷云舒处才是最美的风景。心胸狭窄的人是体会不到幸福的。

第二，要有忍耐。就像今年的天气，一会儿沙尘飞扬，一会儿雨雪霏霏。人活在世上，哪能天天风和日丽，经历风雨才能见识彩虹，登临绝顶才能一览众山小。你爷爷常常教诲爸爸：瓜果先苦后甜，世上没有过不去的火焰山。

吃得千般苦，才能享尽人间福。要睥睨生活中的艰难，它只是人生长河中的一个片段。要在艰难中砺志奋起，不断克服之、战胜之，最终吃过的苦就会变成自己的财富。生活的美好就在于它奇瑰多姿，学会忍耐，才不惧吃苦，学会忍耐，才能积蓄力量，学会忍耐，才能找到开启幸福的金钥匙。

第三，说一句文辞——“人生万事须自为，跬步江山即寥廓。”就是你们课本里学的“不积跬步，无以至千里”的意思。人世间一切美好的生活都是要靠自己努力奋斗的。要从眼前做起，从脚下迈开，坚持不懈，“事要去做才能成就事业，路要去走才能开辟通途”。希望你踏踏实实地过好每一天，干好每件事。花儿是一朵一朵开出来的，幸福是一点一点积累的。勤奋才能主宰明天的成功，热爱一种才艺和事业终能有所收获。你看外卖小哥雷海为十三年坚持不懈背诵古诗词，终于夺得中国诗词大会第三季冠军，甘甜的果实是给勤奋者准备的。

这些都是老道理，正因为老，说明它是无数人心得和生活经验的总结。把流传了千年的老道理变成自己的行事指南，你肯定会有惊喜的收获。

你是爸爸的小棉袄，爸爸永远不希望你长大。但你像向阳的花木注定要走进灿烂的青春。青春美丽而短暂，你一定要把握住她，展开翅膀自由自在去飞翔，愿幸福永远围绕在你身旁。

人在旅途，就写这么多吧。

永远爱你的爸爸

2018 年 4 月 16 日

从小满到芒种——陪女儿高考的日子里

公历5月21日是小满，从小满到芒种只有半个月的时间，芒种过后即高考。

女儿今年高考。记得她小学一年级时，我就说："滢滢，好好学习，离高考就差十二年了。"亲人们听了都掩口失笑，可现在，仿佛玩笑就在昨日，女儿人生的第一次大考却已来临。

我默默地给姑娘祝福。小满这个节气在北方是小麦灌浆快要成熟的时候，在南方桑蚕也开始结茧，丰收在望，农民心里充满对丰收的祈盼。这个节气有点像正在备考的孩子们，经历了十二年的寒窗苦读，正在做冲刺前的热身；有点像即将参加高考的女儿和她的同学们，刚刚十八岁上下的年纪，含苞待放，稚气未脱，像刚开始饱满的麦穗，正在走向成熟。如花的青春、如诗的人生在前方向孩子们招手。

查了一下日历，6月6日是芒种，农民在田野里"忙种"，孩子们就要高考。播种就有收获，付出定有回报，相信丰收等着孩子们。

高考是人生的一件大事，给人留下的记忆是难忘的。直到如今，我隔一段时间就会做这样的梦：快要高考了，我什么都不会，有些课好像就没有学过，一下子就从梦中惊醒。问了许多和我年纪相仿佛的人，他们也会做这样的梦，这可能是我们那一代人留下的高考后遗症。

由女儿高考想起了我自己当年的高考经历。那时高考从7月7日开始，这个季节枸杞红了、麦子熟了，到了最农忙的季节。父亲放心不下庄稼，更放心不下我，他撂下农活到县城陪我高考。送我进考场后，他就蹲在烈日下的墙角边等我出来……

小满刚过，因女儿在学校吃不好睡不香，她妈妈开始一天四趟地接送。我不善做循循善诱的思想工作，说两句姑娘就不爱听了，她妈妈说："说话不多，句句砸锅。躲一边去吧，别多说了。"日子一天一天过去，高考就要临近了。我们把离二中旧校区不远的旧房子也收拾出来了，假如考场设在这边就可以住了。拿到准考证一看，考场在三十八中，离新家旧家都很远。赶紧着手订酒店，一切很顺利，亲人们把接送、做饭、送饭等活儿都分工了，接送怕堵车，到时要把自行车也带上。怕去得早了没地方呆，我们在考场附近的公共车位停了一辆车，车里准备了伞和矿泉水。考试的前两天我们反复到考场周围踩点：如何出进、接送等心里都有了底。

小儿子说："姐姐考试，我可千万不能病了。"怕啥偏偏遇啥，芒种这天晚上，姑娘和她妈妈带着行李入住酒店，这小家伙就开始流鼻涕咳嗽，到晚上两点多就开始呕吐……这个折腾，到 7 日凌晨六七点，小家伙咳嗽稍缓睡着了，我给爱人打电话说："我送不了她进考场了，儿子稍微有些咳嗽，不送幼儿园了。"怕她们担心，我把儿子的情况轻描淡写说了一下，并嘱咐她们把准考证和身份证带好。我熬了白粥等儿子醒来吃罢早点和药，八点半给爱人打电话，听说姑娘已进考场。我安顿她妈："你再等一会，等她考开了再离开。"

上午把儿子安顿到他二姑家，语文考试快结束时我来到考场外边，看到家长们都在焦急地等待。女儿出来了，和她妈聊作文题有多怪。我寻思今年语文有点难，她答得并不顺手，但作文破题还可以，就说："你觉得偏别人也一样，好好吃饭休息。"送完饭回到我二妹家，小家伙咳得更厉害了，一声接一声地咳。我们决定去医院，数学考完了，她妈打电话来说："还行吧。"我一听这口气，考得不是很理想。

8 号早上，小家伙稍有点发烧，一大早我和二妹带着他往医院赶。上午挂号、看病、检查、排队、取药，忙完了已经十一点多了。我心里说："这小家伙！真会瞅时候。”不过考场这边传来消息——“姑娘情绪很好，看来文综答得比较顺手。”下午四点多，估摸着英语快结束了，我和她妈挤在摩肩接踵的候考家长中，眼巴巴地望着紧闭的校门。收缩的铁门缓缓打开，孩子们先是零零星星走出几个，一会儿就鱼贯而出，我一眼发现姑娘和同学正谈笑着，满脸晴朗，悬着的心顿时稍稍放下些。

两天的高考结束了，还有一场英语口语测试。考场设在呼和浩特职业学院，她妈妈提前把考场和路线踩了点。因为离家较远，两点半考试，所以我们中午一点多就出发了。走了快一半路，我问：“准考证和身份证带了吗？”姑娘急了：“啊呀！在另一个包里。”她妈妈赶紧调转车头折返回家，一路上安慰姑娘表扬我，取上准考证跟身份证赶到考场还差十分钟开考，她妈妈说：“幸亏你爸及时提醒，你妈车技好，我们时间充裕。”我说：“我还能说对个话。”

英语口试的过程中，下起了雨，天气一下子凉快好多，我们放松下来，觉得这几日真的好累呀。

从小满到芒种，这么庄严的高考，这么快结束了。看着女儿和她的同学们开心的样子，我想起了汪国真的两句诗：“我不去想是否能够成功，既然选择了远方，便只顾风雨兼程……我不去想未来是平坦还是泥泞，只要热爱生命。一切，都在意料之中。”孩子们一路走来，太累也太辛苦了，祝她们考得顺心、玩得开心。

致十八岁的殷苹苑

殷果云

殷苹苑，你 18 岁了。这是一个人生旅途中不同的转折点，因为 18 岁意味着你已经初步迈入了成人的旅程。说真的，作为你的亲人们，我们希望你永远是那个被我们牵着手去上课，有一点高兴事儿就活蹦乱跳，有一点不高兴也任性发脾气的小公主。

但是，我们任何人都无法阻挡你去经历属于你的特别的人生，也许会有挫折，但你不要忘记品味人生的精彩。且后面有我们这些永远爱你的亲人，我们会无条件地信任你，帮助你，依赖你也被你依赖。亲情是一个人一生中生活的动力，这个你再大一点会有更深的体会。

所以，在以后的日子里，希望你：

多一些思考，少一些鲁莽；

多一些勇敢，少一些顾虑；

多一些幽默，少一些苦闷；

多一份豁达，少一些狭隘；

多一点宽容，少一些计较；

二姑跟熊熊妹妹看过一部电影《灰姑娘》，灰姑娘的妈妈留给她的话就是：孩子，未来的日子你要善良、勇敢、坚强。这些品质，在人生中，真的太重要。虽然看上去有些大，有些虚，但这些品质体现在生活的方方面面，这就是一个人的人格魅力。

今天，你成人，二姑把我对待人生挫折的座右铭，也可以说是麻醉剂和你分享：往者不可谏，来者犹可追。所有过去的、发生的，不用纠结，我们只看现在和未来，给自己足够的勇气去面对生活中的所有……

要爱自己，也要爱别人。因为，保护你要保护的人，爱你想爱的人，这样你的人生也许会更充实，更快乐。那些得抑郁症的人，很多是没有爱人的能力的，因为他们太专注于自己的世界了，所以，他们走不出去了，这是二姑的经验之谈，也是经心理学证实的。所以爱自己，爱别人。

絮絮叨叨说这么多，也不知道对你有没有借鉴的价值，反正你就当一个爱你的中年妇女的唠叨吧。

二姑

2018 年 4 月 16 日

第四篇

生活杂感随想录

无意争春塞北柳

姹紫嫣红的春天，木欣欣以向荣，泉涓涓而始流。百花争艳，众卉竞秀：迎春花灿然金黄，金英翠萼流溢盎然春意；桃花娇红欲滴，重葩叠萼吸引游人目光……但我更着意柳树，尤其是塞北的柳树。

“春风杨柳万千条”“万条垂下绿丝绦”……描绘的多是江南柳，树影婆娑，婀娜多姿，风情万种。但缺乏风韵的塞北柳没有迷人的身姿，无意与桃李争春，更是引不来游人的目光，连整日生活在其周围的农民也懒得多看上它们一眼。

塞北苦寒，那些名贵娇嫩的春花是不肯栖息那里的。泄漏春光的，只有那株株耐寒耐旱的旱柳树。这些柳树倒不像临水傍泽的江南柳那样娇气：路边，河堤，田埂，甚至荒凉的墓田里，到处可以看到它们的身影。

每当塞北农民手中的犁铧掀开大地酣睡一冬的残梦时，便是柳树抽芽的季节。稀疏的枝条上抽出嫩黄细叶，翠条纤叶涵纳着料峭的春寒，最先向那里的农民吐露出春的生机，提醒人们一个充满生机的季节又到来了。那疏落的枝叶借天空的一片湛蓝为底色，在广袤的田野陪衬下，留给人们一片辽阔的视野。

弱柳，蓝天，白云……还有这静谧的村庄，活像一帧恬淡的静物写生画。而当鸟儿啁啾婉转于这些柳树中时，柳条已垂直披下，活像村里那些忸怩的小姑娘们。北方的柳树生得随意，生得坚强，多年的老枝干饱经风霜。

柳絮飞时，洁白的柳絮多情地飘落到农家的小院中、灶台上，或者化作村边小河上的点点飘萍……整个村庄里如降着一场温和的雪，做着一个轻盈而朦胧的梦。塞北的柳，不经意间妆点了一个村庄的梦，这个梦赋予了许多农家孩子童话般的想象。

这个时节，贪玩的农家孩子们会鼓起腮帮吹那些柳絮，不让它们落到地面上。或者折一段柳枝，做出一支柳笛，于是，村里整日都弥漫着嘹亮悦耳的笛音。

北方的农民喜欢种植这结实的旱柳，不只是因为这些柳树容易成活，不只是因为那一片阴凉庇护着他们的祖祖辈辈，不只是星星点点的柳绿驱走了塞北的荒凉孤寂，更重要的是在他们的生活中一刻也离不开柳，到处可以看到柳的身影。

春季，他们用柳木柄犁掀开塞北那贫瘠的土地，用柳木做的耧车播撒下希望的种子；夏季，他们用柳木柄锄来除去田野中的杂草；秋季，他们用柳木小车运回收割好的庄稼，用柳木锹扬撒出一堆堆谷粒；冬季，他们用柳条编的筐储藏好粮食，然后踩着柳木高跷，挥舞着柳木做架子的舞龙来庆贺一年的丰收……

从春天到冬天，从耕耘到收获，柳树都伴随着这些农民去辛勤劳作。当那些勤苦一生的老农溘然长逝后，又是一副柳木棺材板温暖着他们那耗尽力气流干汗水的身躯。坟墓上那一棵棵青青的柳树，则是他们生命的延续，满含眷恋地守卫在他们辛勤耕耘过的这片土地上，默默地伫立在这割舍不下的田野上。

柳树在文人眼里只是牵愁绾恨的角色，但塞北的农民眼中的塞北柳，已是他们生活中密不可分的伙伴，是他们生命中不可分割的组成。每到春来，柳树绽放春色给苦寒的塞北，和塞北农民甘苦与共、生死相依。

如今，即使是塞外树木的种类越来越多，越来越具观赏性。但在古道边、老宅旁，塞北柳还在演绎着生命的顽强。

梅雪争春好清明

一场飘飘洒洒的大雪做冷欺花，在清明节的前一天扑面而来，让我们领略到了梅雪争春的奇景，也让我们在纯洁的白雪世界中慎终怀远，追念先人。

宋代卢梅坡《雪梅》的诗句最为应景："梅雪争春未肯降，骚人搁笔费评章。梅须逊雪三分白，雪却输梅一段香。"这只有在诗里画里出现的风景展现在人们眼前时，让人"漫卷诗书喜欲狂"，许多朋友在微信里晒出了各种美丽的图片，还有不少朋友踏雪赏梅吟诗作赋……这场大雪给神州大地带来了诗意。

好雪知时节，当春乃发生。这场大雪也给一冬少雪的北国土地带来了润泽。大雪缓解了旱情，在内蒙古呼和浩特市附近的农村，我熟识的不少农民朋友喜上眉梢，额手相庆，纷纷举起了祈望丰年的酒杯……清明过后，北方大地就会呈现出犁牛遍地、种瓜点豆的景象。

大雪降在清明前一天，这一天是诗文中著名的"寒食节"。历代文人留有大量诗文吟咏寒食，是为了缅怀2600多年前春秋时晋国贤臣介子推，他因为爱国为人爱戴，这是中华民族的正道。他因为不苟且于利禄而为人敬仰，宋代黄庭坚《清明》诗赞叹"士甘焚死不公侯，满眼蓬蒿共一丘"。他那"富贵不能淫，贫贱不能移，威武不能屈"的气节如白雪般高洁，这种气节，这种精神，造就了无数脊梁般的人物，使中华民族屹立于世界民族之林。

"慎终追远，民德归厚矣。"清明节怀念先人使我们的社会风俗道德笃厚，成为中华民族的传统美德，使大爱一代接一代传承。昨天有不少"风雪夜归人"回到家乡，只为怀祭先人。我的一位同事家在南方，因天气航班取消，他又急着联系火车，“就是坐火车、坐汽车也要赶到父母的坟头祭奠”。再大的雨雪，也阻挡不了思念亲人的步伐。

大雪纷纷清明来，万里长空且为忠魂舞。祭拜先人，我们没有忘记那些为了国家和民族牺牲的英灵，去瞻仰祭扫各种烈士陵墓和英雄纪念碑。今天我们能安然恬淡地欣赏雪后美景，能够幸福地享受生活，是他们用鲜血和生命换来的，我们理该追思和致敬这些英灵。

“万物生长此时，皆清洁而明净，故谓为清明。”清明节是一年中最美好最富生机的时节，不能一味沉溺于悲戚之中。古人选择在万物萌生的清明时节祭奠先人，既有慎终追远之心，也有生生不息之意。时光就像一趟没有终点的列车，走着走着年迈的先人就下车了，童真的孩子就上来陪伴你。“乐而不淫，哀而不伤”才是中和之美，要在感念中体味美好，在前行中留存温馨，让岁月这趟列车上，时时都能出现醉人的风景。

“幸福都是奋斗出来的。”清明过后好春光，让我们不驰于空想、不骛于虚声，在追思祖先、缅怀英灵中汲取力量，踏踏实实干好工作，让中华民族以更加昂扬的姿态屹立于世界民族之林，使我们的后人生活得更幸福。

冻不死的春天

春天在哪里？红的花？绿的草？今年的呼和浩特市真不知春天在哪里。

清明节前的几天，地处塞外的呼和浩特市气温转暖。桃树绽开了花朵，人们把羽绒服等冬衣整理放入衣柜，心急的姑娘们穿上了裙子。我家旁边幼儿园的小喇叭里响起了“春风来，春风来，朵朵桃花开……”的儿歌。人们还惊诧：青城呼和浩特的春今年来得真早。

话音未落，桃树上的花还没有开全，呼和浩特市气温骤降。先是黄沙蔽日刮满天，紧接着清明前一天大雪弥天。清明节这天我是穿着雨鞋坐着四轮车上坟的，朋友圈里人们纷纷晒着大雪寒梅的照片。在内蒙古的田野乡间，我看到了白雪皑皑的景象，丰年好大雪，好多年冬天都少见这样的大雪了。

清明节过后，这风就没有消停过。父亲当年每到春天刮风的时候，都和我念叨一句农谚：春风吹破琉璃瓦。意思是春天的风寒冷入骨，即使是皇宫上结实的琉璃瓦也经不住春风吹。我知道春风的厉害，父亲在世时反复叮咛我开春一定要捂着，我又把入柜的羽绒服穿上下乡采访。

本以为好多草木被冻死，没想到草木经寒犹绿。枝头上，早开的花被冻蔫了，又有后开者不断补上。寒流的袭击，并没有阻挡住草木追随春天的脚步；树木绽出的新叶逐渐长大，草色越来越青了。

大雪寒流肯定使果农们损失惨重。准格尔旗沙圪堵镇福路村退休的老支书郭连成指着漫山遍野的杏树说：“本来张罗要办杏花节的，结果一场大雪花全冻死了。今年肯定不结杏了。”郭连成笑着说：“不怕，就当歇一年，明年春天这些树还会开花结果的。”我感觉在损失面前，这位老农比许多城里人要豁达，他的心中装着春天。

经历寒流洗礼的春天，就像经受磨难锻炼的青春。草木经寒仍会抽条怒放、绿染川原，青春少年经历磨难才能玉汝于成。

春风吹破琉璃瓦，但在达者的心目中，在草木的本性中，春天是冻不死的。因为人心和草木是活的。

新年的滋味

新年是有滋味的，不同的年龄滋味不同。

童蒙时是不过新年的，农村不时兴过新年，只知道有旧历年，新年就悄悄过去了。

上了小学以后，知道大年之外还有新年，新年就是元旦。村里的小学每年组织元旦猜谜晚会，猜对一个奖一枚水果糖，每次我会揣一大兜水果糖回去，得意地把这些战利品分给两个妹妹。新年的滋味，是衣兜里那一枚枚甜甜的水果糖块。

读了高中以后，新年学校也会组织许多活动。元旦迎新活动有拔河、歌咏等比赛，但我们农村班的同学们只知贪心地学习。新年的滋味，是课桌上那一摞摞厚厚的复习资料。

大学里的元旦最时髦。天津纺织工学院的大食堂里能容纳几千人，新年前夜学校就组织学生们在食堂里看电影，一部接一部放。我们一边看电影一边看女生，等待着新年的钟声敲响。新年的滋味，是食堂里那一声声悠悠的新年钟声。

工作后，单位也组织过拔河、猜谜等活动，也组织过聚餐。到2018年我在单位过的元旦和童蒙、读书时的相等，正好都是二十五年，感谢小白楼给了我工作和读书的好环境，二十五年小白楼对我不离不弃，小白楼对我也情笃如初，在这里体会到了单位里的温暖和同事间的友情。新年的滋味，是小白楼那一缕缕暖暖的月白风清。

这二十五年间在单位有一篇篇写不完的稿件，新年来了又归零。这二十五年间，我送走母亲又告别了父亲，上天也赐予了我女儿和儿子，我体味着“人世有代谢，往来成古今”，琢磨着“人生代代无穷已，江月年年只相似”……这二十五年间我在怀念和感恩中成长，心中越来越有爱无嗔。新年的滋味，是心底里那一阵阵升腾的人间烟火。

到如今，新年的滋味是想听儿女们的欢声笑语，新年也为朋友们祈三愿：一愿世清平，二愿人常健，三原福如梁上燕，岁岁常相见。

正月里来拜大年

正月里来是新春，拜年是亲朋好友互相祝贺的重要礼仪，大家在互道祝福中传递着人间的亲情友情。

“过罢大年头一天，我和连成哥哥来拜年。一进门，把腰弯，左手拉，右手搀……”我是听着这样的二人台唱词长大的，小时候一边听着唱词一边想：连成哥哥是谁？长大了我也要像连成哥哥一样潇洒俊俏。我把村里的俊俏后生对号了半天，也没对号入上个座。还有一件事没想通：正月初一不是新人拜年的一个日子呀。

后来才知这一曲名为《大拜年》的二人台又叫《打连成》，打是打伙计的“打”，就是交朋友、谈恋爱的意思。原来过罢大年头一天二人互相拜年是为了约会，就像元宵节“月上柳梢头，人约黄昏后”那样，只不过欧阳修笔下的情侣婉约含蓄，而二人台里这对情侣热情奔放，又是拜大年拉手搀扶，又是滴鸡蛋煮挂面，又是包饺子闹元宵，如胶似漆天天见，一个正月就没闲着。弄明白了这一层我豁然开朗：二人台《大拜年》是情歌，而所唱的拜年是不拘礼数的。

按照我们土默川的礼俗，正月初一拜年多是晚辈给长辈拜年。拜年从家里开始，熬年熬了一晚上，初一早上本来是起不来的，这时爷爷奶奶喊着晚辈的名字，“赶紧起来拜年啦！”这时，睡眼惺忪的晚辈们一骨碌身爬起来，脸没洗头没梳就开始拜年，为了挣盼望已久的压岁钱。给长辈拜年是要叩头的，为了要叩出响声得在炕沿上磕头，老人祝愿孩子长命百岁，孩子祝愿长辈寿比南山，磕头跪拜后，长辈笑呵呵地将事先准备好的“压岁钱”分给儿孙辈。

前些年父亲健在时，腊月里就忙着给孙子和外孙们准备“压岁钱”。先是想办法把纸币换成连号的人民币，实在连不起号来，也要攒下一些崭新的人民币。初一大早晨父亲就会给孙子辈分发红包，孩子们不用像我们小时候那样在炕沿上把额头磕得红红的来领红包。领到红包后孩子们会向爷爷致谢，这时父亲就露出了他的招牌微笑，笑得像孩子一样灿烂。红包最早是用红纸包着，后来改用现成的红包来装，我觉得红纸包着的“压岁钱”亲情味更浓。还有的细心的老人会把百元大钞换成一厚沓一元甚至五角的连号人民币，孩子们收到这么一厚沓压岁钱当然高兴了。

在我们土默川，大年三十和正月初一嫁出去的闺女尽量不要在娘家呆，正月初二才是闺女们带着女婿和娃儿们回娘家拜年的正日子。20 世纪七八十年代，正月初二时在乡间公路上经常遇到女婿们神气地骑着飞鸽、永久自行车，带着媳妇回丈母娘家拜年，自行车后座上的闺女“左手一只鸡，右手一只鸭”，有时自行车大梁上还坐着一个胖娃娃。后来，自行车换成了摩托、小轿车，但初二拜年的规矩没有变，只是礼物由过去的土特产变成了各种更时髦的包装，但东西还是土的好。

闺女回娘家是要孝敬父母的，还要给娘家门上的侄儿侄女分发压岁钱。嫁出去的女儿如果过得好，会给父母孝敬上些钱，多少不拘。嫁出去的女儿如果过得一般，父母心疼女儿，反倒会给女儿拿点私房钱。至于给侄儿侄女们的压岁钱是礼尚往来，自家的孩子也会收到家里亲人的压岁钱。回娘家的女儿至少要在娘家住一个晚上的，好和母亲把家长里短拉个遍。过去农村正月里唱戏或踩高跷闹红火，闺女们住妈家的时间就更长了。

刚结婚的新娘和新郎从正月初二开始要依次到亲戚朋友家拜年，亲戚朋友受拜后给新娘新郎拜年钱。过去，上门的新女婿要被亲朋们要笑半天，或者在酒桌上被灌酒，或者被拉去请客买东西，有的甚至打扑克赢钱串通好把新女婿的钱赢光了。离开农村多年，我听说现在农村不兴这种恶作剧了，至于新娘新郎拜年的习俗还有。

正月十五以前是拜年闲聊的好时光，同辈亲友互相登门拜年，邻里之间互相串门闲聊。农村里还有感谢拜年的，我父亲是村里有名的能工巧匠，小时候经常见到有叔叔大爷提些烟酒糖去感谢父亲给盘炕或干了别的营生，大人们拜年问候寒暄，我们乐得有水果糖吃。至于亲朋好友间的互相拜年往往会演变成一场“持酒战”，随着拜年串门的人不断上门，喝酒的人数越来越多，所以正月里的农村经常能看到“家家扶得醉人归”的景象。

除了拜年喝酒的，农村也有相邀打麻将的，小了叫娱乐大了就是赌博，不过这毕竟不是主流。在我们内蒙古有几句话，一是没过二月二年就不算过完，二月二之前这酒啊喝的还是过年酒；二是“有心拜年十五不晚”，十五以前要串门喝酒乐个够。过去人们拜年串门为的是喝上几盅酒，现在农村人也有了保健意识，尽量躲酒躲宴席，所以到谁家门前听到高吆二喊的喝酒声音，赶紧躲走。

如今有了手机，人们在手机上拜年、抢红包，虽然方便快捷了，但少了许多人情味，感觉冷冰冰缺少热度。压岁钱成了几个数字，不像长辈们掏出的带着体温的红包；问候成了千篇一律的复制，不像面对面量身定做的嘘寒问暖，话语里透着亲切。

正月里来拜大年。让我们对着亲朋拱手道一声：过年好！让我们对着春风作揖说一句：辛苦了！让我们对着流年点头笑一下：珍重了！让我们在拜年中学会祝福和赞美他人，学会感恩万物生灵。

一入腊月忙过年——行看腊破好年光（上）

进入腊月就嗅到了年的味道，小的时候盼着腊月早点过去，激动人心的年就来了。唐杜牧有诗曰“行看腊破好年光”，“腊破”即腊尽春回之意。“爆竹声中一岁除”，苦苦盼着的年其实在噼里啪啦的爆竹声中很快就过去了，最有味的还是整个腊月里的忙和盼。

20 世纪 70 年代缺吃少穿，我们这些孩子们盼的是那些好吃的，还有一身新衣裳。进入腊月之前，勤劳的母亲已经把一家人的衣服鞋帽准备得差不多了，剩下的针线活儿都是零碎活儿，腊月里备办的年货主要是吃的东西了。

大集体的时候村里人们都穷，杀一口猪自家留下的没多少，大部分卖掉换钱换粮了。有时甚至一口大肥猪从春到冬养了一年，到了年关卖到了供销社。没办法家里太穷，需要钱的地方太多。不把猪卖掉，一家人过年的新衣甚至口粮就没着落。所剩不多的肉舍不得吃，得到了年根儿和正月里再吃，所以腊月里我们能吃到的荤腥并不多，盼着家里备办年货，我们好打打牙祭解解馋。

那时的年货以玉米面为主，一进入腊月村里几个铁鏊子被借来借去，人们要摊花儿。花儿其实是玉米饼，把玉米面用糖精水调成糊状，再在鏊子上摊成圆饼，熟了以后对折起来，在凉房冻上一夜后放到大瓮或瓷坛里储存。每家每户都要摊花儿储存，像我家西邻耿召小大爷家人口多，要存两大瓮哩！这一个腊月里呀，想吃也是花儿，不想吃也是花儿，我们从凉房的大瓮里偷出来就着冷风吃这种玉米饼，嘴里抿着糖精水冻成的冰凌渣子，还挺美的。

那个时候农村一年到头见不上新鲜蔬菜和水果，即使过年想吃一个苹果都是奢望。腊月里的供销社供应一些黑枣和柿饼子，家里买个一二斤回来，母亲把黑枣和柿饼子藏到柜子里我们找不到的地方。实在经不住我们缠磨，母亲会拿出几个让我们解馋，我们觉得那是最好的美味了。前年春节前我在水果店看见了久违的柿饼子，买了两盒拿回家，孩子们根本不感兴趣，因为如今比柿饼好吃的新鲜水果多得不胜枚举。

腊八粥当然是我们早已垂涎已久的美食了，刚进入腊月我们就望眼欲穿，腊八是腊月里第一个到来的好日子。初六的时候，母亲已把黄米泡上了，初七傍晚母亲会找出红莲豆，又从柜子里找出几颗皱皱巴巴的大红枣，准备好白糖。父亲带着我去村西的水渠里打“冰人人”，土默川一带叫作“腊八人人”——从河槽或水渠里挖一个冰块出来，用刀斧削劈的有头有身子有个人模样，然后拉回来立在院里的粪堆上。水渠里有好多熟悉的小伙伴也跟着大人来削冰人，我们一起踢着碎冰块玩得不亦乐乎。

腊八终于到了，早上三四点的时候我们还在梦乡里，父母亲早已生火烧水忙着做腊八粥。土默川的习俗是腊八粥要在太阳出来以前吃，不然会得红眼病。睡眼惺忪中听到母亲挨个呼唤我们兄妹几个的名字，一骨碌翻身爬起来，窗外还是漆黑一片，但屋里已是暖意融融，炕边的火炉呼隆隆地响，炕边灶上的锅里热气腾腾，母亲铲一点腊八粥在小勺里，父亲开门出去给腊八人人嘴边糊上。然后我们一家人开吃，母亲把看得见的几颗红枣铲到了我们的粥碗里，看着父母亲温暖的笑脸，吃着记忆里最香甜的腊八粥，迎接着早晨初升的太阳。

那时候的腊八粥原料其实很简单，包产到户后生活一天比一天好起来，腊八粥原料也越来越丰富：桃仁、杏仁、瓜子、花生、葡萄干等，但觉不出比当年香甜了。想一想，物以稀为贵，正因为短缺使我们有了那么多盼头，像盼星星盼月亮一样盼腊月里的那顿腊八粥，幸福的门槛很低，盼望的目标很简单。后来，不但要早上吃上粥，中午还要吃上猪肉烩酸菜炸油糕。物质越来越丰富，人们对美好生活的向往的标准也日渐提升。

日子越好，腊月里我们盼望的年货花样越多。白面、糕面多了，人们就淘汰不摊玉米花了，包产到户头几年，后街上李才元大爷说：“有白面谁还想吃高粱面！”在我们土默川农村，腊月里要炸油糕、油饼、油蛋蛋，都是以白面和糕面为原料，用胡麻油炸制。油圐圙是把糕面和白面和到一起，用胡麻油炸。人们不缺白面了，还要蒸上好多点心。所有这些面食都要冻好入瓮，放到凉房里，吃的时候取一些上笼蒸。这个时候杀了猪基本上都是自家吃，凉房的大缸里冻的不光有猪肉，还有羊肉、鸡肉和兔子等野味，母亲也不像过去切上点肥肉省着吃，进入腊月就想吃啥吃啥，只要一家人高兴。

粉条当然也是自家做的，早些日子父亲就把山药粉面澄好晒干，然后用细箩筛，雪白的粉面用手一捻滑滑的特别温馨。父亲过去在生产队的粉坊当过粉大师傅，做家里这点粉条小意思。粉面是父亲亲自和，面和得软硬、矾兑多少都是有讲究的。锅里的水开了，把饸饹床子支在热气腾腾的锅上。父亲装粉面压手柄，母亲用长筷子搅动着开水里翻滚的粉条，熟了以后就用笊篱捞出来，分成小把冻成团，然后放入凉房的缸内保存。

所有这些年货都准备好了，腊月也差不多过去三分之二了。腊月二十前后，是走亲串乡送年货的日子，今天去姥姥舅舅家，明天去姑姑姨姨家。用塑料编织袋装上炸糕、油饼、粉条和肉，包装不好看，但东西很实惠。小的时候，一听说跟着父母亲走亲串友送年货就高兴地蹦蹦跳跳。大人们你有初一我有十五，你来我往讲究礼数，我能赚个红火热闹和一通好吃，遇到慷慨的亲戚还能赚几角零花钱。父亲骑着自行车带着年货和我，年货在后边货架上我坐在自行车的大梁上，尽管寒风瑟瑟，冻得自己的两个脸蛋像猴腚一样红，但还是磨缠着要跟上父母亲走亲戚。

左邻右舍和要好的村邻也要互相赠送年货，各自尝尝手艺如何。乡村这种淳厚的风俗温暖并感动着我们当时幼小的心：人世间的温馨是左邻端来的汤糕和右舍送来的点心，与金钱没有关系，塑料编织袋里装满了真情实感，不像现在华丽的包装包裹着其他的目的。给村里叔叔婶婶们送东西，父母亲往往指派我去，我也乐意干这差事，因为传递的是温馨和微笑，感受到的是暖流和真情。

该走的礼数都走完了，腊月二十三就要到了，真正的大年虽然还没有来临，但年的味道已经非常浓了。二十三是小年，是一个大日子，且听我下回细细说。

小年祭灶祈平安——行看腊破好年光（中）

腊月二十三是北方的小年，小年是腊八后又一个重要的节日：这一天要用麻糖祭灶，送灶王爷升天；要掸尘土掏烟囱，清理炉灶抹灶台；还要煮猪头蹄，用肉汤做皮冻……早些年，灵巧的婶婶大娘们还要剪好糊窗户用的窗花。小年是欢欢喜喜过大年的前奏和序幕，是热热闹闹迎新春的铺垫和准备。

我们土默川一带和晋北、陕北的风俗差不多，把二十三作为小年，在南方把腊月二十四称作小年。南宋范成大有《祭灶词》云“古传腊月二十四，灶君朝天欲言事”，说明当时南方祭灶的小年在腊月二十四。相传家里有秀才、举人的官人家的小年是二十三，寻常百姓家的小年是二十四，而海边、湖边人家的小年则是腊月二十五。谁家不想“忠孝传家远，诗书继世长”，所以好多地区包括南方一些地区，现在也多把二十三视为小年。

小年最隆重的当然是祭灶了。相传管理各家的灶王爷这天要回天宫向玉皇大帝汇报所在人家的勤或懒、善或恶，各家都要隆重祭祀一番送灶王爷上天，好让灶王爷多多美言。这一习俗由来已久，像范成大那首著名的《祭灶词》云：“云车风马小留连，家有杯盘丰典祀。猪头烂热双鱼鲜，豆沙甘松粉饵团。男儿酌献女儿避，酹酒烧钱灶君喜。婢子斗争君莫闻，猫犬角秽君莫嗔；送君醉饱登天门，杓长杓短勿复云，乞取利市归来分”。祭词非常诙谐：灶王爷您的宝驾稍停一下，我这儿有丰盛的吃喝，有煮得烂熟热乎的猪头，有新鲜的双鱼，有又甜又沙的豆沙包。我让小子恭恭敬敬给您斟酒，让女娃儿避开来。平日里奴婢们打架、猫争狗斗这些小事您千万别见怪，吃饱喝足到了天上多多美言，家长里短的小事就别说了，美言带来的好处等您回来平分……说得多现实呀，有这么一句歇后语说“灶王爷升天——好话多讲！”和我们托克托县风俗差不多的晋北地区流传着“腊月二十三，灶君爷爷您上天，嘴里吃了糖饧板，玉皇面前免开言，回到咱家过大年，有米有面有衣穿”的祭灶词，正好与范成大的词雅俗相映，异曲同工。

过去“民以食为天”，灶王爷管着人间烟火，管着吃喝饱暖，当然得好好供奉祭祀一番。“男不拜月，女不祭灶”，我们小时候看到的都是一家的男主人来祭祀灶王爷，在紧挨锅台的窗台外边，贴上印刷得挺粗糙的那种灶君神像或灶君夫妇神像。神像两边配有对联，上联是“上天言好事”，下联是“下界保平安”或“回宫降吉祥”，横批是“一家之主。神像前用木条盘摆列着祭灶的供品：有油饼点心，有水果麻糖，有红枣花生，讲究人家还摆个酒盅，旁边再摆个香炉。天擦黑以后，即使平时再吝啬的人家也会把院里的电灯打开，男主人磕头焚香，点上一张黄表纸，再洒上一盅酒。把灶王爷这个“一家之主”送上天，一家人再有说有笑吃晚餐。

供品里的亮点是麻糖，这是一种用黄米和麦芽熬成的黏性特别大的糖，我们土默川和晋北、陕北地区叫麻糖，北京人称“糖瓜”。其实这种糖拉制塑型时把它抽成长条棍状，东北叫作“关东糖”，拉成扁圆倭瓜状就叫“糖瓜”。糖瓜祭灶，宋代的人们就有此习俗，宋人方回就有“夜来闻祭灶，犹卖胶牙饧”，胶牙饧即今天的糖瓜。人们真有办法，用酒把祭灶王爷喝晕乎了说好话还不够，还要把用麻糖祭灶王爷，麻糖又甜又粘，一来灶神嘴吃甜了，只会甜言蜜语；二来麻糖粘住嘴巴，想说坏话也没法张口了。

小的时候对祭灶不怎么关心，一心想着麻糖。托克托县黑城的麻糖做得最好，小年前后小贩叫卖麻糖的声音诱惑着我们，我们用零钱买来长条状的麻糖来赌输赢：两个人各买几根麻糖，每人抽一根从中齐齐掰开，谁的麻糖的断面的窟窿粗谁就赢了，输的一方把这根麻糖交给赢者，然后再比下一根。在冷风里吃着麻糖，虽然香甜酥脆，但粘得牙疼，冷风灌得肚子疼。

小年这天我们当然早盼着煮猪头蹄了。腊月二十二夜里父亲已经从凉房把猪头蹄取回来，在火炉上把火箸烧红，把猪头蹄上残余的鬃毛燎掉，父亲是村里有名的杀猪把式，熟练地燎烫着猪耳朵、眼角边、猪鼻孔、猪蹄缝里的猪毛，把头蹄上黑脏的地方用刀剔掉，然后放在大缸里用水泡上，临睡前换上清水再泡。小年一大早，父亲把猪头蹄拾掇得干干净净，没有鬃毛血渍，也没有黑脏的东西，然后放到大锅里煮。煮到半熟捞出晾一会儿，父亲用刀把头蹄切几个缝以便入味，母亲舀去汤的浮沫，把准备好的大料、花椒、食盐、酱油和葱、姜、蒜倒进去。煮到快晌午时肉香扑鼻，我们兄妹三个兴奋得一会儿到屋外放几个小鞭炮，一会儿跑回屋里锅台边看母亲用筷子试探肉的火候。猪头煮得既不能烂得没嚼劲，也不能不熟嚼得太费劲。母亲揿开锅盖后，我们在一旁咕噜咕噜地咽着口水。

猪头终于熟了，父亲把猪头捞到炕上大案板上，晾一会儿就熟练地开拆猪头，往下剥肉。母亲又在煮猪头的肉汤里加进了早已刮去肥膘的肉皮，来熬成肉皮冻。我们守在案板前一会吃一小块肉，一会儿吃一块儿蹄筋，竟忘了看母亲做肉皮冻的手艺。剥切到最后，父亲把猪脑子也剥到碗里，拌上椒盐葱花是上好的下酒菜。猪头肉、猪蹄和猪皮冻炖好后，会冻到凉房的大瓮里，大年前后请人待客时是一盘菜，托克托县有谚语说“猪头肉就酒，越喝越有”。

小年这天本来应该吃饺子或烩菜炸糕，但我们已经饱餐猪头肉，肚子滚圆，再好的吃食也吃不动了。逛街响炮玩够了，下午就看母亲剪窗花，母亲是剪窗花高手，周围的婶婶和新媳妇们也围坐在炕上学。只见母亲灵巧的双手熟练地剜花剪细，红红绿绿的碎纸屑像雪花一样掉在了炕上的油布上，寻常的红绿纸张在母亲手里变成了各种栩栩如生的图案：喜鹊登梅、莲（连）年有鱼、花开富贵……看着母亲剪出的窗花我会发呆半晌：人世间有那么多美好的东西，日子过得肯定会一天比一天好。这些窗花腊月二十五糊窗户时要往上贴，母亲还要剪旺火帽帽，除夕晚上旺火上要用。

这天还要掸一下家里的尘土，清理一下炉灶烟囱里的灰。因为过罢小年还要认真打扫家，所以腊月二十三这天的掸尘、清灰只是象征性的仪式。听父亲讲，他小的时候这天要泥炉子、洗灯盏，灶王爷送上天了就要好好收拾一下灶台，那时灶台是土坯砌的，要用纸筋灰和红泥把灶台抹平了，上边用鸡蛋清涂一涂，用了一年的灶台涂抹得平整光亮。那时点灯用麻油灯盏，用了一年的灯盏得在锅里煮一煮，才能去掉老油腻，再擦得黑明油黑明油的。这种半球形的灯盏也叫“灯瓜瓜”，山曲唱得好：“灯瓜瓜点灯半炕炕明，烧酒盅盅挖米不嫌哥哥穷”，再穷也要过好年。

父亲告诉我一个小年前后有趣的事儿，有句俗话说“要命的麻糖，救命的饺子”。咋回事？那时受苦人穷，腊月二十三用麻糖祭灶后，地主老财和管家就会出来催租催债，逼得穷人没活路，所以有“要命的麻糖”一说，为了躲债穷人东躲西藏跑得快，所以说“腊月的穷汉赛如马”。年三十晚上吃上饺子后，即使债主和欠债者相见，也不会催租逼债，只能拱手互相恭喜，别的事儿新年再说，所以有“救命的饺子”这一说。

如今，农村好多小年祭灶风俗都淡化了，麻糖孩子们也不稀罕了。但腊月二十三这天家家都惦记着煮猪头、包饺子、挂红灯。要不是上班，要不是痛风，要不是血糖高，小年那天我真想回村和朋友们来场“猪头肉就酒——越喝越有”。

腊尽春回又一年——行看腊破好年光（下）

过罢小年，大年就指日可待了。这心情呀，就像窗花里那红格艳艳的花儿绽放在春风里一样。

腊月二十三之后，民间习俗认为诸神上天，百无禁忌。聘闺女、娶媳妇不用择日子，称为“赶乱婚”。从腊月二十四直至年底，人们不用择日子就可办理婚嫁大事，娶媳妇、聘闺女的事宴特别多。如今好多人婚嫁不再择日子，只要在腊月、正月里找上个双休日就行，亲朋好友能有时间来参加喜宴。

诸神上天人可以“赶乱婚”，打扫屋子也是最好的时候，不怕搬移物件或尘土飞扬冲犯了神明。所以腊月二十四到二十六这几天，我们土默川的农家都忙着打扫屋子和清扫院落。记的小时候，一大早我就和父亲一起收拾火炉子，到院里把火筒一节一节拆开清理灰烬，擦拭干净。然后再掏炕洞和烟囱，父亲把炕洞上的炕板拆开，把炕洞里的灰掏干净，然后把炕板子再砌上去，把破旧了的炕板子换掉。清理完炕洞的灰，该粉刷家了。我们这一带用白泥粉刷墙，白泥就是高岭土，隔黄河那边的鄂尔多斯市就多的是，民间传说是昭君的梳头匣子洒下的脂粉。父亲把屋顶和墙壁用白泥粉刷两到三遍，再把窗户和屋顶、墙壁的接缝处认真粉刷，每一个旮旯都用白泥粉填齐补平再粉刷。

墙壁粉刷完就能修饰炕面了，父亲用红泥把炕抹平，再用纸筋灰抹得平展展的。泥水活完了，我们赶紧把火炉加上炭捅旺，让屋子里赶紧升温，把墙壁、屋顶、窗户和土炕烘干。父亲干粉刷家的泥水活时，母亲也在忙糊窗户、贴窗花的细活儿。我和两个妹妹很过瘾地把发黄的旧窗户纸打碎，用铲子和铁匙铲掉窗棂上残留的碎纸，母亲用鸡毛掸子把窗棂和窗框上的细沙土打扫干净。糊窗户之前，母亲耐心又细心地按照窗户的大小把白麻纸裁好，把小年下午已剪好的窗花和窗饰拿出来，我用刷子蘸上浆糊均匀地涂在窗框上，母亲小心翼翼地把窗花和窗饰往上贴，最后再把白窗户纸贴上去。这时墙壁也烤干了，再把年画贴上，小屋里顿时春意盎然喜气扑面。

屋子里焕然一新了，该写对联了。记得我们小时候早早就从供销社买回墨汁和红纸，写春联时把买好的红纸裁成长短大小不同的纸条，有对联、横批和斗方用。村里的好多人家都请学校里的老师来写，也有让自家孩子写的，春联就是图个喜庆和吉利，全是四季如春、前程似锦、富贵平安等字眼，家门口贴上“合家欢乐”“欢度春节”等斗方，凉房要贴“五谷丰登”，猪圈上要贴“六畜兴旺”……除了春联，我们土默川一带还要写大字，挂彩旗，再把红、绿、黄等五色薄纸剪成三角彩旗，粘在绳子上悬挂在屋檐下和院子里，风吹来像翩翩起舞的彩蝶，又像春日的繁花枝头迎风微颤，使整个院子有了“春意闹”的灵动与生气。

屋里屋外都装扮打扫好了，人也该好好打扮收拾一番。俗话说“有钱没钱，剃头过年”，大人、小孩都要洗浴、理发。我记得到腊月二十六、二十七这两天，父亲就领着我到和平哥、祥祯哥家里去理发，他们都是村里的好受苦人，拿镰刀在行，拿剃刀一般。理发推子直夹头发，剃刀刮得后脖子生疼。疼得我眼里全是生泪，但还得忍住，不是“剃头过年”嘛。每次理完发以后，我都有如释重负的感觉。

如今好多村里人都到镇上和县城里去理发了，开车也就是十来八分钟的事儿。时代在变，习俗也在变，像磨豆腐、割猪肉、添新衣、发面蒸馒头等习俗早已消失了，人们到县城里一下子就备齐了过年所需要的各种年货。就是家也不用那么大张旗鼓地打扫，和城里一样屋墙是用腻子粉刮白的，简单掸一下就行。大多数人家都已不用那种木制的窗户了，人们都换上了铝合金、断桥铝合金门窗，过年擦一擦玻璃就行了。对联和大字、彩旗都是现成的，人是省事了，但少了一种忙年的热火朝天的景象。

腊月二十八上午，村里的人们该开始贴春联，挂大字，悬彩旗，挂红灯。到中午你再看这个村庄变样了，变得精神喜气了：家家户户大门口红灯高挂，门檐上的大字襟飘带舞随风翻动，红纸黑字或金字的春联醒目惹眼，打扫得干干净净的农家小院大字和彩旗五彩斑斓。平时萧瑟的村庄也过年了：好多城里工作的人回来了，村巷里充满了孩子们的笑声和爆竹声，家家户户喜喜乐乐迎新春，团圆的笑声也从农家小院飘荡出来。

农历有大小月之分，大月是有三十日的，小月只有二十九日。如果腊月是小月，二十九这天就是除夕。即使腊月有三十，二十九也是最忙碌，所有年节的活儿今天就要结束，到三十那天轻轻松松跑大年了。腊月二十九，有一项极为庄重的活动——上坟祭祖。小的时候我跟着父亲给爷爷奶奶上过坟，自从2002年母亲去世后每年清明等节日我都要去上坟祭拜。十月初一寒衣节上坟后已三个月了，该来看看了。过年的祭拜除了思念父母恩情，我更多地想到：岁月如同一趟没有终点的列车，行驶中年迈的父母会下车而去，童真的孩子又会上车陪伴，在生生不息中让你体会痛苦和欢乐。要永远感谢生活，用双手去创造更加美好的生活。

大年三十终于来了，一大早鞭炮声已不绝于耳。大人小孩早早起来换上新装，茶几上摆上糖果、花生、瓜籽和各色水果，上午要有串门的人来。过去三十这天有好多忌讳，如忌在地上乱泼脏水，不能说不吉利的字眼，大人给你添饭时不能说不要……姑娘说这么多记不住，我告诉她：你见了叔叔大爷就问好，见人上门脸带笑，不要大呼又小叫，弟弟顽皮惹你也别恼，做到这些就行了。姑娘高兴地："哈哈！"

除夕夜包完饺子的时候，一家人开始守岁。守岁的事儿人们说多了，我就不赘述了，但想说唐太宗李世民的几句守岁诗："寒辞去冬雪，暖带入春风""共欢新故岁，迎送一宵中""送寒余雪尽，迎岁早梅新"……这些诗气象深远，有的成了流传的春联。儿女在守岁中是那么高兴，而我们成年人略感惆怅：春回腊尽亦可好，但为浮生添一年。新的一年即将到来肯定高兴，但旧的一年很快逝去也感到不舍。

辞旧迎新的时刻终于来了。当旺火点起的时候，当爆竹声声响起时，村庄里沸腾了。不知不觉中又添了一岁，天增岁月人增寿，腊尽春回是正月，一年又重新开始了。

人日开工再出发

小的时候，每到正月初六晚上，母亲就嘱咐我们：“明天是人庆，不出远门去走亲戚，不要瞎转悠，多在自己家里呆着。”

我开始并不知道“人庆”是啥？这两个字到底怎么写？后来才知道正月初七是传说中人的生日，说是女娲从正月初一到初七每天造一种动物，前六天依次造了鸡、狗、猪、羊、牛、马，这是六畜。直到初七这天才造出了人，这天叫作“人日”，亦称“人胜节”“人庆节”“人口日”“人七日”等。我不知道母亲当年说的是“人庆”还是“人七”，村里好多人也叫过“人胜节”。

“人庆节”这天为啥忌出远门？在我们土默川这个忌讳还挺讲究，人们一般尽量避开这天出远门。后来我读隋代薛道衡的《人日思归》：“入春才七日，离家已二年。人归落雁后，思发在花前。”知道古人是出远门的，鸿雁正月从南方返回北方，正出使南朝陈的薛道衡在江南看到飞往北方的雁群，想起了北方的家乡。从长安到江南，薛道衡这趟公差出得挺远，而且旧历年前便来到了江南。宋代苏东坡也有“天涯已惯逢人日”之句，可见人日羁旅是古人之常事。

古人非常重视人日这个节日，因为人日前后甚至当天是立春日，诗词里有不少这样的篇章。“雁已有归心，雪深春未深。花风才一信，人日故多阴”，人日前后多阴天，这多为诗人们所吟咏，所以杜甫说“元日到人日，未有不阴时”（《人日》），陆游说“多难却愁人日阴”（《人日雪》）。这个时节入春未深，即使在南方也会春寒料峭，甚至雨雪霏霏。

人日诗人们酬唱之词莫过于高适和杜甫的诗作了。高适的《人日寄杜二拾遗》写道“今年人日空相忆，明年人日知何处”，看着有点想掉泪，有点像刘希夷的《代悲白头翁》：“今年花落颜色改，明年花开复谁在？”杜甫在草堂收到诗作后，竟至“泪洒行间，读终篇末”。高适去世后，杜甫写了情深意切的《追酬故高蜀州人日见寄》。如今每年正月初七，成都市民相携至草堂吟诗赏梅祈福已成习俗。

今天的人日已经没有那么多忌讳，人日有很多人是在旅途中度过的。古人也不会想到，初七是时下的上班日、开工日。一年的事业从人日开始，作为一个人就应该奋斗，人日成了一年中奋斗的起点。年复一年，积攒下的汗水就会浇灌出幸福的花儿，辛勤的劳动会换来美好的生活。祝每一个人开工吉祥，上班高兴，人日加鞭再出发。

正月十五闹元宵

正月十五最大的红火当然是赏花灯了，火树银花不夜天的花灯点燃了黑夜的激情，用一个“闹”字烘托出了人们赏月观灯的场面。

我小的时候是从评书《大隋唐》里知道“闹花灯”的场面，秦琼等一帮豪杰在长安城里杀富济贫、除暴安良，好不快哉！后来稍长，看《水浒传》中梁山好汉们特别爱“闹元宵”，花荣大闹清风寨、时迁火烧翠云楼、李逵元夜闹东京，越闹越大越红火，那时我想这“闹花灯”就是英雄们“路见不平一声吼”，把灯市搅闹一番。

后来看了《红楼梦》才知道，元宵节并非只是好汉们杀人放火的时节，而是才子佳人们驰骋才情的好时节。你看十八回元春元宵节省亲的场面，灯光如银花雪浪，诸灯上下争辉，连元妃也叹息奢华过费。再看五十三回和五十四回，“廊檐内外及两边游廊罩棚，将各色羊角、玻璃、戳纱、料丝，或绣，或画，或堆，或抠，或绢，或纸诸灯挂满”。红楼儿女们猜谜联句，好不风雅。

《西游记》第九十一回也有唐僧师徒金平府元夜观灯一节，吴承恩不吝笔墨，写道“灯映月，增一倍光辉；月照灯，添十分灿烂。观不尽铁锁星桥，看不了灯花火树。雪花灯、梅花灯，春冰剪碎；绣屏灯、画屏灯，五彩攒成。核桃灯、荷花灯，灯楼高挂；青狮灯、白象灯，灯架高檠。虾儿灯、鳖儿灯，棚前高弄；羊儿灯、兔儿灯，檐下精神。鹰儿灯、凤儿灯，相连相并；虎儿灯、马儿灯，同走同行。仙鹤灯、白鹿灯，寿星骑坐；金鱼灯、长鲸灯，李白高乘。鳌山灯，神仙聚会；走马灯，武将交锋……”把元宵夜写得热闹非凡，如身临其境观灯一般。

《西游记》的这段描写使我想起了二人台《挂红灯》，有唱词云“西瓜灯，红腾腾。白菜灯，绿莹莹。芫荽灯，碎纷纷。韭菜灯，宽甚甚。茄子灯，紫不楞登。圪柳把弯黄瓜灯。龙儿灯，满身鳞。凤儿灯，花生生。老虎灯，多威风。摇头摆尾，狮子灯。三打金弹炮打灯。那是咿呀嗨，嗖溜溜起火带炮乒乓两盏灯……”和《西游记》里的描写一雅一俗，把张灯结彩的气势写了出来，我出生在偏僻农村，从小也只是看书听歌才知道灯的花样有那么多。

“灯火家家市，笙歌处处楼”，后来读的诗词多了，才知道诗词里也藏着一个元宵。历代关于元宵节的诗词从数量和质量上来比较，可能仅逊于中秋节的诗词。“月挂墙头杨柳枝，繁灯烂漫玉琉璃”，诗歌里多是描写“花市灯如昼的景色”，像“楼台上下火照火，车马往来人看人”“千门万户灯炬然，三条五剧车声喧”之类的描写。王安石的“车马纷纷白昼同，万家灯火暖春风”，一个“暖”字写出了温度，使得万家灯火的元宵夜暖意融融。

“花月正春风”的元宵夜是情人们约会的好时光，所以“月上柳梢头，人约黄昏后”这句词才会那么走心。古代对闺门管束得严，无论大家闺秀还是小家碧玉，平时都难得上街，只有这元宵夜才能出来观灯赏月，难免牵出许多相思来。像辛弃疾的“蛾儿雪柳黄金缕。笑语盈盈暗香去。众里寻他千百度。蓦然回首，那人却在，灯火阑珊处”，也是被观灯美人吸引得魂不守舍。看来美人如花，光有灯有月是不够的，要有花映衬，这元宵夜才会动人。卢照邻《十五夜观灯》里说“别有千金笑，来映九枝前”，陈维崧有词云“阑珊灯火梅精立。雅淡衣裳，轻盈姿格，人月同时一色”，有了这千金难买一笑的梅精般的美人，春色才会撩人。清代张潮在《幽梦影》里说得好：“若无诗酒，则山水为具文；若无佳丽，则花月皆虚设。”

记忆中，小时候我没有见过像样的灯，农村毕竟条件有限。但不管穷富，元宵节家家户户要挂红灯在大门前，那抹温暖彤红的光亮感觉非常温馨与美好。我觉得这家家户户挂红灯要比那些斗巧的花灯更接地气，更有人间的烟火情调。

灯要在正月十四便看，这个时候“月圆未圆月逾皎，春深未深春更好”。今年正月十四正好下雨，父亲曾和我念叨过天气谚语：“八月十五云遮月，正月十五雪打灯”，这样预兆着有好年景，但愿今年是个好年景。

二月里来好春光

南国春早暖，北方水犹寒。这两天朋友圈里南方的朋友们纷纷晒出阳春美景，桃红柳绿菜花黄，真是春到人间万物鲜。而在北方仍然山寒水冷，时令虽然已到惊蛰，但天气依然峭冷逼人。

这样的早春气候古人也有过贴切的描写。比如北宋欧阳修的《戏答元珍》：“春风疑不到天涯，二月山城未见花”，不过我觉得欧阳公眼里这番景致是他受贬后的失意之词。他当时被贬到今湖北省宜昌市，诗里的天涯即今宜昌市，古称夷陵，三国时火烧连营的地方。这个地方属于长江流域，早春二月的景色应该远比诗中所写鲜妍明媚。

最能写实贴近呼和浩特市周边地区气候的当属初唐诗人张敬忠这首《边词》：“五原春色旧来迟，二月垂杨未挂丝。即今河畔冰开日，正是长安花落时。”五原即今内蒙古自治区五原县，唐代张仁愿任朔方总管时为防御突厥修筑著名的三受降城，西受降城即在五原西北，张敬忠在朔方军幕任职时写下了这首诗。这首诗质朴无文，却写出了塞外春迟的物候，虽天气极冷但终有河开冰消之日，希望和生机就在眼前孕育。这浩荡的东风哟，吹开了坚实的河冰，吹绿了杨柳的枝头。

我的家乡托克托就在黄河几字湾的东北头，每年二月正是黄河开河的季节，因此我经常想起张敬忠这首著名的《边词》，想着“七九河开，八九雁来”，想着冰开凌化刚苏醒的黄河。想起了《平凡的世界》里那首信天游：“正月里冻冰呀立春消，二月里鱼儿水上漂，水呀上漂来。想起我的哥！想起我的哥哥，想起我的哥哥……”这悠扬而撩人的歌声飘过田野，飘过正萌芽的旷野，被春风播送到了远方。

黄河开河的季节，是吃开河鱼的好季节。开河鱼肥而不腻，味道鲜美，有“开河鱼赛人参”之说，馋坏了一代又一代食客。过去开河鱼不是穷人家能吃上的，现在人们吃开河鱼好比吃家常便饭，因此托克托、准格尔、达拉特等黄河沿岸地区这个时候都办起了开河鱼节。托克托县的炖鱼把香而不辣的托县红辣椒和茴香放一起用肥油炝锅，慢火炖出的鱼色香味俱佳。家人朋友结伴去河边看看黄河，吃一顿开河鱼，寓意“年年有鱼”，岂不美哉！

二月里来好春光。塞外的春光不在桃杏的枝头，不在料峭的山野中，在人们渴望明媚春光的人心里。生活在这里的人们会把春天贴在窗花里，会把春意流淌在歌喉里。你看那黄土高坡、黄河岸边窑洞上的窗花红于二月花，只有热爱生活的人才能用春风般的剪刀剪出这么火红的窗花；你再看那信天游、爬山调、蛮汉调好比春天的百灵从山野中蹿出，好比清冽的泉水从山涧淌出，好比黄河的冰凌从河床流过——“二月里刮春风，五哥放羊在山顶……”歌声里充满了撩人的春意。

塞北的春天太短，为了避免“尽日寻春不见春”的遗憾，就得细心去体味和寻觅刚寒尽春生的踪迹。在呼和浩特这样的塞北地区，当人们换下臃肿的冬装迎接春天时，当看到烂漫山花开遍时，春在枝头已十分，而炎热的夏天即将来临，人们得马上换上夏装了。塞北的春天不同于江南，不能在姹紫嫣红、草长莺飞的热闹中寻春，明代李东阳有诗云“误向花间问春色，不知春在未开时”，在塞北寻春也应在花未开时，柳未绿时。

“二月欲来正月尽，三分已过一分春。”在余寒犹厉、冻风时作的塞北，如果整天呆在城里，呆在家里，当然找不到春。明代袁宏道在《满井游记》说得好：“始知郊田之外未始无春，而城居者未之知也”，春天在哪里？在暖气微微吹拂的大地里，在将舒未舒的柳条上，在努力破土欲出的嫩芽尖。记得小时候我们在乡下的郊野里，手里扯着纸糊的风筝顶风跑着，能感觉到吹面不寒杨柳风的温暖，也能感觉到尽日春风吹不散的力道。我们在解冻的田埂上、水渠边里盯着地皮找绿色，用小铲子掏辣辣菜吃，我们那里管辣辣菜叫辣麻麻，后来才知道它的中药学名叫葶苈。把辣麻麻的根挖出来，把细根上的皮捋掉就嚼着吃了，当时觉得是不可多得的美味。

在塞外二月里还见不到“家家户户种田忙”的景象，但记忆中小时候这个季节农民们开始忙着往田地里送粪了。大人们送粪忙，我们也在粪堆上忙着找蝼蛄，用它来当捕鸟的诱食。用一张木柄铁锹斜插在粪堆上，一个小伙伴手拿砖块或石块贴着铁锹柄，另一小伙伴用双拳猛捣铁锹柄，磕碰锹柄发出接连不断的响声，蝼蛄在粪堆里耐不住这噪声，就钻了出来，小伙伴把它抓住塞进预先准备好的小瓶子里，准备捕鸟时用。有时我们也从麻秆子里找麻虫虫，或饲养院里阴湿的地方找蚯蚓，用来引诱捕鸟。童年时觉得捕鸟是一种乐趣，但现在想来捕杀生灵真不应该。

好春光还在人们的精气神里。除了二月二龙抬头时的舞龙、舞狮等民俗活动外，在我的家乡托克托县还要把威风锣鼓敲起来。“腰鼓百面春雷发”，铿锵的锣鼓声如春雷般隐隐响起，敲响了沉睡一冬的土地，惊醒了蛰居的动物。过去正月二月土默川一带农闲有空，农民也很少外出打工，所以这个时节也是乡村唱戏赶市集的高峰，村民们自愿凑钱请来戏班子。大村筹的钱多就请大戏班子连着热闹好几天，小村子筹钱少些，没关系，请来二人台小戏唱两天。有时，戏班子转着邻近的村子唱个半月二十天的，没有看够的戏迷就跟着戏班子看。不少村民也多在这个农闲空隙里择日子办事宴，农忙时好安心踏实地劳动。

惊蛰过后，好春光就真的来了。空旷的田野上人声、车声逐渐喧闹起来，单调的大地上树色、草色逐渐鲜亮起来。在田野中，隔着淡淡蒸腾的湿气看炊烟袅袅的村庄，看枝条披拂的杨柳，宛如海市蜃楼一般。而真正的温暖的春天和明媚的春光就要来了，千红万紫安排著，只待新雷第一声！

人生能得几清明

清明时节，窗前的几株杏树终于绽放如雪似粉的花蕾，草坪上也渗出了入眼的新绿，像呼和浩特这样的寒冷之地，春天才刚刚开始。

是的，这是一个万物复苏、万象更新的季节，一个生机勃发、生意盎然的季节。乳燕在屋檐归来筑巢，鱼儿在河里游弋嬉戏，草木在此时抽条发芽。枝头上“杨柳微风百媚生”，田野里“暖风迟日醉梨花”……在这个季节里，人们可以尽情地追逐自然、流连美景、踏青游玩。佳节清明桃李笑，这两天，在微信朋友圈里，南国的朋友早已晒罢了繁花锦绣，而我身边的北方朋友才开始晒出迟来的春天。

春和景明的清明节，也是扫墓祭祀的节日，因此多了庄重和肃穆的气氛。古人在这欣欣向荣的季节里选择礼敬祖先、表达孝道，选定万物生长、阳气清明的日子来慎终追远祭祀先人，是大有深意的。“人世有代谢，往来成古今”，人生本来就是向死而生的一次旅程，祖先和父辈赋予了我们生命，再用爱来浇灌新的生命成长壮大走向成熟，才有了人世间的生生不息，“人生代代无穷已”的轮回是因爱的接力而传递绵延的。因此，越是在生机勃发的季节，越应该感念先人们的恩情：这尘世上的繁华，这人世间的温度，都是他们赋予的，一代又一代传递升华。生不忘死，乐不忘忧，应在这惠风和畅的清明节里，在扫墓祭奠先人的节俗中体味生命真谛。

“哀哀父母，生我劬劳。”常常看到有人诟病“中国式父母”，但我觉得正是有了中国式的父母，才有了流传数千年的中国的孝道文化，才有那么多父母恩情值得我们怀念，才有了这意蕴深厚流传千年的清明节。从网络上我们经常能看到为了儿女可以牺牲一切的父母，也能看到“割肝救母”的孝顺儿女。即使八九十岁高龄的老人，仍然在儿孙辈的陪伴下要到父母坟前焚香祭拜，喊一声滚烫的爹娘……这是中华文化传统最温情脉脉的部位，也是春寒料峭的清明节让人备感温暖的地方，中华文化和习俗传统因此而生机绵延、生气旺盛，节俗文化所蕴含的优良传统和人文价值历久弥新。

在中国传统的诗歌里，一直有两个清明节：春日郊游和祭祖扫墓。你看，“雨足郊原草木柔”的大地上万卉争妍、千花竞秀，这个时候春游的人们“秀野踏青来不定”，弄柳好风低作舞，春草青青万里余。这个时节温暖的南方已是“榆钱零落麦开芒”的季节，而在寒冷的北方还是“二月垂杨未挂丝”，但人们已经感受到了春天的温暖。在这个时节往往多雨多阴，“节近清明长是阴”，人们不得不借酒温暖一下，所以杜牧那首《清明》诗走红千古。古代的清明也讲究寒食禁火，人们往往要向勤奋的读书人借火，宋王禹偁《清明》也是名篇：“无花无酒过清明，兴味萧然似野僧。昨日邻家乞新火，晓窗分与读书灯。”

清明节祭祖扫墓的内容，唐人诗歌里不多见。但至少到了中晚唐，扫墓祭祖的节俗开始形成，白居易就写过“风光烟火清明日，歌哭悲欢城市间”的诗句。宋元以后的清明祭奠的诗歌开始增多，但诗人们大多是看到荒冢累累后，生发人生短暂及时行乐的思绪。比如宋代真山民的《清明》诗云：“清明今日是，原上一经过。新葬冢无数，未来人更多。此生曾悟否，不乐复如何。莫待浇坟土，樽前且醉歌。”再如宋高翥《清明》：“南北山头多墓田，清明祭扫各纷然。纸灰飞作白蝴蝶，泪血染成红杜鹃。日落狐狸眠冢上，夜归儿女笑灯前。人生有酒须当醉，一滴何曾到九泉。”诗歌的思想性很有限。

宋代胡时中《清明行》：“忆昔父母康健时，清明携我上丘垅。如今清明我独来，却将小儿拜先冢。凝情东风泪满衣，江山虽是昔人非。儿儿问我悲何事，此意他年汝自知。”这首诗写出了一代又一代人祭扫先人的习俗传统，诗意有些悲凉。从诗歌里我们可以明显地看到，当时携儿孙们上坟祭祖已经成为传统，而且代代相沿，这种节俗一直流传至今。

“年年岁岁花相似，岁岁年年人不同。”在我看来，清明寄哀思不应有太多物是人非的悲凉，而应该重温先人们生前温暖的生活片断和感念他们对儿女们的爱，并且把这种爱一直传递下去。“芳林新叶催陈叶，流水前波让后波”，生老病死是自然规律，勉强不得。白居易诗云“耳里频闻故人死，眼前唯觉少年多”，是啊，这个世界从来没有缺过少年，一代又一代人演绎着悲欢离合，人歌人哭清明日，花落花开昨夜风。

今年母亲已去世十七年，父亲已去世近三年，就在这三年里村里他们那茬人又走了不少。村里的老人们也像庄稼一样，走了一茬又一茬。母亲在世时就和我念叨过：“人人都怕死，可没有死哪有生，世界上哪能容下那么多人。人老了就像熟透的瓜，迟早会有离蔓的一天；刚出生的孩子就像破土的嫩芽儿，迟早会长出枝叶来，不枉在这世上走一遭。”我想，在感念先人的祭祀中学会感恩亲人、感恩这个世界便是好的。

人生赢得几清明，人生能得几清明？在思念前人的同时，一个人一定要想着把美好的言行留下，把爱和正能量更多地留给这个世界，把无尽的思念给后人留下：心术要无愧于天地，言行留好样于儿孙，赢得生前身后名。

喜雨

一场如酥的小雨催快了呼和浩特春天的步伐，吹暖了乡村的大地和城市的公园，吹绿了杨柳的枝头和田野的草色。

前两天呼和浩特街头飘起了零星的雨丝和雪花，我就想起了“喜雨”二字。这当然与杜甫那首《春夜喜雨》有关，“好雨知时节，当春乃发生”，不用搜肠刮肚就自然而然想起，从小背诵的名句“润物细无声”，化作了自己意识的一部分；这当然也与苏轼那篇《喜雨亭记》有关，接连三场及时雨使农夫“忧者以喜，病者以愈”，东坡忧虑着百姓的忧虑，欢乐着百姓的欢乐，以喜雨命名新建的亭。

那“随风潜入夜”的春雨确实令人喜上眉梢，古代那些忧国忧民的文人都喜欢写诗作赋来庆贺。杜甫就写过好几首《喜雨》，后来的诗人写出“通宵好雨定知时”“好雨知时，万金欲买初无价”“老农自喜知时节，夜半呼儿起饭牛”等诗句，都化用了《喜雨》的首句。他是位心里装着百姓的诗人，天不下雨着急呀——“安得鞭雷公，滂沱洗吴越。”他时时刻刻想着百姓能过上好日子，“何由见宁岁，解我忧思结”。白居易也是一位现实主义诗人，他也写过几首《喜雨》，其中一首这样写道：“西北油然云势浓，须臾滂沛雨飘空。顿疏万物焦枯意，定看秋郊稼穑丰。”大雨缓解了旱情，诗人联想到了秋来丰收的景象。

“衙斋卧听萧萧竹，疑是民间疾苦声”，只有心里装着民间疾苦的诗人，才能写出不朽的作品。怀有一颗悲天悯人的同情心，才能让人感受到文字后面的善良和悲悯。你看东坡一遇喜雨便吟诗作文，“秋来定有丰年喜，剩作新诗准备君”，打心眼里欢喜。高产诗人陆游写过十几首非常接地气的《喜雨》，“土润竹萌出，水长渔舟活。桑麻郁千里，夹道光如泼”。“雨急骤增车辙水，泥深渐壮马蹄声。”“势掠郊原飞急雪，声摇窗户过奔雷。”“雨声萧萧集庭树，雨气森森入窗户。”……这些诗句写出了雨的气势，没有对生活入微的观察，是写不出这样的诗句。

陆游写过“小楼一夜听春雨，深巷明朝卖杏花”这样的名句，这是一种对闲适生活的描写，我总觉得不如看他那些沾泥土、带露珠的田园诗歌亲切。因为我是农民的儿子，总觉得我就是那片土地的一部分，对农村、对农民、对田野有一种割舍不下的亲近感，对乡村下雨后的喜悦是有体会的。陆游《喜雨歌》里说得好“不雨珠，不雨玉，六月得雨真雨粟”，是啊，一场及时雨来了，下的不是雨水，是比天还大的粮食，是救命的粮食。“十日浇灌功，不如一霡霂”，对于农民和土地来说，有时风调雨顺真的是太重要了。

我见过久旱不雨时农村乞雨的情景，也见过禾苗欲枯时老农脸上那愁苦的表情。有一年天旱，父亲白天出去顶着烈日锄那些快要枯焦的禾苗，他说“锄头自带三分水”，越是天旱越要多锄地。晚上蹲在院子里的一袋接一袋抽着旱烟，望着满天的星斗盼望着，盼望着。盼望一阵风把云刮过来，下上一场透雨。终于，一场喜出望外的及时雨在人们的盼望中来临，雨水落在焦渴的田野中溅起白色的浪花，禾苗贪婪地任由雨水亲吻。我见过喜极而泣的青年农民，竟动情地跑到院里任由雨水淋洒，这金贵的雨哟，是庄户人的希望。

乡下一场好雨光临是要庆祝的，农民们最简单的庆祝方式就是喝酒，在我的家乡托克托，这也叫“过阴天”。几个要好的农民围坐炕上饮酒，屋外雨声淅淅沥沥，屋里几个人商量着雨后农事的安排，雨水滋润出了他们脸上皱纹里的笑意，酒精染出了他们的笑脸。“团团聚邻曲，斗酒相与斟”，这种雨天聚饮的场面历代文人笔下写的很多，陆游就说“水车罢踏庠斗藏，家家买酒歌时康”“明朝邻曲各欢喜，赛庙沽酒封猪羊”……雨天就是喝酒庆祝的好时候，农活儿先搁一搁嘛，再说下雨也无法到田里去。

“一犁春雨绿盈畴”，已经看到了呼和浩特市两边绿化带上泛出了隐隐约约的绿意。这无价的春雨，正在为城里的游人们安排着万紫千红的大场景。而在农村，春雨更是贵如油，“一犁春雨趁春耕”，开启了春耕的序曲，充满希望的田野上，马上就要沸腾复苏了。

又是一年春草绿

有人说，像呼和浩特市这样寒冷的北方，春天是从春分节气开始。春分过后，呼和浩特市内的公园和郊野的大地，逐渐泛出了若隐若现的青青草色。千里万里春草色，给大地涂抹上了淡浓相间的底色，给人以希望和生机的春天终于在萋萋草色中姗姗来迟。

在农村出生和长大的我，对小草一直有一种天生的亲切感和亲近感。小的时候，我们是从田野里出现由浅渐深的草色来感知春天的来临，我们开始一件一件脱掉臃肿的冬装，跑到绿毡般的寸草滩上，去追逐放风筝、翻跟头嬉戏，累了或摔倒了，就在草地上打滚躺着。上了高中以后，听着歌曲《小草》："没有花香，没有树高，我是一棵无人知道的小草……"感觉特别有共鸣：觉得自己就像大地上的一棵小草，尽管平常得不能再平常，但和我一样的农家子弟都平凡而快乐地成长着，因为有伙伴而不寂寞，不会因吃穿不如人而烦恼。我们快乐地学习着，成长着。

那个时候想考上县城重点高中得拼命学习，我们这些上了县城高中的农家子弟更得拼命学习。艰苦的学习之余我在想：我们就得像小草那样坚忍，拼命冲破束缚自己的土块，才能像其他名贵花卉一样沐浴阳光和雨露。尽管人们在一片草色中不会在意你的身影，但你是组成这一片绿色的一分子就够了。"草不谢荣于春风"，小草也有小草的尊严，尽管"一岁一枯荣"，但春风吹来的时候一定要使出全部的力量，用充满希望的绿色来装扮这个世界，这个世界因为有了离离原上草而充满了生机。

因此身为一棵小草，虽然卑微但不可自卑。看古装的电视连续剧，那些平常百姓往往自称“草民”，小时候母亲常念叨：“庄户人活得像一棵草，但这个世上没有庄户人又不行。”是啊，一年复一年野草在大地上荣枯，一代又一代庄户人在村庄和田野上匍匐，春耕、夏耘、秋收、冬藏……所以田野上五谷不绝，村庄上炊烟不绝，庄户人生生不息。一代又一代在平凡的土地上生活着的平凡的人们，演绎着平凡的生活。祖辈们生活过的土地上庄稼收割了一茬又一茬，耕耘和收获从未间断过，祖辈们生活的村庄里人们换了一代又一代，就像这野草——野火烧不尽，春风吹又生！

一代又一代庄户人顽强地生活在田野上，柴米油盐煎熬出了酸甜苦辣的生活味道。田野里的春草枯荣变幻，村庄里的主人也有生离死别。“春草年年绿，王孙归不归”——每每回味王维这句诗，使我有一种想落泪的感觉，因为有的人的告别是没有回归的：像我父母那一辈农人如今在村庄里所剩无几，他们那一代人包括他们的前几代人已经成了他们生前耕作过的土地的一部分，他们尽管人微如草，但岁月如歌，这些平凡的庄户人靠自己的劳动养活了自己，也养活了更多的人。

又是一年春草绿，也使我想起了儿时割喂猪喂羊的草。那个时候村里每家每户养几头猪和几只羊，全家的重要开销和生活改善全寄托在这些猪羊身上了，我记得家里那辆骑到最后只剩两个轮子的自行车，就是用一头大白猪在供销社换的。大人们白天要忙生产队里的事情，割喂猪喂羊的草就成了我们小孩子的事，水渠边、田埂上找到一片长势茂盛的草会欣喜若狂。为了和小伙伴抢割好草，有时不小心把手指割破了，找上一个马屁包菌涂抹在伤口上，赶紧再割，生怕落后其他小伙伴。

最好的草是芦草和水稗子，实在找不到也割其他野草，这些不起眼的野草养出的猪羊贴补了家用，也满足了我们能吃到肉的奢望。中药材葶苈和野草长在一起，我们那里俗称为辣麻麻，有一年父亲用打下的辣麻麻籽换钱，在供销社扯了一块小碎花布，母亲给我做了一件漂亮的花衬衫，美了好一阵子。

记得还有一年生产队里收购芦草，我们这些小家伙纷纷跑到地里割草换零花钱。这些普通的草哟，在我们眼里就是学费，就是新衣，就是生活全部的意外惊喜。

一直对小草怀着亲切和感恩的心，后来读的书多了，才懂文学赋予了春草更多的意象。“池塘生春草，园柳变鸣禽”，它给人以无限的生机；“记得绿罗裙，处处怜芳草”，它寄托了无尽的相思。在忧国爱民的诗圣眼里，它是“国破山河在，城春草木深”；在失去江山的皇帝眼里，它是“离恨恰如春草，更行更远还生”……其实，“草木有本心，何求美人折”，是人把自己的情绪加给了小草。

但那么多关于春草的诗词，并没有发现其平凡而顽强的一面。我还是最喜欢春草坚韧而充满活力的这一面，还是那首歌唱得好：“……从不寂寞从不烦恼，你看我的伙伴遍及天涯海角。春风呀春风，你把我吹绿，阳光呀阳光你把我照耀……”让我们走进大自然踏青，拥抱这一片新绿吧！

桃李春风又一年

最美青城三月天，小区里的桃树开花了，真是白的像雪、粉的像霞……马上要出发到外地采访，为了不辜负这枝头一簇簇怒放的花朵，我匆匆拍下几张家门口桃花的照片。听天气预报又要有风有雨要降温，回来的时候这桃花怕是开过了。

桃李春风又一年，在呼和浩特市这样的地方，一来春朝短暂，二来开花季节常常会有风雨寒流，有花堪赏切莫误过。误过了花期得又等上一年，一生能赏得几回桃李？我从小出生在托克托县农村，那时乡下没见过桃李树。父亲是种植和嫁接果树的高手，我见过夏果树、梨树和海红树花开，但真还没见识过桃花。真正赏桃花还是在天津上大学时，印象也不是太深了。

后来领着母亲去青城公园赏过桃花。好像是2002年的春天，一家人陪着病愈出院的母亲到青城公园游园，公园里的桃树并不多，树上也不是花团锦簇的样子。两个妹妹小心地搀扶着母亲，刚过两岁生日的女儿喜欢花儿，一路上蹦蹦跳跳，父亲小心地照看着她。妻子忙着给大伙儿照相……一家人尽情享受着在一起的快乐时光，心情像花儿开在春风里。这年秋天，母亲就因病离开了我们，我懊悔平时忙着工作或应酬，陪伴她的时间太少了。幸亏有开春时这次游园，还有那桃花在心田里盛开。

母亲的突然离去使我感到了人生的无常，使我觉出了“聚散苦匆匆，此恨无穷”，我想着尽可能多一些时间陪伴父亲。记得是2014年夏天，儿子刚刚一岁半，我们一家人陪着父亲去满都海公园赏花。父亲的注意力不在花而在他的孙子身上，看孙子的眼神是那样温馨，脸上洋溢着幸福的微笑，我和爱人给他们爷孙二人拍了不少合影。两年后的夏天，父亲也离开了我们，我的心里空落落的，脑海里闪现着泰戈尔的名句："生如夏花之绚烂，死如秋叶之静美……"。

"在那桃花盛开的地方，有我可爱的故乡。桃树倒映在明净的水面，桃林环抱着秀丽的村庄……"从高中开始，这嘹亮的歌声就在我耳际回荡，尽管我的故乡没有桃林，但我还是把故乡想象得像歌中唱得那么美。父母亲离开我以后，我才明白，这桃林就生长在我内心的深处，父母亲就在这桃林的深处，他们的笑容就像这灿烂的桃花一样让我的内心荡漾温暖。

每到春来，看到满树的桃花我都要想起已逝的双亲的笑脸。目睹桃花而思亲人，植桃树而寄思念在呼和浩特是有传统的。比如呼和浩特市民赏桃花主要是去公主府公园，这里是市里种植桃树面积最大、树种最集中的园林区。公主府先后居住顺治第四女静宜公主、多尔衮的曾外孙女和硕格格、康熙第六女恪靖公主。公主府公园的桃花是1933年傅作义将军为纪念367名抗日阵亡将士而种植的，阵亡将士们的遗骸就葬于公主府公园。

现在呼和浩特市民赏桃花有了许多去处：呼和塔拉万亩草原、成吉思汗公园、草原丝绸之路文化主题公园、妇女儿童公园……这些公园一个比一个漂亮，每当桃花盛开的时候往往花绽如潮，我在我家门前的滨河路公园欣赏桃花，想起和父母在一起的往日时光，当时的陪伴是多么幸福呀，这样的回忆再多一些该多好啊！

"人面不知何处去，桃花依旧笑春风"，这是人生常有的遗憾。"最是人间留不住，朱颜辞镜花辞树"，岁月可以使人老去物故，风雨可以使花零落成泥，规律谁也无法改变，与其伤高怀远泪眼问花，不如珍惜人世间拥有的幸福，不如在花儿最能表现自己活力的时候多留意它，元人有散曲云"良辰媚景换今古，赏心乐事暗乘除，人生四事岂能无？不可教轻辜负。”

桃李春风又一年。再过两个多月正是桃杏成熟的季节，父亲三周年的忌日也快到了。日子过得太快了，我得回乡下看看他修剪过的果树去。

翩翩双燕送春归

“燕子来时新社，梨花落后清明”，晏殊这句词点明燕子飞来是立春后清明前的时节，可这应该是温暖的中原地区。在我们寒冷的土默川，怎么也得到了“绿水人家绕”的谷雨前后，燕子才翩然归来，穿花拂柳，衔泥垒巢。

谷雨是春天最后一个节气，这时已是绿暗红稀草长莺飞，枝上柳绵已被风吹尽，布谷鸟开始催耕了。“燕燕知何事，年年应候来”，这个时节燕子们翩然归来了，灵巧地穿梭于阳光明媚的蓝天下，飞掠过波光粼粼的湖面上，在柳梢花影中贴地争飞炫耀飞翔技巧，“一双贴水娇无奈，不肯平飞故仄飞”，使暮春初夏时节的天地间增添了诗意的灵动和盎然的生机……一对对春燕并立于电线上、屋檐下，唧唧喳喳呢喃作语，燕语莺啼使得春光更加美好，

在我们老家托克托县农村，人们都非常喜欢燕子这一有灵性的候鸟。人们给女儿起名字，就叫春燕、金燕、胡燕、飞燕……寓意女孩子如燕子般聪明灵巧。人们还喜欢在炕围上画上燕子，在窗户上贴上双燕形状的剪纸。我们那里还有一个蒸寒燕儿的风俗习惯，小时候清明时节，母亲要用面团捏出小巧玲珑的燕子来，用黑豆做成眼睛，蒸熟了用彩线串起来吊在窗户上。栩栩如生的燕子凌空欲飞，使小屋里充满了春意，使我们对美好生活充满了憧憬，我们兄妹仨会问：“妈妈，燕子何时飞回来？”母亲回答：“快了，一过清明就快了！”

谷雨前后，燕子真的飞回来了！南朝梁陶弘景说：“燕有两种，有胡有越。紫胸轻小者是越燕，不入药用。胸斑黑声大者是胡燕。俗呼胡燕为夏候，

其作窠喜长，人言有容一匹绢者令家富。”我们北方所见到是胡燕，村里人都管燕子叫胡燕。“谁家新燕啄春泥”，我们趴在窗台上仔细地看燕子在屋檐下的椽檩中间衔泥筑巢，勤快的燕子不停地衔泥衔草，一层一层地垒垛燕巢。我们仔细看燕子筑巢的过程，选址在避风的椽檩之间，觉得燕子真是聪明灵巧极了。

不像别的鸟把窝巢选在郊外的树梢上日晒雨淋，把窝巢选在人家的屋檐下，古代人就认为燕子聪明无比。唐代韦应物在《燕衔泥》诗中赞道：“不见百鸟畏人林野宿，翻遭网罗俎其肉，未若衔泥入华屋。燕衔泥，百鸟之智莫与齐”，唐徐夤在《燕》诗里也赞美燕子，说“百禽灵性比他稀”。其实，我倒觉得是代代相传的古训保护了燕子，在好多北方的乡下农村，再淘气的孩子也不会去伤害燕子的，老人们郑重告诫孩子们，千万不能伤害燕子，否则会给自己带来晦气，甚至被啄瞎眼睛。

小的时候，父母告诉我们兄妹燕子在谁家筑巢，就能给谁家带来好运气。我家的老屋是两间土房子，有那么几年在不到十米长的屋檐下居然筑有三个燕窝，好像有三户人家和我们比邻，热闹极了，我们一家人都高兴无比。父亲会在房檐上拴些绳子，或在燕子窝下用麻袋片和络兜固定一下，使燕窝更安全。雨天的时候我们就看到十多只燕子并排栖止于屋檐下的电线上，唧唧喳喳叫个不停，好像互相在聊天。有好几次燕子从窗户飞到了我们的小屋里，误飞乱撞，我们赶紧敞开门窗让它自由地飞出去。

其实，古代人也特别喜欢燕子在自家筑巢。唐代冯著《燕衔泥》诗云：“双燕碌碌飞入屋，屋中老人喜燕归，裴回绕我床头飞。去年为尔逐黄雀，雨多屋漏泥土落。尔莫厌老翁茅屋低，梁头作窠梁下栖。尔不见东家黄觳鸣啧啧，蛇盘瓦沟鼠穿壁。豪家大屋尔莫居，骄儿少妇采尔雏。井旁写水泥自足，衔泥上屋随尔欲。”又是为燕子赶走黄雀，又是劝燕子不要嫌贫爱富，又是为燕子筑巢在井旁准备好了泥水，真是煞费苦心。为的是让燕子在自家的屋檐下筑巢安居。宋代诗人艾性夫有一次发现十年前的燕子又来自家筑巢，高兴地写了一首《燕去十年复来巢》，惊喜地说：“双燕窥帘认主人，十年不见忽过门。”

每当春来，如果燕子未来筑巢，主人就会很着急。宋代戴复古《诘燕》：“去年汝来巢我屋，梁间污泥高一尺。啄腥抛秽不汝厌，生长群雏我护惜。家贫惠爱不及人，自谓于汝独有力。不望汝如灵蛇衔宝珠，雀献金环来报德。春风期汝一相顾，对语茅檐慰岑寂。如何今年来，于我绝踪迹。一贪帘幕画堂间，便视吾庐为弃物。”诉说自己如何对燕子百般呵护，不嫌弃污泥溅梁，又为它看护雏鸟，为什么今年春天你却无影无踪，难道是贪恋有钱人家的画栋雕梁，瞧不上我这茅屋矮檐了吗？

“不应它处无华屋，自是难忘旧主人”，其实人们爱重的还是燕子不嫌贫爱富重情重义的一面。宋刘克庄《燕》诗就赞美“汝胜炎凉者，年年归旧巢”。燕子真的是能识旧主人的，我家屋檐下有一年有几只雏燕掉出了巢，幸好雏燕已快长出了翅膀，掉在了窗台上晾晒枸杞子的纸盘上，母亲和我小心地把雏燕捡起来放回窝里。我问母亲：“这些小燕子长大明年能找到咱家吗？”母亲说：“能，燕子有灵性。”我们给一只腿受伤的燕子敷了药，在燕腿上系了一丝红线。第二年春夏之交，这只燕子居然又飞回了旧巢。“茅檐不鄙频来往”，燕子重情义恋旧巢的品格诗人们常常赞美，唐刘兼《春燕》诗云：“栖息数年情已厚，营巢争肯傍他檐”，宋赵友直《闻莺》诗云：“始知春燕情何厚，日日相依旧主人”，自来自去的燕子们和主人是相亲相近的。

小时候，我喜欢趴在窗台的玻璃上看燕子飞来飞去忙着给雏燕喂食的瞬间。一窝小燕子孵出来后，嘴角泛黄的雏燕眼睛都没有睁开，嘴张得老大等着父母喂食，双燕飞来飞去不停地给它的孩子们喂食。当燕子把嘴里的饭喂到嗷嗷待哺的雏燕嘴里时，使我感到眼眶发热，能把吃到嘴边的食物喂食出去，“哺食劳劬劬”，禽类里应该是不多见的。唐白居易《燕诗示刘叟》诗曰：“梁上有双燕，翩翩雄与雌。衔泥两椽间，一巢生四儿。四儿日夜长，索食声孜孜。青虫不易捕，黄口无饱期。觜爪虽欲敝，心力不知疲。须臾十来往，犹恐巢中饥。

辛勤三十日，母瘦雏渐肥。喃喃教言语，一一刷毛衣……”，道出了燕子辛勤哺育小燕子，直至操劳到自己削瘦，告诫人们要记住父母恩情。

我曾问母亲：“燕子飞不动了怎么办？”母亲说：“那个时候小燕子长大了，当老燕子飞不动后，秋天天冷后它的儿女们会背着它去南方的。”母亲的这番话一直印在我的脑海中，我多次想象着小燕子背着老燕子飞越山水的情景……我相信雏燕会如此重亲情的。翻阅诗书也有责怪幼雏一旦羽翼丰满就忘记了父母，白居易就说雏燕“一旦羽翼成，引上庭树枝。举翅不回顾，随风四散飞……”，元王哲《惜芳时·咏紫燕》诗云：“我观紫燕泥巢垒。便下卵、朝朝抱子。雏儿喂大辞窠起。背父母、分飞去离。为人养小还如尔……”清代周士彬《营巢燕》云：“双燕衔泥葺巢垒，飞去飞来掠烟水。巢成抱卵意苦辛，忍饥终日伏巢里。哺养新雏四五子，冲风冒雨寻鱼蚁。燕雏羽弱飞难起，母燕呢喃翔复止。一朝相引向天飞，子去母归谁顾视。独有前林慈乳乌，衔恩反哺情无已。”现在，好多孩子长大后只求自己飞得高，不顾念父母的辛劳与孤独，真有点像诗人所讥讽的雏燕。

燕子去了，还有来的时候。所以人们在祝福祈愿时，希望能如燕子一样能年年岁岁相见，冯延巳那首著名的《长命女》写道：“春日宴，绿酒一杯歌一遍。再拜陈三愿：一愿郎君千岁，二愿妾身常健，三愿如同梁上燕，岁岁长相见。”宋代汪藻《漫兴》诗云：“燕子年年入户飞，向人无是亦无非。来春强健还相见，送汝将雏又一归。”燕子重来的时候，还是曾经相识的燕子吗？筑巢的屋舍里，还是过去的旧主人吗？所以人与燕都要互道平安。

燕子也有飞不动的时候，有老去不归的时候。“华堂茅屋依然在，几时相逢旧主人”，人生代代无穷已，燕子也同样是一代又一代接力飞翔，我的耳边突然响起了《妈妈的吻》这首歌：“遥望家乡的小山村，小呀小山村，我那可爱的小燕子，可回了家门……”但愿心中的燕子永远颉颃飞翔，呢喃细语，让心中那春光永远美好明媚。

北方消暑得清凉

我是真怕热，所以能在北方工作生活真是一件幸福的事情。

前两天在北京，天气闷热难耐。人只能躲在有空调的房间或汽车里，晚上睡觉也得开空调，怕着凉还得用毛巾被把自己捂得严严实实。真难受，匆匆办完事后便像逃也似的回到了呼和浩特。

北京的炎热我还能耐受，因为毕竟在天津、北京上过六年学。但南方的炎热简直让人受不了，我曾在最炎热的时候到扬州采访，一上大街汗水争先恐后地流淌，只好左手拎一瓶矿泉水，右手拎一条毛巾，头昏脑胀的，根本无暇领略好风景；我也曾去过潮热的福建，晚上宾馆的被褥潮乎乎的，根本无法入睡。

夏天在北方生活是幸福的，至少入夜可得安眠。我在呼和浩特生活了25年，一直没有安装空调，一是因老人小孩怕冷，二来这里最热的天气也不过一个周左右。我住在一座老式楼房的顶楼上，20多年也没有觉得哪个夏天热到难以入睡的地步。

像呼和浩特这样的北方城市，夏天还有两个好处：一是昼夜温差大，不管白天多热，太阳一落山肯定是“夜色凉如水”；二是白天不管太阳底下有多热，只要到了树荫或其他阴凉处，就会顿感凉爽舒坦。夏季的北方，在墙根树荫下聊天消夏的人们会跟着阴凉转。

今天有了空调，南方度夏不再那么难受，在古代暑热都是关乎社稷的大事。北魏王朝最初定都在呼和浩特市南的盛乐，都城东迁往平城（今山西省大同市）

时，习惯了冷凉气候的王公贵族们没有反对，因为大同的夏天和呼和浩特市一样比较凉快。

但雄才大略的孝文帝南迁洛阳时，遭到朝内许多王公贵族的反对，不得不以向南伐齐的名义成就迁都之事。其中重要的原因就是生活在北方的王公贵族们害怕暑热，就连孝文帝的儿子拓跋恂也“深忌河洛暑热，意每追乐北方”，这位已被立为太子的皇子竟然乘其父离开洛阳之际，密谋逃离洛阳回到北方，最后被乃父废为庶人最终赐死。

南方的炎热天气，在历史上也阻挡了北方少数民族南下的步伐。辽太宗耶律德光攻灭后晋，进入开封，他在开封写给弟弟的信说“非汴州炎热，水土难居”。为暑热所苦的耶律德光放弃开封，匆匆返回北方，途中在栾城县因热病而亡，死时才四十六岁。

但话又说回来了，南方山清水秀、地灵人杰，除了夏天热一些，哪儿都比北方好。特别是北方的一些地方病如心脑血管病、老年性肺病、鼻炎等，到了南方就好了。不少人冬天到南方避寒，夏天回北方消暑。另据了解，南方人普遍要比北方长寿，除了饮食习惯外，恐怕也有气候的原因。

生而为北方人，只盼这清凉的夏天能够长久一些。在夏日的清凉中农民们忙碌地等待盼望着一个丰收的秋天；在夏夜的清爽中孩子们倾耳聆听着美丽的童话。

月到中秋分外明

在所有的节日里，我一直认为除了普天同庆的除夕，中秋节当之无愧是排行第二的重要节日，我对中秋节的喜爱丝毫不亚于春节。

中秋节首先是寓意好，哪怕平时再有缺憾，再奔波，到了这一天便心向团圆。月到中秋分外明。一轮明月当空照，万里清光共皎洁，月亮与星汉灿烂的银河交相辉映，表里澄澈。在这样如水般柔和的秋夜，一家人守在一处赏月闲话，是人间最美好的风景。所以月亮圆满明亮的中秋节，最能象征团圆，又被人们称作“团圆节”。

“大抵人间天上事，团圆时少缺时多。”正因如此，才使这个节日如此惹人回味。最忆儿时中秋与父母团圆的情景，尽管物质匮乏，但一家人其乐融融。人生代代无穷已，如今父母离开了我们，可又有儿女萦绕身边。幸福之余感慨年年岁岁花相似，岁岁年年人不同。在北京读完大学，也曾有各种在京或其他地方工作的机会，但为了与父母姊妹在一起，没多想就回来了。能和亲人们乐享团聚那么多年，真的是回忆装满了美好。

人间有味是清欢。现在回想起来，最值得思念和回忆的情景，往往不是那些红火热闹的盛大场面，而是当时只道是寻常的生活场景。比如中秋夜一家人围坐炕上喝茶闲话，偶尔放眼窗外，却发现清冷夜空中的月亮就在眼前，清晰圆满仿佛要扑窗而入。等你开窗迎之，它却又跳着跑远，遥不可及。这样的时刻多洋溢着幸福和温暖。多少儿时与父母在一起的清欢瞬间，多少为人父母后养育儿女的寻常时刻，不经意间就会浮现脑海，亲人们笑容亲切，笑声朗朗，温润如这中秋满月。

但毕竟不像春节那样，人们万里归来为团圆，中秋节有不少人因生计、工作、学习或其他原因不能回家，就托明月千里寄相思。当“举头望明月，低头思故乡”之际，万里归心对月明，对亲人的思念化作一缕乡愁，飞向同样明月朗照的故乡，相信家乡的亲人也在望月思念自己……海上生明月，天涯共此时，这一轮明月如同牵引着游子的长线，无端生出无尽相思，牵惹出绵绵乡愁。这相思和乡愁煎熬出的是最美好的情感，蒸馏出的是佳酿般的思念与祝福：但愿人长久，千里共婵娟。隔千里兮共明月，只要平安相随，就是团圆了。

嫦娥奔月的故事家喻户晓，这个迷人的故事吸引着一代又一代人，在月圆之时想象着吴刚斫桂、玉兔捣药等美丽仙境。“白兔捣药秋复春，嫦娥孤栖与谁邻？”——诗人李白这样的疑问我小的时候也有过，月亮上为何有一座清冷的广寒宫？捣药的玉兔没有老的时候吗？吴刚没明没夜砍桂树不累吗？我边吃着月饼边想着这些神话里的悬疑。再稍长大一些，读了毛主席诗词，我就琢磨：吴刚捧出的桂花酒肯定好喝，嫦娥舒广袖的舞姿肯定非常美。

中秋节不仅有自己美丽的神话传说，更有银河般星光璀璨的诗词长河。若论诗词及精品的数量之多，即使是咏春节、元宵的诗词也无法与咏中秋节的诗词匹敌，“古人不见今时月，今月曾经照古人”，照过李白、苏轼等大诗人的一轮朗月也照着历代无数诗人，他们或举杯邀月，或把酒问月，俯仰吟诵之间才情迸发，吐出了月亮般的锦绣诗章和清词丽句，汇成了洋洋大观的中秋诗词，体裁丰富，词赡句工，意象缤纷。历代人的才情不断积淀，中秋诗词真正是“活水源流随处满，东风花柳逐时新”。

和元宵节的汤圆、端午节的粽子一样，中秋节还有自己的食品——月饼，而且象征团圆寓意美好。小的时候母亲忙着和面烙月饼，我们在一旁满心欢喜地看这看那、问这问那。那时村里饼铛少，你家刚烙完我家就借去烙，中秋节前村庄里弥漫着烙月饼的香味。土默川农村烙的是胡麻油月饼，用油糖和好面后，然后捏好月饼和“月光”。“月光”的直径有六七寸左右，上边刻上玉兔和嫦娥，和普通月饼一起烙好，到中秋夜放在盘中。

当一轮明月升起来的时候，打扫得干干净净的农家院落里早已把桌子摆在屋檐下，正中间端端正正摆上“月光”，象征着玉盘般的中秋月，“月光”前是一颗雕刻成花篮状的西瓜，西瓜花篮前又摆放了各种水果和月饼，还有焚香的香炉。

祭拜完的“月光”一家人要切成块状分而食之，以求去邪免灾、健康平安。如果有亲人当日未归，属于他的那块也要留下，等着日后回来再吃。除了这象征团圆的月饼外，中秋夜的正餐是饺子或炖羊肉，还有的人家吃猪肉烩菜炸油糕。小时候家里平时省吃俭用，但快过中秋节时，父亲总要慷慨地买一条羊腿回来，做成肉馅、炖上骨头，让全家美滋滋地吃上几顿。

打小在农村长大，我比较喜欢中秋节，是因为月圆之时也是收获之季。这个季节田野里的高粱、玉米、谷子、糜黍、豆类、马铃薯等大秋作物都该收割了。田家自此忙，田野里到处是农民们拔麦、装车、碾场、扬场、装袋、归仓的场景，人们有条不紊、欢欢喜喜地忙碌着、劳作着。辛苦一年就为这几天。面对过风也面对过雨，经历过旱也经历过涝，如今，五谷丰登颗粒归仓，悬着的心总算踏实了。在收获季节再暴躁的家长也会和颜悦色，对于孩子们来说，趁机可以提出平时根本不敢提的奢望，丰收时节父母心情大好，肯定会满口答应。

月圆花好中秋美，物阜民安丰年乐。今年，中秋节的前一天就是丰收节，吉日良辰两节相连。人们在欢庆第一个中国农民丰收节，痛饮丰收酒一杯的时候，又迎来中秋庆祝团圆，祈愿神州大地更美好。

织女的星星与嫦娥的月亮

织女与嫦娥，传说中这两个美丽的女性都与秋天有关。织女在七夕夜将要与自己的牛郎相会，隔断他们日日厮守的是一枚无情的玉簪；嫦娥在中秋夜只能与寂寞的玉兔相伴，造成这种夜夜忏悔的孤独是一丸不死的灵药。

七夕与中秋，这两个秋天里的节日因为有美丽的传说而浪漫多情，秋天因为这两位传说中的美女而风韵撩人。在与月亮和星星有关的神话传说里，没有比牛郎织女、嫦娥奔月的故事更精彩、更脍炙人口的。无论雅俗贤愚，无论男女老少，都被这两个家喻户晓的故事吸引着，感化着，一代又一代想象着关于月亮和星星的美丽幻境。

这两个神话使天上和人间有了爱恨的缠绕和情感的纠结，冰冷不胜寒的天上有了人间烟火的气息。天上的织女厌倦了整天面对天机云锦的生活，而下凡去寻找男耕女织的真爱，哪怕牛郎穷得只剩一头老牛，哪怕只有一个遮蔽风云的茅屋，只要夫妻恩爱就够了。一边看着夫婿憨憨地放牛耕作，一边听一双小儿女昵昵作语，这就是织女想要的生活。偏偏王母娘娘要把织女抓回天庭，玉簪在追来的牛郎面前一划，“盈盈一水间，脉脉不得语”，波涛汹涌的银河把这对恩爱夫妻生生隔开。

小时候故事每每听到这里，已经是眼泪汪汪了，恨死王母娘娘这个老太婆了。人家过得好好的，你为什么要拆散人家。偏偏听嫦娥奔月的故事时，知道嫦娥也是因王母送给羿的一丸不死药，贪恋成仙独自服下，飞入月中独处广寒宫。小的时候不管嫦娥贪心不贪心，只怪王母娘娘太多事了，有意无意间又拆散了一对恩爱夫妻。

“七夕今宵看碧霄，牵牛织女渡河桥。”小的时候每逢七夕，真的是痴痴地望着天空，想看看牛郎织女如何相会？想看看喜鹊成群怎样搭桥？只见蔚蓝色的天空横亘天际，月儿弯弯将清辉洒满天上人间，银河空明如同草原上一条飞珠溅玉的河流，闪烁的繁星像明暗不同的宝石镶嵌银河的两岸，天地间荡漾着温柔与圣洁的光辉。盯着幽深无际的夜空，无数颗星星向我眨着眼睛，簇拥着牵牛和织女这一对多情的双星。有时缥渺的天空中会有朵朵云彩，弯弯的月亮恰如织女抛出的梭子穿行在云彩中，把云彩染得时浓时淡，如梦如幻。

但七夕的夜，往往有飘飘洒洒的小雨。传说中这雨是牛郎和织女相见时流下的泪，是啊，此去经年，应是良辰好景虚设。这一别，就是人间一度寒暑；这一见，执手相看泪眼，竟无语凝噎。让相逢的泪水化作洒向人间的甘霖吧，这一夜雨的温度是热的，滋味是幸福的。传说在葡萄架下可以听到牛郎织女窃窃私语的情话，我们那一带农村没有葡萄架，母亲讲述这个故事时，说院子里的大果树下也可以听到牛郎织女说话，我屏住呼吸认真地听，只能听到草际虫声、村巷犬吠。浩瀚澄澈的天空上，反而静得出奇，难道他们相见顾不上说话只顾饮泣？

即使是神话，但织女的形象是可以捉摸的，可以摹画的。织女虽然是天上的神，但她是一个以纺织为能事的劳动者，无论是贵至天上的玉皇王母，贱至人间的贩夫走卒，只要穿衣都离不开纺织，都离不开像织女这样的劳动者。在农耕时代的农村，很少有不会纺织女红的妇女，平凡的织女在乡间多得是。所以牛郎织女就是人间再平凡不过的一对夫妻，他们用男耕女织打理着普通的日子，用生儿育女延续着人间的烟火，用柴米油盐烹调着日子的滋味。问世间，情是何物？伟大的爱情本来就是从细微的小事中萃取提纯的。

贵为天神的织女用她的善良给了勤劳的牛郎以爱情，尽管她的阿牛哥哥穷得只有几亩薄田和一头老牛，但她没有嫌弃。这一故事想要告诉人们千古的爱情是不分贫贱尊卑的，是不管天上人间的：只要爱不偷懒，花朵即使在崖畔的岩缝也会绽放；只要情到深处，相思哪怕银河的波涛也不能阻隔；只要哥哥你耐心地等待，你心上的人儿就会跑过来。“金风玉露一相逢，便胜却、人间无数。”一年一度的相聚，在老牛的帮助和喜鹊的铺垫下完成这场爱的接力，胜过多少平常的如胶似漆。

“与其在悬崖上展览千年，不如在爱人肩头痛哭一晚。”——舒婷这样描述矗立于巫峡大江北岸的神女峰。比较起来，织女是幸福的，当初她被王母捉去，牛郎便不顾一切担着一双儿女追来。七夕有佳期，人在鹊桥头，星汉灿烂处可得与爱人相会。哪怕每年相见只有一宵，两情若是久长时，又岂在朝朝暮暮。米面夫妻如锅碗瓢盆，日常的司空见惯，难免要互相磕碰，倒不如牛郎织女一年一见来得浪漫：一年里天地有过风云晦明，草木有过荣枯盛衰，唯独牛郎织女间的情感蒸馏得只剩下互诉相思和对儿女的牵挂。

嫦娥是高冷寂寞的，这种高冷寂寞是自找的。抛弃丈夫独自奔月不说，就是上界的天蓬元帅追求她，居然被贬下凡尘当了二师兄。“嫦娥应悔偷灵药，碧海青天夜夜心。”想必嫦娥悔恨当初贪心偷吃灵药，幽居寂处而夜夜难眠。“白兔捣药秋复春，嫦娥孤栖与谁邻？”有时美丽动人的传说也有意捉弄人，嫦娥的月亮有阴晴圆缺的时候，织女的星星永远是亮晶晶的。七夕月缺时，牛郎织女渡鹊桥欢欢喜喜相见。中秋月圆时，嫦娥独居广寒宫看人间万家团圆，正是“嫦娥亦是独眠人，牛女年年一问津”。

灿烂的银河里储存了许多童年的温馨，能够在父慈母爱中听着牛郎织女、嫦娥奔月的故事，吃着母亲烙的香甜月饼，看着父亲为一家的生计忙碌是多么幸福的事。月亮缺了可以圆，只要是七夕，牛郎织女就可相见，讲故事的人换了一茬又一茬，人生代代无穷已。在美丽的故事的陶醉中，美满和幸福一直延续。在平凡的日子和平淡的生活里，人间有味是清欢。

秋天里，看着织女的星星嫦娥的月亮，看着星星眨眼月亮穿梭，感觉岁月一下子回到了从前，仿佛感觉到父亲还像牛郎一样劳作，母亲烙的月饼比月亮还香甜。

第五篇

含英咀华赏诗词

情到深处方能圣——也谈杜甫（上）

说起杜甫，很多人都知道他被后人膜拜为“诗圣”，他的诗被称为“诗史”。除了他“七龄思即壮，开口咏凤凰”“读书破万卷，下笔如有神”的天才和功底外，关键是他对祖国、对妻儿、对普通人充满了热爱，就像艾青《我爱这土地》：“为什么我的眼里常含泪水？因为我对这土地爱得深沉。”

情到深处方能圣，杜甫的诗歌忧国伤时，个人的痛苦与幸福深深地植根于现实社会和历史的土壤，绝不无病呻吟，笔追清风、心夺造化，因此人称为圣、诗堪为史。闻一多先生认为杜甫是“四千年文化中最庄严、最瑰丽、最永久的一道光彩”。

先说忠君爱国，杜诗洋溢着深挚的爱国热忱。青年时代的杜甫即有“致君尧舜上，再使风俗淳”（《奉赠韦左丞丈二十二韵》）的远大理想，尽管唐玄宗父子不能使诗人一展抱负，使他在仕途上一再碰壁，“致君时已晚，怀古意空存”（《赠比部萧郎中十兄》），但他仍然“葵藿倾太阳，物性固莫夺”，忠诚依旧，执著如初。长安失陷后他毅然逃出长安投奔在凤翔的唐肃宗，“麻鞋见天子，衣袖露两肘”（《述怀》）、“影静千官里，心苏七校前”（《喜达行在所》之三），闻一多说“表现他爱君的热忱，如流亡孩子回家见了娘，有说不出的委曲和高兴”。

宋代苏轼评价“古今诗人众矣，而杜子美为首，岂非以其流落饥寒，终身不用，而一饭未尝忘君也欤”（《王定国诗集叙》）。忠君是为了爱国，“济时敢爱死？寂寞壮心惊”（《岁暮》），正如萧涤非先生所言“杜甫是一个不惜自我牺牲的爱国主义者”。长安陷落于叛军之手，当看到国都城荒草深的残破景象时，他伤心得泪流满面，“感时花溅泪，恨别鸟惊心”，花鸟平时乃可娱之物，见之而泣，闻之而悲，可见诗人伤国之痛、思家之深。当他一个人走过被叛军摧残的曲江边时，禁不住“少陵野老吞声哭，春日潜行曲江曲”。他在长安为叛军所俘时，听到唐军在陈陶和青坂惨败后，打胜仗的叛军回长安狂歌滥饮，悲愤填膺的诗人写下了《悲陈陶》《悲青坂》两首诗，“野旷天清无战声，四万义军同日死”，真有天地同悲之痛。

安史之乱初定，他还在梓州流寓，闻官军收河南河北时，“剑外忽传收蓟北，初闻涕泪满衣裳。却看妻子愁何在，漫卷诗书喜欲狂。白日放歌须纵酒，青春作伴好还乡。即从巴峡穿巫峡，便下襄阳向洛阳”。奔泻直下的狂喜之情洋溢着炽烈的爱国之情。无论穷通，杜甫真是忧患着祖国的忧患，悲伤着祖国的悲伤。当吐蕃入侵、宦官专权、藩镇割据的“万方多难”之际，客蜀已五年的杜甫愤怒为诗云“北极朝廷终不改，西山寇盗莫相侵”（《登楼》），告诉侵略者别徒然来侵扰，声宏势阔，气象雄伟。

爱国爱家情甚笃。看看杜甫笔下的家庭生活：“老妻画纸为棋局，稚子敲针作钓钩”（《江村》）、“昼引老妻乘小艇，晴看稚子浴清江”（《进艇》）……多么温馨的家庭生活场面。杜甫的妻子是司农少卿杨怡的女儿，杜甫一生穷困潦倒，安史之乱中全家颠沛流离，家全靠杨氏撑着。从“却看妻子愁何在，漫卷诗书喜欲狂”的诗句中也能看出，即使在流离失所的艰难岁月里，杨氏都在支持着丈夫的写作，搬家必须把丈夫最爱的诗书搬上。

杜甫非常感念他的老妻，感激妻子为他操持这个家。他困守长安时，妻子安顿在奉先县，他惦记“老妻寄异县，十口隔风雪”（《自京赴奉先县咏怀五百字》）；妻子寄居鄜州（今陕西富县）羌村时，杜甫只身前往灵武投奔唐肃宗，中途为叛军所俘押至长安，杜甫回忆分别时娇憨的儿子时，感谢妻子独力给他抚育儿女——“世乱怜渠小，家贫仰母慈”（《遣兴》），“鹿门携不遂，雁足系难期”，后悔未能携全家一起避难，不知何时才能互通音信。

在“烽火连三月，家书抵万金”的兵荒马乱岁月中，杜甫对远在鄜州的妻子儿女充满思念。写下了深情的《月夜》：“今夜鄜州月，闺中只独看。遥怜小儿女，未解忆长安。香雾云鬟湿，清辉玉臂寒。何时倚虚幌，双照泪痕干？”本是自己思念妻子，却设想妻子闺愁望月不眠，可见思家之深、思家之切。浦起龙所谓“悲婉微至，精丽绝伦”。这首诗写后不久，唐肃宗至德二年（757 年）寒食节，杜甫又情不能禁想起妻子：“无家对寒食，有泪如金波。斫却月中桂，清光应更多。仳离放红蕊，想像颦青蛾。牛女漫愁思，秋期犹渡河。”（《一百五十夜对月》）想象妻子对红花而伤感，牛郎织女尚能相见，自己却不知何时能与鄜州的妻儿团聚，写得语丽情深。在凤翔供职时，他牵肠挂肚地思念着亲人，《述怀》中从“寄书问三川，不知家在否？”到“沉思欢会处，恐作穷独叟”，用了近百字把担心家人遭遇不测自己成为孤老头的心理刻画得淋漓尽致，真是“一弹再三叹，慷慨有余哀”。

杜甫的妻子杨氏的确把温暖带给了这个贫困潦倒的家。她不仅要关心孩子们，还得关心着年老多病的诗人。杜甫在成都时，“老妻忧坐痹，幼女问头风”（《遣闷奉呈严公二十韵》；诗人漂泊在外时，杨氏经常书信报平安：“老妻书数纸，应悉未归情。”（《客夜》）当诗人回到鄜州羌村时，妻子儿女喜极而泣：“妻孥怪我在，惊定还拭泪。世乱遭飘荡，生还偶然遂。”（《羌村》）直到夜晚还沉浸在相见如梦的兴奋中，“夜阑更秉烛，相对如梦寐”。幼子怕这位刚回来的父亲又走了，守住亲人不离，“娇儿不离膝，畏我复却去”。这是一个多么温暖的家呀。

杜甫和妻子杨氏生有三子二女，长子宗文，小名熊儿；次子宗武，小名骥子；还有一个小儿子在奉先县未满周岁因饿夭折。此外，他们还有两个女儿。对于孩子们，杜甫充满了慈爱之心。还在困守长安时，杜甫回忆起幼子宗武牙牙学语时娇憨的样子，写道：“骥子好男儿，前年学语时。问知人客姓，诵得老夫诗。”（《遣兴》）在长安诗人经常思念聪慧的宗武：“骥子春犹隔，莺歌暖正繁。别离惊节换，聪慧与谁论。”（《忆幼子》）他希望宗武能绍承家学，宗武生日时他寄语“诗是吾家事，人传世上情。熟精文选理，休觅彩衣轻”（《宗武生日》），教导他熟读精研《文选》提高文学修养，不要学古代老莱子七十岁时还“彩衣娱亲”，整些没用的事。在《又示宗武》中赞扬儿子“觅句新知律，摊书解满床”，望子成龙的慈父之情跃然纸上。在《北征》这样严肃的诗里，也写道“粉黛亦解苞，衾裯稍罗列。瘦妻面复光，痴女头自栉。学母无不为，晓妆随手抹。移时施朱铅，狼藉画眉阔”。描绘两个小女儿学母亲描眉画妆的样子，把小脸蛋儿涂得乱七八糟，充满爱怜之意。

作为一位丈夫，作为一位父亲，杜甫常常为不能给妻子儿女提供周全的衣食而自责。他从长安到奉先本来是回家团聚的，结果刚到家门便听到老妻号啕大哭，“入门闻号啕，幼子饥已卒”，杜甫痛心疾首——“所愧为人父，无食致夭折”。在羌村，他写道“经年至茅屋，妻子衣百结。恸哭松声回，悲泉共幽咽。平生所娇儿，颜色白胜雪。见耶背面啼，垢腻脚不袜。床前两小女，补绽才过膝。海图坼波涛，旧绣移曲折。天吴及紫凤，颠倒在裋褐”。（《北征》）看到小女儿穿着补丁摞补丁也只能到膝的衣服，号寒啼饥，别是一番滋味在心头。

愧对妻儿的痛苦经常噬咬着杜甫的心。潼关失守后杜甫一家在逃难时，路过汉代彭衙故城（今陕西白水东北），写道：“痴女饥咬我，啼畏虎狼闻。怀中掩其口，反侧声愈嗔。小儿强解事，故索苦李餐。”（《彭衙行》）在成都流寓时，在浣花溪旁的草堂，杜甫生活极其穷困，只能靠朋友接济勉强度日，“入门依旧四壁空，老妻睹我颜色同。痴儿不知父子礼，叫怒索饭啼门东”（《百忧集行》），说是痴儿不懂得父子礼，实是自责。

爱家的人才会爱国，有国才有家人的幸福生活。宋王安石看到杜甫画像时“再拜涕泗流”，叹曰“惜哉命之穷，颠倒不见收。青衫老更斥，饿走半九州。瘦妻僵前子仆后，攘攘盗贼森戈矛。吟哦当此时”。尽管“饿走半九州”，但他“不废朝廷忧”，不忘“遥怜小儿女”。顾随先生说生在乱世“所遇是困苦艰难，所得是烦恼悲哀……老杜则睁了眼清醒地看苦痛，无消灭之神力，又不愿临阵脱逃，于是只有忍受担荷”，他把这些痛苦写出来，这些“光焰万丈长”的诗篇，展示了他坚忍不屈、爱憎分明的人格，记录了一个时代的历史。

兄弟万里正含情——也谈杜甫（中）

在战火纷飞的岁月里，杜甫无时无刻不惦念自己的几个兄弟。从杜甫的诗里我们能感受炽烈的兄弟友于之情。对朋友杜甫更是“真堪托死生”，对好朋友李白他又回忆、又寄赠、又入梦写了好多诗。只有这样对兄弟意浓、对朋友情真的人，才能写出那情感细腻、饱含情感的千古绝唱。

杜甫兄弟共五人，杜甫居长，四个弟弟分别名为颖、观、丰、占，还有一个妹妹，嫁与江东钟离韦氏，其弟妹五人都是继母卢氏所生，但杜甫对他们手足情深。唐玄宗开元二十九年（741 年）秋，弟弟杜颖任山东临邑主簿，典领文书等，写信给兄长杜甫述说黄河水灾给百姓带来的忧患，杜甫收到弟弟的信就写了一首《临邑舍弟书至，苦雨，黄河泛溢，堤防之患，簿领所忧，因寄此诗，用宽其意》，问候并安慰弟弟。在作于天宝十四载（755 年）的《自京赴奉先县咏怀五百字》中，杜甫写道“老妻寄异县，十口隔风雪”，除他和妻子儿女之外，应该包括杜颖之外的其他几个弟弟。

安史之乱很快使这个大家庭变得兄弟离散，“烽火连三月，家书抵万金”，音信不通，杜甫打探着兄弟们的消息。至德元年（756 年）杜甫得到了兄弟们的消息，写了《得舍弟消息》两首诗：“近有平阴信，遥怜舍弟存。侧身千里道，寄食一家村。烽举新酣战，啼垂旧血痕。不知临老日，招得几人魂。”“汝懦归无计，吾衰往未期。浪传乌鹊喜，深负鹡鸰诗。生理何颜面，忧端且岁时。两京三十口，虽在命如丝。”对乱世中兄弟亲人们的命运充满了担忧。杜甫还作过另一首《得舍弟消息》：“风吹紫荆树，色与春庭暮。花落辞故枝，风回返无处。骨肉恩书重，漂泊难相遇。犹有泪成河，经天复东注。”开篇即用南朝梁吴均《续齐谐记》里田广兄弟三人共议分家分财产，要把堂前一株紫荆树截为三段，紫荆树闻分家即枯萎的故事。这“风”当然是使国破家亡的“安史之乱”。

“思家步月清宵立，忆弟看云白日眠”（《恨别》），杜甫一直惦念着手足兄弟。先看《月夜忆舍弟》：“戍鼓断人行，边秋一雁声。露从今夜白，月是故乡明。有弟皆分散，无家问死生。寄书长不达，况乃未休兵。”这首诗是乾元二年（759 年）秋杜甫在秦州所作，杜甫的几个弟弟此时分散于战乱中的山东、河南一带，生离死别使杜甫忧虑不安，后四句写得肝肠寸断、伤心欲绝。就在乾元二年（759 年），杜甫又写了《忆弟（时归在南陆浑庄）》二首：“丧乱闻吾弟，饥寒傍济州。人稀吾不到，兵在见何由。忆昨狂催走，无时病去忧。即今千种恨，惟共水东流。”“且喜河南定，不问邺城围。百战今谁在，三年望汝归。故园花自发，春日鸟还飞。断绝人烟久，东西消息稀。”兄弟离散，故园花发而不顾兄弟离合，春日鸟飞而不管人间悲欢，痛哉！

“海内风尘诸弟隔，天涯涕泪一身遥”（《野望》），穷困潦倒的诗人即使在漂泊流离的途中，也念念不忘兄弟们。唐肃宗上元元年（760 年）杜甫在成都浣花溪边安顿下来，想起了兄弟们，写作《村夜》：“萧萧风色暮，江头人不行。村春雨外急，邻火夜深明。胡羯何多难，渔樵寄此生。中原有兄弟，万里正含情。”大历二年（767 年）重阳节杜甫在夔州登高，又想起了弟妹：“弟妹萧条各何在，干戈衰谢两相催！”（《九日》）对弟妹们的思念那是喝酒也想，写诗也想，《远怀舍弟颖观等》云：“阳翟空知处，荆南近得书。积年仍远别，多难不安居。江汉春风起，冰霜昨夜除。云天犹错莫，花萼尚萧疏。对酒都疑梦，吟诗正忆渠。旧时元日会，乡党羡吾庐。”唐肃宗乾元二年（759 年）杜甫自华州弃官流寓秦州又转赴同谷（今甘肃省成县），生活困窘到靠挖土芋充饥，一家人因饥饿卧病在床，杜甫都担心自己会饿死，一口气写了《乾元中寓居同谷县作歌》七首，有两首诗是思念远方的弟弟妹妹的。

战乱年月，杜甫兄弟聚散两依依，别离欢会杜甫都会有诗作相赠，同时也经常和兄弟们书信往来，互报平安。送杜颖回齐州，杜甫一口气写了三首《送舍弟颖赴齐州》，“风尘暗不开，汝去几时来？”“兄弟分离苦，形容老病催”……多么恋恋不舍。大历二年（767 年）杜甫在夔州时，接到弟弟杜观的书信说要从长安来到江陵，并将到夔州来看他，诗人高兴地写了一首《得舍弟观书，自中都已达江陵，今兹暮春月末，行李合到夔州。悲喜相兼，团圆可待，赋诗即事，情见乎词》，从诗题就可以看到诗人迫不及待渴望亲人团圆的心情，写完以后意犹未尽，又写了二首《喜观即到复题短篇》，设想兄弟见面拉家常，计议归长安的事情，诗篇抒发出了真挚的兄弟深情。

对兄弟手足情深，对朋友也情真意切。杜甫和同时代诗人李白的交游传为千古佳话。天宝三载（744 年）春夏之交，已名满天下的李白与困顿不遇的杜甫在洛阳初遇。当时李白 44 岁，杜甫只有 33 岁，写得最早一首《赠李白》说“李侯金闺彦，脱身事幽讨。亦有梁宋游，方期拾瑶草”，诗中表露出杜甫对李白钦仰不已。同年秋二人结伴游梁宋（今河南省商丘市、开封市一带），在这里他们遇到了高适。他们一起畅游痛饮，谈文论诗，不亦快哉！“何时一樽酒，重与细论文”（《春日忆李白》），若干年后杜甫还兴奋不已，说“忆与高李辈，论交入酒垆。两公壮藻思，得我色敷腴。气酣登吹台，怀古视平芜。芒砀云一去，雁鹜空相呼”（《遣怀》），“昔者与高李，晚登单父台。寒芜际碣石，万里风云来”（《昔游》）。

天宝四载（745 年）秋，杜甫在兖州，李白从任城（今山东省济宁市）赶来相遇，二人又结伴游历齐鲁。同样怀才不遇、漂泊无根，杜甫又写一首《赠李白》：“秋来相顾尚飘蓬，未就丹砂愧葛洪。痛饮狂歌空度日，飞扬跋扈为谁雄。”是规劝朋友，也是自嘲自伤。一起游玩的日子，二人亲如兄弟，在《与李十二白同寻范十隐居》写道：“李侯有佳句，往往似阴铿。余亦东蒙客，怜君如弟兄。醉眠秋共被，携手日同行。更想幽期处，还寻北郭生……”

之后李白要重游江东，杜甫要西赴长安，二人在兖州城东的石门分别。

这一别，再没有相见，杜甫深深地思念着这位大他十一岁的狂放不羁的大哥。杜甫写了大量赠、寄和怀念李白的诗篇，这些诗道出了对李白称许和崇敬之情，抒发了真挚细腻的思念之情。“李白一斗诗百篇，长安市上酒家眠。天子呼来不上船，自称臣是酒中仙”（《饮中八仙歌》）、“白也诗无敌，飘然思不群”（《春日忆李白》）、“敏捷诗千首，飘零酒一杯”（《不见》）、“笔落惊风雨，诗成泣鬼神”（《寄李十二白二十韵》）……不少诗句耳熟能详、妇孺皆知，不夸张地说，李白诗名高千古，与杜甫这种宣传分不开，即使没读过书的人都知道“李白斗酒诗百篇”。

“文章憎命达，魑魅喜人过”（《天末怀李白》），杜甫也为李白怀才不遇而痛斥不公正的世道。李白因参加永王李璘的幕府而被流放夜郎。杜甫得知李白被流放的消息，思念成梦而作《梦李白》二首，第一首写李白入梦，充满了对好友命运的担忧。如此才华横溢的好友却遭遇如此不公的世道，在第二首里诗人愤而叹曰“冠盖满京华，斯人独憔悴！孰云网恢恢，将老身反累。千秋万岁名，寂寞身后事”，身后名高千古，但斯人已困厄而死，又有什么用呢，语气悲愤。在《不见》中诗人直斥“世人皆欲杀，吾意独怜才”，一往情深深几许，试问古今能有几人对友情如此至诚至真。

杜甫一生写了上百首思亲怀友之作，对于朋友们总是念念不忘，对朋友的才干也是倍加欣赏。他在《奉简高三十五使君》诗中对高适表白：“当代论才子，如公复几人。骅骝开道路，鹰隼出风尘。行色秋将晚，交情老更亲。天涯喜相见，披豁对吾真。”高适、岑参是盛唐诗人力追建安风骨者，杜甫夸赞他们“高岑殊缓步，沈鲍得同行。意惬关飞动，篇终接混茫”（《寄彭州高三十五使君适、虢州岑二十七长史参三十韵》）。高适送来禄米，邻翁送来菜蔬，他高兴地说“故人供禄米，邻舍与园蔬”（《酬高使君相赠》）。在《江村》里杜甫说“但有故人供禄米，微躯此外更何求？”这位故人当是经常接济他的好友严武。

朋友来了好招待，杜甫是掏心掏肺的热心肠。“自锄稀菜甲，小摘为情亲”（《有客》）、“挂壁移筐果，呼儿问煮鱼”（《过客相寻》），待客亲切自然。再看这首《客至》：“舍南舍北皆春水，但见群鸥日日来。花径不曾缘客扫，蓬门今始为君开。盘飧市远无兼味，樽酒家贫只旧醅。肯与邻翁相对饮，隔篱呼取尽余杯。”好朋友来了恨不得倾尽所有来热情招待。

贫穷使人变得敏感，也最能使人体会到人世间温暖，哪怕是热情的一顿饭也会使诗人感激不已，杜甫诗里这种朋友间的真情也触动了千古之下我们的泪点。潼关失守后，唐肃宗至德元年（756 年）杜甫挈妇将雏逃难，路上雷雨泥泞，饥寒交迫，靠野果充饥，路过汉代彭衙故城（今陕西省白水县东北），一位曾当过县令的姓孙的朋友热情款待了他——“故人有孙宰，高义薄曾云。延客已曛黑，张灯启重门。暖汤濯我足，剪纸招我魂。从此出妻孥，相视涕阑干。众雏烂熳睡，唤起沾盘飧。‘誓将与夫子，永结为弟昆！’遂空所坐堂，安居奉我欢。谁肯艰难际，豁达露心肝。”（《彭衙行》）我每每读到这里就热泪盈眶：逃难的老朋友来了，这位主人又是端来洗脚水，又是剪纸给饱受惊吓的一家人叫魂，又是做饭招待，又是好言安慰……人间自有真情在，世道是乱的，人心是热的。

杜甫是那种经常思念着朋友的人，在那个兵荒马乱的年代他惦念每一位朋友的安危，关注着每一位朋友的生死。朋友去世了，他伤心欲绝，李白、高适都先他而去，他怀念着当年壮游的岁月，伤感“萧条益堪愧，独在天一隅。乘黄已去矣，凡马徒区区”（《遣怀》）。童年时代的朋友一个接一个离世，他感慨“童孺交游尽，喧卑俗事牵。老来多涕泪，情在强诗篇”（《哭韦大夫之晋》）。在战乱中，一旦与儿时的朋友久别重逢，诗人会欣喜若狂，乾元二年（759 年）春，杜甫由洛阳回华州路经蒲州（今山西省永济市），见到了青年时的朋友卫八处士，“人生不相见，动如参与商。今夕复何夕，共此灯烛光。少壮能几时，鬓发各已苍。访旧半为鬼，惊呼热中肠。焉知二十载，重上君子堂。昔别君未婚，儿女忽成行。怡然敬父执，问我来何方。问答乃未已，儿女罗酒浆。夜雨翦春韭，新炊间黄粱。主称会面难，一举累十觞。十觞亦不醉，感子故意长。明日隔山岳，世事两茫茫”（《赠卫八处士》）。生活是多么美啊，人情是多么美啊，诗人为真挚的友情和朋友的欢会而陶醉，哪怕这美好是短暂的。

郑振铎说：“凡大诗人没有一个不是具有赤子之心的，于杜甫尤信。他最笃于兄弟之情，而于友朋之纯厚。”对骨肉兄弟万里正含情，对朋友不论穷达、贵贱，他都是一片赤诚。正因为如此，杜甫的诗读来非常真实，特别亲切。像鲁迅所说：“杜甫似乎不是古人，就好像今天还活在我们堆里似的。”

忧贫叹息肠内热——也谈杜甫（下）

杜甫诗歌之所以被称为“诗史”，就是因为他的诗歌是变乱时代的苦难大写实，把战乱带给人民的苦难和不幸真实再现，勾勒出了大唐王朝由盛到衰这个历史转折过程中的社会万象。杜甫诗歌的气象宏大、包罗万象不仅仅是因为“赋到沧桑句便工”，关键是因为杜甫同情并热爱着那些饱受战乱和苦难折磨的最底层的人民，尽管他自己也颠沛流离、饥寒交迫，但他仍然“穷年忧黎元，叹息肠内热”，同情比他更衣食无着的人，这是杜甫的伟大之处。

郑振铎说杜甫“不仅对于自己的骨肉，牵肠挂腹地忆念着，且也还推己以及人，对于一般苦难的人民，无告的弱者，表现出充分的同情来”。杜甫的诗篇里有许多最底层的普通人，杜甫把他们当作家人朋友对待。杜甫在夔州时，可能是夔州都督柏茂琳派了一批官奴来打杂帮忙，因此杜甫的诗篇中有阿段、信行、伯夷、辛秀、阿稽等仆人的名字，南朝时便把獠人捉住没为官奴的事情，獠奴是最没有社会地位的奴隶，但杜甫把他们视同家人，常常以诗相赠。

清代刘凤诰在《杜工部诗话》里说：“少陵家有隶役伯夷、辛秀、信行、行官张望、獠奴阿段、女奴阿稽诸人，自居夔后，屡见于诗。凡修筒引水、树栅养鸡、补稻种甘、行菜伐木、摘苍耳、锄斫果林诸事，一一躬亲驱督，而怜其触热未餐，鉴其瘴剧作苦，体恤周至，动见民吾同胞之隐。”我们看《课伐木》诗中有“尔曹轻执热，为我忍烦促”的由衷感谢，尔曹指伯夷、辛秀、信行等。《信行远修水筒》对修竹筒的信行存问有加、感激不已，的确是“体恤周至，动见民吾同胞之隐”。

长期颠沛流离和寓居避难，杜甫和底层的人民结下了深厚的情谊，从他和邻人野老的交往中，我们可以看到普通人交往那种朴素而温馨的情感。在外漂泊的他回到鄜州羌村（今陕西省富县南）和寄居那里的妻儿团聚时，“邻人满墙头，感叹亦歔欷”（《羌村》），为这家外来户能重新团聚感叹高兴，“父老四五人，问我久远行。手中各有携，倾榼浊复清”，这些贫困而朴实的邻居们还觉得太简单了，这酒太差劲了，不是待客之道，“莫辞酒味薄，黍地无人耕。兵革既未息，儿童尽东征”。杜甫感激他们：“请为父老歌，艰难愧深情。歌罢仰天叹，四座泪纵横。”多么纯厚的情谊，我每次读《羌村》三首都泪水纵横：只有经过离乱才知团聚的不易，只有穷人之间才有能触动心灵最柔弱处的真情。

“式瞻北邻居，取适南巷翁”（《苦雨奉寄陇西公兼呈王征士》），杜甫深爱着这些与他比邻的田夫野老，在他的诗篇里这些邻居是那么敦厚朴实。这些生活在社会最底层的人们是高尚的，因为他们的心是热的，乐于帮助别人，杜甫对这些好邻居的接济和帮助也总是铭记在心。在秦州时邻居阮昉知他多病，给他送来满满一筐小蒜，“盈筐承露薤，不待致书求”（《秋日阮隐居致薤三十束》），不用他去开口要就送上门来了。在成都草堂时，他和邻居们非常相得，“邻人有美酒，稚子也能赊”（《遣意》），“邻家送鱼鳖，问我数能来”（《春日江村》），有酒有鱼有邻人的情意。他笔下有隔篱叫来一起喝酒的邻翁，有在社日快临近时邀他痛饮的田翁。农民给他送来了红红的樱桃，他夸赞不绝：“西蜀樱桃也自红，野人相赠满筠笼。数回细写愁仍破，万颗匀圆讶许同。”（《野人送朱樱》）

因为了解下层人民的疾苦，杜甫总是要力所能及地帮助一些贫苦无告的穷人。杜甫漂泊到夔州的第二年住在瀼溪西边的草堂里。堂前枣树成熟后，西邻一个孤苦的寡妇常来打一些枣，杜甫任由她打。杜甫搬到白帝城东十余里的东屯后，把草堂让给一位姓吴的亲戚住。吴郎来了就在草堂插上篱笆防止打枣。寡妇便向杜甫诉苦，杜甫写诗给吴郎：“堂前扑枣任西邻，无食无儿一妇人。不为困穷宁有此？只缘恐惧转须亲。即防远客虽多事，便插疏篱却甚真。已诉征求贫到骨，正思戎马泪盈巾”（《又呈吴郎》），委婉含蓄地劝告他要怜老惜贫，让这个可怜人打点枣吧。

著名文史学家刘大杰说，杜甫的一生“始终辗转于穷困的生活里。从他个人的生活实践，得到对于广大人民穷苦生活的体会、观察与同情。由他个人的饥饿流浪的体验，认识了社会的各种矛盾。这一种深入的生活体验，细密的观察与深厚的同情，成为他的现实主义诗歌的重要基础”。从生活中来，加之有悲天悯人的同情心，使他写出了《悲陈陶》《哀江头》《羌村》《北征》《洗兵马》和“三吏”“三别”等现实主义的杰作，真实反映了安史之乱给人民带来的惨重灾难。“十室几人在，千山空自多。路衢唯见哭，城市不闻歌”（《征夫》），“万国尽征戍，烽火被冈峦。积尸草木腥，流血川原丹”（《垂老别》）……这些诗句描绘出了那个浸透着人民血泪的时代。

尽管他自己也颠沛流离，尽管他自己也饥寒交迫，但他想的是比他命运更悲惨的穷苦百姓。他根据自己的苦难想到了人民所经受的苦难，他宁愿自己受苦也希望老百姓过上太平日子，《茅屋为秋风所破歌》最能体现这种精神。“布衾多年冷似铁，娇儿恶卧踏里裂。床头屋漏无干处，雨脚如麻未断绝。自经丧乱少睡眠。长夜沾湿何由彻？安得广厦千万间，大庇天下寒士俱欢颜！风雨不动安如山。呜呼！何时眼前突兀见此屋，吾庐独破受冻死亦足！”为了天下受冻的人有所居处，他宁愿牺牲自己，郑振铎感叹“这是甚等的精神呢！释迦、仲尼、耶稣还不是从这等伟大的精神出发的么？”

“穷年忧黎元，叹息肠内热”（《自京赴奉先县咏怀五百字》），在苦难中他经常思考着如何拯救受苦的人民，有时甚至发挥出了诗人的想象。潼关失守后他逃难至三川（今陕西富县南），看到这里山洪暴发人民遭难。他突发奇想，希望天边有鸿雁飞来，把人民背负出去，“因悲中林士，未脱众鱼腹。举头向苍天，安得骑鸿鹄”（《三川观水涨二十韵》）。他厌恶给人民带来深重灾难的战争，诅咒这战争战乱早点结束，“安得壮士挽天河，净洗甲兵长不用”（《洗兵马》）、“故乡门巷荆棘底，中原君臣豺虎边。安得务农息战斗，普天无吏横索钱”（《昼梦》）。《蚕谷行》里体现了渴望天下的思想：“天下郡国向万城，无有一城无甲兵！焉得铸甲作农器，一寸荒田牛得耕？牛尽耕，蚕亦成。不劳烈士泪滂沱，男谷女丝行复歌。”诗人希望战争早些结束，能够过男耕女织的正常生活。“不眠尤战伐，无力正乾坤”（《宿江连阁》），他到死都希望天下太平好让百姓少受苦，他在最后一首诗《风疾舟中伏枕书杯三十六韵奉呈湖南亲友》里都在为百姓过不上太平日子而担忧：“公孙仍恃险，侯景未生擒。书信中原阔，干戈北斗深……战血流依旧，军声动至今。”

他无时无刻不在关注民生疾苦，天气阴晴都会想着会不会妨碍或有助农时。应时的雨水来了，他高兴“好雨知时节，当春乃发生”（《春夜喜雨》）。在秦州时作《雨晴》，庆幸“今朝好晴景，久雨不妨农”。宝应元年（762 年）蜀中久旱成灾，炎夏时节大雨骤至，杜甫在成都高兴地写道“西蜀冬不雪，春农尚嗷嗷。上天回哀眷，朱夏云郁陶……则知润物功，可以贷不毛。阴色静陇亩，劝耕自官曹。四邻耒耜出，何必吾家操”（《大雨》）。在《喜晴》里他感叹“皇天久不雨，既雨晴亦佳”，雨后放晴正好种地，但男人们当兵打仗去了，只有女人们种些菜、麻等，“丈夫则带甲，妇女终在家。力难及黍稷，得种菜与麻”。大雨下个不停使禾苗被淹，他幻想有诛云师能带来晴天，“吁嗟呼苍生，稼穑不可救。安得诛云师，畴能补天漏”（《九日寄岑参》）。广德元年（763 年）杜甫在梓州时写了一首《喜雨》：“峥嵘群山云，交会未断绝。安得鞭雷公，滂沱洗吴越。”蜀中的旱象解了，能不能鞭打雷公，让大旱的吴越之地也下个够。

在饱经离乱后，杜甫越来越关注贫困无助和被压榨的百姓。“乱世诛求急，黎民糠籺窄”（《驱竖子摘苍耳》）、“况闻处处鬻男女，割慈忍爱还租庸”（《岁晏行》）、“玄甲聚不散，兵久食恐贫。穷谷无粟帛，使者来相因”（《别蔡十四著作》）……他为苦难的人民被压榨盘剥而倍感痛苦。他把笔触伸向了这些弱势群体：《兵车行》和三吏、三别描绘了被迫从军的农民，《夏夜叹》哀怜这些从军戍边的人："念彼荷戈士，穷年守边疆。何由一洗濯，执热互相望。竟夕击刁斗，喧声连万方。青紫虽被体，不如早还乡。"长期战乱剩下了许多寡妇，他同情这个孤苦极贫的群体："征戍诛求寡妻哭，远客中宵泪沾臆"（《虎牙行》）、"哀哀寡妇诛求尽，恸哭秋原何处村"（《白帝》）。

由于想着人民的疾苦，因此他不太注意个人的苦难和穷困。刘大杰说"他无论遭受多大的困难，受着多大的委屈，他都能够坚韧自持"，在"入门闻号咷，幼子饥已卒"的情况下，他还"默思失业徒，因念远戍卒"。情到深处方能圣，这是别人达不到的境界，所以王安石对杜甫推崇备至："宁令吾庐独破受冻死，不忍四海赤子寒飕飕。伤屯悼屈止一身，嗟时之人死所羞。所以见公像，再拜涕泗流。惟公之心古亦少，愿起公死从之游。"

才情四溢隋炀帝

隋炀帝、李后主、宋徽宗，作为帝王他们业绩太糟糕了，甚至背上了亡国之君的恶名。但他们的才情千古独步，后主词、徽宗画已为人熟知，杨广呢？好多人只知道他是荒淫之主，很少有人知道后世文人从他的诗里汲取营养成为大家。郑振铎评价：“杨广虽不是一个很高明的政治家，却是一位绝好的诗人。”

宋秦少游《满庭芳》：“斜阳外，寒鸦万点，流水绕孤村。”乃词中圣品，就是袭用杨广《野望》之“寒鸦飞数点，流水绕孤村。斜阳欲落处，一望黯销魂”。元代马致远《天净沙·秋思》：“枯藤老树昏鸦，小桥流水人家，古道西风瘦马。夕阳西下，断肠人在天涯。”耳熟能详吧，明眼人一看就知杨广诗句的意境是其源头。

张若虚的《春江花月夜》“孤篇横绝、竟成大家”，但看完杨广的《春江花月夜》：“暮江平不动，春花满正开。流波将月去，潮水带星来。”你就明白：这绝对是雅正之作，工对严整，声韵和谐，意境优雅，耐人寻味。张若虚的同题诗《春江花月夜》的沉沉暮霭、滟滟水波肯定是从这里涌起。

再看隋炀帝的《夜饮朝眠曲》云：“忆睡时，待来刚不来。御妆仍索伴，解佩更相催。博山思结梦，沉水未成灰。”“忆起时，投签初报晓。被惹香黛残，枕隐金钗袅。笑动林中乌，除却司晨鸟。”《花间集》那些作者有几个能出其右。

“月影疑流水，春风含夜梅”“日落沧江静，云散远山空”“鹭飞林外白，莲开水上红”……品读这样的佳句，你会佩服其文字拿捏功夫的老到。再看隋炀帝西巡张掖所作《饮马长城窟行》：“肃肃秋风起，悠悠行万里。万里何所行，横漠筑长城。岂合小子智，先圣之所营。树兹万世策，安此亿兆生。讵敢惮焦思，高枕于上京。北河见武节，千里卷戎旌。山川互出没，原野穷超忽。撞金止行阵，鸣鼓兴士卒。千乘万旗动，饮马长城窟。秋昏塞外云，雾暗关山月。缘严驿马上，乘空烽火发。借问长城侯，单于入朝谒。浊气静天山，晨光照高阙。释兵仍振旅，要荒万事举。饮至告言旋，功归清庙前。”看了这篇，你会感到英气勃发、壮怀激烈，“通首气体强大，颇有魏武之风”。李世民是隋炀帝诗文的粉丝，称赞炀帝诗“文辞奥博”。他经常随口吟出隋炀帝诗文，击节叫好，并让隋宫乐官把隋炀帝诗谱曲唱和。

“地下若逢陈后主，岂宜重问后庭花。”——这是李商隐对隋炀帝的讥讽，但陈后主确实没有隋炀帝文学成就大，清沈德潜在《古诗源》中评价炀帝“能作雅正语，比陈后主胜之”。《隋书·文学传序》中“词无淫荡”“并存雅体，归于典制”等评价是中肯的。后代文人也认为“隋炀起敝，风骨凝然”“隋炀从华得素，譬诸红艳丛中，清标自出。隋炀帝一洗颓风，力标本素。古道于此复存”……说他不像陈后主只会靡靡之音。

传说隋炀帝嫉妒薛道衡代表作《昔昔盐》中“暗牖悬蛛网，空梁落燕泥”一联，因而处死薛道衡。其实薛道衡、卢思道之辈根本无法与他比肩。郑振铎说得好：“他虽是北人，所作却可雄视南士。薛、卢之辈，自然更不易与他逐北。”

崔瑞德的《剑桥中国隋唐史》里说：“人们会发现，即使怀有敌意的修史者也不能掩盖这一事实，即他的正妻，一个聪慧和有教养的妇女，从未遭到他的冷落而被宫内其他宠妃代替，她始终被尊重，而且显然受到宠爱。隋炀帝毕竟是一位美好事物的鉴赏家、一位有成就的诗人和独具风格的散文家，他可能有点像政治美学家。”的确，杨广可能暴、可能急，但绝不像民间传说、戏剧和故事里描写的那么昏、那么坏。

“我梦江南好，征辽亦偶然”，急于求成的隋炀帝征高句丽耗损国力，在天下反叛声中出奔江都躲避，隋炀帝是叛军令狐行达用布帛勒死的。他的诗文在中国文学、诗歌史上有着重要的地位，《全隋诗》收录隋炀帝四十多首诗，雄迈之作可比拟魏武，他的身后是一个花团锦簇、气象万千的唐诗苑圃。

婉约高手苏东坡

说起苏东坡，大家就想起了豪放词，想起了关西大汉弹铜琵琶执铁板唱“大江东去”。的确，东坡词豪放杰出，陆游感叹“试取东坡诸词歌之，曲终觉天风海雨逼人”，这样的豪迈之作在东坡词里不在少数。再加上东坡峨冠多髯，人们就把东坡想象成了虬髯客那样的雄豪之人。其实，东坡心里也有猛虎在细嗅蔷薇，阳刚的背后有其阴柔的一面，不妨花点时间让我带您了解其作为婉约高手的一面。

东坡以自己的旷代才情将婉约词推上了高峰，不仅在形式上“一洗绮罗香泽之态”，在题材上也不再局限以艳情为主，咏物、咏事、咏人……驾驭自如，信手拈来。只要能恰当表达思想感情，任何词语都可入词。语言朴素清新、流利畅达，甚至使用当时的口语，让普通人读来也毫无“隔了一层”的感觉，这是苏词让普通人喜爱的一个原因。唯大雅者才能大俗，才能用明白如话的语言表达出清空灵隽的词意，写出流芳千古的名句。

先看这首《卜算子·黄州定惠院寓居作》：“缺月挂疏桐，漏断人初静。时见幽人独往来，缥缈孤鸿影。惊起却回头，有恨无人省。拣尽寒枝不肯栖，寂寞沙洲冷。”同时代的高手黄庭坚就这样评价这首词：“语意高妙，格奇而语隽，似非吃烟火食人语”，从字面上看没什么新奇，意境也仿佛是给缥缈孤鸿拍的一段小视频。但词境清奇如仙境，仿佛仙人低徊曼舞，空灵飞动。这不是一般俗人能勾勒出来的，这是读过万卷书的人胸中消化后一无依傍而从心中流出的神品。

像这类词在东坡词中不少，南宋张炎说“东坡词，清丽舒徐处，高出人表。周（邦炎）秦（少游）诸人，所不能到”。怎么解释这种现象呢？除了东坡绝代的才情和旷达的胸襟外，清代沈祥龙说得好：“词不能堆垛书卷，以夸典博，然须有书卷之气味。胸无书卷，襟怀必不高妙，意趣必不古雅，其词非俗即腐，非粗即纤。故山谷称东坡卜算子词，非胸中有万卷书，孰能至此。”博闻强记的苏东坡，对各种史书典故烂熟于胸，灵活运用，熔铸于胸，自然流出，像他说的“大略如行云流水，初无定质，但常行于所当行，常止于所不可不止，文理自然，姿态横生。”

回过头来再看这首《卜算子》，“缺月挂疏桐，漏断人初静。拣尽寒枝不肯栖，寂寞沙洲冷。”这些当然是有婉约之美的名句，以至千古之下有人还把它们谱写成了流行歌曲。再看这首《蝶恋花》：“花褪残红青杏小。燕子飞时，绿水人家绕。枝上柳绵吹又少，天涯何处无芳草！墙里秋千墙外道。墙外行人，墙里佳人笑。笑渐不闻声渐悄，多情却被无情恼。”词风清丽婉约，清代王士祯评价说“枝上柳绵，恐屯田缘情绮靡，未必能过”，屯田即柳永，这首词写得景色美、感情真，妖娆天真如豆蔻少女，柳词当然不及了。把“绮靡”的艳词写得这么轻柔，我也是醉了。清代蔡嵩云说：“东坡词，胸有万卷，笔无点尘。其阔大处，不在能作豪放语，而在其襟怀有涵盖一切气象。若徒袭其外貌，何异东施效颦。东坡小令，清丽纡徐，雅人深致，另辟一境。设非胸襟高旷，焉能有此吐属。”

这回我们来看句法，东坡这些句子因明白如话又能准确传情达意，成为千古名句，读来口角噙香、舌尖生春。“天涯何处无芳草”“多情却被无情恼”……翻拣苏词全是这样的名句：“小舟从此逝，江海寄余生”“认得醉翁语，山色有无中”“一点浩然气，千里快哉风”“殷勤昨夜三更雨，又得浮生一日凉”“回首向来萧瑟处，归去。也无风雨也无晴”“但屈指、西风几时来，又不道、流年暗中偷换”……数也数不过来，我上班堵车时就听着东坡这些名句，顿时没有了堵车的痛苦，越慢越享受。

东坡流传至今的有三百六十多首词，就数量而言大多数词还是以婉约为主。缪钺先生说："晚近人论词多以'豪放'为贵，而推苏轼为豪放之宗。这实在是一种偏见。宋词仍是以婉约为主，苏轼词的特长是'超旷'，'豪放'二字不足以尽之。"的确，苏轼词是婉约中的超旷与豪放，缠绵中的乐观与豁达。比如我上边举那些名句，让人听着充满了对人生美好的追求与向往，比如"谁道人生无再少？门前流水尚能西！休将白发唱黄鸡"，这是贬居黄州的作品，旷达乐观催人向上。

再比如《定风波·南海归赠王定国侍人寓娘》中有"万里归来颜愈少，微笑，笑时犹带岭梅香。试问岭南应不好，却道：此心安处是吾乡"，借夸歌女柔奴而寄寓自己随遇而安的旷达情怀。把旷达乐观的情怀引入婉约的词作，使作品格调顿高。即使苦闷，也写得超然而不颓废，比如《望江南·超然台作》作于密州任上，"休对故人思故国，且将新火试新茶。诗酒趁年华"。借煮新茶解脱思乡之苦，以诗酒自娱而超然忘忧，"诗酒趁年华"，亏他能想出这么好的句子来。南宋刘辰翁说："词至东坡，倾荡磊落，如诗，如文，如天地奇观。"千古之下，我们有幸读到了如此美的作品。

林语堂说东坡是一个无可救药的乐天派，是一个百姓的朋友，他"比中国其他的诗人更具有多面性天才的丰富感、变化感和幽默感，智能优异，心灵却像天真的小孩"。苏东坡是卓越的天才，他有广博的学识，但他有一颗赤子之心，使他具备了开朗的胸襟，对普通人都充满了爱，如《临江仙》："夜饮东坡醒复醉，归来仿佛三更。家童鼻息已雷鸣。敲门都不应，倚杖听江声……"换一个别的官老爷早恼了，那还会作出这么好的词。这么大的文豪对农民也特别好，比如在徐州当太守时，《宋史》记载他曾带领百姓防洪的事情。元丰元年（1078 年）去城东石潭求雨的路上，一口气写了五首《浣溪沙》，饱含对农村的热爱和农民的情谊。其中最出名一首是"簌簌衣巾落枣花，村南村北响缫车。牛衣古柳卖黄瓜。酒困路长惟欲睡，日高人渴漫思茶。敲门试问野人家"。这肯定不是豪放词，把寻常的景物入词，使婉约词题材又广。

清代词论家周济说：“人赏东坡粗豪，吾赏东坡韶秀。韶秀是东坡佳处，粗豪则病也。”在我看来，东坡词的成就也多在婉约一路上，无论从数量和质量上看都是这样。特别是一些小令短章上阕咏人、写景、状物，下阕议论、感慨、抒怀，写得哀而不伤、乐而不淫，婉约而明丽，真是“一弹再三叹，慷慨有余哀”。

小杜笔下清景美

“远上寒山石径斜，白云生处有人家。停车坐爱枫林晚，霜叶红于二月花。”——作为中国人，几乎没有人不会背这首诗，小杜这琅琅上口的诗句从小就种在了国人的心田，满山的红叶绽放在我们的心间。

霜叶胜过花红，亏他能够说出很多人想到却不会表达出来的诗意。幽邃的山径冷寂处，忽然涌出红胜春花的霜叶，写得秋色绚丽胜过春光明媚。此诗传诵千古，和诗人的名字紧紧联系在一起。动人春色不须多，动人的诗句也不在多，在姹紫嫣红的唐诗苑囿中，《山行》无疑是美丽的一枝。

杜牧是晚唐著名诗人，祖父杜佑是唐德宗时的宰相，杜佑曾用三十六年撰成二百卷《通典》，在史学界流芳千古，是潜研文史者必不可少的工具书。年轻的杜牧那也是读书破万卷，博通经史，以济世之才自负，诗文多为指陈时政之作。他的历史题材的诗托物咏史，深沉厚重，耐人寻味，脍炙人口。如《泊秦淮》《题乌江亭》《赤壁》《过华清宫》等无一不是广为流传的名作。但我更喜欢他那些写景抒情的七绝，词清句丽，旖旎动人，比如《江南春》《山行》等名篇。

这两天快到赏红叶的季节了，脑海里就自然而然地想起了这篇《山行》。寒山幽径深处，白云红枫如画，诗人没有逢秋悲寂寞，而是歌颂这秋叶胜春花的热烈，为这生机勃勃的秋景停车驻足。此诗体现出了杜牧诗英发俊爽的风格，也展示了自己不落俗套的特色。不流于俗的点评或见解，是杜牧善用的手法，如“东风不与周郎便，铜雀春深锁二乔”（《赤壁》）、“南军不袒左边袖，四老安刘是灭刘”（《题商山四皓庙》）、“江东子弟多才俊，卷土重来未可知”（《题乌江亭》）都是这种反说其事的笔调。

历来咏红叶的诗多了去，但像杜牧《山行》这样能够妇孺皆知雅俗共赏的不多。原因是啥？好的写景就要明白如话，诗意似画，你看杜牧这诗哪一句不是大白话，如行云流水，如一位朋友向你面对面诉说入山赏红叶的经历，说到精彩处用了一个很传神的比喻。看看好多文人写红叶的诗词，不是过分拘泥于摹画，就是败于用典造句。像“曾供写秋怨，流出上阳宫”这句，非得把上阳宫女题诗红叶的典故用上，一般的读者哪里懂？

我所读过的关于清秋的诗文中，元代白朴的散曲《天净沙·秋》描写秋景不错：“孤村落日残霞，轻烟老树寒鸦。一点飞鸿影下。青山绿水，白草红叶黄花。”而且于静物中点缀了寒鸦飞鸿，静中有动使画面有了生气，但散曲中还缺乏杜牧“霜叶红于二月花”的点睛之笔。宋汪元量有两首《九月九日堂红叶》，没什么新奇之处，“暂借秋光作春色”这句好像也是受杜牧诗的启发。

杜牧笔下的秋天情景交融，耐人寻味。看另一首同样广为传诵的《秋夕》：“银烛秋光冷画屏，轻罗小扇扑流萤。天阶夜色凉如水，卧看牵牛织女星。”历来赏诗者说它是一首幽怨的宫词，是描写一位失意宫女的孤独与凄凉。但我觉得普通读者绝对不会这样去理解的，此诗引起人们共鸣的是景美情美，银烛画屏和轻罗小扇，诗中物品极精致轻巧，夜色凉如水又极闲雅平静，这样的秋夜里，谁都可以卧看牵牛织女星，在仰望银河中思绪万千，至于诗的不尽之意任由研究者探幽发微了。

王昌龄是人们公认“七绝圣手”，但我感觉杜牧的七绝一点也不逊色于这位诗界先辈。如果论流传至今家喻户晓的七绝数量，小杜可能更多一些。他特别擅长用寥寥数字道出最能撩人的美景，然后用能拨动人心弦的评论让人遐思无限。你看《江南春》：“千里莺啼绿映红，水村山郭酒旗风。南朝四百八十寺，多少楼台烟雨中。”余恕诚先生评价：“诗一开头，就像迅速移动的电影镜头，掠过南国大地：辽阔的千里江南，黄莺在欢乐地歌唱，丛丛绿树映着簇簇红花；傍水的村庄、依山的城郭、迎风招展的酒旗，一一在望。”

经过小杜生花妙笔点染的清景无限，自然浑成。如《清明》开篇即道出“雨纷纷”的节气特点，接下来播发一段小视频，在牧童遥指下，被雨淋湿的落魄行人精神一振：在那杏花盛开的小村，有温暖而醉人的酒家。其实清明也有春和景明的天气，但自从小杜《清明》诗成名，清明时节雨便飘飘洒洒绵绵不绝，成了人们心头的化不开的风景；“杏花村”成了酒家的代名词，杜牧笔下的杏花村应该在江南，但诗化了的杏花村在人们心灵之乡，这就是千古佳作的力量。

最后欣赏一首《齐安郡后池绝句》：“菱透浮萍绿锦池，夏莺千啭弄蔷薇。尽日无人看微雨，鸳鸯相对浴红衣。”小杜把夏日池塘的景色写得菱萍参差、绿波荡漾、莺声千啭、鸳鸯浴水，这个池塘色彩斑斓、生机勃勃，让人赏心悦目。宋代一无名词人写过一首《九张机》，原词中“四张机，鸳鸯织就欲双飞，可怜未老头先白。春波碧草，晓寒深处，相对浴红衣”，显然是化用了杜牧这首诗。金庸先生在《射雕英雄传》里借此景叙述周伯通与瑛姑相恋之事，凄美无比，倾倒无数读者，这一对浴着红衣的鸳鸯是从小杜的诗里漂出的……

小楼昨夜又东风

“春花秋月何时了，往事知多少。”“车如流水马如龙。花月正春风。”“林花谢了春红，太匆匆”……打小吟诵这些词句，真是含英咀华、口角噙香，美得无处藏，从此爱上了词，爱上了诗，爱上了这位风华绝代的君王。不，应该是词人。

但细读李煜，才知道这位亡国君主“平生遭际实堪伤”，那些锦绣珠玑般的词句，是词人用血泪煎熬出的南国红豆。正如王国维《人间词话》所云：“尼采谓一切文字，余爱以血书者，后主之词，真所谓以血书者也。”

生于深宫之中长于妇人之手的李煜，看惯了“凤阁龙楼连霄汉，玉树琼枝作烟萝”的宫廷景象和繁华道场，整天和“云一涡，玉一梭。澹澹衫儿薄薄罗，轻颦双黛螺”的后宫美女在一起，倚红偎翠，词的境界不大，格调不高，成就也不大。我们试看几首：

《玉楼春》宫廷生活写生：“晚妆初了明肌雪，春殿嫔娥鱼贯列。凤箫吹断水云闲，重按《霓裳》歌遍彻。临风谁更飘香屑，醉拍阑干情味切。归时休放烛花红，待踏马蹄清夜月。”《浣溪沙》仍然纸醉金迷：“红日已高三丈透，金炉次第添香兽，红锦地衣随步绉。佳人舞点金钗溜，酒恶时拈花蕊嗅，别殿遥闻箫鼓奏。”

就在李后主嗟叹“几曾识干戈”时，卧榻之旁不容别人酣睡的赵匡胤早已谋定而动，命曹彬、潘美率十万大军灭南唐。曹彬楼船下扬州，金陵王气黯然收。一片降幡从石头城里竖起，宫廷教坊还演奏着别离歌，我们可怜的后主只能“垂泪对宫娥”。

李煜这个亡国之君当得有点冤，当李煜老爹李璟之时南唐已国势日蹙，在后周强大的攻势面前，最终将江北领土割让。李璟时的南唐已是南唐最终为北宋所并“恰似一江春水向东流”，已是大势所趋。徐铉在《吴王陇西公墓志铭》也认为当时“虽孔明在世，也难保社稷；既已躬行仁义，虽亡国又有何愧！”

李煜御宇后，面对北宋的虎视鹰瞵，心情是痛苦复杂的，一方面通过酒色遣愁解闷，一方面虔诚信佛以求寄托。“酷好浮屠，崇塔庙，度僧尼不可胜算。罢朝辄造佛屋，易服膜拜，以故颇废政事”。我们上面读到的《玉楼春》《浣溪沙》，这都是一晌贪欢的表相，其实李后主愁肠郁结，“别是一番滋味在心头”。

李煜为政并非乏善陈，这位 25 岁登基的年轻皇帝给民众解除徭役，积蓄国力。对北宋降制示尊，以赢得时间备战，对北宋坚壁清野。南宋陆游评价后主“专以爱民为急，蠲赋息役，以裕民力。尊事中原，不惮卑屈，境内赖以少安者十有五年”。一旦北宋宣战，李煜马上应战，支撑了一年多。因此被俘后被封为违命侯。

“无限江山，别时容易见时难。”975 年，一旦归为臣虏的李后主不仅要吞咽亡国痛，他最宠爱的小周后被宋太宗赵光义强幸凌辱。这对一个亡国之君，是奇耻大辱。北宋王铚在《默记》中最早提及此事，后被宋、元、明文人辗转传抄，百般意淫。宋太宗死葬永熙陵，《熙陵幸小周后图》成为有名的春宫图。

宋太宗强幸小周后姑不论其真假，李煜与小周后从江南被俘入汴京，过得是“日夕以泪洗面”的日子，“无奈朝来寒雨晚来风”，饱受屈辱。王铚的《默记》说，因其“故国不堪回首”“一江春水向东流”之词触怒宋太宗，在 978 年被宋太宗用牵机药毒死，牵机药服后全身抽搐，头脚缩在一起，状极痛苦。而《宋史》未言毒死，云：“三年七月，卒，年四十二……追封吴王。”后主死后小周后亦悲痛欲绝而死。

“国家不幸诗家幸，赋到沧桑句便工”，饱经沧桑的李后主后期词作浑然天成，出神入化。让我们再欣赏四首代表作：其一《虞美人》：“春花秋月何时了，往事知多少。小楼昨夜又东风，故国不堪回首月明中。雕栏玉砌应犹在，只是朱颜改。问君能有几多愁，恰似一江春水向东流。”其二《浪淘沙》：“帘外雨潺潺，春意阑珊。罗衾不耐五更寒。梦里不知身是客，一晌贪欢。独自莫凭栏，无限江山，别时容易见时难。流水落花春去也，天上人间。”其三《清平乐》：“别来春半，触目愁肠断。砌下落梅如雪乱，拂了一身还满。雁来音信无凭，路遥归梦难成。离恨恰如春草，更行更远还生。”其四《相见欢》：“无言独上西楼，月如钩，寂寞梧桐深院锁清秋。剪不断，理还乱，是离愁，别是一番滋味在心头。”

佳句流芳千古秀

传诵千古的佳句，仿佛流之不竭的清泉甘露，滋养着一代又一代华夏儿女。名篇佳句以极强的生命力和感染力传播千古，一代又一代才人在含英咀华之余，不断润色点化名篇佳句，把自己的才智汇入中华民族浩淼空阔的文学长河中，激起了浪花朵朵，“活水源流随处满，东风花柳逐时新”，赋予了佳句不朽的生命力。

读曾国藩的文集时，有诗句“烟笼弱柳平桥晚，雪点寒梅小院春”，看着非常眼熟。翻阅明代公案小说《包公案》第十二回《辨树叶判还银两》描写春景诗有这两句，原诗是“斗柄移寅画渐长，东风生暖草浮光。烟笼弱柳平桥晚，雪点寒梅小院香。蝶拍莺梭搬好戏，蛩箫蛙鼓闹斜阳。青皇恩泽无穷限，处处风光似洛阳”。曾文正公所引与此全同，但这并非这句诗的源头。

这两句诗和明吴承恩《西游记》第二十三回里“丝飘弱柳平桥晚，雪点寒梅小院春”这句有点类似，我中学读《西游记》时看到这句感到特别温馨，好几年过春节自家写对联我就用了这句，感觉我家的小院正月里的风光就该如此。后来知道这句在南宋魏庆之《诗人玉屑》卷四里已经有了，但不是魏庆之的原创，唐温庭筠《和道溪君别业》诗里就有“风飘弱柳平桥晚，雪点寒梅小苑春”的句子。别业就是别墅，这是描写别墅风光的。应该说，温庭筠这句诗是这句诗的源头。

丝飘，雪点，你可以领略到初春由弱渐强的阳气的一种穿透力道，就是宋刘过《鹧鸪天》所谓“风垂舞柳春犹浅，雪点酥胸暖未融”。平桥、小院，我最爱这种村野风光，小时候读“七八个星天外，两三点雨山前”时，觉得美得不行。喜欢子美《敝庐遣兴奉寄严公》诗：“野水平桥路，春沙映竹村。风轻粉蝶喜，花暖蜜蜂喧。”——这乡村风光美啊。在诗句里藏着的乡愁，被一句流传的佳句惹引。

像这句诗的流传一样，佳句在流传过程中常常被后人点铁成金。隋杨广《野望》有“寒鸦飞数点，流水绕孤村。斜阳欲落处，一望黯消魂”之句，宋秦少游《满庭芳》：“斜阳外，寒鸦万点，流水绕孤村”、元代马致远《天净沙·秋思》：“枯藤老树昏鸦，小桥流水人家，古道西风瘦马。夕阳西下，断肠人在天涯”，不用提醒大家都知道隋炀帝是后两人名句的源头。

隋炀帝当皇帝不称职，但“混一南北，炀帝之才，实高群下”。张若虚的《春江花月夜》：“孤篇横绝盖全唐”，是“诗中的诗，顶峰上的顶峰”。但看完杨广的《春江花月夜》：“暮江平不动，春花满正开。流波将月去，潮水带星来”……我们就会明白，张若虚《春江花月夜》中的沉沉暮霭、滟滟水波肯定是从炀帝所描摹的意境中涌起。我们不得不佩服，《春江花月夜》本为乐府吴声歌曲名，相传为南朝陈后主所作，词已不传。炀帝只是以其曲名赋诗亦传播不广，至张若虚方理其璞而得美玉，光绪年间湖南才子陈兆葵在《王志·论唐诗诸家源流》中说“《春江花月夜》，萧、杨父子时作之，然皆短篇写兴，即席口占。至若虚乃扩为长歌，秾不伤纤，局调俱雅”，描摹出了天下人想说而未说出的意境和心声。《春江花月夜》的意境滋养着后人，生化出了许多名篇佳句，像崔颢的《黄鹤楼》、李白的《把酒问月》、苏轼的《水调歌头·明月几时有》都有其中名句的影子。

其实，名篇佳句本身就能生出一种意境，激起一代又一代才人的共鸣。比如唐刘禹锡的《石头城》：“山围故国周遭在，潮打空城寂寞回。淮水东边旧时月，夜深还过女墙来。”还有《乌衣巷》：“朱雀桥边野草花，乌衣巷口夕阳斜。旧时王谢堂前燕，飞入寻常百姓家。”后来许多文墨之士抒发其中的意象。如宋周邦彦《西河·金陵怀古》：“佳丽地，南朝盛事谁记?

山围故国绕清江，髻鬟对起。怒涛寂寞打孤城，风樯遥度天际。断崖树，犹倒倚，莫愁艇子曾系。空余旧迹郁苍苍，雾沉半垒。夜深月过女墙来，伤心东望淮水。酒旗戏鼓甚处市？想依稀、王谢邻里，燕子不知何世，入寻常、巷陌人家，相对如说兴亡，斜阳里。”元萨都刺《满江红》：“六代繁华，春去也，更无消息。空怅望、山川形胜，已非畴昔。王谢堂前双燕子，乌衣巷口曾相识。听夜深、寂寞打孤城，春潮急。思往事，愁如织。怀故国，空陈迹。但荒烟衰草，乱鸦斜日。玉树歌残秋露冷，胭脂井坏寒螀泣。到如今，只有蒋山青，秦淮碧！”这些诗词的源流相承就不用我去费口舌解释，刘禹锡这两诗生出了后来无数篇章，我就不一一列举了。

元代白朴有一首《沁园春·金陵凤凰台眺望》：“独上遗台，目断清秋，凤兮不还。怅吴宫幽径，埋深花草，晋时高冢，锁尽衣冠。横吹声沉，骑鲸人去，月满空江雁影寒。登临处，且摩挲石刻，徙倚阑干。青天半落三山。更白鹭洲横二水间……重回首、怕浮云蔽日，不见长安。”这首词化用谁的？大家一看即知是李白《登金陵凤凰台》的翻版。

像上引的诗词，后人终于没有超过刘禹锡和李白的原作，这不能算作高明。真正的点化高手能青出于蓝胜于蓝。宋晏几道《临江仙》：“梦后楼台高锁，酒醒帘幕低垂。去年春恨却来时，落花人独立，微雨燕双飞。记得小蘋初见，两重心字罗衣。琵琶弦上说相思，当时明月在，曾照彩云归。”全篇都是名句，其中“落花人独立，微雨燕双飞”道出了春恨相思之困慵，情感上升华。其实这一诗句出自唐代翁宏的《春残》里，被晏几道化用后，原诗只是描写春残的自然景色，反而湮没无闻了，这证明好句用到恰当的语境里才能成为流传不朽的名句。再如五代南唐江为有残句“竹影横斜水清浅，桂香浮动月黄昏”，既未写出之竹影倩魂，也未写出桂花香韵，通俗点说聚焦不够所以流传不广。宋代林和靖是高手，改了两字，用“疏影横斜水清浅，暗香浮动月黄昏”来状写《梅花》，写出了梅花的风神，流传自今。这证明好句要咏物更得体，描绘更传神，意境更契合，才能拨动人的心弦，流传久远，吟赏不绝。

点化出名句的范例太多了，历代的诗话里好多都涉略，我就不赘述。我是想说源远流长的中华文学长河飞珠溅玉，仿佛是兰秀菊芳的苑囿，给我们呈现了无限风光，或许使你刻骨铭心，或许使你浮想联翩，或者得趣良多，或者会心不远。宗白华老人在《美学散步》里说："自己住在现实生活里，没有能够把握它的美的形象。等到自己对自己的日常生活有相当的距离，才发现家在画图中，溶在自然的一片美的形象里。"让我们的灵魂跟上躯壳，暂时"心远"一会，去古典文学的苑囿中恣情游赏、饱览胜景，不要整天抱着手机看一些不着调的调侃式的赏析文章，或为吸粉打赏编排的劣文，白白玷污了眼目。去阅读经典吧，去欣赏那些没有互联网年代精心打磨出的名篇警句吧。

黄叶西风动诗思

去年秋季去房山学习。一夜北风紧，金风簌簌惊黄叶。学习培训基地银杏树的黄叶已经硬撑了好一阵子，到底抵不过凛冽的北风，纷纷坠叶飘香砌，散落了满地金黄。

秋风吹落叶，路遥在《黄叶在秋风中飘落》结尾处感叹："生活！生活！你不就像这浩荡的秋风一样吗？你把那饱满的生命的颗粒都吹得成熟了，也把那心灵中枯萎了的黄叶打落在了人生的路上！而是不是在那所有黄叶飘落了的枝头，都能再生出嫩绿的叶片来呢？"

碧云天，黄叶地。其实，色彩绚丽的黄叶结束一年的葳蕤婆娑，翩翩黄叶辞枝去，纷纷黄叶满空庭，是一种辞别式的大美。"当时相候赤栏桥，今日独寻黄叶路""谁念西风独自凉，萧萧黄叶闭疏窗""青云台殿泉声隔，黄叶关河雁影来""丹林黄叶斜阳外，绝胜春山暮雨时""重露湿苍苔，明灯照黄叶""沽酒黄叶村，炊饭红蓼岸""黄叶山村雨，青灯竹几书"……这些意境美得无处藏，美得无法收，让人心驰神往。

写出"不要人夸好颜色，只留清气满乾坤"佳句的元代诗人王冕，特别爱以黄叶入诗，充满色彩的强烈对比和动静的互相映衬。如"黄叶落时行细路，白云生处看青山""白云渺渺生秋树，黄叶萧萧落晚风""黄叶阶前满，白云山上多""黄叶浑未落，乌桕最先红""清泉流近砌，黄叶拥衡门"……这与他作为画家的经历分不开，他是用写生的目光看待黄叶的。

关于黄叶的诗句，我最喜欢宋孙洙的《河满子·秋怨》："怅望浮生急景，凄凉宝瑟余音。楚客多情偏怨别，碧山远水登临。目送连天衰草，夜阑几处疏砧。黄叶无风自落，秋云不雨长阴。天若有情天亦老，遥遥幽恨难禁。惆怅旧欢如梦，觉来无处追寻。”第一次读到它是在梁羽生的《白发魔女传》里，卓一航和练霓裳幽怨的爱情配上这首词，真让人感到天荒地老、幽恨难禁。

其实面对天地秋风黄叶老，面对西风黄叶满荒田，真有说不出的惆怅。南唐中主李璟的“菡萏香销翠叶残，西风愁起绿波间”之句，王国维说有“众芳芜秽、美人迟暮”的感觉。不错，黄叶辞条也如此，不堪零落成泥碾作尘，但霜严风急空奈何。“眼观秋水斜阳远，泪洒西风黄叶飞”，飘零的黄叶最能牵动游子的客中愁思：“黄叶一离一别，青山暮暮朝朝”“是时兄弟正南北，黄叶满阶来去风”“黄叶黄花古城路，秋风秋雨别家人”“西风一夜吹黄叶，不计霜晨客子闻”……碧云黄叶动离思，对黄叶萧萧而伤别离思亲友，古来使多少文人骚客黯然神伤。“夏后客堂黄叶多，又怀家国起悲歌”，黄叶还能使人起家国之思。

“但看青青节，肯随黄叶残”“黄叶从风散，暗嗟时节换”。年貌暗随黄叶去，面对黄叶衰残，诗人们最感慨的还是韶光易逝。唐钱起《伤秋》诗说“岁去人头白，秋来树叶黄。搔头向黄叶，与尔共悲伤”。近代弘一大师诗云“一夜西风蓦地寒，吹将黄叶上栏干。春来秋去忙如许，未到晨钟梦已阑”。时序催黄叶，韶光老白头，叹逝者常以二者对偶：“树初黄叶日，人欲白头时”“雨中黄叶树，灯下白头人”“去路正黄叶，别君堪白头”“千树又黄叶，几人新白头”“倚树看黄叶，逢人诉白头”“秋后渐稀霜后少，白头黄叶两相怜”“故人相遇白头日，往事独悲黄叶风”……黄叶白头，落花风雨，朱颜辞镜叶辞树，最是人间无可奈何之事。

“数分红色上黄叶，一瞬曙光成夕阳。”其实，晨暮变幻、流年风雨是自然规律，草不谢荣于春风，木不怨落于秋天。谁挥鞭策驱四运，万物兴歇皆自然。况周颐在《蕙风词话》中说“吾观风雨，吾览江山，常觉风雨江山之外，别有动吾心者”，感情可以交织，但不能只剩幽怨，不能只剩万般无奈。

宋陆游《拒霜》诗云："满庭黄叶舞西风，天地方收肃杀功。何事独蒙青女力，墙头催放数苞红。"待到来年冰消雪化，还有姹紫嫣红，还有葳蕤皎洁。

"堪笑风中一黄叶，知看天外几青山"，黄叶成泥更护花，宋袁燮《黄叶》诗云"黄叶纷纷舞劲风，反膏收液岁成功。明年满眼春容好，却在今时萦寞中"。黄叶飘落，还有更美的景致在前方等待：西风动黄叶，朔雪记寒梅。静赏大自然给我们带来的美。

诗歌伴我向远方

殷苹苑

“赏中华诗词、寻文化基因、品生活之美。”最近，《中国诗词大会》第二季如“风乍起，吹皱一池春水”，在中华大地掀起了诗词热。这档节目相当任性，不做游戏、不撕名牌、不蹭网络流行语，甚至连后期特效都没有，简直是综艺感奇缺，一副“清水出芙蓉，天然去雕饰”的样子。原以为，面对春节期间热门剧集和综艺节目的夹击，它会静悄悄地播出，黯然无声淡出人们的视线。然而，“素面原无粉黛”的《中国诗词大会》收视率遥遥领先，这不禁耐人寻味。

中华民族的诗词歌赋源远流长，为每个国人所自豪。在五千年文明史中，历代诗人留下了众多脍炙人口的名句，今天读来亦让人含英咀华、口角噙香。然而令人汗颜的是，在这样一个快餐时代，饱读诗书的人少了，在网络上吐槽争论的人多了。专注于文化内涵的人少了，重视外表光鲜的人多了。即便开卷有益，通过学习优秀传统文化去提升文化素养的人少了，带着功利目的去阅读文章的人多了。步入书店，最显眼的地方往往摆放着成功学、职场技巧、商业推销等书籍，诗词歌赋和传统文化的书籍往往被束之高阁。

是我们这个民族缺乏文化素养和文化基因吗？不！《中国诗词大会》圈粉无数，恰恰说明很多人愿意亲近中国优秀传统文化，他们心中都有“诗和远方”。在《中国诗词大会》上，选手们对古诗词的熟悉程度令人惊叹，学者嘉宾对诗词内涵、创作背景等内容的解读，更是一场文化大餐，一席诗歌盛宴，让人如痴如醉。

近些年，汉字听写大赛、成语大赛……都曾引发如潮关注，这说明公众对传统文化有巨大需求。诗风化雨，润物有声，在这些文学类综艺节目的推动下，人们明白了诗和远方的真正含义，懂得“胸藏文墨怀若谷，腹有诗书气自华”；懂得了“养心莫若寡欲，至乐无如读书”；懂得“藏书万卷可教子，遗金满籝常作灾”。

唯诗有华，秀于百卉。徜徉于“天光云影共徘徊”的诗歌世界里，我们领略李白“上有六龙回日之高标，下有冲波逆折之回川”的豪迈；叹服杜甫“安得广厦千万间，大庇天下寒士俱欢颜”的胸怀；会心王维“明月松间照，清泉石上流”的高洁；欣赏张孝祥“世路如今已惯，此心到处悠然”的旷达……在幽深无际的诗的苑囿里，我们仿佛沉浸在张若虚滟滟随波的春江花月夜，又仿佛信步于陆放翁山重水复的柳暗花明村里。诗歌里有“大漠孤烟直，长河落日圆”的塞北，也有“日出江花红胜火，春来江水绿如蓝”的江南。

诗歌里可以有“昵昵儿女语”，可以有浅酌低唱，但爱国诗歌是其中最可宝贵的财富：这里有屈原“长太息以掩涕兮，哀民生之多艰”的离骚，有杜甫“国破山河在，城春草木深”的春望；有陆游“死去元知万事空，但悲不见九州同”的死不瞑目，有文天祥“人生自古谁无死，留取丹心照汗青”的至死不屈；有于谦“一寸丹心图报国，两行清泪为思亲”的感怀，有林则徐“苟利国家生死以，岂因祸福避趋之”的无畏……铮铮有声的爱国之音，几千年不息，澎湃着中华的声音。

读诗，可以育德行，可以导人生。回到《中国诗词大会》节目中，功夫在诗外。

——人气选手北大女博士生陈更是怎么面对胜败的：被武亦姝击败后，陈更说：“宣父犹能畏后生，丈夫未可轻年少。”在一个成功学流行，习惯了以胜败论赢家的社会里，观众突然在一档诗歌节目里，学会了以修养，论胜负。

——南开研究生王轶隆，因母患疾，放弃了在天津工作的机会，他因前一位选手缺席，才有幸补位，从百人团中脱颖而出。抱憾离场之际，主持人董卿告知其母再次生病住院的消息，我看到王铁隆红了眼眶。尽管父母一再嘱托先瞒着孩子，节目组还是尊重了选手的知情权。当王铁隆要暂时离开节目时，嘉宾老师祝愿他“有赤子之心的人，一定会有‘明月来相照’”。这一刻，打动观众的，不是胜负，而是节目背后隐藏着的——中国人的诗心。

很多人说，小时候不明白，为什么要背诵诗词呢？后来才明白，诗词，是中国人深藏在血脉中的密码，它对中国人身心的浸染是“润物细无声”的，当王铁隆离场之时，真正令人动容的，是“谁言寸草心，报得三春晖”的诗句里，潜藏着的诗歌对中国人品性的塑造。诗里，藏着一个中国。

《中国诗词大会》的走红，不仅告诉我们，即使这是娱乐泛滥的时代，我们需要的，也绝不仅仅是质量低劣的娱乐。更告诉我们，即使在一个打字不用负责任的时代里，中国人的心里，依然有着诗和远方。

《中国诗词大会》能风靡一时，就是时代的诗。而把《中国诗词大会2》捧成爆款的诗歌爱好者和观众，才是中国人该有的样子，相信诗心不泯，诗歌会在中华大地上汩汩涌动，诗的国度里呈现“等闲识得东风面，万紫千红总是春”的景象。诗歌，伴我伴你向远方。

春风多情吹罗裳

描写春天的诗很多，但我比较喜欢《子夜吴歌》的二十首春歌，你看其中一首：“春林花多媚，春鸟意多哀。春风复多情，吹我罗裳开”，吴侬软语，明白如话，如清冽的山溪水淌出。

这首二十个字的诗，一口气用三个“春”字回环使用，为我们勾勒出一个生机盎然的春天：春林有花正明媚，有春鸟鸣声婉啭，还有多情的春风吹拂着少女的春衫。明快热烈的描写展现了一个天真浪漫的怀春少女的形象。我最早接触到这首诗，是从1994年版《三国演义》里听到的，电视剧里把这首诗作为孙尚香和刘备成婚的插曲，当时觉得好听极了，尤其歌词好美呀！

《子夜吴歌》是六朝乐府中吴声歌曲，相传是晋代一名叫子夜的女子创制，多写哀怨眷恋之情，分春、夏、秋、冬四季。传说当然不可信，二十首《子夜吴歌·春歌》也不是出自一人之手。《大子夜歌》评价说“歌谣数百种，《子夜》最可怜。慷慨吐清音，明转出天然”，反映出了文字朴实的《子夜吴歌》出于天然民间。还有一首《大子夜歌》说：“丝竹发歌响，假器扬清音，不知歌谣妙，声势出口心”，说明《子夜歌》是有丝竹伴奏的，歌声表达了作者的心声，所以感人至深。

《子夜吴歌》是“儿女情多”的文学作品，是心直口快的恋歌，春心要共花争发，她们口无遮拦地唱了出来。郑振铎先生赞美她们的歌声“若游丝，随风飘黏，莫知其端，也莫知其所终栖。若百灵鸟们的歌转，晴天无涯，惟闻清唱，像在前，又像在后。若夜溪的奔流，在深林红墙里闻之，仿佛是万马嘶鸣，又仿佛是松风在响，时似喧扰，而一引耳静听，便又清音转远……总之，他们的歌声乃是永久的人类珠玉。”

郑振铎先生在他的《插图本中国文学史》中给予了这些歌诗很高的文学地位：“在中国文学史上，可以说，没有一个时代有六朝那么自由奔放且又那么清新健全地表现过这样少男少女情绪的。”请看“春风动春心，流目瞩山林。山林多奇采，阳鸟吐清音”“新燕弄初调，杜鹃竞晨鸣。画眉忘注口，游步散春情”“梅花落已尽，柳花随风散。叹我当春年，无人相要唤”，都直抒胸臆，表露怀春之意，真率天真而不犷陋粗鄙，温柔敦厚而不隐晦遮掩。

再看这首“自从别欢后，叹音不绝响。黄蘗向春生，苦心随日长”，这首歌诗写出了被相思煎熬的情形。真是“一寸相思一寸灰”，就像元代徐再思写的《折桂令》：“平生不会相思，才会相思，便害相思。身似浮云，心如飞絮，气若游丝。空一缕余香在此，盼千金游子何之。证候来时，正是何时？灯半昏时，月半明时。”余冠英先生评价这类南朝乐府名歌时说：“我们读了这些歌词，并不因为其中带点傻气和稚气的言语而觉得可笑，相反觉得缠绵宛转，一往情深。”（中国科学院文学研究所《中国文学史》）

《子夜吴歌》对后人的影响是巨大的，李白即依此格创作了六句的《子夜四时歌》，共四首，写春夏秋冬四时。你看他写的《春歌》：“秦地罗敷女，采桑绿水边。素手青条上，红妆白日鲜。蚕饥妾欲去，五马莫留连。”如果你没有读过汉代民歌《陌上桑》，肯定不知罗敷为谁？没有读过“使君从南来，五马立踟蹰”的诗句，不会知道“五马莫留连”的意思。民歌经过文人创作后不是隐藏着典故，就是在句法上隐藏着技法。你像南朝梁何逊的《咏春风》：“可闻不可见，能重复能轻。镜前飘落粉，琴上响余声”，句法上类似民歌，但能从视觉和听觉上写出春风的柔和，就包含了创作者的艺术功力。

像何逊、李白这样一流的作者，会从民歌里汲取艺术素养，创作出不朽的诗作。像李白的《子夜吴歌·秋歌》：“长安一片月，万户捣衣声。秋风吹不尽，总是玉关情。何日平胡虏，良人罢远征。”李白的《静夜思》《山中与幽人对酌》《赠汪伦》《望庐山瀑布》等众口流传的名篇，都有明白流畅的传说，这与李白善于学习六朝民歌分不开。再如刘禹锡《竹枝词》："杨柳青青江水平，闻郎江上踏歌声。东边日出西边雨，道是无晴却有晴"，鲜明的民歌特点赋予了他流传千古的艺术生命。

好的作品就像李白说的"清水出芙蓉，天然去雕饰"，去掉雕琢粉饰、矫揉造作的成分。元好问评价陶渊明的诗歌是"一语天然万古新，豪华落尽见真淳"，自然浑成而无斧凿痕迹，清新质朴剥尽铅华腻粉。你看陶渊明笔下的春天："木欣欣以向荣，泉涓涓而始流"，生机盎然景象全用白话道来。你再看《拟古·其三》："仲春遘时雨，始雷发东隅。众蛰各潜骇，草木纵横舒。翩翩新来燕，双双入我庐。先巢故尚在，相将还旧居。自从分别来，门庭日荒芜；我心固匪石，君情定何如？"如听诗人娓娓诉说家常。结尾之句再与《子夜吴歌·冬歌》对比一下："渊冰厚三尺，素雪覆千里。我心如松柏，君情复何似？"

"朝登凉台上，夕宿兰池里。乘月采芙蓉，夜夜得莲子""仰头看桐树，桐花特可怜。愿天无霜雪，梧子解千年"……这两首夏歌、秋歌连同上面那首冬歌都被选为《三国演义》插曲，"芙蓉"谐音为"夫容"，"莲子"即"怜子"，"梧子"本指梧桐果实，这里谐为"吾子"，即女子所爱男子。这种谐音双关手法也被后来诗人运用来表情达意，如刘禹锡的《竹枝词》。"可怜"即"可爱之意"，你会感觉这些歌诗非常缠绵，这些歌词好像花儿开在春风里。

忽见陌头杨柳色

塞上三月犹萧索，纵有杨柳未觉春。但接连几天日丽风和，呼和浩特市公园里和道路边的柳树已泛起了隐约的绿意，乡村的田野里由近到远这样含蓄的绿意更是或淡或浓。“忽见陌头杨柳色”，才知道节气已近春分，塞北真正明媚而温暖的春天就要来临了。

中国古诗词里的杨柳专指柳树，在寒冷的北方能够感知春天脚步的有两种植物——小草与柳树。唐代诗人写得好：草色遥看近却无——当小草刚刚钻出地皮时，无数星星点点的小草织出了这淡淡的绿色；忽见陌头杨柳色——当大地仍然是寒冬萧瑟景象的时候，杨柳梢头突然出现似有似无的绿色……小草破土、杨柳萌芽之际，告诉人们最易被忽略的早春时节到了。

韩愈早就说了，这个时节“最是一年春好处，绝胜烟柳满皇都”，这是一年最生机盎然的时候。你想一想：被春风吹醒的大地下，各种小草和无名野花都争先恐后地努力冲出地面，寻找阳光与温暖；被春天解冻的河流上，各种鱼儿在水中欢快地游动，鸥鹭等水鸟在水面上翔集嬉戏；被春阳晒暖的枝头上，百般红紫蓄势含苞吐萼，准备一斗芳菲……真是“木欣欣以向荣，泉涓涓而始流”，大自然到处生机勃发。

当然不能冷落了低调的杨柳，在呼和浩特这样的塞北苦寒之地。在土默川农村的田野里，至今生长最多的树种是柳树或榆树，最早透露春光的就是这些将舒未舒的柳条，路边、河堤、田埂……到处可以看到柳的身影，“带露含烟处处垂，绽黄摇绿嫩参差”，稀疏的枝条上才抽出嫩黄的新芽，在湛蓝色的天空映衬下，氤氲的新绿如云似烟，一眼望去田野依旧空阔。垂拂摇曳的柳条等待着剪刀般的春风给它裁剪妆扮上细叶，正是“多事年年二月风，剪出鹅黄缕”。

能在这个时候捕捉到诗情画意，才是高明的诗人或画家。唐代诗人杨巨源的《城东早春》写得好：“诗家清景在新春，绿柳才黄半未匀。若待上林花似锦，出门俱是看花人。”的确，如果等到柳老春深的时候，等到“一树春风千万枝，嫩如金色软于丝”的时候，画家会临摹出如舞腰般婀娜的身姿，诗人会刻画出如“夕阳中的新娘”的模样，但临摹也好，刻画也好，总是少了发现的慧眼。真正的诗人能够“谢朝华于已披，启夕秀于未振”，会发现鹅黄嫩绿的杨柳色，比柳暗花明的暗绿深红更有生气。

宋代陆游《柳》诗写得好：“春来无处不春风，偏在湖桥柳色中。看得浅黄成嫩绿，始知造物有全功。”每到春来，看着“柳色浅黄成嫩绿”，转眼“尽日东风吹柳絮”，再到“一春杨柳吹绵后”，直到“万条垂下绿丝绦”，我感慨大自然造化万物的神奇：四季的变幻是如此有序，万物的盛衰是如此自然，尽管会有秋冬的肃杀与萧条，但东风终究会随着春天到来，吹得柳色由淡变浓，吹得枝上柳绵变少，吹出枝叶葳蕤婆娑的夏天来。我也感慨平淡是真才能长久的道理，柳色在黄绿浓淡的简单变化中能够经冬复历夏，而红紫芳菲只能争斗一时，正如刘禹锡所说：“城东桃李须臾尽，争似垂杨无限时。”

忽见陌头杨柳色，当然脑海中会浮现出许多诗词。在无数咏柳的诗词里，我最先知道的是“春风杨柳万千条，六亿神州尽舜尧”。毛泽东这句诗当时春联里经常出现，村里好多人家的中堂对联也常常书写，当时还没有上小学的我不懂下句的意思，但觉得上联很美，想象春风杨柳万千条的意境。读书后知道了“碧玉妆成一树高，万条垂下绿丝绦”“杨柳青青江水平，闻郎江上踏歌声”等名句，也背诵过“柳阴直，烟里丝丝弄碧”等较为艰深晦涩的名句，但我总觉得妇孺皆知、明白易晓的作品才能不朽，比如贺知章的《咏柳》，再比如“昔我往矣，杨柳依依。今我来思，雨雪霏霏”“撩乱春愁如柳絮，悠悠梦里无寻处”“忽见陌头杨柳色，悔教夫婿觅封侯”……或借柳惜别，或因柳生情，都是明白如话的佳句，吟赏之际顿觉满目烟霞，荡涤心胸。

看到早春的杨柳色，也会勾起我对童年时的早春记忆。童年不一定美好如童话，但物质再匮乏的童年都能找出大人无法感知的乐趣来：或者爬上柳树折一枝鲜嫩的柳树枝，制作一支柳笛信口吹响迎接春天的声音，满嘴回味着青涩的树汁，笛声中春天越来越近，春风越来越温柔；或者爬上榆树折一枝捋下榆钱儿来吃，吃到肚子发胀……“草长莺飞二月天，拂堤杨柳醉春烟。儿童散学归来早，忙趁东风放纸鸢。”诗歌里的景象描述的仿佛就是我的童年，当时的心情就像飞翔在春天里的风筝一样自由。

因为年幼时有童心，所以快乐无时无处不在。一些大人认为无聊的事情，孩子们却玩得津津有味乐此不疲，比如吹柳笛、捉柳花。随着年岁的增长这样的欢乐就再也没有了，白居易《杨柳枝》诗云：“柳老春深日又斜，任他飞向别人家。谁能更学孩童戏，寻逐春风捉柳花。”是啊，孩子该玩的游戏就是属于孩子的，我们顶多“闲看儿童捉柳花”，童趣有味忆儿时了。

“谁挥鞭策驱四运，万物兴歇皆自然”，孩子总要长大，大人迟早要变老，这是谁也改变不了的自然规律。面对返青的柳枝，不必有“河畔青芜堤上柳，为问新愁，何事年年有”的伤怀，而应有“一帘晚日看收尽，杨柳微风百媚生”的释然，满怀欣喜在“草短花初拆，苔青柳半黄”的早春，走进风和日暖的郊野和大自然，看柳枝万条千缕绿相迎，等待“红入桃花嫩，青归柳色新”的春天的到来。

诗词里的童趣接地气

“六一”儿童节到了，今天的娃娃们被家长领着参加左一个亲子活动、右一个文艺活动，还有的看这表演看那节目。翻捡诗词，突然觉得古代的儿童尽管没有各种电子产品和电视节目，但他们拥有更接地气的童趣，更加亲近自然，更加烂漫十足。

先说爬墙上树，我们小的时候经常玩这种游戏，以至于老人们说“三天不打，上房揭瓦”。古代的儿童也上树，大诗人杜甫就说“忆年十五心尚孩，健如黄犊走复来。庭前八月梨枣熟，一日上树能千回……”（《百忧集行》）。我总感觉这个“千”是“十”字之误吧？一天之内上树十回就够淘气的了。

小的时候我们也干过用长竿偷捅果园里果树、沙枣树的事情。其实古人也干过，宋辛弃疾在《清平乐》里就说“西风梨枣山园，儿童偷把长竿。莫遣旁人惊去，老夫静处闲看”。有时偷瓜、偷可以吃的东西乐趣无穷，像唐白居易《池上》：“小娃撑小艇，偷采白莲回。不解藏踪迹，浮萍一道开。”描写的是南方水乡的天真儿童，偷就偷吧，还要带出幌子来。

放风筝是儿童最爱的游戏，“阶下儿童仰面时，清明妆点最堪宜”“儿童也爱晴明好，纸剪风鸢各一群”，古代儿童也酷爱初春时放风筝。清代高鼎《村居》是名诗，“儿童散学归来早，忙趁东风放纸鸢”。我认为明代徐渭的十首《题风鸢图》个个童趣逼真，先举八首：“春风语燕泼堤翻，晚笛归牛稳背眠。此际不偷慈母线，明朝辜负放鸢天。”“只因一线引鸢孤，跑过村乡第几都。小可儿郎三五辈，坏将多少绿藨芜。”“筝儿个个竞低高，线断筝飞打一交。

若个红靴不破绽，若人红袄不懊糟。”“村庄儿女竞鸢嬉，凭仗风高我怕谁。自古有风休尽使，竹腔麻缕不堪吹。”“不向书堂讲学勤，糊藤拗竹觅风云。庭前几叶潇湘色，禁得儿们几斧斤。”“江北江南纸鹞齐，线长线短迴高低。春风自古无凭据，一任骑牛弄笛儿。”“缚竹糊腔作鸟飞，崩风堕雨烂成泥。明朝又是清明节，斗买饧糖柳市西。”“我亦曾经放鹞嬉，今来不道老如斯。哪能更驻游春马，闲看儿童断线时。”最后一首，感叹光阴逝者如斯之余，充满对童真的回味。

徐渭的组诗里就有一首描绘用弹弓打鸟的顽童游戏——“新生犊子鼻如油，有索难穿百自由。才见春郊鸢事歇，又搓弹子打黄头。”小时候幼稚顽皮，不懂得爱惜小动物。唐胡令能《小儿垂钓》：“蓬头稚子学垂纶，侧坐莓苔草映身。路人借问遥招手，怕得鱼惊不应人。”学垂钓还怕出声把鱼惊走，典型的儿童式的狡黠。清袁枚《所见》：“牧童骑黄牛，歌声振林樾。意欲捕鸣蝉，忽然闭口立。”描写的也是一个突然想噤声捕蝉的顽童。南宋杨万里《宿新市徐公店》：“儿童急走追黄蝶，飞入菜花无处寻。”我小的时候也追过蝴蝶、蜻蜓，这些小可爱们几下子就款款飞进了庄稼地。

“偷放风鸢不在家，先生差伴没寻拿。有人指点春郊外，雪下红衫就是他。”徐渭这首讲的是逃学去玩的事，看来逃学的古代孩子也多了去了。南宋刘克庄《乌石山》：“儿童逃学频来此，一一重寻尽有踪。因漉戏鱼群下水，缘敲响石斗登峰”，回忆自己逃学到山中偷玩的顽劣之事。清宋湘《忆少年》诗说“老屋柴门树打头，青山屋后水自流。受书十日九逃学，恨不先生命牧牛”。书斋外有青山绿水，为何不让我去亲近？先生假如让我去放牛才中了我的心意。这使我想起我们托克托流传的一句教训孩子的名言——“让你念书，你偏偏要放猪！”放猪怎么了？能亲近自然。

儿童觉得什么都好笑，什么都觉得有趣，我的小儿看电视或看书经常哈哈大笑，我想这有啥好笑的？其实古人诗里就有不少这种大人觉得无聊小孩玩着有趣的事情：“日长睡起无情思，闲看儿童捉柳花”（南宋·杨万里《闲居初夏午睡起》），大中午不睡觉捉柳花，大人肯定不会干的；“知有儿童挑促织，夜深篱落一灯明”（宋·叶绍翁《夜书所见》），大半夜不睡捉蟋蟀，只有孩子有这兴致。“数点流萤亭外度，儿童戏逐月边星”（宋·赵必常《小亭夜坐即景》），炎暑时节不睡追逐萤火虫，大人们看着也是醉了。

把无聊的事当作有趣，从简单的事找出快乐。不是童真烂漫，不是心地单纯，哪能体会到其中乐趣呢？辛弃疾《清平乐·村居》里的“最喜小儿无赖，溪头卧剥莲蓬”。无赖天真，才能把无聊之事弄出生趣来。南宋杨万里《稚子弄冰》：“稚子金盆脱晓冰，彩丝穿取当银钲。敲成玉磬穿林响，忽作玻璃碎地声。”把冰块当锣敲，真会玩呀，玩得真好啊！

儿童爱模仿，所以大人的言传身教很重要。宋范成大《四时田园杂兴》：“童孙未解供耕织，也傍桑阴学种瓜。”这些孩子们从小耳濡目染，学会了劳动。“幼女才六岁，未知巧与拙。向夜在堂前，学人拜新月。”七夕节大人们拜新月乞巧，唐代诗人施肩吾这个女儿也学着大人“拜新月”，哪管它巧不巧呢。宋张炜《题村居》：“村居何识见时节，春去春来自一年。谁与儿童话寒食，也将杨柳插门前。”寒食节来了，儿童们不知道，也学别人折杨柳插在了自家门前。有一次，我儿子坐我的车出去玩，学了好多我“路怒”时的托克托方言，吓得我再不敢在他面前爆粗口了。

孩子们最喜欢过节，最喜欢热闹。除夕守岁儿童强撑着不去睡觉，宋苏东坡《守岁》诗曰“儿童强不睡，相守夜欢哗”，宋方翥诗云：“儿女欢喜罗酒浆，夜深笑语火炉傍。”除夕不睡要守在大人身旁。“太平处处是优场，社日儿童喜欲狂”（陆游《春社》），古代的社日更是成年人和儿童们的狂欢日，宋范成大《四时田园杂兴》：“社下烧钱鼓似雷，日斜扶得醉翁回。青枝满地花狼藉，知是儿童斗草来。”大人们喝好了，娃娃们也尽兴地玩着斗草的游戏。

从这些诗词里，我们可以看到古代的孩子玩得更接地气，玩得更亲近自然，诗行里有清新的乡土气息，词句里有诱人的生活情趣，童真烂漫，情趣无限。

时代进步了，现在有了各种电子产品，有了手机，有了游戏，这是现在孩子们的幸呢？还是不幸呢？孩子不分古代与现代，不分中国与外国，都爱玩。“池塘边的榕树上，知了在声声叫着夏天。草丛边的秋千上，只有蝴蝶停在上面……等待着下课，等待着放学，等待游戏的童年。”我们能给孩子们这样的童年吗？

第六篇

自叙少小欢乐事

当年小暑我忙农

今天是7月7日，小暑。从高考完到现在，我家丫头像一匹脱缰的野马，一直忙着各种玩。而二十多年前，我们高考是从7月7日开始，高考完就得回去干农活。

小暑前后，地里的枸杞红了，责任田里的小麦也该收割了。摘枸杞、拔麦子……这是最苦最累的农活了，一点都不好玩。当然从包产到户以后，每年暑假我习惯了帮父母干这些农活。

先说摘枸杞，这是一个需要耐心的活儿。满树的枸杞一下子赶趟似的红了，父母亲的心急坏了：万一来场暴雨，满树的枸杞就会开裂破肚。除了雇人来摘，我们兄妹几个也得帮忙摘。小暑时节的日头太毒，尽管戴帽遮凉也被晒得汗水满面，手指头肚被枸杞上的糖分和死蚜虫弄得黑乎乎的。摘上半天看看篓子里还不满，唉，这多会儿能摘完呢。

晾晒枸杞的活儿要好一些，但也挺折腾人。摘下来的枸杞先用碱精在脸盆里颠匀了，除去枝叶杂质，然后均匀地摊在纸板做的晾晒盘里，再把这些晾晒盘在屋顶摆开。遇到晴天还好，早上晾开晚上收起来就行了。但小暑前后的乌云顽皮得很，看着一块乌云快到当头顶了，一副下雨的架势，赶紧把晾晒盘摞起来，用塑料布苫盖严实了。结果云过日出，又得在屋顶把这些晾晒盘排开，抬头一看——远处一朵乌云又飘过来了。

摘枸杞、晒枸杞比起拔麦子来，那真是小巫见大巫。土默川流传着这样一句话：“男人拔麦子，女人坐月子。”这是人间最苦最累的活，偏偏高考完的我赶上了。学着父亲的样子，先缠上布条子来保护手指，然后以野马揪鬃的姿势拔麦子。拔到半截布条掉了，接着拔，手指被勒出了鲜血，钻心的疼算个甚，慢慢就麻木了。头顶上烈日当空，麦芒划着脸和胳膊，脚底下的土潮湿得很，白居易《观刈麦》里描写的“足蒸暑土气，背灼炎天光，力尽不知热，但惜夏日长……”真是再贴切不过了。

我作为一个学生娃，开始真吃不了这苦，但逐渐就适应了。手指破了，流血了，咬着牙接着往前拔。地头在哪里呢？抬眼一望，还是一眼望不到边的麦穗。好不容易拔到了地顶头，在阴凉地四仰八叉躺倒看蓝天白云真舒服，真想躺着不动，但为了收成还是咬咬牙入垄去。拔麦子头一天晚上回去睡着直哼哼呻吟，但三天过后身上就不痛了，我成了一个硬挣的受苦人，别人能拔一个来回，我也能拔他们一半多的劳动量。

拔完的麦子用车拉到场面里，均匀铺好后准备碾场。印象中最初父亲用骡马套着碌碡碾场，后来有了四轮车了就不用骡马了。碾到麦粒和麦穗彻底分离，父亲和一些叔叔大爷开始扬场，我帮着把麦秸挑到麦垛上。扬场是个技术活，等风来以后，父亲用木锨铲上麦粒和麦壳向斜上方抛出漂亮的抛物线，另一个人用长把扫帚掠扫出麦粒堆和麦壳堆。我一边挑麦秸，一边看得直羡慕。

后来有了脱粒机，父亲他们扬场手艺用不上了。等脱粒机的人多，要排队。好多次是通宵脱粒才把麦子脱完，我累了就在麦秸垛旁睡着了。后半夜凉风吹拂，醒来躺在麦秸垛上，看着天空中的月亮和星星闪烁，听着脱粒机轰鸣和旁边田野里的蛙声聒噪，“稻花香里说丰年，听取蛙声一片”的诗意袭来，尽管收获的是麦子。我帮父亲张好口袋，父亲把脱好的麦粒往袋子里装。看着饱满的麦粒哗啦啦地颗粒入袋，心里乐开了花，这就是丰收的喜悦，一边装父子俩一边议论收成：“今年好收成，一亩能产到两石七斗。”

拔麦子这苦活都干过了，别的农活就稀松平常了。收割完麦子，我就和父亲忙着锄秋田作物。小暑期间迎来“三伏天”，母亲怕我们中暑，给我们父子俩灌满一塑料桶晾凉快了的绿豆汤，她带着两个妹妹去枸杞地，我和父亲去锄地。“小暑大暑，上蒸下煮”，干活出汗多，体力消耗大，桶里的绿豆汤得省着点喝。锄玉米、葵花等作物还好，叶子能遮凉。锄糜黍就受罪了，那真是“锄禾日当午，汗滴禾下土”。父亲是村里有名的好受苦人，他锄一个来回，我能锄个单程，相当不容易了。

小暑前后的暑假时光，使我逐渐熟悉了各种农事活动，使我四体变勤五谷能分。作为一个农民的孩子，在小暑前后的暑假里，干一些力所能及的农活，是一种再好不过的锻炼。暑假结束重回课堂，我得发愤吃苦读书，想想拔麦子锄地，一个假期干上那么几次还可以，但干一辈子那可是真累，真不好玩。小暑季节里的忙农是励志的：知道了干活不如学习好，就好好读书！

1993年参加工作后，我还利用节假日回去亲近农活。2000年父母搬到城里和我一块住，我就与农活无缘了。我的孩子们成了不认识糜黍麦稗的城里人了。小暑前后忙农事，现在让我十分怀念，当年吃过的苦成了现在甜蜜的回忆。

村里露天看电影——自叙少小欢乐事（一）

20 世纪 70 年代末，连饭都吃了上顿愁下顿的农村，没有多少文化娱乐活动。但我们是孩子，孩子是无忧无虑闲不住的，那些童年有限的文娱活动，让人刻骨铭心终身难忘。村里露天看电影，曾给我们带来了莫大的欢乐。

“社员们，今天晚上要放映电影了。”村里的大喇叭一喊，我们这些小家伙们就欣喜若狂。下午上学也上不在心思上，一心想着晚上会放映什么电影，想着母亲也许会给我们兄妹炒些瓜子、大豆。那时，村里放映一场电影，不亚于过节。

太阳还没有落山，我们就早早来到供销社门前。看着放映人员把投影的银幕挂在二福贵家的后墙上，然后调试放映机。后来有了宽银幕电影，就得在场面旁边扎杆子放映。我们搬着小板凳抢占“有利地形”，因为占位置小家伙们往往拳脚相向。我才不跟他们打呢，往后边坐坐不就行了。

夜幕降临了，大人们陆续来了，找到自家孩子占的位置坐下。供销社门前的人越聚越多，连邻村补还岱、祝乐沁的人们也赶来了。广场里人声喧哗：大人高声喊孩子，大人们互相打招呼……“团结村的社员们安静了，电影马上就要开映！”大喇叭里放映员一声令下，全场一下子安静下来，先放十来分钟的一个加映片，有农业科技知识，有说国家大事的。我一心盼着正式片开始，乘这个空赶紧出去在墙旮旯或黑暗无人处小便，免得正式片开了以后憋得难受。

电影使我们认识了外面的世界。男孩子们最爱看的是《渡江侦察记》《南征北战》《英雄儿女》等战争题材的影片，我们几个小伙伴看《上甘岭》时，看到战士们吃不下饼干那一段，有些不明白：当时我们都吃不上饼干，怎么那么好吃的饼干会咽不下呢。工作后穿行沙漠无水，才知道干咽饼干之不易。通过看电影，我们认识了小兵张嘎、海霞、潘冬子……我们也看《五朵金花》《刘三姐》《阿诗玛》，但那时不懂爱情为何物，不像战争片那样入迷，到现在都记不住情节了。

《大闹天宫》《三打白骨精》等动画片我们爱看，大人们也爱看，村里放映过不止一遍。这些片子看完，我们就到场院里翻跟斗比武，把向日葵杆当成金箍棒来玩耍。还有一些是戏曲片，比如《野猪林》《铁弓缘》等，大人们爱看，我们听着咿咿呀呀的快睡着了，打斗的场面开始才重新打起精神。国外的片子少，在农村好像不大受欢迎，但《瓦尔特保卫萨拉热窝》《桥》这两部南斯拉夫电影例外，村民们都爱看。还有一部印度的《大篷车》，我不知村里的人们为什么也爱看，可能当时可看的东西太少。

一些电影看完一遍还想看，我们就到邻村去看。每当听说邻村放映电影，我们就结伴赶往两三公里外的南窑子、补还岱等村看。晚上回来，有月亮的夜晚还好，能看见路。有时赶上漆黑的夜晚，深一脚浅一脚往前走，前边的孩子突然高喊"往明亮的地方走！"有不动脑子的孩子一脚踏到明亮处，结果走到水里了，前边制造恶作剧者看捉弄成功，哈哈大笑跑远了。我记得在邻村看过的电影有《洪湖赤卫队》《马兰花》等。

最后悔的是看一些鬼片和恐怖片，弄得彻夜心惊胆战的。有一次看了一部叫《神秘的大佛》的片子，其中好像有一个挖眼睛的镜头。回家后躺在炕上翻来覆去睡不着，更不敢朝窗户外面看。明知道父母就在身边，还是怕得不行。第二天迷迷糊糊无精打采的。打那以后发誓再不看恐怖的镜头，感觉到恐怖镜头快出现了，就赶紧把头埋到腿上，免得晚上睡不着或做恶梦。

在村里看得比较晚的一部电影是《少林寺》，看完这部电影的第二年我就上高中了。上高中后隔两周回一趟村里，很难赶上放电影。赶上那么几场，是拍得很拙劣的武侠片，连名字都记不住。再说，上了高中忙学习，根本没心思看电影了。再后来有了电视，露天电影就渐渐淡出了我们的生活。

收听评书学古典——自叙少小欢乐事（二）

电影毕竟不是天天放映，守在收音机旁听评书，使我喜欢上了古代，遥远的古代有那么多英雄豪杰。可以说，听评书是我古典文学的启蒙老师，精彩的评书世界吸引我喜欢上了古典文学。

听得最早的一部评书是《西游记》，记不清是谁讲的了，反正不是单田芳先生讲的。这部评书基本按原著来讲，文白相杂的风格我开始听得有点发懵。后来就习惯了，居然觉得这种叙述法挺好，这可能为我后来阅读四大名著打下了基础。

这部书我坚持听了下去，好多精彩章节如今都声犹在耳。听到唐僧到了两界山，猎人刘伯钦和母亲给他准备素斋，我当时就想“肉多好吃呀”。听到黎山老母、观音、文殊、普贤“四圣试禅心”一回，四圣点化的小院有“丝飘弱柳平桥晚，雪点寒梅小院春”这副对联，我听着觉得太美了，每到过年自家院子里就写上这对春联。

开始我家没有收音机，听收音机是到别的小伙伴家蹭。农忙时，大人们累了一天想睡，但看我们恋恋不舍的样子还是让我们在一边听。在我不断地央求下，父亲买了一个海燕牌的收音机。放在红躺柜上的收音机里播放着“小竹竿，细又长……”的儿歌，我激动地在被子上翻跟头。这是中央人民广播电台一个叫“小喇叭”的节目，好像至今还有。

“杨家将，真叫棒。程咬金，多英雄！”有了收音机，我就可以听各种评书。我们学着《大隋唐》里十八条好汉在村头打闹，我们学着《岳飞传》

里的八大锤在打谷场里比试。从收音机里我们听到了单田芳的《隋唐演义》、刘兰芳的《岳飞传》、连丽如的《东汉演义》等经典。小学七年级，我在姥姥家上学，听完了袁阔成的《三国演义》。

那个年代收音机效果差，我轮换着各个台听评书。有的台杂音太大，就跑到房顶上，还是听不清，急得抓耳挠腮。听到关键地方电池没电了，听不成了，急得一个劲在地上打转，就像现在手机断网一样。我常常为评书里主人公命运担忧，有一次听秦琼和一个武将比武，到了结尾说书人卖关子："喀嚓一声人头落地，且听下回分解！"这一白天我失魂落魄的样子，非常担心秦琼被杀。到了晚上迫不及待地听下一回，知道是对手被杀，悬了一天的心才放下来。

收音机里听评书，使我爱上读古典名著。七八年级时我就买了原版的《西游记》《水浒传》读，还买了一些评书版的《杨家将》《兴唐传》等。买不起太多的小人书就蹭别人的看，工作后我买了一大堆小人书，好多是小时候听过的评书。高中没时间听评书，上大学时还保留听评书的习惯，和同宿舍的 5 位同学一起把李野默播讲的《平凡的世界》听完。

挤在一起看电视——自叙少小欢乐事（三）

那个年代电视可是奢侈品，不是我家穷家薄业能买起的。

最初在家里听母亲和隔壁的茂盛嫂聊电视，说是个头大小像梳头匣子，人在里边会来回动。我赶紧问：“人能从里边走出来不？”茂盛嫂说：“大概能了哇。”我就幻想——哪天见到这个东西，拎出两个小人人来玩一玩。

大概是小学四五年级的时候，一天晚上村里有人拿回一台电视机，大队院子里挤得人山人海，像看电影一样看这个稀罕玩意儿。我虽然人小个子又小，但还是从人群里挤到前头，看到12英寸的黑白电视机确实像个梳头匣子。我又挤到电视机旁边端详了半天：没有小人人能出来的出口呀？至于演什么电视节目，我记不清了。

后来有几户人家有了电视，但看的人太多，家里挤不下，只好在院子露天放。我记得在韩少雄老师院子里看过晋剧《下河东》，站了一院子人。晋剧表演艺术家张鸣琴扮演赵匡胤，扮相和唱腔都好，满院的人看到精彩处就喝彩。看到呼延寿廷被冤杀后气得直骂，恨不得扑向电视搧那个昏君几个耳光子。

我们在村东的小学院里看过连续剧，把教室里的凳子摆好，人们像看电影一样露天看电视。遇上下雨人们也舍不得走，把电视放在屋檐下，小雨里人们照看不误。我还记得在姜福的院子里看过《射雕英雄传》，好像包头台播出，电视信号非常不好，屏幕上有时全是雪花点点，有时画面扭曲变形……但我们眼睛还是舍不得离开屏幕。

当时在村里最火的几部连续剧是《霍元甲》《陈真》，一到连续剧播出的时候，村里的街巷上静悄悄的。这几部电视剧播出时已是20世纪80年代初，村里有些人家有了黑白电视，可以挤到有电视人的家里去看。看完《霍元甲》后街巷上热闹起来，有的人学唱连续剧的主题曲，还有三五成群的孩子们意犹未尽，学着电视里的招式来“比武”。

电视一般摆在红躺柜上，有脱了鞋上炕看的，有蹲在柜子前面的，后来的人干脆站在地下。不大的屋子里人们挤在一起，随着剧情人们嬉笑怒骂，或猜测着后面的剧情。如果有人不自觉抽烟，屋里就呛得不行，但我们还得忍着看，电视里的故事太精彩了。

我们家买电视机是我上了高中以后。父亲把养的一头上了年纪的骡子卖了，买回了一台14英寸的电视机。我坐着这头骡子跟着父亲经常一起出地干活，年纪实在大了就得把它卖掉。看到电视机就想起了那头骡子，心里头挺怅然的。

上高中以后我看电视就少了，尽管这期间播出了《上海滩》《万水千山总是情》等精彩的电视剧。因为我们高中农村班的同学们都在玩命学，我不能因为看电视耽误学习。对于我来说，从艰苦的农村走出去的路子只有一条：上高中、玩命学、考大学。于是电视就逐渐被我疏远了。

看着大戏赶交流——自叙少小欢乐事（四）

农村唱戏往往是为赶交流压轴的，内蒙古西部地区叫作赶交流，别的地方叫作赶集。

在土默川农村，赶交流一般选择在农历七八月或秋收后的农闲时节，四邻八村的农民们聚在一起或购买各种日用品，或购买农用物资，或聚在一起喝酒吹嘘一下一年的收成，有庆祝放松一下的意思。赶交流要请一个晋剧团，唱上三到五天戏。每户人家都把亲戚请来，住在家里一起看戏，饮酒拉家常。

印象中，大戏是四旧，最早是被禁的。大概是 1978 年，几位叔叔大爷去我家串门，说政策放开了，能唱戏了，村里正张罗着唱《十五贯》呢。我听了个莫名其妙：贯是个啥东西？后来村里真的唱了这出戏，我才知道，贯是指一串钱。剧情没记住，倒是记住有个丑角娄阿鼠是个极坏的人。

我们村最早有个村民组成的戏班子，农闲时放下镰刀锄头就上台表演。有一次演《明公断》，到铡陈世美这一出戏，把生产队的铡刀搬到台上当道具，看着人头和身子分离，我们吓一跳。事后知道这是两个人表演，一个人把头伸下去光能看见身子，另一个人在铡刀另一侧把头伸上桌子不露出身子，就像真把人铡成了两段。

村里的戏班子毕竟不是科班出身，扮演包公的老苗忘了台词，朝台下唱道“台下坐的尽灰人”，让人给听出来了。毕竟一个村子人才太少，撑不起一个剧团，后来散班了。但这个剧团里也有名角，后来都去了县剧团，成了专业演员。

但打那年开禁以后，每年都能在本村和邻村看几场科班出身来的剧团唱大戏。经常唱的戏有《打金枝》《金水桥》《铡美案》等，这些剧目几乎逢唱必保留，老人们聚在一起，或说陈世美忘恩负义，或说包公刚正不阿，或说郭子仪大义灭亲，或说唐代宗深明大义……一些山西的剧团挺厉害，能把戏排练成几场，像电视连续剧似的。我看过的太谷县青年晋剧团演出的《薛丁山征西》，一连看了几天。

台上锣鼓铿铿，台下熙熙攘攘。戏场就是交流会场，有出售农机具和五金电器等日用商品的，也有卖粮油食品和小吃的，还有卖杂碎、熟肉的摊子，这些香味勾引着我们这些小孩，比大戏更有吸引力。在本村看戏时，母亲会给我们买些好吃好喝的。我和父亲曾去 4 公里外的五申村看戏，一路上是骑在父亲脖子上到了戏场的。本村的武召锁老汉在戏场里卖瓜子，看到我咽口水的样子，父亲给我买了一小杯瓜子。

有一年我带着两个妹妹去邻村祝乐沁看戏，母亲给了我五角钱。到了戏场戏没好好看，我在糖果摊和麻花摊前咽了咽口水没买，最后在杂碎摊上花四角五分钱买了三碗杂碎，兄妹三人每人一碗。回家后把剩下的五分钱还给母亲后，母亲直夸我不乱花钱。后来乃只盖村又唱戏，母亲给了我一元钱，我紧紧攥在手里揣在兜里，领着两个妹妹在交流会场里转，手心里都攥出了汗，买了一些吃喝也没全花完。

从小听惯了晋剧的旋律，也喜欢上了这一传统剧种。小时候看大戏是为了赶交流找美味，工作后我买了一大堆晋剧的 VCD，陪老父亲一起认真地听，老一代艺术家丁果仙、马玉楼、阎惠贞等的唱腔不用说，我对谢涛、孙红丽等新一代艺术家的唱腔也非常熟悉。

“下殿来，将皇兄急忙搀起。听孤王有话对卿提，从今后上殿来再莫下跪……”现在从手机上就能欣赏这样的晋剧名段，每当这悠扬的旋律响起，我就回到了儿时的戏场，想起了少年时在戏场吃过的三碗杂碎，也想起了父母亲慈爱的眼神。

夏日悠长欢趣多——自叙少小欢乐事（五）

童年的快乐大多发生在夏天里，夏日悠长，可供孩子们玩的游戏太多了。现在回想起来，童年时的夏天欢趣甚多，使我们在快乐中不知不觉长大。

夏天水多，村西的渠里经常有水，村里好多小孩结伴到水渠里游泳。我是特别想学会游泳，看到人像鱼儿一样在水里游来游去，多自在啊！从小在黄河边的把栅村生长的母亲，经常听到看到河里淹死小孩的事情，坚决不让我到水渠里游泳。有一次在渠埂我和小伙伴们正准备脱衣下水，远远看见母亲手持一根向日葵杆赶来，吓得我一溜烟地往村里跑。母亲叮嘱我：淹死的都是会水的，千万不能下水。

但有一次如愿以偿，我到水渠里扑腾了几下。大约是小学四五年级的样子，崔满威老师带我们到水渠里游泳，同学们欢呼雀跃。假如是现在，没有哪个老师敢带全班学生去玩这种危险游戏，可我们那个时候好多班都这样玩。一直是旱鸭子的我下去瞎扑腾了几下，到了水渠中间就被呛了好几口，幸亏同学张计平把我拉到了水渠边，打那以后，我不敢轻易下水了。

夏日里，我也曾急走追蝴蝶，我也曾悄声捕蜻蜓，但抓得最多的还是青蛙。池塘里、水渠边、田地里，到处是蟾蜍和青蛙，慢条斯理地鸣叫着。我们这帮淘气鬼，怎么能容忍它们如此傲慢，在地上扑跳几次，就能逮住一只青蛙。听大人们说蟾蜍有毒，我不捕它专捕青蛙。捕住后，抓住青蛙的腿，把它的肚皮贴在眼睛上捂着，青蛙的肚皮冰凉冰凉的，大人们说这样明目。捂一会儿便把它放了，因为书里说它是吃害虫的，我不会伤害它。几只青蛙的肚皮贴过眼睛，我也没觉得自己的眼睛变成了孙悟空的火眼金睛。

在那个缺荤少腥的年代，我们当然想摸捞上一两条鱼解解馋。假如是发现水渠或水塘里有鱼时，大人们会打起坝来，然后用水桶往出舀水，有时甚至用水泵抽水，然后再捕鱼。我们这些小孩只有远远看的份儿，根本轮不着我们捞，我们只能到村边的浅水塘里碰碰运气。有一年在村西的一个水塘里，我和张海兵等几个玩伴一起用筛子捞，几个人捞到了一些不到一寸长的小鱼，海兵的筛子捞到一条二寸多长的鱼，鱼又蹦回了塘里。啊，有这么大的鱼，我们来精神了，最后我终于幸运地捞到这条鱼，连同几条小鱼拿回家，母亲给我们兄妹美美吃了一顿鱼汤泡焖饭。海兵和我几天不说话，还动员别的玩伴别和我玩，我知道是因为这条鱼，可我吃了呀，不玩就不玩吧。

最淘气的孩子还要去掏麻雀窝。那个年代大部分人家都是土房子，麻雀一般在偏房的椽檩之间筑窝。夏天是麻雀产蛋孵小麻雀的时候，淘气的孩子下手找到鸟窝，有时会摸出一窝鸟蛋，有时会摸出嘴喙还是黄色的雏鸟，赶回来的大麻雀在周围乱飞，急得凄然地叫着。我从来不干这种掏麻雀窝的游戏，觉得太过残忍。房子的椽檩间当然还是燕子筑巢的地方，再淘气的孩子也不会对燕子下手，因为大人们告诫：燕子是有灵性的鸟，捅燕子窝会被啄瞎眼睛的。我家的老屋就曾有三窝燕子筑巢，我有时看着燕子甩着剪刀似的尾巴飘然来去，有时看着十多只燕子在屋檐下的电线上并排站立，呆呆地想象着它们的世界：它们也是有家有爱有灵性的呀，看成年燕子穿梭不停，衔来羽毛、软草为幼鸟筑巢，衔来虫子给儿女喂食……

夏天是麦收的季节，打谷场上柔软而温暖的麦秸垛是我们的乐园。可以把麦秸垛当成电影里的“阵地”，分成两拨人来玩抢夺阵地的游戏；还可以把大的麦秸垛掏出洞来，玩电影里的“地道战”；也可以在几个麦秸垛间玩捉迷藏、抓特务……翻跟头打滚、打斗抓痒，玩累了，躺在暖烘烘的麦秸上看蓝天白云，高高的麦秸垛渐渐被我们夷为平地。玩到天黑我们还不想回家，母亲们呼喊着自己的孩子的名字，我们才恋恋不舍地从打谷场往家走。

田野也是我们的乐土。早在小麦灌浆时，我们就在田野里摘一个麦穗，剥去还泛青的麦粒，用牙一咬，白色的麦浆在嘴里有点发甜。麦收后，我就在麦田里捡麦穗，捡好麦穗后回去缠着父亲加工后做饹饼吃。我们几个顽劣的，还在田头生上火，把捡来的麦穗烤着吃，弄得满嘴满脸黑乎乎的。除了烤麦穗，我记得还烤过不大成熟的毛豆和蚕豆。

最有趣的是结伙去偷瓜。西瓜和香瓜快熟的季节，生产队的瓜田里都搭有窝棚，看瓜的人白天晚上都在地里住着。大孩子们眉飞色舞地介绍自己偷瓜成功的经验，说得我们直羡慕。有一次我们几个结队去偷瓜，瓜田是续昌大爷看的了。父亲说："别去偷，给你拿上一小袋果子，去找你大爷去吧。"我们几个小家伙到了瓜地，还没把事先计划的"招数"使出来，就被发现了。看见续昌大爷追过来，这几个家伙跑得比兔子还快，我人小跑不动，赶紧迎着续昌大爷把装果子的袋子递上说："大爷，我们家的果子熟了，我大让我给你带来点。"续昌大爷接过来说："你大让你带来的？好孩子，大爷给你摘两颗瓜，拿回去！"我高兴地提着两颗西瓜回家了，打那以后，再没寻思偷瓜去：我这胆小的人是干不了偷瓜的营生。

无尽的快乐大大缩短了时光，夏天给我们带来的快乐，使我们浑然不觉蒸笼般闷热和难熬。转眼间夏天就要过去，暑假就要结束，我们只盼夏天再长一些，盼假期再长一些。

跟着父亲长见识——自叙少小欢乐事（六）

小的时候，我是父亲的跟屁虫，他走到哪里我跟到哪里。跟着父亲我见识了与农村生活息息相关的各种手艺，这使我比同龄的农村孩子更有幸目睹各种乡村工艺的全流程，这种成长的经历充满了快乐。

父亲是我们村里有名的能工巧匠，除了会干各种农活外，上梁盘炕、杀猪宰羊、打猎捕鸟、烧窑制砖、嫁接果树、做粉条、做豆腐……小的时候我特别崇拜父亲：为什么就没有父亲不会的手艺？乐于助人的父亲经常被乡亲们请去帮忙，我就攥着衣襟跟在他的身后。

村里一到腊月，家家户户要宰猪杀羊准备过年。这个时节父亲忙得根本顾不上家里的活儿，往往得排出日子来，今天给东家杀猪，明天给西家宰羊。来请父亲的乡亲就顺便把我抱上，去等着吃杀猪菜。我看着几个壮汉把猪逮住摁倒，父亲杀猪的时候，我赶紧捂脸闭眼背过身去……然后一伙大人在热水锅旁褪猪毛，收拾杂碎肠肚，父亲熟练地分割着猪羊肉。

后来，父亲八十多岁时和我说："年轻时宰杀的牲畜太多了，想不到还能活这么大岁数。"我哄父亲说："没事，老爸，猪羊一把菜。再说，关羽杀了多少人，最后还不是成神了。"父亲说："那个时候还是穷，我还是不想杀牲的。"说心里话，打小看杀猪宰羊，我也不怎么喜欢这手艺，到现在我还连个鸡都没宰过，但我知道父亲学会这门手艺是有道理的。

那个时候生产队办有豆腐坊和粉坊，父亲当然是技术骨干。在豆腐坊里，我喜欢看毛驴拉磨磨豆子，人们怕毛驴转晕了，给毛驴眼前蒙一块布。做浆水豆腐的关键技术是点浆，父亲是点浆师傅。点浆时要慢火不鼓风，将浆水均匀倒入豆浆中，然后慢慢搅拌，助手这时要拉风箱烧火，豆浆快烧开时，父亲很权威地扬手说一声“停，关火！”。然后把豆腐脑舀到箱里压上盖板挤水分，半个小时后白白嫩嫩的豆腐就做好了。叔叔大爷们会用瓢给我盛半瓢豆腐脑，我在豆腐坊里耐心等待、观看，就是为了这一瓢豆腐脑。

粉坊里的活儿技术含量更高一些，乡亲们称父亲是粉大师傅。把土豆做成粉条，有一个较复杂的流程，首先要把土豆用磨磨成粉浆。然后在父亲的指导下，过滤粉浆把杂质滤去，滤完浆后再装缸，搅拌后过纱包挤水分。让浆水发酵沉淀出粉面，这个过程里父亲经常或嗅或尝浆水。该和面了，和面要加明矾，不然粉条一入锅就化了。父亲和面时根据需要和得软硬不同，把面和软了漏细粉，和硬了漏宽粉或粗粉。

煮粉条的大锅烧得热气腾腾，父亲系好围裙，顶着热气站到锅边。把和好的粉面揪到漏瓢里一团，一手端好用瓢葫芦做的漏瓢，一手半握拳拿捏好力度猛捣漏瓢的沿，成形的粉条就漏到锅里，锅这边的助手把粉条捞出去晾晒。葫芦漏瓢有好多个，下边的漏眼有大有小、有方有圆、有宽有细，可以漏出不同形状的粉条。漏细粉时，父亲把漏瓢举过头顶来捣，细长的粉条在锅里一过水，就变成了半透明的粉条丝。

小学二三年级的冬天，一放学我便往生产队的粉坊里跑，做粉条的工艺我看了一遍又一遍。其实，粉条这些复杂的生产工艺我只是爱个热闹，我心里更惦记父亲和粉坊里的叔叔们给我烙的粉面烙饼，在吃不上白面烙饼的年代，那是我童年所吃到的一种独特的美味。为庆祝生产顺利，父亲和叔叔们有时会打一些散酒在炕上庆祝，煮一些粉条，打一块豆腐就是下酒菜，再好的时候会弄些牛羊杂碎。我经常在粉坊炕上蹭吃蹭喝，有一次被几个叔叔逗着喝了几杯酒，走路开始晃悠，这是我人生第一次喝酒。

曾跟着父亲去看他们上梁盘炕，也跟着父亲看他打沙鸡捕兔子，但我最佩服的是父亲会烧窑制砖，这个手艺没有多少人会，他好像从一位山东师傅那里学的。生产队的砖窑在村东的一片盐碱地上，周围就能取到制土坯用的粘土。砖窑远远看上去要比村里人家的房子高多了，在我的记忆里它非常高大，大约有两层楼高的样子。青砖砌的窑口上部为拱形，宽敞的窑口朝南开着，砖坯、煤炭烧好的砖都要从这里运送。砖窑西北边有制坯场，还有两排平房，供来制砖坯的壮劳力们歇息。绕着砖窑盘绕着一条上到窑顶的坡道，也是用青砖砌成的。我喜欢顺着坡道跑上跑下，在窑顶上有一种“荡胸生层云”眼界开阔的感觉，可以眺望西边绿树掩映屋舍俨然的村庄，也可远望像一块块绿毯一样的庄稼地。

制砖坯的时候最热闹，二三十个壮劳力用坯模子拓砖坯，有时年轻人之间互相比赛谁拓得快。大人们热火朝天地干，我在一旁也学着用泥巴捏各种东西。把拓好的砖坯晒干装到窑里后，用泥糊住窑的侧口这叫封窑，只留下炉口可以往里填煤炭烧窑。终于开始烧窑了。找个好日子点火，父亲庄严地把火点燃，巨大的砖窑缭绕的烟雾，慢悠悠飘向天空，飘向远方。

烧窑挺累的，一烧就是三天三夜。我记得父亲和祥祯哥轮流守窑填炭，父亲常常通过火口看火的颜色是不是蓝的，由此估测窑内温度，温度恰好砖坯才能烧透。父亲掌握窑温变化，决定停火闭窑时间。这时要开始给砖窑洇水，洇了水的砖坯烧出的是青砖，不洇水烧出的是红砖。几个壮劳力从窑西南的水坑里担上水，顺坡道上去，从窑顶慢慢地浇水渗到窑里。这一浇又是三天三夜，窑顶热气蒸腾，好像生出朵朵白云，远远就能看得到。最后终于能出窑了，一车车青色的砖从窑里运出来了，父亲脸上露出了灿烂的笑容。

童年时跟着父亲见识了这些手艺绝活，如今好多手艺如烧窑已消逝在了远去的岁月里。今天，即使是故乡的农村孩子们也见识不到这些绝活了。时光如流水，冲走了许多东西，但抹不去我的记忆，美好的事让我回味无穷。

陪伴父母去收秋——自叙少小欢乐事（七）

收秋，多么美好的一个词啊！这个秋字，就是指成熟的庄稼，《说文》云“秋，禾谷熟也”。庄户人面朝黄土背朝天忙了一年为啥？还不是为了这个沉甸甸的秋字。所以不少农民工在城里即使再忙，到了这个收获季节也会自豪地说“我回家收秋去啦！”

小的时候，跟着父母到田野里收秋是一大乐事，秋天的田野给了父母丰收的喜悦，也给了我童年无尽的欢乐。现在农民们种地讲效益，土地里种的全是效益高、费工少的玉米，而包产到户的头两三年里，责任田里种得五花八门：小麦、土豆、莜麦、高粱、谷子、黍子……人们被饥饿吓怕了，各式各样的作物搭配就是为了保证餐桌的自给自足，不至于遇到灾年没饭吃。而这种搭配使田畦变得高低错落有致，色彩绚丽多姿。

秋天来了，玉米黄了，高粱红了，谷子低垂着头，糜黍压弯了腰……庄稼依次要成熟收割了。开镰的季节，父亲套上小马车，磨好几张镰刀，顺便带上磨刀石。母亲准备好收秋时人们要喝的凉白开水，灌到塑料桶里。再撕扯出干净的布条来……一切准备停当后，父亲赶着马车，我们兄妹三人和母亲坐着。天空晴朗明净，气候凉爽宜人，马车驶向田野，我看着田野那头的山越来越近，村庄越来越远。低头看着马车下边的路慢悠悠地向村庄那边退去，看着天上的白云像一绺绺棉絮一样飘过，心情就像这天空一样爽朗，就像这风儿一样舒畅……

父亲在生产队时就是有名的好受苦人，镰刀拿捏自如割起来很快。他割一个来回，我只能割一个单程，不过对一个上初中的学生娃来说，这也不容易了。收割谷子、糜子和黍子时，我得像它们一样弯倒腰，俯首在田垄，一会儿就腰酸背疼。收割胡麻也一样，有时还得撕扯纠缠在一起的胡麻。脸庞、胳膊被庄稼茎叶划得全是伤痕，汗水一浸生疼。抬头望一望，是一眼望不到边的地顶头。弄不好镰刀会割了手指，就用母亲带的布条简单包扎后继续收割。

开始收割的几天里，手心被镰刀把会磨出血泡，父亲告诉我掌心和手指磨出老茧就好了。果然收割了几天后，腰不那么酸了，背不那么疼了，手掌心的茧子也生成了，“嚓嚓嚓”，我收割的速度快起来，感觉收割也是件轻松快乐的事。这种收割的经历对我今后的人生影响甚大：无论再大的困难，只要咬着牙挺一挺，就会战胜困难；父亲也不是天生是好受苦人，是生活把他逼迫历练成了好受苦人。

在收割的间歇，父亲点上一袋烟告诉我，村里后街上最好的受苦人是管三富老汉，去武川赶工时闹肚子，就那样一天还能拔二亩麦子，当然集体的时候麦子种得稀。但就是这样，二亩地的麦子一天之内收拾完，让人难以置信。我特别佩服我的那些父辈们，他们再重的苦也能咽下，再累的活也能扛下来，他们那辈人骨头是硬的，苦是靠骨头撑下来的。吃苦受穷那是因为时势使然，一个普通的庄户人苦再好骨头再好，也只能使自己的生活多一些起色，而不能改变时代。

收割时，父亲还得开茬放腰子，准备将来打捆装车。庄稼打捆用的腰子打起来是个技术活，父亲把一绺庄稼抓起来，在有穗的这边一分为二，随手一拧就是一道腰子，我们把割倒的庄稼放到腰子里。我试着打过腰子，但一捆庄稼就开了，终究没学会这门技术。但我学会了一些作物的收割的技巧，比如削高粱穗不能用镰刀横着削，那样会很费劲，应斜着顺势“切”高粱秸，就能把穗轻松削下来。再比如削向日葵花盘，不能在茎上用劲，费力而且很难削断，应在盘底部转圈削，轻松搞定。

并不是所有的庄稼都用镰刀收割，比如掰玉米棒子。当玉米青纱帐泛白枯黄时，就该掰棒子了，把棒子从秸秆上掰下扔成堆即可，没多少技术含量。把玉米棒子拉回来扒了皮堆成堆，金灿灿的玉米棒子堆是一道风景线。我还和父母一起收过土豆，父亲怕坏了土豆，小心地用锹掏起土豆蔓子，又白又嫩的土豆就露出来了，非常可爱，母亲和我就把土豆堆成一堆一堆，清理蔓子时又用三齿小钉耙刨土豆的根部，免得拉下土豆。一亩地能产几千斤土豆呢。

收秋时摘绿豆是个要耐心的活儿，熟了的豆荚在绿豆秧上，手一碰就裂开了，豆粒掉进土里就可惜了。必须弯下腰把变黑成熟的豆荚小心地摘在手里，手要呈半握拳状，双手不停地摘下豆荚放到脖颈上挎的篓子里。摘绿豆这营生很缠手，又尖又硬的豆荚扎得手好疼，有时甚至被扎出血来。摘绿豆弯得腰疼，我就玩耍一会再摘，这个时候父母亲仍在不紧不慢地摘着，他们一点也不累……

庄稼收割好了，装车是个技术活。我们家那时只有那一辆小马车，父亲赶着马车在收割完的地里走，我用铁叉往上挑庄稼捆，父亲把庄稼捆“砌”在马车上，用脚踩瓷实了。父亲装的车结实不鼓胀，如果不是心疼家里那匹枣红马，他会装很高的。收割季节，往回运庄稼也得费好多工夫，拉运庄稼要带一张锹，路不平了就要垫几锹。遇上有水还得抱上树梢来垫路。经常有车被陷到泥泞里的事情出现，这时就得叫附近地里干活的乡亲们帮忙推车助力。

把庄稼运到场院里，离归仓越来越近了。场院是碾晒粮食的场所，也叫打谷场。我们村有十个生产队，每个生产队都有场院，我们二队场院有十几亩大，包产到户的时候都分给了社员们。碾轧谷物翻晒粮食一户人家的场院是施展不开手脚的，况且碾场、扬场是个讲究互相配合协调的活儿，于是几户村民们就一起合作。父亲和才元大爷、新乐哥他们把谷物铺在场院晾晒干后，就要碾场了。

用叉耙把晒干的糜黍或谷子摊开，就像摊煎饼一样摊得均匀了。然后把马或骡子的眼睛蒙上布，拉上碌碡开始转场，转场的人用长鞭赶着牲口转场碾轧，不时抖动鞭鞘，发出“啪啪”清亮的响声，牲口就转得更欢了。转场的人困了，会亮嗓子喊上几句爬山调——“六月的日头腊月的风，老祖先留下个人爱人……”，悠扬的爬山调在空旷的场院上空飘荡，飘向村头，飘向人们的心头。

粮食和穗壳分离了，把秸秆挑出去扬场。扬场是用木锨等农具播扬谷物、豆类等，以去掉壳、秸秆和尘土，这是个技术活儿，我没学会。一阵风吹来，父亲把木锨用力向上一抖，抖出一个漂亮的抛物线，糜黍、谷子的籽粒哗哗啦啦落在脚下，杂物等飘向另一边，另外一个叔叔用扫帚轻轻掠扫，一个漂亮的粮食堆出现了。粮食越堆越大，父亲扬得越来越有劲，脸上绽放出了笑容，这是丰收的笑容。

如今，收秋已经全部机械化了，镰刀、木锨、碌碡等也逐渐消失了。我们童年时玩耍的场院都已变成了人家的住宅，冒起了炊烟。但我每每走过那曾经的场院时，脑海里想起了父母和他们那一代农人，耳际飘起了熟悉的爬山调——“三月的桃花满山山红，难活不过个人想人……”

儿时面食真馋人——自叙少小欢乐事（八）

我的家乡托克托流传一句俗谚：“吃米不如吃面，走亲戚不如住店。”这句话大概是说吃面比吃米感觉舒服，住店比走亲戚更自在不拘束。

在20世纪六七十年代，正是最贫困和饥饿的岁月。那时白面是很难吃到的奢侈品，一户人家从生产队分到几斤面，要等到逢年过节包饺子用。记得有一年家里请人给院里的枸杞树剪枝，母亲借了一斤白面做蒸饼招待人家，白面蒸饼和玉米蒸饼在一个笼里，饭快熟了，母亲安顿我：“蒸饼是招待客人的，咱们吃窝头啊，记住！”“嗯！”——我答应得很好，但饭熟了以后早把这话忘到了脑后，蒸饼像磁铁吸引铁块一样吸引着我的筷子。

吃米不如吃面，并不是说大米不好吃。那个时候我们这里很难吃到大米，包产到户前我基本没吃过大米。有一次父亲不知从哪里弄到一些大米，母亲在我们平常吃的糜米稀粥里掺了些大米粒，这些白胖白胖的大米粒我们兄妹头一次见，我管这稀粥叫“虫虫饭”。包产到户以后，大米才成了土默川人家的家常便饭。

再说油炸糕这种面食，那也是逢年过节的稀罕吃食。土默川一带吃的糕是用黍子籽面做的，黍子去皮后俗称黄米，黄米磨成面就是黄米面，非常黏，在笼里蒸成一块，然后赶紧用笼布兜到瓷盆里，双手蘸凉水使劲儿捶捣，捶捣绵软了就做成了素糕。抹上一层胡麻油，金黄油亮，真馋人。如果把素糕再用胡麻油在锅里一炸，就是待客最好的油炸糕了。过去白面稀罕吃不上，但糕面还是有的。困难年代胡麻油也缺，所以蒸出素糕后抹点胡麻油直接吃。贵客临门时，杀一只本地鸡，配上素糕，鸡肉汤汤蘸素糕，这是托克托县的一大名吃。

记得小时候一到腊月里，我们村每家每户都要蒸糕、炸糕，光景好的人家炸好糕冻起来，储存一大瓮放到凉房里，吃的时候取几个馏上。正月里除了吃几顿饺子，就主要吃烩菜馏糕。炸糕和豆腐粉条汤也是绝配，托克托县豆腐和粉条是呼和浩特一带的名吃，豆腐和粉条熬汤再配上红红的托县辣椒，蘸上软嫩的油糕，馋坏了一代又一代托县人。直到现在，遇有红白喜事，都讲究要吃汤糕。谁家有办红白喜事了，人们就说“要吃糕了”。

小时候庄户人家哪有那么多鸡来杀了做菜，哪有那么多黄米用来做糕。我们那里有一个笑话流传甚广，说村里两个人见面了，一个人问：“吃甚来？”另一人神气作答：“糕！”“呀，五黄六月能吃上糕，厉害了哇。炸糕还是素糕？”对方口气顿时软下来了：“拿糕……”拿糕是用玉米面、高粱面、莜面或荞面做成的，拿糕特别是高粱面拿糕在粮食短缺年代是穷人们的当家食品，它使多少穷苦人熬过了那饥饿的艰难岁月。

做拿糕要先烧开半锅水，舀出一瓢开水放在一旁备用。然后用左手把面粉匀匀地撒进锅里，右手握住几根筷子使劲搅拌，锅里的面粉被搅成了面团。用铁匙把面团划成几块，把瓢里的开水浇在面团上继续搅。面团把水全吸收了，盖上锅盖用温火再焖几分钟。然后揭开锅再使劲搅，直到水全部掺到面团里。用铁匙铲几下，不要让糕糊在锅上，拿糕就做成了。我吃过高粱面拿糕，真不好吃，有的人家为了改善下口感，把榨过油的胡麻籽渣掺到高粱面里，也好吃不到哪里去，但那时穷苦人家吃它是为了糊口续命。

土默川各式各样的面食里，使人们赖以糊口存活的第一功臣当属玉米面。在我的印象里，我们兄妹几个吃了好几年玉米面窝头，上顿是窝头，下顿还是窝头；想吃是窝头，不想吃还是窝头……有那么几年，我们村家家户户都是那样，母亲看着我们天天吃窝头流泪了：孩子们何时能吃上白面呀。贫穷，也能使人穷开心，村里的主妇们居然把玉米做出二十多种吃法：窝头、蒸饼、锅贴、渣子粥、钢丝面、饸饹、煎饼……玉米面是困难时期人们的当家食品，救过好多穷苦人的命啊！

过年的时候，家家户户要做几大瓮玉米摊花饼存起来。现在做玉米摊花饼讲究多了，打上鸡蛋、掺上白面，加上牛奶和白糖，甚至再加上葡萄干、花生仁等。我们小时候吃的是糖精水和玉米面的摊花饼，冻在瓮里挺硬挺瓷实，我们取出来咬着甜甜的冰渣子吃，这是腊月里最好的年货。除了把玉米面做成摊花饼，还要做炸油圈等，还要压一些钢丝面，记忆里这些食品回味绵长，好像比现在好多油腻食品健康多了。有一次，我同村朋友的一个孩子在饭馆里吃现代版的玉米面窝头，这窝头其实玉米只是个配角，朋友告诉孩子我们小时候天天吃这个，孩子一脸羡慕："喔，爸爸你太幸福了！"我心里想：把这代孩子搁到那个年代连吃上十天窝头，哭娘都找不着调了。

说到面食不能不说说莜面，小时候莜面也不是经常能吃到。在我看来，那个年代莜面既不像白面那样是贵族食品，也不像玉米面、高粱面是穷人食品，莜面算个中等人家食品吧。莜面的吃法特别多，我最爱看姥姥和妈妈她们捏莜面窝窝、搓莜面鱼鱼，擀莜面墩墩、炒莜面块垒、搅莜面拿糕的样子。莜面有时也用饸饹床子压出细细的面条蒸熟吃，这个叫饸饹。还有一种吃法，是把山药擦成细丝，然后裹上莜面蒸，老乡们管这叫莜面丸丸。包产到户之前，庄户人家也没那么多莜面，就把高粱面掺和到莜面里吃，美其名曰二莜面。再有穷的人家，就只能吃高粱面饸饹。

现在看来，这些困难时期糊口的杂粮面食，都成了营养保健的好食品。科学证明莜面、玉米面、高粱面是不可多得的好东西，能减肥、降血脂、降血糖，是糖尿病人最理想的食品，于是莜面等成了好多城里人的保健食品。只是它们的口感差一点，消化难一点。包产到户以后一直到现在，村里人吃白面吃大米成了常事，吃鱼吃肉也不是难事，但各种因肥胖引发的病也多了，都是信着嘴吃出来的。

有时我想，人满足了口感上的好吃，就会好吃难消化。是否应该感谢那些帮我们度过饥荒的杂粮面食呢？是它们使一代人渡过艰难，同时也使这代人有了战胜艰难的健康体魄。我还在想，即使到了吃不愁穿不愁的年代，也应该借鉴一下困难时期的膳食结构，这会使我们的心智体魄都更加健康。

第七篇

人间有味是清欢

谁道人间秋已尽

自从过了寒露节气，呼和浩特就一天比一天冷了，这座城市已进入供暖期。而在北京，还能赶上秋的尾巴，西郊的香山还是绿肥红瘦，漫山红遍的时候还没有到来。

感觉这个秋天特别短促，再过几天霜降来临，秋风扫尽落叶后，北方漫长而寒冷的冬季就要开始了。谁道人间秋已尽——突然想起了王国维先生的这句词，在静安先生眼中，深秋的江南尚有鹅黄的柳条在夕阳中弄影，落日熔金中，疏林金柳真如夕阳中的新娘。真是秋尽江南草未凋，还有无限好风光。

人生一世，草木一秋，其实人生何尝不是如此。想起朱熹的《劝学诗》："少年易老学难成，一寸光阴不可轻。未觉池塘春草梦，阶前梧叶已秋声。"光阴易逝，真的是"时光只解催人老"，想想有那么多事要做，那么多书要看，那么多文章要写……感觉非常恐慌，寸阴可惜，曷敢从容，真得把每一寸光阴看得更重，加倍向学，努力做事。

自古逢秋悲寂寥，无论是季节上的秋季还是人生的秋季，总让人有一种"逝者如斯夫，不舍昼夜"的无奈。陈与义诗云："二十九年知已非，今年依旧壮心违。黄尘满面人犹去，红叶无言秋又归。"老大无成，壮志难酬，真的是让人素衣感慨风尘叹，道一声"天凉好个秋"。建功如魏武，也不禁发出"神龟虽寿，犹有竟时"的感慨。

永恒的风雨，无限的江山，易逝的韶光，即使再强悍的个体生命都会感叹光阴短暂功业有限，正如清代况周颐《蕙风词话》所云"吾听风雨，吾览江山，常觉风雨江山外有万不得已者在”，在况氏看来，此万不得已者即词心，一颗敏感得能惹起春恨秋悲的词心，因此龙榆生先生云其词“多偏于凄艳一路，而少苍凉激壮之音”。

我喜欢在毛泽东诗词里读秋，那里总能欣赏到“不似春光，胜似春光，寥廓江天万里霜”的壮美境界，生机无限，活力四射。刘禹锡“我言秋日胜春朝”稍微有些强说秋好的味道，“晴空一鹤排空上”，当然可以引发诗情，但总比不上毛主席诗词里的秋天寥廓壮丽；王静安的“谁道人间秋已尽”，这人间词渲染了江南的深秋美景，但无论如何也比不上“一年一度秋风劲”的千钧笔力。

仔细琢磨，感慨不如奋起，人生也当如主席诗词里的秋天那样昂扬向上。即使在战火纷飞的时刻，也不失昂扬乐观的万丈豪情。让我们以这种豪情来珍惜这即将逝去的秋光，去赏景，去读书，去展现“万类霜天竞自由”的灿烂；让我们以这种豪情来珍惜人生的秋天，去感悟，去思考，去演绎“万木霜天红烂漫”的绚丽。

“谁言秋色不如春，及到重阳景自新”（宋代韩琦《重九会光化二园》），岁岁重阳，今又重阳。谁道人间秋已尽？还有那么多灿烂和绚丽在前头，一个油画般的秋天，紧跟着是一个童话般的冬天，相信人生四季都精彩！

伴随改革开放成长

前不久去四川省广安市开会，我们一起瞻仰了邓小平故里。身穿短袖衬衫、军便裤，面带微笑地坐在藤椅上注视远方——这是广安市邓小平故里的小平铜像。凝望着这位像父亲一样慈祥的老人我思绪万千，是他开辟了改革开放的历史征程，使改革开放的巨轮打破坚冰，扬帆起航。当然，也使无数像我这样的农村娃改变了自己的人生轨迹。

我出生于1968年，常常觉得自己生得太幸运：伴随改革开放成长、学习、工作。改革开放四十年，中国人民用双手书写了国家和民族发展的壮丽史诗，我从自己的视角看到了国家四十年的变化，真是"贫穷限制了想象力"，四十年前我无论如何也想象不出今天的生活会是这样的，城市和农村的面貌以及我们的衣食住行都发生了翻天覆地的变化。

1978年在我还懵懂无知的时候，体会到了物质匮乏带给普通人的苦难。从我记事开始，贫穷就像幽灵一样折磨着父母亲，包产到户之前的几年里，家里顿顿只能吃腌白菜、玉米饼，母亲看着我们兄妹三人吃玉米饼流泪了。父亲的理想是一家人能吃上白面。当时村里的供销社是最热闹的去处，我常常跟在母亲后面去买各种日用品，使用着花花绿绿的粮票和布票。那时管火柴叫洋火、取灯，管棉布叫洋布，说明我们过去还不能大量生产这些东西。

在那个吃了上顿愁下顿的年代里，尽管苦难经父母担当和忍受后，让我们承受的力道已微不足道，但还是使我们感到了物质的稀缺。当然也使我们真正体验到"一粥一饭当思来之不易，一丝一缕恒念物力维艰"，懂得了节俭和珍惜，学会了坚忍和顽强，这些吃过的苦现在看来都是宝贵的财富。

当时，我觉得出生在农村就是这样吃苦受罪的命，因为在我眼里父母亲的生活和劳作和他们的先辈们没有两样，面朝黄土背朝天，在土地上匍匐一生，等待我的也将是这样的人生。我不知道，一个波澜壮阔改变所有中国人命运的机遇正在前方等待着我和我的同龄人，我们将迎来国家富起来、强起来的时代。

改革开放开始了，变化首先从我的饭碗开始。包产到户后，父亲像关爱我们一样呵护着庄稼，把家里的责任田种得五花八门：小麦、土豆、莜麦、高粱、谷子、黍子……被饥饿吓怕了的父亲种这么多作物就是为了让我们的饭碗丰富起来。当年不仅吃上了白面，还吃上了大米，饭碗里不缺肉吃了。猪肉炖粉条、土豆炖羊肉等逢年过节才能吃到的食物，逐渐成了家常便饭。耳际回荡着“我们的家乡，在希望的田野上……禾苗在农民的汗水里抽穗，牛羊在牧人的笛声中成长……”的优美旋律，土默川上这个偏僻的村庄真的在改革开放明媚的阳光下变了样。

包产到户后的农村，在满足了饭碗之后人们就变着法子想致富。我们村的人们开始种植枸杞、向日葵等经济作物，这些经济作物过去被称作“资本主义尾巴”，种了是要被“割”的。但现在不同了，村里出现了万元户、出现了收枸杞和向日葵的老板，他们手挎人造革皮包坐飞机去深圳、广州等地联系生意，回到村里神气地炫耀自己怎么坐飞机，怎么用抽水马桶。

改革开放的头几年里，家里生活也宽裕了。我们村大部分宽裕起来的村民忙着盖房起屋，当时农村盖一处好房子就能远近闻名，就能给儿女们结上一个好亲家。但父母亲一直没有盖房子，而是决定供我们兄妹三人读书上学。父亲从小打短工没念书，母亲也只念了一两年书。父母亲对读书这件事看得非常神圣与渴望，他们因家穷没读上书或读好书，想让遗憾在儿女身上得到弥补，想让夙愿在孩子身上实现。而我也有幸赶上了改革开放这个伟大时代创造了一个公平、开放的环境，使我顺利地参加了高考，从乡土中走出来闯荡世界。

改革开放的头十年里，国家还不富裕，不像现在可以实行免费九年制义务教育。豹子的斑纹在身上，好汉的志气在心中，父母亲为供我们上学花了不少钱，他们发誓砸锅卖铁也要供孩子们读书，因此我家不仅没住上砖房还借下了外债，直到我工作后才把家里借下的4000元外债还清。

20世纪80年代初，尽管人们依然贫穷，但充满活力与激情。上高中时我们耳畔萦绕着“年轻的朋友们，今天来相会。荡起小船儿，暖风轻轻吹”等催人奋进的歌曲，我们抱着“为中华之崛起而读书”的理想，充满“学会数理化，走遍天下都不怕”的信心。那时候有许多“高考落榜生”，大约八个人里面才能考上一个，老师给我们鼓舞士气时常讲：“考上就穿皮鞋，考不上就穿草鞋。”我们近乎拼命地学习，为了三年后能够敲开大学校门，改变穿草鞋的命运。

1987年我们参加高考时，已是高考制度恢复的第十个年头，我和我那些来自农村的同学们大多考上了大学。高考使我们这些农村娃圆了大学梦，拓宽了我们的人生舞台。因此，在广安参观小平故里时，我们一行许多人都由衷感激这位老人，在那个年代他不仅恢复了高考，而且放宽了高考政策，使一代又一代学子进入了梦寐以求的大学校园。

与改革开放同行，我圆满地完成了自己两个大学的学业，1993年毕业后成为一名新闻工作者。从此我有了更广阔的视野来观察和思考改革开放给国家和个人带来的好处。看到并体验“发展是硬道理”为全中国带来的巨大变化。在25年的新闻生涯里，我为祖国的发展讴歌过，我也带着发现美的目光走过祖国的山山水水，放眼大江南北长城内外，除了旖旎的风光，还有日新月异的发展变化和笑逐颜开的人民。我曾穿越过“长虹卧波”杭州湾跨海大桥，这两天又听说了港珠澳大桥开通的新闻；也曾在我生活工作的内蒙古草原上不止一次见证“神舟”一飞冲天激动人心的时刻……祖国正在以我难以想象的速度前行。

四十年改革开放，中国人民用双手书写了国家和民族发展的壮丽史诗，创造了震古烁今的人间奇迹。今天，我们国家在继续推进改革开放的伟大事业，只要沿着改革开放的道路继续深化，祖国的未来一定会更加繁荣昌盛。

人间有味是清欢

这是东坡先生的一句词，悠闲得空的时候它就蹦到我的脑海里，就索性用它作标题写一篇文章，说说我对这句词的理解。

“清欢”是什么？用时髦的网络语言解释，清欢就是“小确幸”，是生活中微小真切的幸福，是时光里稍纵即逝的美好。东坡写这首词时离过年已剩五六天了，和友人一起登山览胜后，中午一起品味乳白色的香茶一盏，还有一盘新鲜的时蔬和薄饼摆在面前。多么惬意的休闲时光，可以看着茶盏里的香茶泛起雪絮乳花一般的茶沫，真是岁月静好。东坡爱这种“且将新火试新茶，诗酒趁年华”的清欢，在《越州张中舍寿乐堂》诗云：“春浓睡足午窗明，想见新茶如泼乳。”

我们的东坡居士是“一个不可救药的乐天派”（林语堂语），他能从闲暇的时光里品出人生的真意，能够让人欢愉的东西信手拈来。在《前赤壁赋》里他说：“惟江上之清风，与山间之明月，耳得之而为声，目遇之而成色，取之无禁，用之不竭，是造物者之无尽藏也。”这就是李白的“清风朗月不用一钱买”，东坡在另一首《点绛唇》说：“闲倚胡床，庾公楼外峰千朵。与谁同坐，明月清风我。”明月、清风和我，多么自在，拥有这份情怀就是清欢。

能够让自己的灵魂跟上自己的脚步，去发现生活中的美并享受、品味这份美，这就是有味的清欢。东坡欣赏西湖的晴姿雨态，得出了“欲把西湖比西子，淡妆浓抹总相宜”的神来比喻；闲时他在“村舍外，古城旁，杖藜徐步转斜阳”，感谢一场微雨送来的凉，高兴地说“殷勤昨夜三更雨，又得浮生一日凉”；他与朋友夜游赤壁，看水光轻漾，开怀畅饮，扣舷而歌，清欢无限；在《书临皋亭》中，他把清欢解释得更加明白：“东坡居士酒醉饭饱，倚于几上，白云左绕，清江右洄，重门洞开，林峦坌入。当是时，若有思而无所思，以受万物之备，惭愧！惭愧！”心灵洞开，接受大自然赐予的美好。

用东坡的诗文来理解他说的清欢，首先是以休闲的心情来理解体味风雨的真谛。这种清欢是“因过竹院逢僧话，偷得浮生半日闲”，是“细数落花因坐久，缓寻芳草得归迟”，是“江山好处得新句，风月佳时逢故人”。清人张潮在《幽梦影》里说“人莫乐于闲，非无所事事之谓也。闲则能读书，闲则能游名胜，闲则能交益友，闲则能饮酒，闲则能著书。天下之乐，孰大于是？”得闲时能读书、赏景、交友、饮酒、著书，都是饶有兴味的清欢。

“书卷多情似故人，晨昏忧乐每相亲。”陈平原先生有言“读书是件好玩的事”，能读书并不断思索悟道，真是人间一大乐事。张潮在《幽梦影》里还说“有工夫读书，谓之福”。你看“数间茅屋闲临水，一盏秋灯夜读书”，只要书卷在手青灯有味，箪食瓢饮不觉茅屋之陋也。陆游在《寒夜读书》里说：“韦编屡绝铁砚穿，口诵手钞那计年。不是爱书即欲死，任从人笑作书颠。”

“闭门惟有读书乐”，读书可以销忧，读书可得清欢，读书甚至可以下酒。二十多年前，刚刚走出校门的我，充满了看书写作的激情。当时喜欢熬夜写稿看书，也学北宋苏舜钦以《汉书》下酒，自己也是斗酒下肚而潜心文史。“书当快意读易尽”，买书读书给我带来了无尽的欢乐。记得是 1982 年夏天，家里卖枸杞收入了几百块，一笔不少的钱。我和父亲一起到了土默特左旗旗政府所在地察素齐镇，当时那是我出生以来到过的最大最繁华的地方了。进了书店便被迷住了，父亲任由我去买，我像在西瓜地里挑瓜一样兴奋，挑着买了一摞书。26 年过去了，那种买到书的欢乐穿透岁月淡淡袭来。

“诗酒清欢兴味长”，至于交友、饮酒和赏景赋诗，肯定是清欢无限的事情。宋代姜特立《有客》诗云：“有客访山间，愁襟一笑宽。青灯亲软语，薄酒缓清欢。”这里“缓”不妨理解为“延长”的意思。唐代冯贽《云仙杂记·少延清欢》云："陶渊明得太守送酒，多以春秫水杂投之，曰：'少湮清欢数日。'"这"湮"和"缓"的意思一样。有朋自远方来，不亦乐乎？客至当饮酒，所以杜甫会高兴到"肯与邻翁相对饮，隔篱呼取尽余杯"，把这份朋友相聚的欢乐分享给邻翁；所以李白会"两人对酌山花开，一杯一杯复一杯"，喝醉了还要约好"明朝有意抱琴来"。

我出生在农村，从小就特别喜欢孟浩然的《过故人庄》，我觉得那里有农村人的清欢与快乐。我小的时候跟着父亲走亲访友，也有"故人具鸡黍"的时候，做客的农家小院周围是"绿树村边合，青山郭外斜"，院子里鸡鸭在觅食。主人抓一只鸡宰杀，准备一顿香喷喷的鸡肉蘸糕，打上几两散白酒喝。父亲他们没有孟老夫子那样"待到重阳日，还来就菊花"的高雅，但他们"把酒话桑麻"，话题离不开庄稼、收成和子女。而吃饱了的我，清欢在不远处的"场圃"——打谷场或菜园子。

"浮生难得是清欢"，如今到节假日或双休日我愿意回村里去，找我的小学同学们"对酒共清欢"。在老院子里聚在一起，钱换和利利喜欢谈收成，引福和补元常常聊起农业机械，茹义会兴高采烈地谈他外出打工的生活。利军沉默寡言的时候多，但说起他心爱的奶牛和豆腐坊，就会心一笑。他们不在乎收入的多寡，雨涝成灾淹死了不少玉米，也只是一笑置之而已——"能收多少是多少呗！"遇酒且呵呵，人生能几何。劝君今夜须沉醉，樽前莫话明朝事。和他们在一起"呼浊酒，共清欢"，我觉得快乐的燃点其实很低。人们"浮生长恨欢娱少"，是因为心灵对幸福的嗅觉失灵了，清欢本来就是心灵在从容闲适时的感觉。

在我看来，清欢还是"当时只道是寻常"的平常生活，就是当时被我们忽略掉了的小事。青灯有味忆儿时，多少个冬夜母亲做针线时，我就守在她的膝盖旁缠着要听故事；小时候鸡蛋是用来换油盐酱醋的，有一次我生病想吃一个荷包蛋，母亲着急地在炉灶前生火添水，我就守在炕沿边看鸡蛋在开水里翻滚，母亲笑着说："想给吃远在天边也能吃上，不想给吃守在锅边也吃不上。离开锅边小心烫着，你肯定能吃上。”那是我吃过的最香的荷包蛋面……往日情景常浮现，那种温暖和香味并没有随岁月飘散，成了镌刻在记忆深处的清欢，只是当时觉得寻常就放过。

“惆怅旧欢如梦”，多少过去欢乐的生活情境，使我们虽然为失去而惆怅，但也为曾经拥有而幸福。父亲已去世两年多了，我常常忆起和他在一起的时光，我小的时候跟着他一起去打沙鸡套兔子，一起去看大戏走亲戚；他老的时候我陪着他逛早市游公园，陪着他看大夫住医院。2004年的时候单位奖励休假，我们带着父亲去北戴河，腿脚不便的父亲争气地走完了长城、走到了海边……现在想起来觉得当时如果有经验带个轮椅就好了，这样的同游再多一些就好了。回忆没有悲苦，对往日时光的回忆带来的是清欢涌上心头。

陪伴儿女长大的过程当然也是有味的清欢了。女儿小的时候爱养小鸡小狗，爱回老家的院子里玩得天昏地暗，爱给买回的一大堆芭比娃娃扎辫子。稍稍长大爱自己描眉画鬓，嘱咐我出差给她买花花绿绿的衣服，回来后得意地脱了这件穿上那件；再长大上大学了，就爱上了学校和同学们，几天想不起给她老爸打个电话。

想一想，陪伴是一种幸福，哪怕是起早贪黑送孩子上学的时候。现在我特别在意儿子的感受：他会缠着我逛街买玩具，缠着我在床上打滚翻跟头。这两天我看他乖乖地在床上翻看故事书，很专注很投入，我在一旁想：儿子很快就会长大，我得学会和他玩。

人间有味是清欢，要把握住每一天每一时的快乐，要珍惜每一刻每一瞬的幸福。

听不够的大戏唱不完的小戏

——聊聊二人台与晋剧

我喜欢看二人台与晋剧，特别是喜欢在农村看这两种戏的感觉和氛围。

在我们土默川一带，看戏有大戏、小戏之分，大戏是晋剧，小戏是二人台，所以二人台演出剧团也叫小班。解释通俗一点：晋剧比较雅，二人台比较俗；晋剧是阳春白雪，二人台就是下里巴人。晋剧起源于山西，在内蒙古中西部非常流行。但二人台起源地分歧较大，有说是山西的，也有说是内蒙古的，还有说产生于晋陕冀、形成并繁荣于内蒙古。不论怎么说，它肯定是走西口带来的文化交融与繁荣，是劳动群众的智慧与创造。

我很小的时候最早听到的是二人台。那时候晋剧是“四旧”之列里的旧文化，属于被禁之列，在乡村里是看不到的。二人台那时也应该是被禁的旧文化，但能禁得了吗？这一演绎底层劳动者心声的剧种经历几代人的传播，已经种进了受苦人的心里。二人台又不像晋剧那样需要化妆和各种舞台道具，只要有能刮起春风的山峦和旷野，歌唱者扬手投足一张口，歌声就像清泉一样从山野中汩汩涌出。

姥姥门前唱大戏。我姥姥家在托克托县中滩乡把栅村，这个离黄河几公里的村庄与土默特右旗相邻，村里的男女老少都能张口便来几句二人台。我小的时候经常往姥姥家跑，听村里的人唱二人台，听他们谈论二人台表演艺术家刘银威的故事，听他们讲《走西口》里的太春和玉莲。我跟着三舅和他的小伙伴们到黄河边的什四份、小把栅等村玩耍，有的小伙伴儿面朝黄河甩出脆生生的山曲儿，听得我心生羡慕：会唱几句二人台多好啊！

二人台剧目当然以《走西口》最经典了，讲述了一对小夫妻离别之际凄苦缠绵的情景。为了生计丈夫太春要去走西口，恩爱夫妻被迫分离，妻子孙玉莲含泪相送，凄苦缠绵地叮嘱着丈夫："走路走大路，你不要走小路，大路上人儿多，能给哥哥解忧愁……""歇歇平地歇，不要靠崖头，恐怕崖头倒，压在你崖里头……""坐船坐船舱，你不要坐船头，恐怕风摆浪，摆在你河里头"……听着这如怨如慕、如泣如诉的歌声就想：长大了就要娶这样的媳妇，知冷知热，多好！

二人台唱的是受苦人的心声，传统剧目反映的是劳动生产的场景，唱出了穷苦人的辛酸和痛苦。但哀而不伤，也唱出了对美好生活的憧憬和对甜蜜爱情的追求。二人台曲目《五哥放羊》这样唱："正月里来正月正，正月十五挂红灯，红灯挂在大门外，单等我那五哥呀来上工来……九月里秋风凉，五哥放羊没有衣裳，小妹妹拿出一件花衫衫，套在那里头五哥你穿上"，三妹妹如此痴情，放羊的五哥是幸福的。

还有我喜爱的《挂红灯》里唱道："正月里来是新年，纸糊的灯笼挂在门前，风吹灯笼呼噜噜转，我和三哥哥过新年……"挂一对红灯就会点燃生活，就会映红岁月。现在我们托克托县的农村，过年时家家户户都要挂一对红灯到院门前。每次年根挂红灯，嘴里都哼着《挂红灯》的调儿。在城里你就看吧，凡是过年时把红灯挂在阳台上的，把阳台打扮得非常喜气的人家，肯定是听着二人台长大的走西口后人……生活再匆忙再艰辛，一定要挂起一对红灯，这是生活的一种仪式感，有了这一份庄重，才能有追求美好生活的动力。

《打樱桃》《打连成》同样是二人台的传统曲目，演唱的是你情我愿的爱情故事。也有表现富人愚蠢穷人机智的剧目，比如《王成卖碗》《借冠子》，充满了对为富不仁的有钱人的奚落。我的小名叫称心，《王成卖碗》的地主叫薛称心，好多小朋友拿这出戏和我开玩笑，因此剧情记得特别清楚，一些剧中俗语也记得清清楚楚，如"炉坑里的烧山药——可是个灰圪蛋"。《借冠子》是机智的刘四姐把王婆调侃得淋漓尽致，那些来自民间的串话让人忍俊不禁：“你看那大娃娃袭人的，斜眼儿，歪嘴儿，瘸胳膊拐腿。再看那二的更袭人，黄毛头发两根半，秤砣鼻子歪砍转，杏核眼睛灰蓝旦，大嘴一呲真难看，车轴脖子不洗涮，脸蛋子就像灰瓦罐，脊背宽的像煺猪案，肚子像个油罐罐，胳膊就像麻杆杆，两腿就像细椽椽，脚板就像煤铲铲。”还有唱够十二个月忙的《方四姐》，让我对折磨她的婆婆痛恨死了。

和所有的传统戏曲一样，二人台的演出舞台也在衰落。从演员到观众的数量都在萎缩，在内蒙古、山西等地有不少二人台艺术家正想办法保护和传承它。不管如何，我相信二人台不会消亡的，它那流畅的旋律仍然受到年轻一代的喜爱。有“中国二人台文化艺术之乡”之称的土默特右旗，几乎这里的每个人都在二人台的陪伴下长大，有些“小二人台迷”长大后将二人台作为了职业。

在托克托、土默特右旗、准格尔等小县城里，人们婚丧嫁娶都喜欢请二人台演员来表演。这些小城的职业技术教育中心都设有二人台专业，有不少来这里学习二人台的学生，为的是将来找工作的机会更多。土默特左旗旺旺职业艺术学校是一家二人台教育基地，已培养2000多名学生，不少人考入二人台专业院团，有的学生还在北京、天津、深圳等地找到与曲艺相关的工作。

现在该说晋剧了。我第一次看晋剧大概是1978年，几位叔叔大爷和父亲一起聊天，高兴地说：“政策放开了，村里能唱戏了。”后来，村里的大人们兴冲冲地准备着唱一出叫《十五贯》的戏，演出地点是村里的人民剧场。演出那天几乎全村的人都到了剧场，近两千多人挤在一起看戏难免拥挤，夜场戏村里赵善保用蘸了柴油的棉球打场子，弄得大人尖叫小孩哭，戏场里乱哄哄一阵后安静下来，演出开始。我看见一些穿靴披袍的人来来往往，一会儿咿咿哑哑唱几声，周围的大人们和我一样，看不明白听不懂，只是凑个热闹而已。

之后村里凑起一个戏班子，农闲时节简单排练后就上台表演，演一些《明公断》《金水桥》之类的戏。有一年演铡陈世美这出戏，把铡刀搬到台上当道具，看着人头和身子分离，我们吓了一跳。事后知道这是两个人表演：一个人把头伸下去光能看见身子；另一个人在铡刀另一侧把头伸上桌子不露出身子，就像真把人铡成了两段。但这是故弄玄虚，不是艺术。后来村里买回丁果仙的唱片，《空城计》唱得真好，这才叫晋剧。听着丁果仙字正腔圆的演唱录音，我逐渐成为一位懂得欣赏的晋剧迷。第一次欣赏名家的晋剧是通过看电视，在邻居韩少英老师的院子里看晋剧《下河东》。满院子的人围着一台十二英寸的黑白电视看，晋剧表演艺术家张鸣琴扮演赵匡胤，张鸣琴不愧是丁果仙的弟子，扮相和唱腔都好，看到精彩处人们就喝彩。

本村的戏班解散后，每年秋季农闲时，本村和邻村会请来山西省的剧团唱大戏，专业了许多。《打金枝》《金水桥》《铡美案》这些剧目几乎逢唱必保留，老人们聚在一起，或说陈世美忘恩负义，或说包公刚正不阿。村里不少人只是听唱，我已注意听名家唱段。一些山西的剧团实力挺强，村里有一年请来太谷县青年晋剧团，演出《薛丁山征西》像电视连续剧似的，一连看了几天。那一次遇上连阴雨道路泥泞剧团走不了，在村里逗留唱了好多天，我们过足了戏瘾。

父亲也是晋剧迷，我就买来名家的唱碟来和他坐在炕上品大戏。看《杨八姐游春》到了佘太君要彩礼这段，孙红丽把太君捉弄宋王演得淋漓尽致，慢条斯理地唱着礼单上的东西："我要上一两星星二两月，三两清风四两云，五两火苗六两气，七两黑烟八两琴音，火烧龙须三两六，楼粗的牛毛我要三根……雄鸡下的蛋我要八个，雪花儿晒干我要二斤……"听着这些稀奇古怪的彩礼，父亲笑得眼睛直流泪，我们父子俩一致评价：孙红丽演唱的《杨八姐游春》是最棒的。

在一起看戏是父亲最开心的时候，我懂戏文情节他识腔断调，我们一起品评比较名家唱腔。马玉楼、王爱爱、阎慧贞等名家的唱段自是经常欣赏。谢涛和孙红丽都是我们喜爱的名家，她们同年出生，在艺术成就上也各有千秋、难分轩轾，都有大批的铁杆粉丝。我和父亲反复听她们唱的《空城计》《打金枝》等唱段，比较“年轻人一时火性起”“下殿来将皇兄急忙搀起……”等唱段谁更能把唐代宗的性格和当时的心情能刻画出来。我们争论谁唱得好，父子俩的共识是：谢涛唱得灵活洒脱，孙红丽唱得稳重潇洒……她们都是改革开放后成长起来的新秀和名家，对晋剧的传播与发扬光大作出了突出贡献。

晋剧这一传统戏剧根在民间魂在百姓，在晋西北或内蒙古西部，即使再偏僻的角落也会有晋剧唱腔从炊烟升起的地方飘起。在土默川农村，村子里谁家的院子树起喇叭传出铿锵的晋剧唱腔，这户人家肯定有红白喜事：娶媳妇和嫁闺女要放晋剧；孩子满月老人过寿要放晋剧；老人去世了还要放晋剧……这种习俗至今保留着。

和二人台一样，晋剧这一传统戏剧也面临观众减少等问题的困扰，但我相信它不会消亡。当年“文化大革命”时，晋剧团改唱样板戏，晋剧元气大伤。但改革开放之后不仅很快恢复元气，还涌现出一大批艺术新秀，创作了一大批新的剧目。每当我在山西卫视《走进大戏台》节目上看到那些十来岁的娃娃能把晋剧唱得有板有眼、字正腔圆，我就为晋剧后继有人而由衷高兴。

前一阵子我回村里，村里庆祝丰收节请来一家很不错的晋剧团，夜场戏用电子字幕同步播出唱词，人们看得更明白了。而现代的声光电技术再加上电脑大屏幕的背景，配上晋剧婉转流畅的旋律和优美圆润的曲调，舞台效果是以往所无法比拟的。

总有一种声音能够穿越岁月的风尘一直让我感动，每当听到熟悉而亲切的二人台和晋剧，我就想起了那些逝去的亲人和先辈，这些声音使他们那黯淡的岁月抹上了亮色，使他们那贫穷的生活增添了温暖；我还想起了无数像我的家乡那样的土默川农村，二人台和晋剧仍然能给那里的乡亲们带来快乐和宽慰。

戒烟

我已经戒烟八年了，当年烟抽得最凶的时候，每天得三包烟。

从小看父亲抽旱烟，闻着浓浓的旱烟味，觉得好闻。尤其看到父亲在农忙时，抽空在田垄上蹲着抽烟解乏，觉得烟是男人的生活必需品。

稍长大些，看到了花花绿绿包装的香烟：有千里山、太阳、钢花、青城等牌子。我只是觉得烟盒好看，并没有想过抽烟。

高三的时候，暑假在县城补课，学习之余抽一两支烟玩，之后慢慢成瘾。工作后经常写作，烟瘾越来越大，我从没想到我还能戒烟。

到了2010年，我已经是抽了二十五年的老烟民。5月，父亲的老年性慢性肺病发作住院。呼吸科的病房里有三张床，父亲住中间的病床。和左右两个床的病友聊天后知道：左床上的病友患肺癌，一天两包烟；右床上的病友也是肺癌，一天三包烟。

父亲听到这些半天沉默不语。趁着病友们去走廊里散心的工夫郑重其事地对我说："看见了吧，你必须给我把烟戒了，一根也不能抽，要不我也不看病了。"老爷子一副说一不二的架势。

说实在的，我看到这种情况心里也发怵，说戒就戒。刚戒头两天有点不习惯，慢慢就适应了。但看到花花绿绿的烟盒还是爱得不行，闻着烟味还是感觉香。

戒烟一两个月，还有点不自在。有一天，陪父亲回农村老家。父亲有一个习惯就是困乏时喝一片去痛片，一路劳顿挺累的，只见父亲掏出一袋去痛片扔到了地下的炭盆里："吃这东西不好，我戒呀！"我说："吃了几十年了，你能戒了？"父亲说："有啥不能的，饭要能戒，我也能戒了。"

我知道老爷子这是故意说给我听的，是想让我铁了心戒烟，千万不要复吸。我笑着对老爷子说："放心吧，咱们戒烟戒药不戒饭。"

直到现在，我真的没有再抽一支烟。估计也不会复吸，一是闻到烟味感觉呛得头疼，二是老爷子的话经常在耳边萦绕。

戒懒

前一阵子去四川广安参观邓小平故里，看到小平同志八十岁生日时为邓楠题写的“戒懒”二字。这是一代伟人走过风雨八十年人生总结的至理，用以教诲子孙，每字有千钧之重，值得我们从中汲取人生智慧。

懒惰其实就是放任自己，“成人不自在，自在不成人”，放任自己安逸自在，肯定不会有成就的，所谓“忧劳可以兴国，逸豫可以亡身”。古今之成大事者，都能戒除懒惰的坏习惯。晚清一代名臣曾国藩著名的“六戒”之第五戒云“天下古今之才人，皆以一傲字致败；天下古今之庸人，皆以一惰字致败。百种弊病，皆从懒生。戒傲戒惰，保家之道也”。

以文治武功名世的曾国藩，多次谈到勤劳之利和安逸之弊，他在《家书·谕纪泽、纪鸿》里说“勤则寿，逸则夭，勤则有材而见用，逸则无劳而见弃”，说勤劳的人长寿，贪图逸乐的人短命。在《致宋梦兰》的书信中他又说：“身勤则强，逸则病；家勤则兴，懒则衰；国勤则治，怠则乱；军勤则胜，惰则败。”在曾氏看来，安身立命、治国齐家、领兵打仗，都离不开一个“勤”字。

“功崇惟志，业广惟勤”的道理人人都明白，关于勤奋的名言警句也都能把人双耳磨出茧子，我不再多说了。为什么人们不厌其烦喋喋不休地说“勤”的好处呢？因为“勤”和“苦”相连，囊萤映雪、凿壁偷光、悬梁刺股、闻鸡起舞……三更灯火五更鸡，早起迟眠不自由，一般人吃不下这份苦，所以得过且过，结果“日日待明日，万事成蹉跎”。

小平同志和曾国藩谆谆告诫儿孙的是“戒懒”二字，说明懒之难戒。“懒”

是什么？《说文》解释得好："懈也，怠也。一曰卧也。"有一个亦真亦假的故事说，一个懒汉面对别人的指责反驳："别看我饿着呢，我还坐着呢！"一个人懒的躺着不动，别人真是一点招数都没有。懒汉是扶不起来的，哈萨克族谚语说"提水的泉边虽近，懒汉也觉得有三天的路程"，所以人们说"扶贫先扶志"，自己得先有站起来的主观愿望。曾国藩说"惰者，暮气也，当常常提其朝气"，虽然说的是治军的道理，对于修身做人也一样，所谓志气即是一种不甘人后的朝气，应经常提振使其蓬勃向上。

勤苦可以使平庸者变得聪明俊秀，懒惰可以使聪明者变得愚蠢顽劣。游手好闲无所事事惯了，就会习惯得懒惰成性，懒惰成性变得越来越痴愚。颜之推《颜氏家训》所谓"习闲成懒，习懒成病"，范成大《习闲》诗："习闲成懒懒成痴"。习惯的力量是巨大的，它可以主宰你的人生。习懒成病一旦变得贪图安逸后，再简单的事情都干不成，所以有志的杰出之士都知道"生于忧患，死于安乐"，一定要戒懒。

戒懒就要有远大的目标，戒懒就要有持久的恒心。名人戒懒的方法，其实也很简单，东晋名臣陶侃就是把砖搬来搬去，不让自己闲着。《资治通鉴》第八十九卷载"侃在广州无事，辄朝运百甓于斋外，暮运于斋内。人问其故，答曰：'吾方致力中原，过尔优逸，恐不堪事，故自劳耳。'""甓"字读pì，就是砖。为了不过分安逸，把一百块砖早上从书房搬出去，傍晚又搬回来，就为使自己不过分安逸而自找苦吃。大凡英雄都不愿自己太过安逸，所以刘玄德叹自己久处安逸、髀肉复生，不骑马打仗了，大腿上长出白嫩的肉了，便慨叹功业无成。今天倒好，我们好多人吃得自己肚子像将军，功业就不像将军了。

再看曾国藩戒懒的方法，可借鉴的有三个：写日记、早起床、临睡洗脚。曾国藩直到他去世的前一天都未曾间断记日记的习惯，他的日记充满了对自己的反思自律，日记里"吾日三省吾身"，有时痛悔自己见了美女有邪念，有时痛骂自己"真禽兽矣"。一生不偷懒写日记严以修身，使他被后人推崇到了圣人的地步。早起是一个习惯，一生早起需要坚强的意志力。曾国藩把早起床看得很重，认为“起早，犹千金妙方、长寿金丹也”，提倡“黎明即起，醒后勿沾恋”，沾恋即懒床睡回笼觉，一生坚持早起也需要很强的毅力。我有时早上五点醒来，自己安慰自己再睡十分钟，一睁眼快七点了，后悔死了。临睡洗脚这个坚持下来也不容易，我的父亲是个很有毅力的人，生前一直有临睡泡脚的习惯，我和他一起泡脚十几年，父亲去世后，这一好习惯被我丢掉两年多了。

戒懒就是为了成为时间的主人，成就非凡之人大都“不爱尺璧，而重寸阴”。陶侃珍惜时间是出了名的，《晋书·陶侃传》记载他经常对人说：“大禹圣者，乃惜寸阴，至于众人，当惜分阴，岂可逸游荒醉，生无益于时，死无闻于后，是自弃也。”他痛恨把时间浪费在懒散安逸上，下属因为喝酒赌博误事者，他会把酒器赌具没收投江，把人狠狠揍一顿，让其反思长记性。曾国藩说“天可补，海可填，南山可移。日月既往，不可复追”，可见他把时间看得比什么都宝贵，小平同志提出“要把争取时间放在首位”，坚决不容忍耽误和拖延时间，1977 年拨乱反正时，他要求马上就恢复高考，不要拖到第二年。

尚勤戒惰后怎么安排宝贵的时间呢，当然是读书了。小平同志八十岁生日那天，为邓楠写下“戒懒”二字的同时，还写了“善学者其如海”六字，这是袁枚《随园诗话》记载他的老师方孝孺《赠俞子严溪喻》里的一句话，意思是要像海纳百川一样，不断谦虚学习，不断积累学到的知识也像大海一样，“旱九年而不枯，受八州水而不满”，真是才大如海。“无一日不读书”的曾国藩，更是告诫子孙说：“人之气质，由于天生，很难改变，唯读书则可以变其气质。古之精于相法者，并言读书可以变换骨相。”腹有诗书气自华，知识能改变一个人的气质，也能改变一个人的命运。

大多数人一辈子平庸，只因一个“懒”字。不可能人人都成为杰出之人，但我们应该见贤思齐，不能“以闲为自在，将寿补蹉跎”吧。哪怕生活中的自己再平凡不过，心中也要燃起一盏光明的灯，这盏灯让你戒除懒惰，通过勤苦读书让自己的人生绽放光芒。那个八零后的外卖小哥雷海为，凭着对古典诗词的热爱，凭着超强的毅力与勤奋，一举夺得第三届《中国诗词大会》的总冠军，惊艳一时。

懒惰的马儿嫌路远，懒惰的鸟儿怨天高。人生天地间，不白活一回，一定要戒懒尚勤，即使成不了志在千里的骏马和恨天太低的大鹏，也要成为“功在不舍”的驽马，成为一只自在飞翔的健翎。哪怕再不济，戒懒也会使普通人过上好日子。

善良是条宽广的河

一位朋友说，善良就像一条宽阔的河流，会不偏不倚地滋润每一个从它身边经过的人。

我说，善良是一条充满仁爱的河流，在润泽人们心田的同时，演绎着岁月的美好，传递着世间的温情。我一直相信，善良可以净化世道人心，使这个世界变得纯洁而温润。

众善所归，汇流成河，生生不息，源远流长。我的父亲就是一个非常善良的人，村里的常铎老师和我说："一提起你父亲，我就想起，咱们村 20 世纪 60 年代黄河水泛滥，你父亲担负起村西泄洪渠老乡们过河渡船的营生，本村人不要钱，外村人有几个收几个，没钱的就不收了，好几年一直坚持。"常老师说的这段往事我不清楚，但打我记事起，就常见父亲总是对人报以善意的微笑，经常帮乡亲们忙这忙那。

除了干各种农活外，心灵手巧的父亲会各种手艺——烧窑制砖、杀猪宰羊、打猎捕鸟、嫁接剪枝、做粉条磨豆腐等。会的手艺越多人就越忙碌，打小就见他很有人缘，今天东家请他帮着上梁，明天西家叫他一起盘炕。每到腊月杀猪宰羊的时节，父亲要忙好一阵子。只要有人叫他帮忙他都要应承下来，乐于助人的父亲是村里有名的"好人""善人""能人"。

在帮助别人的同时，别人也愿意帮助诚实善良的父亲。从小失去父爱的父亲 7 岁时和守寡的奶奶从托克托县城苗家壕搬到团结村，姓殷的人家只有我们一户。尽管人少户稀，但人们都愿意和这个勤快实在的外来户打交道：

没住的，乡亲们帮他盖起了土坯房；缺钱短粮了，要好的几家就会帮衬些。日子过得尽管紧巴，但心情从来都是敞亮的……

父亲和我说：强凶霸道争来的好处不牢靠，使奸耍滑占来的便宜不长久，只有和善待人，路才能越走越宽，福才能越攒越厚。这是他的人生经验之谈，前些年他常常坐在炕的西边谈，我坐在炕的东边应和。他说：“我活了八十多岁，没给你挣下大家业，但给你挣下了好名声。人善良好处多，活到多会儿也要尽量想着别人。人霸道看似占了眼前的便宜，却堵了将来的路，削的是子孙的福。”

父亲文化不高，但说的话往往耐人寻味。我经常用心来体味父亲的话，并常常在生活中深切感受这番道理。其实，世间的事无所谓得失，无所谓利害，也无所谓好坏，境由心生，你投之以桃，别人会报之以李，你心怀敬畏，就能万事顺遂。互相帮助中，你能体会到人和人之间传递的美好是相互的，感受的温暖是等同的。

善良是快乐的根本、幸福的源泉、充盈的收获。善良是条宽阔的河，像父亲的心胸。除了善良，你还能留给我什么；除了善良，你还要留给我什么！

贫贱不坠青云志

从小就听惯了“不吃苦中苦，难为人上人”这句话。人过中年，仔细琢磨好多老话是无数人通过实践验证的人生真理。

自古瓜儿苦后甜，苦难是快乐的根。这两天高考揭榜，我听到看到许多出身寒微的孩子们通过勤奋学习，取得了优异的成绩，考取了理想的大学。经过寒霜苦，得来梅花香。这使我想起了高中在农村班学习的经历，我的那些同班同学有的通过考上大学改变了自己的命运，有的虽然落榜却通过自己勤苦努力或经商、或打工，同样获得成功，同样活得精彩。

“寒门出贵子”什么时代都不过时，关键要穷且益坚、不坠青云之志。卢梭说：“磨难，对于弱者是走向死亡的坟墓，而对于强者则是生发壮志的泥土。”人最怕在穷困苦厄中被苦难和逆境压垮了意志，磨灭了希望。在苦难中应坚定自己高远的鸿鹄志向，淬炼出锲而不舍的坚忍毅力，用这样的毅力战胜苦难，在苦难中奋起，实现自己的人生理想。这样苦难就成为锻炼成就你的铁锤砧石，而不是吞噬淹没你的猛兽洪水。

“横逆困穷，是锻炼豪杰的一副炉锤。能受其锻炼，则身心交益；不受其锻炼，则身心交损。”《菜根谭》这句话说得好，要想成为豪杰，要想担当大任，一定要有“苦其心志，劳其筋骨，饿其体肤，空乏其身”的准备，把苦难当成冶锻自己的炉锤，坚定理想、磨炼意志、增长才干，不为穷变节，不为贱易志，千锤百炼后定成大器。即便是普通人，经历苦难也是一种财富，会在奋斗中认识自己的才干与不足。

就像吃苦瓜清热解暑明目解毒一样，吃苦受难可以使人清洗掉心志的浮躁，降低物欲享受的诱惑。物质匮乏可以使人培养节俭的美德，也可以使幸福感的燃点变得更接地气。在锦衣玉食、饫甘餍肥的优裕环境里呆久了，是不会有勤俭的美德和奋斗的动力的，“富贵无三代”就是这两者缺失的缘故，俭奢之际不可不察。逆境挫折、贫穷困苦还可以使人懂得珍惜成功的不易，拥有感恩之心。苦难中，人可以洞悉世态炎凉和人情冷暖，在苦难中得到的帮助会永生难忘，在苦难中结成的交情坚不可摧。

罗曼·罗兰说：“每人心中都应有两盏灯光，一盏是希望的灯光；一盏是勇气的灯光。有了这两盏灯光，我们就不怕海上的黑暗和风涛的险恶了。”越是在艰难困厄时，越应该对生活充满信心，越要有战胜苦难的勇气。我的父亲过去在农村生活很苦，但他再苦也乐观面对生活，再苦也有勇气让孩子们走读书改变命运的道路，他的希望和勇气在那个漫长的奋斗年代就是明灯，给我们兄妹注入了无穷的力量。

“人生需气健，饥冻缚不得。”只要意志坚定，饥寒不能使你屈服。黄宗羲有诗云“死犹未肯输心去，贫亦其能奈何？”输心就是屈服的意思。只要咬定青山不放松，经历苦难其实就像庄稼拼命吸收阳光雨露和扎根汲取养分的过程，努力过后，一定会结出幸福的果实。

烟火人间热炕头

再过一个星期就进入大雪节令，小雪大雪又一年。天气越来越冷，我想起了从小睡过的火炕，一种温暖的感觉从记忆深处袭来。被烟火熏热了的温暖的土炕，承载着儿时许多温馨的记忆，飘散着儿时仿佛被文火煨熟了的生活味道。

直到如今，北方农村好多人家都习惯家里砌上一盘炕，大炕好比一张可以过火加热的床。清代大学者顾炎武在《日知录》卷二十八里说：“北人以土为床，而空其下以发火，谓之炕。”我小的时候，土默川一带农村大多数人家的炕是用土坯垒砌的。土炕一头连着做饭烧水用的灶台，从灶台的走烟口垒砌好弯弯曲曲的炕洞过火，一直延伸到烟囱的下面，炕洞上面用土坯盖好后用泥抹好。炕又分为炕头、当炕和后炕，紧挨灶台的是炕头，我们那里也叫锅头，炕中间称当炕，紧挨后墙的部分是后炕。

清代徐珂《清稗类钞·风俗类·北人尚炕》条云：“北方居民，室中皆有大炕。入门，脱屦而登，蜷坐于炕，夜则去之，即以荐卧具。炕之为用，不知其所由起也。东起泰岱，沿北纬三十七度，渐迤而南，越衡漳，抵汾晋，逾泾洛，西出陇阪，凡此地带以北，富贵贫贱之寝处，无不用炕者。其制：和土杂砖石为之，幅宽五六尺，三面连墙，紧依南牖之下，以取光；前通坎道，炙炭取暖。若贫家，则于旁端为灶，既炊食，即烘炕，老幼男妇，聚处其上。”

徐珂介绍得很详细，说明炕在北方人生活中既可供晚上休息，也可以在炕上吃饭饮茶，饮食起居都在炕上。所以北方的炕特别大，一盘土炕要占到屋子的一半左右。徐珂说的“幅宽五六尺”差不多，炕一般宽一米八到两米三。但他说的“三面连墙，紧依南牖之下”不全面，以炕的位置而论细分为正炕、倒炕、顺山炕，正炕就是徐珂说的那种炕，挨着南边的窗户而建，优点是采光好，缺点是风大冬天冷。所以窗户下边要垒砌高一尺多厚六七寸的窗台，每到冬季夜晚窗台上的玻璃窗户外还要加一层棉帘和挡风板，小的时候大人们老指派我们去盖棉帘子。

倒炕是依后墙而建，有时要占满后墙，好处是避开了窗户的寒风，但采光肯定不如正炕。顺山炕是因为顺着山墙建而名，这种炕是“三面连墙”，北边紧挨后墙，南面挨着窗台，炕有建在东山墙的，也有依西山墙而建的。我小的时候，大多数人家一进门靠东或靠西有一盘大炕，紧挨炕靠北墙东西向摆一顶大红躺柜。炕对面的墙边摆着碗柜和大大小小几口缸，有水缸、白菜缸和咸菜缸。红躺柜的正中央上挂一个大的玻璃镜子，镜子边挂一副对联，被称为“中堂”，这是仿照过去大户人家厅堂的摆设。对联一般写“四季如春风光好，江山多娇日月新”“四海翻腾云水怒，五洲震荡风雷激”等。在那个年头，这样的摆设是土默川农家的标配。

不论是正炕、倒炕还是顺山炕，炕肯定连着锅灶，因为炕过了火人才能睡在上边。过去土默川农家一般锅连着炕，中间没有遮拦。我们小的时候就是“锅连炕”，小雪大雪飘来时，烧水做饭时炕被烧得热腾腾、暖烘烘的，我们坐在热乎乎的炕上，看着母亲在锅台近处的炕沿边和白面、擀豆面、捏莜面、搓糕面，炝在锅里的猪肉片滋啦滋啦地响，肉香飘满屋……饭菜熟了，母亲从锅里盛出热气腾腾的饭菜，我们迫不及待用筷子夹起一块猪肉片子，一咬满嘴流油……家暖一盘炕，坐在炕上吃着碗里的看着锅里的，想想自己小时候那个馋样儿都失笑得不行。

“锅连炕”给庄户人家带来了温暖，也带来了方便，尤其是做饭。记忆中暖烘烘的炕上是生豆芽的地方，把黑豆或绿豆洗好放在瓮里或大盆里，热炕上就可以生豆芽，豆芽换水时直接倾倒在锅里即可。我们托克托还有吃酸饭的习惯，就是把糜米放在浆米罐子里发酵变酸，然后捞出来做酸粥、酸米饭等。“酸不过的浆米罐子，亲不过的老婆汉子”，浆米罐子挺娇气，要放到不冷不热的地方，一般就在连着炕的灶台角落。炕头上还可以起面或发酵做酱面的曲……“锅连炕”虽然有诸多好处，但也有一致命的隐患：由于锅台和火炕相连没有防护栏，大人略微不注意，就会使不懂事的幼儿跌入开水锅被烧伤烫伤。因此，后来盖的房子都用木框玻璃窗户把锅台和炕头隔开来，这样就安全多了。

父亲是盘炕的高手，小的时候经常有人请他去盘炕，我没少跟着他到别人家里吃好的。父亲盘的炕不回烟，整盘炕受热均匀，有的人家的灶回烟炝得不行，也请父亲去改盘炕洞。父亲告诉我盘炕要先垒好连接灶台出烟口的炕墙，像靠西墙的顺山炕，炕墙和山墙的走向一样，在靠近窗户的炕墙留出烟口将来砌炉灶，出烟口和烟囱走烟口一定不能正对，而要错位对着。炕里边的矮砖墙用小土坯垒砌成，按炕的大小确定不同的平行的排数，每一排分成两段或三段，矮砖墙和出烟口一个方向的是直洞式，垂直方向是横洞式。也有矮砖墙有横有竖错落排列不在一条直线上，称为花洞式，这种炕一般很少。炕洞的矮砖墙要能挡住烟囱进风，炕尾和烟囱连接的口要抹出里高外低连接的地方，或者在出烟口下留一个回风口，这样就不容易倒烟。

炕洞里的矮砖墙修好后，就用厚土坯覆盖，这种厚土坯叫炕板子。这种炕板子由红胶泥和上小麦秸秆制成，每个炕板子约一尺二寸长、七寸宽、寸半厚，很结实。炕板覆盖好炕洞再用麦秸泥抹得平平的，然后在炕墙上安上炕沿，土默川一带炕沿多用一段榆木做成，也有用杨木的。人们经常在炕沿边坐，多年的炕沿磨得非常光溜。土炕一般一年或两年要清理炕洞里的灰，小的时候腊月里我就见父亲把炕板小心地一块又一块撬起，清理完炕洞里的灰烬后再砌好。再结实的炕板也是土的，小时候炕是我的乐园，蹿高蹦低，有那么两次踩塌炕板了，父亲赶紧和泥把备用的炕板子补上去。现在人们改用红砖砌炕道，改用水泥板替代炕板，做饭时热得快，不烧火时凉得快，就像当下的人情一样，不像土坯那样保温久长。

一般炕盘好后，就得铺炕装饰了。我小的时候人们日子穷，都铺炕席，铺炕的席子是用高粱秸秆的篾条编制而成，我父亲是个手巧的人，他就会编席子。炕席用久了，篾条断了就成了刺，我小的时候腿上屁股上没少被这种刺扎。到后来攒了羊毛让后街上新乐哥他们擀了几块毡子铺上，无论坐卧都舒服多了。当时人们时兴毡子上再铺油布，我们家请来画匠画油布，先买一块粗白棉布，按炕的大小确定棉布的大小。把白布上浆刷好底色，然后画上飞禽走兽、花鸟鱼虫，画完之后上几遍清漆，干了之后就是耐用的油布。油布有个好处防水，家里的小孩屙上去尿上去，用尿布一擦就行了，更不用说倒上水洒上饭菜了。改革开放后人们改铺羊毛地毯，上面再铺一块人造革塑料布，防止地毯被弄脏了。

请画匠画油布时，一并就把炕围子画了。炕的山墙和北墙上二尺高的炕围子要画上画，再刷上几遍清漆，人在墙边就不会蹭上白泥。炕围子画也是牡丹石榴之类的花草，或戏曲人物。有时也有时代印记，比如我们家的第一遍的炕围画是样板戏《红灯记》里的铁梅，旁边一句台词："强忍仇恨咬碎牙"，还画了南京长江大桥。仇呀恨呀的母亲不喜欢，这个炕围画被我们兄妹三个小时候抠得全是洞，铲掉画第二遍时就画了母亲喜欢的花开富贵、喜鹊登梅等。炕围画一画，崭新的油布一铺，再贫瘠的土房土炕也一下子亮堂了起来，再黯淡的岁月也有了光鲜的色彩和亮度。

一盘铺好的炕，不仅是一家人寝食之所，也是做家务的地方，还是待客宴宾的场所。小的时候我们穿的衣服鞋帽，都是母亲在炕上一针一线做成的，宽展的大炕是母亲裁衣服、缝被子、纳鞋底的工作台。逢年过节时家里短不了请人，把客人请来让上炕，陆续上菜添水，炕就成了宴宾待客的饭桌。冬天里走亲戚的来了，赶紧让亲戚脱鞋上炕暖和着，主人忙着杀鸡和面，张罗着烧火做饭，这炕呀越烧越热。饭菜熟了，主人摆上炕桌喝几盅，其乐融融。小的时候经常见来串门的叔叔婶婶，坐在炕沿边从烟笸箩里卷上旱烟，一聊多半天。

炕上有好多礼仪，我们小时候都努力地学习适应这种炕头礼仪。比如炕头是留给家中老人或长辈的，我们家父亲睡炕头，他干着最重的农活，累了一天后就靠热炕头熨平他体内的疲累。还有上炕吃饭一定要盘腿，那些会盘腿的小脚老太太膝盖摞膝盖坐在炕上稳如泰山，我的小学同学史二柱就有这功夫，人送外号“老娘娘”，我直到现在都没学会盘腿。还有家里的尊客和近客一般让到炕头，疏客一般自动坐在后炕沿边，灶台的远近决定着客人的亲疏。在炕桌上，主客一般坐在当头正面，陪客依次而坐。有时办事宴，尊客没有被让到正当中，就说被“支了桌腿”欺负了，吵得严重时会掀翻炕桌走人，我觉得这是一种穷讲究，过分了。

“三十亩地一头牛，老婆孩子热炕头。”——这是老一代人心中的小康生活。我们这一代人诞生于土炕成长于土炕，有着深深的土炕情节，我的父辈这种情节更深。十八年前我把父母亲从乡下接到城里，用木板做了一个“顺山炕”，父亲觉得这炕虽好但没有过火的土炕得劲。八年前我们兄妹翻修老宅，特意给父亲修了一盘土炕，每回老家父亲就高兴地睡在炕上或坐在炕上，和来看他的老人们聊天。

如今父亲已去世两年多了，我偶尔回去享受一下土炕的温暖，每次回去前赶紧告诉钱换哥：“把炕烧得热热的！”

红火炉温酒一杯

"单车欲问边，属国过居延。"来到居延城所在的额济纳旗采访，秦时明月汉时关，在这遥远的边关遭遇寒流来袭，感冒咳嗽。

宾馆里特别冷，孤馆灯青，旅枕梦残，突然想起大雪节令这就到了，想起白居易"红泥小火炉"的诗句，忆起了儿时彤红的火炉，顿感暖和了许多。看来望青梅可止渴，思火炉可取暖。宋代范成大《南塘冬夜倡和》诗云"燃萁烘暖夜窗幽，时有新诗趣倡酬。为问灞桥风雪里，何如田舍火炉头？"在北方寒冷而漫长的冬天里，能够守在农村的火炉旁真是赛过活神仙。

我们土默川一带，大部分农家还用烟筒火炉烧煤取暖，这样的取暖方式不到百年吧。早些时候农村穷，哪里能烧得起煤，那时也没有那么多煤。听父亲讲，最早就是秸秆烧干锅把炕烧热了取暖，秸秆燃烧得快屋子也冷得快，所以他小时候没少挨饿受冻。七岁时跟着守寡的奶奶来到团结村，给地主打短工之余，就跟在牛群后边捡牛粪，捡回去在锅头烘干或屋外晒干当燃料，晒干的牛粪在灶里慢慢地煨火，远比秸秆要好。

从我记事起家里就用上了烧煤的火炉子。这个火炉子不大，炉膛里最多能放四五斤碎煤块。炉子是邻近的乃只盖乡的一个厂铸造的，炉膛上铸有"乃厂"两个字。虽然是乡镇铸造的，但这个火炉特别通畅，加热时用火钩捅几下燎盘，炉膛里的火焰直冒，一点都不倒烟呛人。

小的时候，一到冬天就盼着赶紧生火炉。但为了省煤，不到特别冷时，父亲是不会太早生火炉的。每年过了小雪节气天冷后，我就像盼过年一样盼家里早点生火炉。父亲一旦确定生火炉，我就兴高采烈从凉房里把闲了大半年的火炉火筒取出来，在院子里打扫掉灰尘，把火筒接起来。父亲把火炉在炕沿边支好，炉盘略比炕沿高出一些，然后往上接火筒、拐把，我在一旁递这递那，好像比父亲还忙。

火炉安装好后，父亲在炉膛里装好劈柴架上炭，点火后小屋一下子就暖和起来。温暖的火炉发出轰隆隆的响声，炉子底下泛着红光，火炉上放着的铝壶里滋滋地冒着热气。我家的小屋连炕带地加起来也就二十平方米左右，但我觉得这是世界上最温暖最幸福的小屋，人们从外边进来都要到炉边烤火暖和，家里养的猫就懒懒地卧在火炉旁的炕沿边。

那时的煤炭金贵，舍不得多烧。每天早晨父亲一大早起来添柴加炭生火，把清理出的炉灰里的燎炭用筛子筛捡出来，放到炭盆里准备再用。等日上三竿就不往炉子里加炭了，一个中午和下午都把火焖住，天擦黑变冷了才重新把炉子捅旺，加上炭重新升温。快睡觉时父亲用炉灰把炉子又焖上保温，这个活儿他亲自干，因为怕走烟把人熏着了。或者干脆让炭着得彤红，这样就不会担心走煤烟，第二天再重新生火。

早晨父亲生着炉子后，家里一会儿就热起来，我们才懒洋洋地从被子里钻出来穿衣服。母亲早已把大灶里的火生着，一边忙着在大锅里煮猪食，一边忙着在火炉上做早饭。空闲时把火炉盘用麻团蘸点麻油擦得油黑锃亮，炉盘上给我们放点葫芦籽或黑豆，我们等不得豆子熟就从炉盘上抓起，烫手豆子在双手间倒来倒去。父亲心情好时，也会给我们在炉子下边的灰里烤两三颗土豆，烤好后给我们兄妹几个馋猫吃，焦黄软嫩的土豆让人回味无穷，现在想来元人张翥《行香子》中的“火炉头、煨芋燃萁”，便似我们当年的生活情景。

火炉还可以炒菜做饭，还可以温酒烫壶。家里来客人了，母亲会在大锅里炒菜，或在火炉上支上小锅炖肉，或在炉盘上放个小铁盆加上水温酒。逢年过节的时候，家里当然是“儿女欢喜罗酒浆，夜深笑语火炉旁”的景象，其乐融融。有时，父亲高兴了，会把炉火捅旺，给我们炒他拿手的羊肉攮细粉和过油肉土豆片。母亲看我们馋，会打几个鸡蛋在火炉上炒，甚至直接在铁勺里炒一两个鸡蛋，解解馋就行了，攒下的鸡蛋还得换油换盐了。

“红火炉温酒一杯”，在城市里多年，火炉边温酒闲谈围炉夜话已是一种奢望，但偶尔回到乡下，和乡下的同学们一起拥坐火炉煨酒吃，还能体验儿时的感觉，回味当年父慈母爱的温暖。

饮酒三题

饮酒是件乐事，所以陶渊明一口气写了二十首《饮酒》，李白更是“十诗九言酒”。即使没有诗才的朋友们，聚在一起喝酒，也是人生一大快事，会把生活喝出诗意和远方。

相逢意气为君饮

喝酒是把自己喝难受让朋友觉得够哥们儿、够义气。有一个笑话，说南方一位哥们儿来内蒙古，经不住朋友们劝酒，狠下决心说：“来一支啤酒，喝死算了！”酒量虽小，气势绝伦。

“相逢意气为君饮”，喝酒有时真的是为了朋友高兴。“干”，是为了显示一种豪迈的风度，一种为朋友两肋插刀的气概。在内蒙古民间，酒桌上常常感觉用小杯喝不足以表情达意，于是提起分酒器来干，这一小壶足足有二两酒吧，干掉以后倒持酒壶，滴酒未剩，以示其诚。这种喝法男士叫“令狐冲”（拎壶冲），女士叫作“狐狸精”（壶里尽）。酒量小的几个冲锋下来便倒也。

为朋友干杯，是个慢热的过程。开始谦谦君子你敬我让，逐渐升温到了推杯换盏的阶段，接着干杯的频率越来越快，意气风发，最后陶陶兀兀豪言壮语。还有笑话说：喝酒之前我是内蒙古的，喝好之后内蒙古是我的。喝醉之后恨不得“把栏杆拍遍”，把胸脯拍红说“包在我身上”，第二天酒醒什么都记不起来，所以我们家乡托克托有谚——“喝醉说的全不算”。

相逢意气为君饮，有时主人也会殷勤劝酒的。比如唐代韦庄劝酒时说“珍重主人心，酒深情亦深”“遇酒且呵呵，人生能几何”，我请你喝一顿也难了哇，管它别的事了，喝哇；苏轼劝朋友饮酒时说“使君能得几回来？便使尊前醉倒更徘徊”，你这一别多会儿才能回来？喝醉一回又能怎么样。这种劝酒让客人感到非常高兴，一咬牙：为君沉醉又何妨！

一顿豪饮后，第二天有时往死里难受。辛弃疾在《沁园春·将止酒、戒酒杯使勿近》一词中写出了那种难受劲：“甚长年抱渴，咽如焦釜，于今喜睡，气似奔雷……”于是发誓再不喝了，但胃里好受之后又屁颠屁颠扎到了朋友堆里，好了伤疤忘了痛，不了不了又一回。喝多了又开始吹牛，伸出一个手指头说：“猜我能喝多少？”“一瓶？”“不对！”“一公斤？”“不对！”“那是……”“一直喝！”

相逢意气为君饮，男人就是个意气用事的动物，在喝酒这事上尤甚。所以这酒呀老是戒不掉，辛弃疾的一首《沁园春》里说：“还堪笑，借今宵一醉，为故人来”，我是为朋友喝醉的，够哥们儿吧。在序里他说“城中诸公载酒入山，余不得以止酒为解，遂破戒一醉”，这酒戒不知破了多少回。

如果为朋友干杯是为自己想喝找借口的话，那么有的时候自己想喝就有各种理由了，比如“相逢不饮空归去，洞口桃花也笑人”，有的人也说“相逢不饮空归去，明月清风也笑人”。清代龚诚更绝，他说“遇酒不饮负主人，遇春不醉还负春”（《二月望日西涧佥宪招饮》）。

但喝酒最好不要逞意气。我父亲曾告诫我说：“酒越喝越厚，赌越赌越薄。年轻人在一起喝点挺好，但不要喝多了，喝酒不醉最为高。”但有时我一喝到高兴处，就把老父亲的告诫忘了，想想是意气使然，回家当然要被训一顿。年轻时“一饮动连宵，一醉长三日”，肯定被骂得头都肿了。

宜将“诗酒趁年华”

“诗酒趁年华”，谈起东坡这句词，一位朋友说感觉到有点及时行乐的慌张。

是啊，陆游有诗云“诗酒平生乐，无如老病侵”“老去自惊诗酒减”，岁数大了想写诗没有少年时的豪情了，想喝酒身体又不做主了，所谓“才衰愁韵险，量退怯杯深”，空有想法不能尽兴了。当年杜甫在重阳节不能喝酒了，于是空抱怨“竹叶于人既无分，菊花从此不须开”。一位朋友说要窖藏一些酒过上十年八年再喝，我劝他有酒你就喝吧，再过十年八年都花甲之年了，哪里能够喝得动?

最先接触到诗酒这两个字，是初中时从《西游记》里读到的。孙大圣搅乱蟠桃会后回到花果山痛饮，当小猴来报十万天兵布下网罗杀来，大圣不慌不忙地说“诗酒且图今日乐，功名休问几时成”，读到此处拍案而起“壮哉！可饮一大杯”。现在回想起来，有多少诗酒兴会想到了这句诗，我醉拍手狂歌，那时真还是“功名休问几时成”。“白发无情侵老境，青灯有味似儿时”，现在想想，诗酒真得趁年华。

当然读书学诗修行，酒只是助兴而已，切勿“青春放浪迷诗酒”。苏轼在《寄黎眉州》还写道“且待渊明赋归去，共将诗酒趁流年”，意思和那句词差不多。诗酒之娱是读书人的乐事，翻开许多文人歌宴酒席中的酬唱之作，包括东坡的千古佳作《水调歌头·明月几时有》，也是“欢饮达旦，大醉”后所作。如果这些天才没有年轻时的“读书破万卷”，也不会有举觞即吟的诗才。

诗酒趁年华，不是让人滥饮求醉，其要旨在于莫放春秋佳日过，常将诗酒赏年华。在匆匆的岁月里，有好日子时，得闲时就应以诗酒遣兴。喝到什么地步好呢？辛弃疾《西江月》里描写的“昨夜松边醉倒，问松我醉何如。只疑松动要来扶。以手推松曰去”。这个醉得有点厉害了，不可取。

喝酒到半酣，这个喝法最好。清代学者李密庵在《半半歌》中说得好：“饮酒半酣正好，花开半时偏妍。”酒至微醺，就照这样喝最好。辛弃疾自己就说“物无美恶，过则为灾”（《沁园春》），喝到怡情悦性便好，宋代叶适说：“只消一盏能和气，切莫多杯自害身。”

莫笑农家腊酒浑

在城市里的大酒楼里喝酒，钟鸣鼎食，饫甘餍肥，这是讲排场，不是喝酒。而且好多大排场的宴席目的不在于喝酒，而是炫富，或另有其他目的，醉翁之意不在酒。市井里的大排档也不是喝酒的好去处，猜拳行令，吆五喝六，嘈嘈杂杂难为听。

喝酒最好的地方当然在农村，你从陶渊明的《饮酒》二十首就可以知道。“采菊东篱下，悠然见南山”，这样的饮酒环境自不必说，你看“清晨闻叩门，倒裳往自开。问子为谁与？田父有好怀。壶浆远见候，疑我与时乖”。村里的朋友心情大好，一大早提着酒来慰劳陶渊明在仕途上伤透了的心，这种温暖去哪里找？乡间父老们的心里和行动里。明代诗人曹学佺的名联云“仗义每从屠狗辈，负心多是读书人”，没有心机的酒往往在民间。

自陶渊明之后，这饮酒的地点当然最好在民间、在农村、在农家。农家不是城市里熙熙攘攘的名利场，不是争权夺利的市朝，可以喝得踏实。陆游就深有体会地说“农家农家乐复乐，不比市朝争夺恶”（《岳池农家》），这样饮酒才会“白首忘机”。再者饮酒的场所随意，“稻穗堆场谷满车，家家鸡犬更桑麻”，饮酒聊天之际杂以鸡鸣犬吠之声，生活气息太浓了。农家院落也开阔敞亮，饮者心情怡然。“绿树村边合，青山郭外斜”，色彩多么鲜明，远山仿佛含笑，如果席间再有东篱下的时蔬、南山上的野味，那就更美了。

乡下的主人真诚，就怕慢待了客人。陆游在《丰年行》写道“拨醅白酒唤邻曲，啄黍黄鸡初束缚。长鱼出网健欲飞，新兔卧盘肥可脔……”多么新鲜的食材啊；在《散步湖上至野人家》他又写道“渔翁留客频辞谢，鸡瘦难烹酒味漓”，有鸡有酒还怕招待不周，向客人道歉：鸡太瘦炖得不好，乡下偏僻酒味太薄……多么淳朴的乡民啊！

乡下农村饮酒有几种情形。一种是婚丧嫁娶或生子庆贺，所谓“买花西舍喜成婚，持酒东邻贺生子”，一家办事宴，亲戚朋友都要来饮酒祝贺，当然得随礼。一种是庆丰收，麦熟时、秋收后都要痛饮丰收酒的。宋李曾伯的《念奴娇》里说“堪羡麦熟蚕成，酒香鸡嫩，风味农家别”，现代和古代一样，南方和北方一样，丰收时的农家酒饭确实馋人。“鸡豚白酒乐丰年”，农民们呼朋引伴，不醉不归，那景象真是“桑柘影深，鸡豚香美，家家人醉”。在我的家乡还有一种情形叫“过阴天”。天阴下雨干不成农活，只好招呼上要好的朋友喝酒。由于不是逢时过节，过阴天往往是在小卖部里买上一两瓶白酒，再买上一些花生米、蚕豆、香肠等，自家腌的咸菜再切上一盘下酒，信口聊一聊家长里短。

进入腊月岁暮是乡村喝酒的高峰，辛苦这一年快过去了，喝点吧。陆游在《岁暮》里说“农家岁暮真堪乐，说向公卿未必知”，这种公卿不知的岁暮农家乐是什么？其实陆游在那首著名的《游山西村》里已给出了答案——“莫笑农家腊酒浑，丰年留客足鸡豚。”在我们内蒙古西部农村，一过小雪节气，人们就陆续开始杀猪宰羊，有的还从村里的酒坊买回几十斤酒装坛入瓮，高兴时就要聚饮为乐。

再过一周小雪节气就到来了，村里的朋友们邀我回村吃杀猪菜。回吧，莫笑农家腊家浑。

饮酒再题

前一阵子我写罢《饮酒三题》，不久痛风发作。大夫告诫说，海鲜杂碎羊肉之类不能吃了，酒也不能喝了。想了想食无肉可忍，正好减肥清理清理肠胃血管。但饮无酒不可忍，多难受啊，好像缺了点什么似的。所以我再疼也对酒“不说拉倒的话”。

“何以解忧，唯有杜康。”——自从曹孟德写下这样的诗句，酒成了排忧解愁之物。宋代晏几道说“劝君频入醉乡来，此是无愁无恨处”，清代王广心诗云“一身天地窄，只是酒乡宽”，好像酒可以消愁解忧，醉里乾坤大，壶中日月长，其实李白早说过“举杯消愁愁更愁”，愁烦时最好不要喝酒，那叫灌酒麻醉自己。

其实人生哪有那么多烦忧，大部分人一起喝酒是为了高兴一下，所谓“今日良宴会，欢乐难具陈”。金代元好问《鹧鸪天·孟津作》里说得好：“总道忘忧有杜康，酒逢欢处更难忘。”为了高兴就要适可而止，切不可饮酒伤身、贪杯误事。李白《月下独酌》说：“三杯通大道，一斗合自然。但得酒中趣，勿为醒者传。”《晋书》卷九十八载桓温的参军孟嘉好饮，桓温问孟嘉：“酒有何好？而卿嗜之？”孟嘉回答：“公未得酒中趣耳。”

酒中趣是啥？就是喝到刚刚晕晕乎乎，这时便有“我见青山多妩媚，料青山见我应如是”的可爱劲儿，看见什么都觉得可亲可近。这其实是一种豁达和乐观，唐代孟浩然在《洗然弟竹亭》里说得好——“达是酒中趣，琴上偶然音”，琴上偶然发出的声音是天籁，酒后表现出的旷达是真性情的流露。

我就和朋友说，喝酒要的是一个酒意，干嘛非要戒呀戒呀的，哪怕端个酒杯感觉个酒意也好，苏东坡说得好：“偶得酒中趣，空杯亦常持。”

凡是真嗜酒者坚决不说戒酒的话。人们都知道刘伶是酒仙，因为什么得此雅号？《晋书·卷四十九·刘伶传》载刘伶“常乘鹿车，携一壶酒，使人荷锸而随之，谓曰：‘死便埋我。’”后来辛弃疾在一首《沁园春》里以酒的口气说“汝说刘伶，古今达者，醉后何妨死便埋”，接着埋怨酒说“浑如此，叹汝于知已，真少恩哉”。

后来有不少人还真羡慕这位酒仙，初唐诗人王绩就是刘伶的铁杆粉丝。你看这首《野望》：“东皋薄暮望，徙倚欲何依。树树皆秋色，山山唯落晖。牧人驱犊返，猎马带禽归。相顾无相识，长歌怀采薇。”写得多好，但你不知道这是一个嗜酒如命的酒徒写的，王绩“饮酒至数斗不醉”，常说“恨不逢刘伶，与闭户轰饮”。轰饮就是狂饮，看着就是想和酒仙刘伶掰手腕比酒量。他自号五斗先生，别人管他叫斗酒学士，写了《醉乡记》《酒赋》《独酌》《醉后》《酒谱》等大量和酒有关的诗文。

王绩爱喝两口，“人有以酒邀者，无贵贱辄往”。我有一个朋友也是，只要不回家，去哪儿都行；只要能喝酒，和谁喝都行。后来我读书才晓得，这样的饮者古代也多得是。《清稗类钞·饮食二》载方渔村爱喝酒，有一点钱辄沽酒。路上遇到人就拉来与共醉，不问是谁。实在没有人和他喝，就以酒壶为友，与之猜拳行令；还有一个叫周思南性嗜酒，找酒伴找不见，就找来樵夫及放牧打渔的人喝酒，他找来的人喝醉了，他还没喝尽兴，又呼喝天上的云一起喝。半夜想喝了，没人陪他，便找来侍候他的仆童或婢女，让他们陪自己喝几杯，仍不过瘾就像李白一样举杯邀月；还有清代诗人刘体仁曾置酒慈仁寺松下，“遇游人至，不论识与不识，必牵挽使饮，有不能胜者，必强灌之，至醉呕乃已”。

爱喝的人真还是把饮酒当成天大的事业，功名利禄都不换。《晋书》卷九十二《文苑列传》里说，那个著名的念念不忘家乡菰菜、莼羹、鲈鱼脍的张翰，有句名言说："使我有身后名，不如即时一杯酒。"眼前这杯酒胜过身后名，这引起了无数后人的共鸣，南北朝诗人庾信把这事发挥为"眼前一杯酒，谁论身后名"；传为李白所写的《笑歌行》说"君爱身后名，我爱眼前酒。饮酒眼前乐，虚名何处有"；高适又有诗云"长歌达者杯中物，大笑前人身后名"；权德舆说"且申今日欢，莫务身后名"。的确，身后名自己不知，生前酒有滋有味，更加实在。

"饮酒能忘身后名"，但酣饮者想着身后也喝酒。李白写过一首《哭宣城善酿纪叟》："纪叟黄泉里，还应酿老春。夜台无李白，沽酒与何人？"哭祭善酿酒的纪叟，还想着酿酒这档子事儿。《三国志·吴主传》引《吴书》载，给孙权做过郎中的郑泉尤好杯中物，闲暇无事就对别人说，愿得一艘装满五百斛美酒的大船，船两头有四时美味下酒，随饮随斟让杯中酒常满，不间歇地开怀畅饮。这还不算，临死前反复叮嘱家人，死后一定要把他葬在制陶的作坊，为啥？百年后尸骨成土如果有幸被当成陶土，制成酒壶，就可以又亲近酒了，"实获我心矣！"《艺文类聚·言志》、《太平御览》卷八百四十六引《吴书》和后来的《笑林广记》都讲到了这个故事。

这种毫不节制的狂饮滥饮既伤身体，又误正事，实是酒徒之行。我羡慕那些酒量大的人，既能喝又不误事，杜甫曾作《饮中八仙歌》，其中"左相日兴费万钱，饮如长鲸吸百川，衔杯乐圣称世贤"这几句，是赞美李适之的，他是唐太宗李世民的曾孙，《旧唐书·李适之传》说："适之雅好宾友，饮酒一斗不乱，夜则宴赏，昼决公务，庭无留事。"饮如长鲸还能及时处理公务，真行！如果酒量不行就给自己设个限，如东晋陶侃每饮酒有定限，常常是大家欢饮劲儿刚上来，他定好的量就到了，他就滴酒不沾了，这种人是能成大事的人，好多人学不来。

戒酒不易，就要适量，饮酒不乱。"自恐多情损梵行，入山又怕误倾城。世间安得两全法，不负如来不负卿。"这相传是仓央嘉措的情诗，我不是一个嗜酒如命的人，借用两句对酒说："世间安得两全法，不负身体不负卿。"

斯人虽远去　清气留人间

2018年下半年才买了一本《林清玄散文集》，还没有读多少，就忽然听到斯人已去的消息，刚65岁，真可惜。24日晚间，内蒙古日报社的新闻同行告诉我，原报社首席记者刘少华傍晚也走了，才66岁，太意外。

这让我想起了白居易那句诗——“彩云易散琉璃脆”，尽管万物终归寂静，但消逝得太快了还是让人觉得怅然可惜的。路遥在《平凡的世界》里说：“多少美好的东西消失和毁灭了，世界还像什么事也没有发生。是的，生活在继续着。可是，生活中的每一个人却在不断地失去自己最珍贵的东西。”这位用生命写作的天才作家，也才年仅42岁。

斯人虽远去，清气满乾坤。路遥虽然远去已27年，但他的作品的影响力从未消失，激励着一代又一代年轻人靠奋斗改变命运。他的作品告诉人们，即使身处卑微也要有一颗高尚的心，即使有再多的苦难都会成为磨砺心志的良药。正因为如此，《平凡的世界》成为中国改革开放四十周年最有影响力小说；路遥本人也赢得身后名，2018年被授予改革先锋称号，颁授改革先锋奖章，成为鼓舞亿万农村青年投身改革开放的优秀作家。

林清玄同样为我们留下了许多清新隽永、耐人寻味的作品。像我们这一代人早先没有读过林清玄先生的作品，改革开放之后三毛、林清玄这些台湾作家的作品才逐渐在大陆风靡开来。我最初听到林清玄这个名字感觉是位不食人间烟火的女生，作品一直没有读过。直前七八年前才从孩子们的语文课本上读到《和时间赛跑》，感觉是一个从小事入手引出大道理的高手。

后来，读了林清玄的一些作品，感觉他能用细腻的笔触写出对平常生活的感悟，这种感悟似乎我们每个人都有过，不知不觉被他的描写牵引着走了。比如“人生需要准备的，不是昂贵的茶，而是喝茶的心情”；“生命里偶然的欢喜、悟、心灵的光，就像鸽子麻雀突然来到我们的窗前，当它们飞走的时候，我只要保有那种欢喜就好了”……这些感悟让人体会到的是一种寻常美好，一股清气充盈，满满的正能量。正如他说的“第一流的文章是生命的化妆，其实在青年的成长中，文学也是他们最好的化妆”。林清玄的笔就是一枝能动人心弦的化妆笔，“心美一切皆美，情深万象皆深”。

24日深夜和25日清晨，我的朋友圈里不时有人转发刘少华先生的《丁香花开的时候》来悼念他的突然离去。我和这位新闻同行无甚过从，但我读过他写的这篇散文，这是一篇情深意切怀念母亲的好文章，百善孝为先，文章传递的当然也是正能量。阅读一个人要从文章里认识他，而不一定非得认识这个作者或非得有交情。文章哪怕只有一篇能感情饱满、流传众口也就够了。

阅读是最好的纪念，多看看他们留下的那些情真意切永远带着温度的作品吧！

祖国：让我唱一首爱你的歌

单位中秋节前的主题党日活动是在黄河岸边的恩格贝举办的。那个夜晚，我们唱起了《我和我的祖国》：“我和我的祖国，一刻也不能分割。无论我走到哪里，都流出一首赞歌……”歌声响遏行云，飞向了浩瀚的星空，我们眼眶湿润，心潮澎湃。

不错，就像热爱父母一样，我热爱着我的祖国。我今年刚好五十岁，是伴随着改革开放成长起来的一代人。“生在新社会，长在红旗下”，是我们在小学作文里常写的两句话，战乱和苦难父辈已替我们承受，半个世纪里，尽管这个世界上枪声和战火不断，但我有幸生活在和平安宁的祖国，目睹了改革开放给人们带来的幸福和欢乐，也见证了祖国前进发展，走向繁荣的奇迹。

一直认为我们这一代人生得巧，要比大我们十多岁甚至五岁左右的人幸运。尽管我们经历了物资短缺，但没有被“文化大革命”耽误学业，适龄时顺顺利利上了小学。“文革”留给这代人的记忆影影绰绰：高年级的学生揪斗村里的四类分子；火柴、煤油、白糖、花布等日用品都要凭票供应；父母为我们天天吃玉米面窝头而唉声叹气……但这一切很快就过去了，在我小学三年级时，中国大地就迎来了改革开放的第一个春天。

十岁以前的记忆大多模糊，但祖国在我心中已清晰而温暖。祖国是什么？祖国就是陪伴我长大的炕围画，那上面有南京长江大桥；祖国就是我唱的儿歌《我爱北京天安门》；祖国就是歌唱家郭兰英甜美的歌声……那时还是一个毛孩子，但听到“宽广美丽的大地，是我们亲爱的家乡”“好山好水好地方，条条大路都宽畅”“一条大河波浪宽，风吹稻花香两岸”就激动无比。尽管白帆和稻花属于南方，但我觉得唱的就是我的家乡。

贫穷不是社会主义，20 世纪 80 年代初的中华大地，像脱去臃肿的冬装一样，到处充满着希望梦想，到处洋溢着生机活力。改变贫穷首先从我家的饭桌开始，包产到户前的几年里，家里顿顿只能吃玉米饼，父亲发誓要我们能吃上小麦面。包产到户当年，父亲的这个愿望就实现了，之后我和我们村的人们再没为吃白面而发过愁，还吃上了以前没见过的大米。人们不仅吃饱穿暖了，而且通过种植枸杞、向日葵等经济作物致富了，村里出现了万元户、出现了手挎人造革皮包的小老板。

我生活的这个土默川上的小村，是改革开放之后农村发展的缩影。提起家乡，我的耳际回荡着“我们的家乡，在希望的田野上……禾苗在农民的汗水里抽穗，牛羊在牧人的笛声中成长……”的优美旋律，改革开放四十年，真的是人们在明媚的阳光下生活，生活在人们的劳动中变样：四十年前我们还管火柴、棉布叫洋火、洋布，如今这些东西早已被更为先进的物品取代；四十年前我们这些当年的孩子们看到村里一辆解放牌卡车驶来，都稀罕地追着跑或爬上去，如今乡间的柏油路上，到处有村民们的小轿车穿梭；四十年前父辈们用过的耧、耙、碌碡等农具都已进入博物馆，村里的耕种和收割都已实现了机械化。

感谢我的祖国，让我的成长有幸伴随着改革开放的历程。“歌唱我们亲爱的祖国，从今走向繁荣富强。”改革开放如同波澜壮阔的长河，我也是见证波涛的浪花一朵。1978 年之后，当我还是《霍元甲》等港剧的追剧少年时，祖国就是主题曲里“万里长城永不倒，千里黄河水滔滔”的雄浑之音；祖国就是《我的中国心》里“长江，长城；黄山，黄河；在我心中重千斤”的激越之声……激昂深情的歌声，焕发出勃发的生机与活力，折射出昂扬进取的社会风貌，澎湃着中华的声音，成为渗入我们血脉的音符，每当这些载入岁月的老歌的旋律响起时，我的心中充满了对祖国欣欣向荣、不断壮大的自豪感。

改革开放之初正是我上高中求学的时候。当我们从农村来到县城高中读书时，耳畔萦绕着“年轻的朋友们，今天来相会。荡起小船儿，暖风轻轻吹”等催人奋进的歌曲，我们抱着“为中华之崛起而读书”的理想，充满“学会数理化，走遍天下都不怕”的信心，近乎疯狂地采撷知识的果实。到1987年我们参加高考时，已是高考制度恢复的第十个年头，我和我那些来自农村的同学们大多考上了大学。高考使我们这些农村娃圆了大学梦，那时除了走出农村找份工作的朴素想法外，想得更多的还是报效祖国。

大学毕业后成为一名新闻工作者，带着发现美的目光走过祖国的山山水水，我更加热爱自己的祖国。我生活在骏马秋风的塞北，也曾到过杏花春雨的江南；我看过内蒙古的大漠长河，也见识过鼓浪屿的海雨天风。我目睹过“神舟”一飞冲天激动人心的时刻，也穿越过“长虹卧波”杭州湾跨海大桥……改革开放四十年取得的成就远比我所见所闻的要多。尽管还有许多差距和不足，但只要我们每个人都打心底里爱国，祖国的未来一定会更加繁荣昌盛。

刚上大学的女儿这两天忙着练习《我和我的祖国》这首歌曲，我心里说好好练吧，懂得爱祖国将来肯定也会孝敬父母。“五星红旗迎风飘扬”“我歌唱每一座高山，我歌唱每一条河”……七十年来，一首又一首歌唱祖国的歌汇成了江河，歌声或情深意切，或激昂奋进，或气势磅礴，或婉转悠扬，一代又一代人接力传唱，唱出了对祖国的自豪，对祖国的热爱和对祖国的祝福。每当这些熟悉的歌声响起，我会饱含热泪在心中把节拍相和，祖国：让我唱一首爱你的歌！

第八篇

草原处处有美景

内蒙古不只有草原——游走大美内蒙古（上）

直到如今，有的外地朋友还向我发出这样的提问：“你是不是经常骑着马去采访？”“你下去采访时是不是经常住蒙古包？”……对于这样的提问我常常难于作答，只能笑着说：“有机会到内蒙古亲眼看一看就知道了。”

内蒙古不只有草原！——20世纪60年代初著名作家老舍参观内蒙古后就得出了这样的结论，他看到的是一幅“青山白水，开扩胸襟，工农林牧俱兴，文教卫生齐进”的北疆万里风情图。近六十年过去了，今天的内蒙古又已非老舍先生所见到的景象了，呈现在我们视野中的北疆风景线更加亮丽，神州北望风光好，万里江山更壮阔。

大兴安岭，是内蒙古每天最先从睡梦中苏醒的地方。松青桦洁、万山耸翠的大兴安岭铺排着无尽的绿色，清初著名诗人查慎行看到这里“半岭出云铺大漠，乔松落叶倚高寒”的景象后，不禁惊叹“丹青不数东南秀，俯仰方知覆载宽”。大兴安岭宛若一道天赐的屏障，山脉的两端分布着东北平原、三江湿地和呼伦贝尔大草原。松涛涌动满山流翠的大兴安岭，涵养着肥得流油的松嫩平原和绿得醉人的呼伦贝尔大草原，构成了叶圣陶笔下“母树绿暗幼树鲜，嫩绿草原相映妍”的奇特秀美的风光。

新中国的许多标志性建筑都能找到大兴安岭良材的身影。过去记者在大兴安岭采访时，当地林业工人津津乐道的还是他们为国家提供了多少优质木材，做出了多大的贡献。从2000年国家实施天然林保护工程以来，数十万林区工人放下斧锯成了营林人。现在人们更加懂得绿水青山是金山银山，2015

年内蒙古大兴安岭全面停止天然林商业性采伐。2018 年春到大兴安岭采访，他们说这里的森林覆被率开始增加了。

“巍巍兴安岭，滚滚呼伦水，千里草原铺翡翠，天鹅飞来不想回……”一曲《呼伦贝尔美》唱出了呼伦贝尔草原的美丽，大兴安岭脚下的呼伦贝尔草原忘情地伸向远方。呼伦贝尔草原位于大兴安岭以西，由东向西呈规律性分布，地跨森林草原、草甸草原和干旱草原三个地带，是世界著名的天然牧场。这里地域辽阔、风景怡人，是一片难得的绿色净土。呼伦贝尔大草原和锡林郭勒大草原是当今世界上为数不多的最美丽的草原，然而近年来由于持续干旱，加之人口和牲畜不断增加，超载过牧加之乱垦滥挖，草原退化、沙化十分严重。

为了使草原不再失色与萎缩，今天内蒙古的草原牧区纷纷提出了围封草场、转移人口、保护生态等发展战略。从重视草原的生产功能到回归草原的生态功能，这是内蒙古草原畜牧业发展史上的一大转折。近年来，围绕建设绿色内蒙古，内蒙古不断加强禁牧、休牧和轮牧，实施天然林保护、京津风沙源治理、退耕还林还草等重大生态修复工程，使草原重新休养生息。不少牧民放下羊鞭告别草场，从事旅游等新行当。

说起草原时，人们自然会想起游牧中的蒙古包和勒勒车。事实上，今天草原上的牧民大部分已定居，汽车、摩托车和砖瓦房已成了点缀草原的寻常景观。以往放牧倒场用的勒勒车和蒙古包，则已退出普通牧民的生活，成为草原旅游的风景点缀。

时代变化快，现在“智慧放牧”渐入牧民家：接羔告别守夜，喂羊不再苦重。今年 40 岁的毕西日勒图是鄂尔多斯市鄂托克前旗昂素嘎查的牧民，他拿起手机轻点几下，并在屏幕上缓缓滑动，羊圈各个角落便一览无余。“以前每到母羊产羔时，一整夜跑出去看三四趟，有时还得守在圈里，现在有了‘草原电子眼’，在家用手机就能掌握羊的情况。”2017 年底，毕西日勒图为了更精确地观察羊的状态，花了 1 万多元，在 2200 平方米的棚圈内安装 8 个摄像头，通过无线网联结手机 app，实现了无死角监控。喂羊时，毕西日勒图走进羊圈，按下自动饲喂机启动按钮，机械漏斗就沿着饲料槽一边滑行，一边撒料，大大小小的羊争先恐后地凑过来吃食。“把饲草料备好，放入储料仓，喂羊的时候按下按钮就行了。”给羊喝水也实现了自动化，方圆一公里内都能遥控自动饮水机。

在昂素嘎查，约有90户牧民用上了“智慧放牧”产品。牧民孟克巴雅尔家，“智慧放牧”设备一应俱全。“繁重的劳动减轻了，搞旅游的心力更足了。”他说，去年经营的牧家乐接待游客近万人次，收入上百万元。

内蒙古不只有草原，还有我国重要的粮食生产基地。“绿杨著水草如烟”，这是唐代边塞诗人李益笔下的水草丰美的五原风光。如今的五原县已是塞上闻名的“米粮川”，八百里河套平原是内蒙古西部的大粮仓。河套平原、土默川平原和内蒙古东部辽河、嫩江平原一道，撑起了内蒙古的农业生产，2017年粮食产量达到553.68亿斤。

除了广阔的牧场、肥沃的农田，说内蒙古是渔业发展潜力巨大的地方，让人难以置信。但内蒙古方兴未艾的养鱼事业却勾勒出了北疆鱼米之乡的图画：星罗棋布于草原上的湖泊，加之其他天然水面，内蒙古共有50多万公顷可供养鱼的水面。池塘精养、小网箱养鱼等技术的推广，使地处高寒地区的内蒙古有了“渔歌唱晚”的景致，2017年，全区水产品总产量超过了15万吨。

在内蒙古西部的巴彦淖尔市采访，我目睹马背民族的后代，竟然是鱼塘的主人，这是一种“风吹草低见鱼塘”的情景。在内蒙古东部的科尔沁左翼后旗、奈曼旗和西部的无定河流域采访时，我又见到，牧民的后代在沙地上娴熟地种植水稻，他们说“以前我们做药引子都很难找到一粒大米，现在我们吃上了自己种的白花花的米饭”，这该是一种“稻花香里说丰年”的心境。

内蒙古不只有草原。草原是内蒙古的根，内蒙古是一棵枝叶婆娑的树，是北疆的一棵长青树，在共和国雨露滋润下，愈来愈具迷人风韵。（本文与于嘉合作完成）

草原都市惹人醉——游走大美内蒙古（中）

辽阔草原伸至国境线尽头，就出现了口岸，18个口岸星布内蒙古八千里边防线。口岸造就了一批风景独特的草原口岸城市，60%的中欧班列经过这些城市。

40年前，只有3万多人口的满洲里，在改革开放中变得越来越亮，与小城周围的草原对比出强烈的现代都市气息。这个中国最大的陆路口岸充满了异国风情，城市里有不少新式的哥特式建筑，尖顶的楼房顶部大多为红色或蓝色。还有俄罗斯套娃广场，一个又一个巨大的套娃萌态十足。小城干净而整齐，来自不同国别的客商在这里做着买卖。满载集装箱的中欧班列穿梭于国门，2017年有1300多列中欧班列进出满洲里国门……再不能用“游牧民族的摇篮”“历史的后院”来形容这里，满洲里已成为我国最大的陆路口岸，货物换装和调运能力均居全国同类口岸之首。

过去只有1.9平方公里的“袖珍边城”二连浩特市，如今也滋长为世人瞩目的向北开放的大通道。像这样的口岸城市还有策克、甘其毛都等，内蒙古已与160多个国家和地区建立经贸联系，各口岸货运量、进出境人数均为沿边开放之初的数十倍。

在内蒙古还有许多别具特色的草原城市，海拉尔、乌兰浩特、锡林浩特……这些城市既有都市的繁华，也有草原的宁静。还有阿尔山、克什克腾等风光旖旎的草原旅游城市，阿尔山世界地质公园有亚洲最完整、面积最大的火山群地貌，暮春时节会欣赏到漫山遍野的杜鹃花。克什克腾世界地质公园有冰石林、冰臼群等众多第四纪冰川遗迹，是中国北部环境演化的自然博物馆。

边陲的口岸城市、草原城市和近年来兴起的旅游小城，诞生得毕竟太晚，不能让人真正感受到内蒙古的都市风情。头枕阴山，呼和浩特和包头这两座现代化都市安然地躺在黄河北岸。这里就是北朝民歌里著名的敕勒川，如今“天苍苍，野茫茫，风吹草低见牛羊”的敕勒川上，最能感受到内蒙古的现代化气息和都市风采。

——明代蒙古土默特部领主阿勒坦汗和他的妻子三娘子在呼和浩特正式筑城，蒙古语为库库和屯。城墙用青砖砌成，远望一片青黛，“青城”之名由此而来。拥有400多年历史的呼和浩特，是内蒙古自治区的首府，也是自治区的经济文化中心。作为现代化意义上的都市，呼和浩特的历史并不长，中山东路——呼和浩特第一条柏油路的出现只是60年前的事，如今呼和浩特已是一个拥有立体化交通的大都市。拥有伊利、蒙牛等企业的呼和浩特是当之无愧的“中国乳都”，两家乳业企业的年销售收入近1300亿元，约占全国乳业企业的三分之一强。

依托气候冷凉、地质稳定、电价优惠等优势，呼和浩特正在建设的大型

我和同事于嘉在根河市敖鲁古雅鄂温克民族乡采访

云计算数据中心，吸引300多家大数据应用企业，在智慧城市、电子商务、信息惠民等领域进行深度应用开发。这个市还支持生物制药等传统优势产业转型发展，推动光伏、新材料、新能源电动汽车等战略性新兴产业加速发展。

——当年的包头只是一个集散货物的码头，聪明的晋商选择这里做皮毛生意，就是看中了其靠近牧区的便利。包头市乔家金街附近的北梁曾是走西口人创建的“老包头”居民聚居地。那里地势忽高忽低、平房密密匝匝，13平方公里土地上住着12万余人，多数房屋是超过半个世纪的土木结构危旧房。2013年，包头全面启动北梁棚户区搬迁安置工程，目前，棚户区居民全都圆了新房梦。谈起包头市的变化，老北梁居民张林颇为感慨：“1958年，我刚到包头时，全市只有一条马路，两边坑坑洼洼，如今市里面从南到北纵横了数不清的宽柏油路，高楼林立，绿树成荫，我们的城市越来越漂亮了。”

眼下，这座“草原钢城”在发挥钢铁、稀土等资源优势的基础上，积极培育新能源、新材料、高端装备等战略性新兴产业，老工业基地焕发出新的生机。结束了千里草原“手无寸铁”历史的包钢集团如今钢铁、稀土主业特色鲜明，矿业、非钢、战略性新兴产业蓬勃发展，产品广泛应用于青藏铁路、京沪高铁、三峡水库等国家标志性工程，远销到美国、德国等50多个国家和地区。

当年，范长江行走塞上采访时，足足在这两个城市之间颠簸了数天，虽然有战乱纷扰和脚力不济的原因，但也可见当年塞上行路之难了。如今连接这两座现代化都市的高速公路、城际铁路全部通车。

呼和浩特、包头和黄河南岸的鄂尔多斯，构成了内蒙古发展的“金三角”，这是个巨大的资源聚宝盆：呼包鄂地区集中了全国17%的煤炭、84%的稀土、12%的天然气探明储量，能够为京津冀协同发展提供充足、稳定、绿色的资源能源供应。这里也是内蒙古优势发展地区：呼包鄂三市的地区生产总值占到了全区的六成，公共财政预算收入占全区近一半。三地形成了各自不同的产业体系，城市群发挥出了产业扩散、信息技术的传播等多方面的辐射带动作用。如今，这里正举全区之力打造带动内蒙古经济增长的火车头，积极打造有竞争力的增长极。

鄂尔多斯蒙古语意是众多的宫殿。如今，康巴什、东胜、达拉特、伊金霍洛等城市形成了鄂尔多斯的城市群，矗立于黄河南岸的几字湾里。鄂尔多斯是一代天骄成吉思汗的陵寝之地。1227年，成吉思汗再也不能弯弓射雕了，灵柩安放在了这片水草丰美的地方。这里是一个硕大的聚宝盆，注定要成为一个世界级的能源基地。今天，鄂尔多斯已拔得内蒙古经济发展的头筹。

鄂尔多斯是内蒙古能源工业长廊的心脏，首都北京也能感觉出它的跳动。如今内蒙古电力装机容量已近1.2亿千瓦，已建成多条特高压输电线，2017年全区累计外送电量1500多亿千瓦时。富起来的鄂尔多斯人不想让人说自己靠的仅仅是资源，这种心态也是内蒙古人的心态。目前，以呼包鄂城市群为辐射带动，正在努力转变经济增长方式，谋划高质量发展。以鄂尔多斯为例，正向煤转电和发展现代煤化工产业的拉长产业链之路转型，探索资源之外的新兴产业、非煤产业等发展路径。

“朋友啊朋友请你来，请到迷人的鄂尔多斯来……”不光是鄂尔多斯，进入仲夏是内蒙古最迷人的季节，每一个大大小小的城市都盛妆迎客：草原上的酒让人饮醉，草原上的歌让人心醉，草原上的都市让人陶醉。（本文与于嘉合作完成）

黄沙百战绿回归——游走大美内蒙古（下）

黎明的曙光从大兴安岭茫茫林海升起，等它照亮内蒙古最西部额济纳的胡杨林，需要近两个小时的时间。

“沙海绿洲清泉，天鹅留恋金色神殿，苍茫大地是家园……”一曲《苍天般的阿拉善》唱出大漠的神奇和秘境的苍茫。内蒙古自治区最西端的阿拉善盟是干旱少雨、沙化严重地区之一，恶劣环境和艰苦条件没有击碎人们建设绿色家园的梦想。20 世纪末，阿拉善盟 20 多万名干部群众坚定“人进沙退”的决心，通过锁边植树、飞播造林科学治沙。

阿拉善盟是我国生态脆弱区，乌兰布和、巴丹吉林、腾格里三大沙漠横亘其境内，一度要“握手会合”。阿拉善左旗巴彦诺日公苏木牧民王翠英回忆说：“过去，房前屋后都是沙丘，羊没有草吃，人也生活不下去了。”如今置身腾格里沙漠边缘，只见花棒、白刺等沙生植物随风摇曳，曾经的荒芜大漠焕发勃勃生机。“现在草木多了，风沙少了，生活也变好了。”王翠英说。

在巴丹吉林沙漠南缘、阿拉善右旗境内的雅布赖山脚下，几年前人工播撒的柠条、白刺等沙生植物种子，变为茁壮成长的树苗，形成一道道绿色屏障。阿拉善盟委书记杨博告诉记者，依托三北防护林、天然林保护等工程，全盟对 3000 万亩天然乔灌木林实施封禁保护，辐射带动 9700 万亩林草植被恢复；在三大沙漠周边采取飞播、封育、人工造林、退牧禁牧等工程，腾格里沙漠东南缘、乌兰布和沙漠西南缘形成防风固沙的锁边林带，对阻止巴丹吉林沙漠与腾格里沙漠“握手”起着重要作用。

位于我国第二大内陆河黑河下游的额济纳旗，20 世纪八九十年代，因上游和中游气候变化、用水增加，导致大河断流、湖泊干涸、风沙肆虐。2000 年国家启动黑河流域水量统一管理调度，给额济纳绿洲和黑河尾闾湖东居延海带来新生。

东居延海连续 14 年不干涸，水域面积扩大到 42 平方公里左右，前来栖息的鸟类由 2010 年的 14 种增加到目前的 73 种，数量也由数千只增至 3 万余只。堪称戈壁奇景的这片大湖，碧波荡漾，鸥鹭齐飞，游人如织。

在黑河水的哺育和生态保护措施的实施下，一些受旱多时的胡杨复壮更新。2000 年以来，额济纳旗 39 万亩胡杨增加到 44 万亩，其他植被的面积也逐步扩大。据统计，当地戈壁和沙地面积 2000 年以来减少约 39 平方公里，草地和灌木林面积增加 40 多平方公里。

生态的改善让游客难以见到遮天盖日的沙尘暴景象。"长河落日圆"的大漠显露雄浑，戈壁胡杨渲染出神奇，神舟飞天充满了壮美……这些神奇与壮美的景观，正在为神舟飞船发射地内蒙古额济纳旗带来巨大的财富。这个仅有 3 万多常住人口的旗县，每年十月前后的游客日均接待量达 6 万余人。赏戈壁胡杨，访黑城古韵，观居延碧波，有幸再看"神舟"飞天，成为游人抵达额济纳旗之后的必选行程。大漠风光成了阿拉善旅游的独特资源，近年来阿拉善盟各种越野赛事特别是越野 e 族英雄会吸引了全世界的汽车越野爱好者，2017 阿拉善英雄会吸引国内外数十万汽车越野爱好者汇聚这里。

阿拉善治沙驯沙、点沙成金是内蒙古治理沙漠、发展沙产业的一个缩影。横跨我国东北、华北和西北地区的内蒙古是额尔古纳河、嫩江、辽河的源头，境内分布有巴丹吉林、腾格里、乌兰布和、库布齐、巴音温都尔五大沙漠，还有毛乌素、浑善达克、科尔沁、呼伦贝尔四大沙地。浑善达克沙地距北京约 200 公里，横贯内蒙古锡林郭勒盟。如今沙地里一棵棵樟子松、一簇簇沙打旺、一株株黄柳迎风挺立，共同织成绿色绸缎，装扮着曾经风沙肆虐的沙地。"过去刮起沙尘暴，能把房门堵住，出门只能爬窗户。"正蓝旗牧民宝音格日勒说，如今风沙少了，植物多了，一路绿色一路景。

卫星遥感图显示，过去十多年间，我国四大沙地绿色增多，黄色区域减少，绿肥黄瘦的变化表明沙地生态向好逆转。内蒙古林业厅最新调查结果显示，四大沙地近年来林草盖度均有提高，沙地向内收缩，生态环境得到明显改善。浑善达克沙地南缘长400公里、宽1公里至10公里的锁边防护林体系基本形成，呼伦贝尔沙地实现沙化面积缩减、沙化程度减轻的重大转变，科尔沁、毛乌素沙地生态状况呈现持续向好逆转态势。

我国东北部的呼伦贝尔沙地，曾像猛兽的利爪，从中心向外撕扯着呼伦贝尔大草原，对大兴安岭林区和欧亚交通要道构成威胁。2009 年当地启动呼伦贝尔草原沙化土地综合治理工程，每年治理 100 万亩，流动沙地得到有效治理。科尔沁沙地是我国面积最大的沙地，其主体地区通辽市在治理中探索出“治沙＋致富”“生态＋增收”的路子，变害为利，充分调动社会力量，形成以木材加工、沙地果品、沙漠旅游等为主的沙产业发展格局，当地森林覆盖率由 40 年前的 8.9%增加到 28%。

仲夏时节，碧绿的毛乌素沙地镶嵌在蓝天白云下；库布其沙漠腹地绿色丛丛簇簇……曾经沙害肆虐的鄂尔多斯大地一片绿海。20 世纪下半叶，毛乌素沙地生态恶化，一些草场、农田被流沙吞噬，不少村庄、房屋被掩埋，道路、电力、通信线路时常受阻中断。生活在这里的农牧民在恶劣环境中种树、种草、种柠条，愚公移山般追求绿色的精神传承至今。如今，毛乌素沙地的治理率达到 70%，生态实现逆转；库布其沙漠的治理率达到 25%，扩展趋势得到有效控制。

近年来，鄂尔多斯市也开始从荒漠化治理中获取效益，生态经济逐渐兴起。响沙湾、恩格贝……昔日黄沙漫卷之地成为闻名遐迩的旅游景区。全国劳模殷玉珍是乌审旗无定河镇萨拉乌苏村农民，她在沙地里建成的果园每到秋季瓜果飘香。“瓜果没打过农药，用的都是农家肥，是真正的绿色食品。我种的小米一斤能卖 30 多元钱，拉到旗里都抢着买。”质优价高的瓜果杂粮，每年能为殷玉珍带来近 50 万元收入。治了 40 多年沙的殷玉珍越来越体会到：绿水青山就是金山银山。

在过去 5 年中累计投入生态保护建设资金 830 多亿元，相当于过去 30 年的总和，森林覆盖率和植被覆盖度持续提高，实现了“整体遏制、局部好转”的重大转变。“十二五”以来，内蒙古每年完成造林 1000 万亩，约占全国的九分之一，是造林面积最大的省份。“十二五”期间，内蒙古累计完成造林面积 5415 万亩，森林面积和蓄积量实现双增长，森林面积达到 3.73 亿亩，居全国第一位；活立木蓄积量达到近 15 亿立方米，居全国第五位。全区荒漠化和沙化土地面积持续双减少，分别减少 625 万亩和 515 万亩，为打造我国北方重要生态安全屏障做出了重要贡献。

内蒙古拥有 13 亿亩之多天然草原，占全国草原面积的 22%。林地面积与森林面积均居全国之首，森林总面积占全国的 11%。绿，理所当然是内蒙古的底色与主色调。绿色无价，绿色回归。走绿色发展之路，不仅使内蒙古山更绿，水更清，也使农牧民从生态文明建设中尝到了甜头。（本文与于嘉合作完成）

说说内蒙古三件宝

内蒙古有三件宝：山药、莜面、大皮袄，准确地说这是内蒙古西部地区的三宝。我敢说，这是走西口人总结出来的，因为这是穷人的三件宝，吃上山药、莜面经得住饿，再重的苦再累的活也能承受得了；穿上大皮袄，西口外、阴山后再寒冷的风也能扛得住。

山药：光景好坏都有它

内蒙古这里管土豆叫山药，别的地方也称作马铃薯。我曾去过甘肃省定西市采访，那里又叫作洋芋。

到现在吃饭没有土豆我就感觉不香。我出生在 20 世纪 60 年代末，在饥饿的童年里主要靠土豆填饱肚子，胃肠对土豆留下了深深的记忆。

小的时候我们是吃不上蔬菜的，土豆是我们唯一的蔬菜。20 世纪六七十年代，我们托克托县每家农户院子里都有一个山药窖。房前屋后打个山药窖，秋天储存好土豆，要供一家人吃到第二年的夏秋时节。山药窖直径不到一米，窖口仅能够容一个成年人上下。先一直掏下去，窖壁要掏好供人上下蹬踩的小洞。掏到三米左右再在底部一旁挖一个小窑洞，用来储存土豆。

一年里整个冬天和春天，日子就靠这一窖土豆和几袋子玉米面撑着。腌白菜烩土豆再加上玉米饼，酸稀粥煮土豆块，伴我们度过了最艰难的岁月。记忆里玉米饼吃得我们实在是不想吃了，但土豆真是百吃不厌，特别是母亲做的山药芥芥酸焖饭，现在想起来都垂涎欲滴。

最盼冬天生起火炉子来，就可以吃到喷香的烧山药了。母亲用麻团蘸点胡麻油把炉盘子擦得又黑又亮，在上边烤上馍片。父亲在火炉的灰膛里埋上几颗土豆，在火炉旁用炉钩不时地翻动，以免烤焦或烤得不匀。父亲告诉我烤好了，我们兄妹三人迫不及待地取出烧山药，一边嘘着气把炉灰吹干净，一边把焦黑的外皮剥去。剥出了金黄色虎皮脆的烧山药，蘸上盐和花椒吃，真是人间不可多得的美味。

小时候经常和父亲下窖取山药。父亲捡好小袋子递上来，我接上窖来，稍稍长大一些，身子灵活的我经常下窑取山药。每年春夏季节，窑里的土豆长了芽子，我和父亲把土豆芽子抠掉，再重新储藏好。换到现在，生了芽的土豆是要扔掉的，那个年代哪里舍得呀！中秋节前后，生产队开始收获土豆“起山药”，人们可以到起过的山药地捡山药。有一年我拿了个小口袋，拿着抓挠到地里刨捡，我居然刨捡出一小袋子山药，激动地背回给母亲看：这能吃好多天呀！母亲和邻居直夸我是个好孩子。

现在农民们种地看效益，地里种的全是效益高、费工少的玉米。包产到户的头两三年里，人们被饥饿吓怕了，在自己的责任田里种得五花八门：小麦、土豆、莜麦……各式各样的作物使田野变得丰富多彩。记得到了阴历七月十五，要炖羊肉吃，父亲从自家的土豆地里挖几颗新土豆。母亲做的羊肉炖土豆出锅了，满院都是香味，嚼一口炖进了肉味的新鲜土豆，香得啧啧啧……到后来，吃过土豆炖牛肉、鱼汤炖土豆。苦日子吃它，好日子也吃它，光景好坏都离不开它。土豆和什么食材都能搭配，食材越好，土豆越香。

如今，我们托克托县已经很难看到地里种土豆，人们都买武川的土豆吃。父亲在世时，我们家每顿饭都离不了土豆，炖着吃、炒着吃、蒸着吃。父亲去世后，曾帮我们度过饥荒的土豆仍然是我最爱的菜。

莜面：三天不吃就难受

在内蒙古乌兰察布市、山西雁北地区和河北省张家口市一带，盛产莜麦，传唱着二人台曲目《割莜麦》。这一带老百姓爱吃莜面，有人说，三天不吃莜面就没精神。另外，还留下一个乡俗：说正月初十是老鼠娶媳妇的日子，必须吃莜面，以保一年风调雨顺，庄稼有好收成。

“五十里莜面四十里糕，三十里荞面饿断腰”“莜面吃个半饱饱，喝碗开水正好好”——在内蒙古西部流传着这样的俗谚，意思是这三种食品里莜面最不易消化、最耐饥。吃饱了莜面再苦再累的活儿都不算个啥，在内蒙古西部、晋北和河北省北部，莜面本来是贩夫走卒、庄户人家的当家食品。后来，科学证明莜面是个好东西，能减肥、降血脂、降血糖，是糖尿病人最理想的食品，于是莜面也成为好多城里人的保健食品。

我小的时候爱看姥姥和妈妈做莜面。她们在一块小石板上搓莜面窝窝，手法真娴熟，一会儿就能搓一笼。她们在案板搓莜面鱼鱼，有时双手一齐搓，一手搓三根，看得我眼花缭乱。姥姥她们还会做莜面囤囤、莜面块垒、莜面拿糕等等，花样特别多。有时也用饸饹床子压出细细的面条蒸熟了吃，这个叫饸饹。还有一种吃法，是把山药擦成细丝，然后裹上莜面蒸，老乡们管这叫莜面丸丸。

但不管哪种吃法，最初我都不爱吃莜面，因为莜面有股特殊的味道。包产到户之前，庄户人家也没那么多莜面，就把高粱面掺和到莜面里吃，美其名曰二莜面，口感较莜面差多了。当地好多人吃莜面喜欢蘸着盐汤吃，即把黄瓜、水萝卜等擦成丝，放到腌菜的汤里，再把煮好的土豆、茄子等和莜面一起蘸着吃。母亲看我不爱吃，就试着做好羊肉臊子热汤，让我把莜面蘸这个热汤吃。这我爱吃，那个年代羊肉稀罕，其实我是冲着汤里的羊肉吃的。但吃着吃着，逐步喜欢上了莜面的特殊味道，也就爱上了吃莜面。

包产到户最初几年，我们家也种过莜麦，后来就买武川莜面吃。我觉得也好，莜面的加工制作过程太麻烦了。把地里的莜麦加工成餐桌上的美味，老百姓讲要经历“三生三熟”，磨面前炒莜麦是一熟，用开水和面是二熟，制作好上笼蒸是三熟。我和父亲一起去生产队的大锅里炒过莜麦，用水淘完莜麦粒上锅炒，麦芒乱飞，顺着领口飞到前胸后背，痒痒得人受不了。

如今，我也爱上了莜面这种保健食品。没办法，胡吃海喝把自己弄得血脂也高、尿酸也高，大鱼大肉该戒了，还是吃点莜面好。

大皮袄：曾为父亲挡风寒

小的时候父亲有件大皮袄，我特别羡慕，觉得穿上以后特别威风。

每到冬天，生产队有活儿的时候，或出去打猎、打沙鸡的时候，父亲都要穿上大皮袄，戴上厚棉帽出去。那个时候生产队里的叔叔大爷们都有一件厚羊皮袄，还有的要穿上羊毛毡靴。穿上这些人才显得踏实、厚重、稳当，当时我觉得这是成年男子必须有的穿戴，这样打扮的男子才威武，天大的事情都难不倒他们。

父亲穿的大皮袄是白茬子，是几块羊皮缝制的。那时村里有皮匠，会炮制羊皮缝制皮袄。父亲特别心爱这件大皮袄，夏秋不用的时候就塞上卫生球，让母亲给他小心存放起来。每到冬天，数九寒天时父亲就穿上它，和生产队里的叔叔大爷们一起去黄河南边的准格尔旗去拉炭，一起去生产队的粉坊、豆腐坊干活儿。打沙鸡的时候，父亲支好网，在野外要站一整天……大皮袄温暖了父亲一冬，父亲用劳动温暖了我们一生。

我好羡慕有一件皮袄呀，穿上皮袄的男子才能顶天立地！上初中后我就缠着父母给做件皮袄，那时正好在4公里外的五申村读书，每天早晨要骑自行车上学，放学回家也得骑自行车。冬天特别冷，父母亲就找了两三块羔羊皮，找皮匠给我做了一件小皮袄，不过不是白茬的，外面缝了一层黑棉布。上高中的时候，每年冬天我都穿这件皮袄。

到了后来，各种羽绒服和棉衣兴起，这些棉衣又轻便又保暖。那种笨重的白茬皮袄逐渐淡出。现在乡村的老人们，也很少穿那种皮袄了。但我总觉得，衣服是轻便了，但人们穿衣服的厚重感没有了，岁月的沧桑感也没了。过去，大皮袄是可以作为传家宝流传后代的。

今日口外风光好——西口之外是故乡（上）

“哥哥你走西口，小妹妹我实难留。”这首情真意切、婉转凄美的二人台曲目《走西口》，在内蒙古中西部妇孺皆知，很多人能够张口便来。浸透着先人们辛酸血泪的走西口，是清朝和民国时期我国北方地区的重要移民活动。为了躲避灾荒、谋生糊口，长城内山西、陕西、河北等地的灾民穿越长城关口，来到内蒙古中西部谋生。

营村舍、垦荒田、兴贸易，走西口者给口外地区注入新鲜血液，带来了繁荣与发展，促进汉族和蒙古族交往、交流、交融，形成了独具魅力的文化艺术，产生了你中有我的风俗习惯。走西口者尝遍了艰辛，他们把不惧艰难、努力拼搏的开拓精神弘扬与传承，为后人留下了不向命运低头屈服的精神财富。

横亘于燕山和阴山以南的长城，恰如一道屏障，一度阻隔农耕文明与草原文明的交融。明朝以来，长城内外，通关互市日渐频繁，西口的名气越来越大。后人对西口的界定虽有争议，但据多数专家考证，张家口以西，晋北、陕北与内蒙古交界的长城沿线几个关口皆称为“西口”。

从山西中部和北部出发，一条路向西，经杀虎口出关，抵达呼和浩特、包头等地，包头市东河区就住着很多走西口者的后人；另一条路向东，过大同，经张家口出关，来到乌兰察布等地，这里有不少村庄以数字命名，“一号村”“二号村”……据说，这些村子都是由走西口人建立的，数字代表他们先后抵达定居的顺序。

口外就是今天的呼和浩特、包头、鄂尔多斯和巴彦淖尔地区。以呼和浩特、包头为中心的口外地区就是北朝民歌中著名的敕勒川，随着大量山西移民的涌入，晋文化在这里落地生根。

走进包头市东河区的乔家金街，独具晋韵的青砖墙和飞檐斗拱的灰瓦顶便映入眼帘，四梁八柱的砖雕、石雕和木雕工艺精湛，房檐下一串串大红灯笼随风摇曳，犹如置身清末民初的三晋古城。

老商铺、古玩店、大戏园、老菜馆门庭若市，游人熙来攘往，这里曾是乔家大院创始人乔贵发的商脉宝地。300 多年来，走西口的故事在这里余音绕梁。

乾隆年间，乔贵发因生活所迫走西口，来到包头落脚，在当铺当了伙计，十多年后有了积蓄，便与朋友合伙开办商号“复盛公”，后开设“复盛西”“复盛源”等多家“复”字商号，成为当地首富，名震西北。包头也随着“复盛公”的兴盛由塞外村庄发展为较大城市，“先有‘复盛公’，后有包头城”的民谣在坊间流传。

大批经商务工的移民纷至沓来，刺激了西口之外地区的商业繁荣和城镇兴盛。与包头类似，内蒙古首府呼和浩特作为当时的商品和货运集散地，在晋商推动下成为一个重要的商业中心。

在呼和浩特市玉泉区得胜街，清代风貌的建筑群落雕梁画栋，牌匾上“大盛魁”三个金黄大字熠熠生辉，朱红色的大门外，立着雕刻精美的看门狮和上马石。

这是展示大盛魁商号传奇历史的博物馆。清康熙年间，三名山西商人在杀虎口开了商号，之后将其迁至归化城（今呼和浩特），改称“大盛魁”，以皮毛畜产品为主，兼营药材、日用百货等，成了当地经济的顶梁柱，“一个大盛魁，半座归化城”的俗语流传甚广。该商号鼎盛时有骆驼 2 万多峰，贸易网络遍布中蒙俄，见证了亚欧大陆重要商道——万里茶道的兴衰。

走西口，让一批又一批移民背井离乡、艰苦创业，他们给偏远的游牧地区带来先进的商业文化，促进了西口之外经济的发展。不少移民从事农业生产、辛勤耕耘，将传统农耕界线向北推移，使口外地区单一的游牧经济发生变化，逐渐形成农牧并举、蒙汉共居的发展状态。

如今，西口之外的呼和浩特、包头等地的各族群众，秉持蒙古族的胸怀，传承山西人的勤劳，努力建设和改变着家园。

新中国成立之初，生活着不少走西口移民后人的包头建设钢铁生产基地，支持国家工业发展，结束了千里草原“手无寸铁”的历史。眼下，这座“草原钢城”在发挥钢铁、稀土等资源优势的基础上，积极培育新能源、新材料、高端装备等战略性新兴产业，老工业基地焕发出新的生机。

乔家金街附近的北梁曾是走西口人创建的“老包头”居民聚居地。那里地势忽高忽低、平房密密匝匝，13 平方公里土地上住着 12 万余人，多数房屋是超过半个世纪的土木结构危旧房。2013 年，包头全面启动北梁棚户区搬迁安置工程，目前，棚户区居民全都圆了新房梦。

在呼和浩特，常见以“板”命名的村庄，遍布着走西口移民搭建的住宅或凿制的窑洞，他们采用蒙古语音译，称这些房屋为“板升”或“板申”，简称“板”，并以此命名村庄。呼和浩特东南部的和林格尔新区，就有公布板、板定板、姑子板等村庄，不少村民的先辈走过西口路。眼下，他们站在家门口，就能看到呼和浩特市日新月异的变化。

这个昔日晋商大显身手的车马集市，成了日新月异的草原现代新城，也成为内蒙古自治区的首府。拥有伊利、蒙牛等企业的呼和浩特是当之无愧的“中国乳都”，依托气候冷凉、地质稳定、电价优惠等优势建设的大型云计算数据中心，吸引 300 多家大数据应用企业，在智慧城市、电子商务、信息惠民等领域进行深度应用开发。这个市还支持乳业、生物制药等传统优势产业转型发展，推动光伏、新材料、新能源电动汽车等战略性新兴产业加速发展。（本文与于嘉合作完成）

你中有我一家亲——西口之外是故乡（中）

“黄河水绕着准格尔流，她是蒙汉人民的结亲酒；草原上挑马一搭搭高，蒙汉人民最相好。”在黄河西岸的鄂尔多斯市准格尔旗站北社区，71 岁的奇俊文深情地唱起漫瀚调，歌声嘹亮、悠长。

漫瀚调融合了信天游、爬山调和蒙古族民歌等艺术风格，在晋陕内蒙古交界、黄土高原与内蒙古草原交会地区传唱了近 200 年。

当年，山西、陕西的农民走西口来到内蒙古，带来丰富的晋陕文化，使农耕文明与游牧文明交融，让新的经济生产方式在内蒙古草原传播，漫瀚调、二人台等民间曲艺形式由此产生，并在坊间传唱不息。

在“中国民间艺术（漫瀚调）之乡”准格尔旗，不分城镇、乡村，本地人几乎个个能甩开嗓子唱上几句。站北社区漫瀚调艺术传习所每周组织两次集体活动，周三表演，周四或周六授课。这处传习所有 50 多名学员，多数都上了岁数。

漫瀚调艺术传承人奇俊文平日里练习老歌，还写词、谱曲创作新歌，在传习所向学员们传授演唱技艺，“老头老太太们在家里闲着没事，来传习所聚聚，说说唱唱，自己老有所乐，也能给社区添点乐趣。”

漫瀚调不仅在故乡传承弘扬，还走向更大舞台。准格尔旗漫瀚调艺术展演中心打造的首部漫瀚调音乐剧《海红酸海红甜》在内蒙古戏剧曲艺节中荣获二等奖，被选送参加“第十届全国少数民族传统体育运动会大型活动”精品剧目展演。电影《漫瀚调》入围第 13 届世界民族电影节。

流传于晋西北和内蒙古土默川一带的二人台，从走西口的移民起，传唱了一代又一代。经典剧目《走西口》情意悠长：为了生计丈夫太春要去走西口，妻子孙玉莲相送，一对恩爱夫妻凄苦缠绵地唱着别离歌。凄婉的歌声将男女至爱、离情别绪与人生苦情一并抒发，饱含着时代的沧桑。不过，再多的苦难也要笑着面对，再大的委屈唱出来就好受。

阴山南麓的呼和浩特市土默特左旗，地处农牧交错地带，走西口增进了中原腹地与北方草原的文化交流，曾流行于山西等地的二人台在这里扎根、成长。

在土默特左旗旺旺职业艺术学校，身着红底大花夹袄的一男一女两名学员向全校师生深情演绎《走西口》，这是一场阶段性的学习成果汇报活动，台下观众看得津津有味。

这所学校作为中国二人台教育基地，已经培养2000多名学生，不少人考入二人台专业院团，还有一些在北京、天津、深圳等地找到与曲艺相关的工作。眼下，学校里的二人台专家正在探索把唱词由地方话改为普通话，希望把这种独特的艺术形式推广到更多地方，让更多人熟知、接纳。

走西口人不仅带来特色曲艺，还带来晋陕的特色美食。在内蒙古沿黄河两岸农家做客，常会吃到用糜米制作的酸粥。相传，酸粥最初流行于山西河曲，正是走西口人把它引入包头、呼和浩特、鄂尔多斯、巴彦淖尔等地，使这一开胃健脾、护肤美容的山西美食在内蒙古中西部世代相传、延续至今。

走西口对晋陕地区人们的生活方式也产生了影响。走西口人为了耐寒爱穿老羊皮袄，现在的晋西北农村街头，仍能看到一些老人穿着这样的皮袄。晋西北人爱喝砖茶，煮砖茶时加点咸盐，大碗大碗喝烈性酒，大块大块吃牛羊肉，多是从西口之外的蒙古族那里习得的。

人口流动带动了文化传播，拉近了地区间的距离。走西口促进了内蒙古中西部地区与内地的交流，增进了蒙汉之间的感情，你中有我一家亲，对国家的繁荣稳定产生了积极影响。（本文与于嘉合作完成）

后人奋斗再向前——西口之外是故乡（下）

“走西口”是一部辛酸的移民史，是一部勤劳的创业史，也是一部无序的垦荒史。今天，走西口后人们就在积极还前人欠下的生态债，为自己生存的家园植绿。

走西口人的家乡过去植被稀少、土壤贫瘠、天灾频繁。光绪初年发生丁戊奇荒，连年干旱使许多村落田园荒芜、颗粒无收。有山西民谣唱道：“河曲保德州，十年九不收，男人走口外，女人挖野菜。”逃荒到西口之外的男人们，纷纷开荒糊口。

“敕勒川，阴山下。天似穹庐，笼盖四野。天苍苍，野茫茫。风吹草低见牛羊。”西口之外的古敕勒川过去是一马平川的草原，土地肥沃、水草丰茂、地广人稀，随着走西口大量灾民的迁入，西口之外适合农耕的河套平原和土默川平原基本上开垦殆尽，连土地条件差一些的鄂尔多斯地区，开垦的土地也超过百万亩。天然草原被破坏，风沙一天比一天大。

康熙亲征噶尔丹时，鄂尔多斯地区“生计周全，牲畜茂盛……沙土、食物皆相宜”，到了抗日战争爆发时就变成“生计不周全，牲畜不茂盛”的地方了。包头、巴彦淖尔一带至今传有一首民歌：“三湖湾，地板宽，可惜到处是碱滩；一年收获一点点，娃娃老婆没吃穿。”说的就是无序开垦的后果。

东起乌兰察布市化德县，西至包头市达尔罕茂明安联合旗，东西长 380 余公里，南北宽 100 多公里之地，19 世纪初还是“草过于马脊”的优质草原，现在成了丘陵伏沙地区，清末的走西口使生态恶化加重。

一个走西口人的后代说，他的先辈烧山造田，过了两三年，地力不足而放弃另开，撂荒的耕地逐渐沙化。到了春天，大沙丘能滚动20多米，所经之处，庄稼被破坏殆尽。

“宁可种树累死，也不能让风沙欺负死。”走西口的后人们意识到，先辈们勤快过头了，把不该开的林地草原也开了。保住生态才能保住家园，他们开始替祖宗还生态债，爬上山坡，挺进荒沙，种草植树。国家也组织实施“三北”防护林、退耕还林、天然林保护、京津风沙源治理等生态工程，使西口外的生态恶化趋势得到遏制，局部地区生态好转。

鄂尔多斯市准格尔旗沙圪堵镇福路村退休的老支书郭连成指着漫山遍野的杏树说，以前是猪上房、羊跳墙、小孩坐在房檐上、地不打粮、沙子埋房，后来人们退耕还林、荒山种树，现在沙尘起得越来越少了。

“全国生态最为脆弱的地区”曾是鄂尔多斯几代人挥之不去的切肤之痛。库布其沙漠、毛乌素沙地占据鄂尔多斯近一半的土地面积，还有不少土地是砒砂岩裸露区和干旱硬梁区。

面对生态顽疾，鄂尔多斯提出因地制宜、因害设防、先易后难、由近及远、分区治理、整体推进的治理原则，探索创造出荒漠化治理上百套核心技术。库布其沙漠的“南围、北堵、中切割”治理、毛乌素沙地的“庄园式生物经济圈”模式等经验，在去年9月《联合国防治荒漠化公约》第十三次缔约方大会上赢得世界赞誉。

塞外青城呼和浩特，曾因植被稀少、风沙频繁、环境脏乱，人们常遭遇“晴天一身灰、雨天一身泥”。近2年，这个市把生态绿化、环境综合整治等17项工作列为关键任务，打响一场恢复绿水青山的持久战。

去年，全市新建上百处公园、游园和绿地，加大乔灌木种植力度，使城市绿化率增加10个百分点。阴山山脉大青山一带的采石场被拆除，到了夏季，山坡上，山脚下，碧草如茵，花园连片，“青城”变得名副其实。

包头的生态建设更是亮点频现。这里拥有亚洲最大的城中草原和碧波荡漾的城市水系，这里也有半城绿树半城楼、几步花园几多荫的如画美景，这里还荣获联合国人居奖、国家森林城市称号、中华环境奖……

西口路充满艰辛。山西省保德县流传的一首民谣唱道："东三天西两天无处安身，饥一顿饱一顿饮食不均。住沙滩水冷地拖鞋当枕，铺芨芨盖星星难耐天明。"

有专家考证，山西河曲的走西口者，从渡口过黄河后，进入鄂尔多斯境内，不少人一直走到包头，稍作休整，再分散到各地去。这一段路，快五天，慢六天，特别是进入库布其沙漠时，人们凭感觉或经验在沙丘、蒿草中摸索前行，既孤独，又危险。从陕西府谷、神木起身的走西口者，要跨越毛乌素沙地，沿途荒无人烟，旅程十分艰难。

他们风餐露宿，走到哪天黑了，就放下扁担，在那里歇脚。他们的扁担常常一头扎捆行李，一头扎捆干粮。家境困难的人连铺盖也没有，只有一件烂皮袄，白天作衣，夜间当被。

人们要到西口外，就要经历各种艰难险阻。想到家乡灾害频仍、妻儿盼望，走西口人就更坚信，与其在家乡"坐以待毙"，不如走出来"舍命一搏"。

西口路充满希望。十几代人300年间前赴后继地走西口，是人类生存的本能，是贫瘠土地培育的开拓精神，是塞外沃野充满魅力的召唤。他们付出了辛勤汗水，坚韧地生存下来，有的还用劳动养活了全家，改善了生活，积累了财富。

迈出走西口这一步，生死成败虽难料定，但迈出这一步，就意味着告别祖祖辈辈因循守旧的老路，踏上一条与命运相搏的开拓之路。

这条路上充满荆棘、恐惧、诱惑，甚至死亡，但走西口者以"铁了心肠不回头"的坚定信念，克服常人难以想象的困难，留下了一段段感人至深的故事，铸造了人们吃苦耐劳、坚韧不拔、勇于开拓的精神。

如今，人们寻访走西口的历史印记时，还能感受到先辈们干事创业的热血与豪迈，更让我们珍惜当下的美好。不驰于空想，不骛于虚声，走西口人留下的精神瑰宝，是让人们在事业上、生活中勇于克难、坚韧不拔，使我们和我们的后人生活得更幸福。（本文与于嘉合作完成）

青城的春天来了

前两天，我家门前花儿开得热闹，各色的桃树你追我赶地开花，装点得院内春意盎然。突然感到：桃花满树赶春来，我身边的小区挺美。

南国芳菲尽，青城桃花开。朋友们在微信里尽情地晒着呼和浩特的春天，婀娜多姿的花柳摇曳着春风，姹紫嫣红的嫩蕊绽放着芳华。我又觉得：青城青青柳色新，我生活的城市很美。

我在呼和浩特已生活工作了二十五年，对这个城市有感情。呼和浩特市是内蒙古自治区的首府，有着悠久的历史，我曾填过一首《望海潮·云中形胜》概括其要："云中形胜，武川地险，重镇自古归绥。阴山抱枕，黄河萦带，青城从来名陲。鏖战声已远，看赵国鸿鹄，秦时明月，魏代风云，风吹草低山月微。更有昭君出塞，三娘子筑城，气壮须眉。丰州闹市，盛乐沃土，江山苍茫奇瑰。穹庐天地间，听可汗鸣镝，虎旅击柝，敕勒长歌，云横塞上罡风吹。"

历史悠久底蕴深厚，但呼和浩特过去的城市建设却入不了外地朋友的青眼，甚至自治区其他盟市的朋友也笑话我们。山清水秀的呼伦贝尔市和东部盟市的城市，既有草原风情又有现代风韵，那里来的朋友们自然瞧不起这里。相邻的草原钢城包头市据说是苏联专家规划设计的，马路宽绿化好空间大，包头不少朋友认为呼和浩特根本没法和包头相比。就连黄河南边鄂尔多斯的朋友们，也打心眼里看不上呼和浩特。

谁不说俺家乡美，热爱自己的家乡是对的，但过去不少呼市人自己也编排呼市。一个流传很广的段子说，呼市的几个干部闲聊时拍胸而言“经过多年的努力，终于把呼市建成一个大嘎查了”。“嘎查”是蒙古语，汉语的意思是村，把城市建成一个大村，笑话呼和浩特没有现代气息，村气十足。还有个故事说呼市的女子称“我”是“鹅”，呼市的小孩称“我”是“爷”，呼市的男子是娶了个“鹅”生了个“爷”，这又笑话呼市人土气。

呼和浩特是蒙古语，汉语意为“青色的城”，但过去城市绿化也比较落后，与青城这个称呼确实有点不相称。也许是塞外地寒，也许是草木娇贵，呼和浩特过去树木稀少，能开花的草木更少。我出生在呼和浩特市南托克托县的农村，小时候没有见过桃花，见过的树只有杨树、柳树、榆树和一些夏果树。1993年大学毕业来到呼和浩特，看到的也多是“杨花榆荚无才思，惟解漫天作雪飞”的单调，比我小时候看到的树种也就多了松树和丁香。

过去呼和浩特市民赏桃花主要是去公主府公园。呼和浩特公主府先后居住过顺治第四女静宜公主、多尔衮的曾外孙女和硕格格、康熙第六女恪靖公主。公主府公园的梅花是1933年傅作义将军为纪念367名抗日阵亡将士而种植的，阵亡将士们的遗骸就葬于公主府公园。英雄忠骨沁梅香，公主倩影映花魂，公主府公园成为呼和浩特市种植桃树面积最大、树种最集中的园林区。

现在呼市市民赏桃花可不止公主府公园一个去处了。呼和塔拉万亩草原、成吉思汗公园、草原丝绸之路文化主题公园……这几年呼和浩特的公园如雨后春笋般冒出来，一个比一个漂亮。每一个公园都有自己的主题，比如自治区检察院门前的春度公园以廉政文化为主题，里面有包公塑像、焦裕禄塑像等廉政文化元素，我曾带孩子去玩，边玩边让孩子看文化墙上的故事和格言，挺让孩子长知识的。

呼和浩特市这两年建起的好多公园都是因势而建，建园后又赋予其不同主题。两年前北山公园还是一处渣土堆放场，这座大垃圾山夏天臭气熏天。经过规划治理变成了可供游赏的山体公园。在呼和浩特市东二环路上，草原丝绸之路文化公园与公路伴行。这里曾是高压线走廊，后来把高压线埋入地下改造出了这处公园，园林造景再现草原丝绸之路发展过程中呼和浩特历代盛景：盛世青城、库库和屯胜景、蒙元盛世、盛乐长歌、云中风云等五大景观区段各有特色。

去年夏天，我带着孩子不知去哪个公园玩好，作为生活了25年的市民，市里好多公园我叫不来名字。在西北省会城市中呼和浩特市第一个被评为国家级园林城市，获得国家森林城市的殊荣。这两年呼和浩特的绿化速度更快，生态修复的呼和塔拉草原成为内蒙古自治区成立70周年大庆的主会场；站在城里北望大青山，过去的采石场被拆除，前坡改造工程使大青山真的绿了，青了。一到夏季，碧草如茵花如海。

好多树种我都不认识，好多花我叫不来名字。滨河路公园过去是一段臭水沟，这臭水沟原本是大黑河城区河段，后来被污染。通过综合整治现在变成了一段美丽的河流，我家就在岸上住。春夏之季河水碧波荡漾，岸上树木葱茏，花草葳蕤，已经成为人们休闲健身的好去处。入夜树木花草被各色彩灯点缀，流光溢彩。2017年自治区成立70周年大庆时又开放了音乐喷泉，人们一边听着草原歌曲，一边欣赏五彩缤纷的音乐喷泉，我家小儿天天闹着让人领他去看。

树成荫，花如潮，青城变得名副其实。城市建设也在变，高楼大厦和环线马路不说，就说与百姓生活息息相关的小区，房屋年久失修、管网老化陈旧等曾经困扰着不少呼和浩特市老旧住宅小区的居民。呼和浩特市这些年集中改造，这些老旧小区脱胎换骨：楼房外墙做了保温，马路畅通了，天然气通了，供排水管和供暖管道换了……山丹小区、团结小区一个个过去破烂不堪，现在有了停车位、路灯、绿地。

过去，人们嘲笑呼和浩特有几大“随便”，其中之一是男人撒尿随便。不少男同志在草丛边背对马路就小便，美其名曰“男人自带一堵墙”。也难怪，过去呼和浩特公厕少，又脏乱差，人们内急了真没法。

2017年呼和浩特新建和改造了3000多座公厕，有的公厕命名为“青城驿站”，不仅美观舒适、设施齐全，还是一个综合便民服务点，引进电商配送、休闲茶吧、报刊读物、综合执法等，环卫工人、走路的人可以来歇个脚，带着婴儿的母亲也能方便喂奶。形态各异、造型美观的“青城驿站”成为城市一道亮丽风景。

如今青城百姓的幸福感与日俱增，但也有人还是以挑剔的目光来审视这座城市。比如，当漂亮的“青城驿站”出现街头，有人就说厕所没必要盖这么好。我常常和身边的一些朋友说，不管我们过去在哪个地方生活，我们现在是青城市民，应该盼着这座城市变得越来越美，而不应挑毛病编段子，至少我们的言行美也是这座城市美的组成部分。

真的，桃花在盛开，城市在变美，青城的春天来了。

塞外青城：壮似阴山歌敕勒

呼和浩特为蒙古语，意思是“青色的城市”，简称“青城”。在这个城市我们已经生活工作了二三十年，喜欢上了这座城市。有一个笑话说：呼和浩特人爱喝酒，喝酒前说我是呼和浩特的，喝多了说呼和浩特是我的。

城市是有性格的。就像这笑话里讲的，呼和浩特人性格粗豪率真、热情奔放。“敕勒川，阴山下。天似穹庐，笼盖四野。天苍苍，野茫茫。风吹草低见牛羊。”这首北朝民歌，反映了当时呼和浩特地区的景象。“中州万古英雄气，也到阴山敕勒川”，在呼和浩特仰望苍穹，常使我联想到金庸先生《天龙八部》里萧峰这个人物。

这种天地英雄气由来已久。早在战国时，北方地区的赵武灵王冲破传统观念，实行“胡服骑射”，把游牧部落驱逐到阴山以北，在呼和浩特一带设云中郡，成为中原王朝在此设置的第一个行政建制。自此，呼和浩特地区以“云中”著称。赵国为防御游牧民族南下，还在阴山南麓修筑长城。在呼和浩特西北部的东乌素图村，修建于两千多年前的赵北长城依稀可辨。沙土质的长城上，古木傲然挺立，记录着岁月印痕。秦灭六国后，把燕、赵和秦的长城修缮连接，建成万里长城。它在呼和浩特的一段，基本上就是赵长城的那一段。如今，呼和浩特北郊一些老人还传诵着“秦始皇走马修边墙”的故事。

到了西汉，呼和浩特市仍属云中郡。“云中”这个诗意的名字，给这里留下了诸如“朝入云中郡，北望单于台”等歌诗佳句，但我最激赏的是苏东坡《江城子·密州出猎》中“持节云中，何日遣冯唐”。颇有作为的云中太守魏尚为争军功多报了6颗首级，汉文帝便把他免职并处刑一年，冯唐据理说服文帝，文帝马上任命冯唐为特使到云中郡赦免了魏尚。《史记》卷一百零二《冯唐列传》详细记载了这件事。经过古城镇时，我想象历史深处应该有这样一幕：手持天子符节的冯唐从长安跋涉而来，满城百战能胜的士卒为平日体恤他们的太守魏尚遇赦荷甲而舞、欢声雷动。

翦伯赞先生在《内蒙访古》里说："阴山以南的沃野不仅是游牧民族的苑囿，也是他们进入中原地区的跳板。"在呼和浩特市这块巨大的"跳板"上，北方游牧民族打马走过，繁衍生息，创造文明，演绎了威武雄壮的历史剧目。魏晋南北朝时期，在呼和浩特地区活动的民族主要是鲜卑和敕勒。公元258年，鲜卑族的拓跋部在呼和浩特南45公里的盛乐（今和林格尔县一带）举行部落酋长祭天大典，建立都城。大青山以南的呼和浩特一带被称为"敕勒川"，著名的《敕勒歌》就诞生于此。

从盛乐迁都平城（今山西省大同市）的北魏王朝，完成了从塞外草原游牧政权到中原王朝的嬗变。孝文帝迁都洛阳后，这个从呼和浩特出发的王朝为缔造大一统的王朝奠定了基础。之后，北魏分裂演变为北齐和北周，北周灭北齐，杨坚篡北周后统一南北肇基隋朝，开启了大一统的隋唐盛世。

陈寅恪先生在《李唐氏族推测之后记》说："李唐一族之所以崛兴，盖取塞外野蛮精悍之血，注入中原文化颓废之躯，旧染既除，新机重启，扩大恢张，遂能别创空前之世局。"这"塞外野蛮精悍之血"就来自呼和浩特市，隋唐盛世就从这里打马走出。从北魏到隋朝王朝更迭，不少帝王将相来自今天呼和浩特市的武川、和林格尔和托克托县。

"野蛮精悍之血"，在我看来是一种尚武精神。边地自古出英雄，妇女也矫健豪爽，这从妇孺皆知的《木兰辞》里就可以领略其精神。还有一首北朝民歌《李波小妹歌》："李波小妹字雍容，褰裙逐马如卷蓬。左射右射必叠双。妇女尚如此，男子安可逢。"今天，这种尚武精神演变成了北方女子的豪爽性格。

“岁岁金河复玉关，朝朝马策与刀环。三春白雪归青冢，万里黄河绕黑山。”这是唐代柳中庸的《征人怨》。金河、青冢、黑山都在呼和浩特市境内。我一直怀疑“玉关”或许是“榆关”，榆关就在呼和浩特市托克托县一带。在呼和浩特市这片土地上，有一个人人们不会忘记——王昭君，青城千古，青冢千古。昭君出塞，远嫁异族，播下和平睦邻的种子，对当世及后来民族的平等团结产生了深远影响。历代文人极尽想象之能事，描写“昭君不惯胡沙远”的一面，但董必武先生说得好：“昭君自有千秋在，胡汉和亲识见高。词客各抒胸臆懑，舞文弄墨总徒劳。”如今，“青冢拥黛”已成胜景，呼和浩特有“昭君路”，羊绒衫等也有“昭君”品牌。

从军事重镇到商贸中心的转变，是从辽金元开始的。这一时期在呼和浩特东郊白塔村一带设立了丰州。到了元代，这里贸易活跃，商业兴旺，各族人民和睦相处。元代学者刘秉忠《过丰州》“车马喧阗尘不到，吟鞭斜袅过丰州”，擘画出商贸兴旺、清秋扬鞭、歌谣慷慨、炊烟斜袅的意境。明初，元室后裔首领达延汗统一蒙古各部，他的孙子阿拉坦汗在嘉靖年间率部驻牧丰州一带，仿元大都建了一座新城——“库库和屯”，蒙古语意为“青色的城”，就是今天的呼和浩特。

粗犷尚武的地区性格，在民族交融中又赋予了呼和浩特包容大气的气质。明末清初，山西等地的人们背井离乡，走西口到塞外经商，促进了当地经济的繁荣，密切了蒙汉等各族人民的交往，这一迁移被称为走西口。除了经商，不少移民还辛勤耕作、盖房垒院、安家落户，使塞外单一的游牧经济，逐渐转变为农牧并举、蒙汉共居。

走西口人不仅带来了内地的特色曲艺，还带来晋陕的特色美食。如果你在我们家乡托克托县的农家做客，常会吃到用糜米制作的酸粥。相传，酸粥最初流行于山西河曲，正是走西口人带来这一美食，让它在内蒙古中西部流传至今。当然我们也爱喝奶茶、吃烤全羊。

饮食蒙汉相通，性格你我包容，连地名也你中有我。在呼和浩特，常见以“板”命名的村庄，遍布走西口移民搭建的住宅或凿制的窑洞。他们采用蒙古语音译，称之为“板升”或“板申”，简称“板”，并以此命名村庄。呼和浩特东南部的和林格尔新区，就有公布板、板定板、姑子板等村庄。

在呼和浩特，朋友之间很少问对方的民族，都盼着城市更漂亮。小时候，我在托克托县只见过杨树、柳树、榆树和一些夏果树。1993 年大学毕业来到呼和浩特，看到的也常是“杨花榆荚无才思，惟解漫天作雪飞”，只多了松树和丁香。现在的呼和浩特真像一座森林里的城市。以往，市民赏桃花主要是去公主府公园。如今，呼和塔拉万亩草原、成吉思汗公园、草原丝绸之路文化主题公园等如雨后春笋般冒出来，一个比一个漂亮。绿地越来越多，我们喜欢这种城市中有草原的感觉。

站在城东北的呼和塔拉万亩草原上，风吹草低见到的不再是牛羊，而是一座壮阔的草原新城。耳际敕勒歌穿越千年响起：敕勒川，阴山下。天似穹庐，笼盖四野……风景千年殊，不变的是生活在这片土地上人们的豪情，有了这豪情，城市的未来更加壮阔。（本文与于嘉合作完成）

闲话家乡托克托

我的家乡是内蒙古托克托县，我给好多外地同志介绍，他们卷着舌头半天说不来。我就给他们介绍：这么着吧，黄河之水天上来，厉害吧，可来到我们托克托得拐弯向南流，黄河上中游的分界点在托克托。

一条大河向东流，碰到托县就得拐，说明托克托水土硬。我曾经和朋友回托县，有两个小姑娘骑车在马路中间，朋友鸣笛示意半天，其中一个小姑娘回头甩了一句："不用嘀，嘀也不给你腾路。"还有个笑话说一帮人在托县下馆子，有人向服务员催菜，服务员回道："号甚了，熟了给你上呀哇。"又有人问服务员菜名，服务员没好气地说："你吃的还不知道，我能知道了？"

笑话归笑话，道出了托县人的性格。黄河水来托县会拐弯，但托县人不会拐弯；托县出产的糕软溜溜的，可不少托县人的腰硬僵僵的。我认识好些托县老乡，因为性格原因和人家上司闹矛盾，结果眼乌鼻青。说好听的是"不为五斗米折腰""安能摧眉折腰事权贵"，说不好听是"情商太低"，用托县话说就是有一股"灰劲气"。

历史文化钟爱托克托这个地方，这里有着沉甸甸的文化遗产。最早的是7000年的仰韶文化遗址——海生不浪。之后战国时建云中城、秦时置郡、北魏时拓跋氏建都；从唐代设云中、单于都护府，到明朝筑东胜卫城……托克托县曾上演过许多辉煌与显赫，留下许多可供登临凭吊的胜迹遗址。

今天，历史文化开始成为一个地区的发展最可借力的韧带，不少地区出现了历史和文化名人故里之争，出现了文明发祥地之争。但托县人不用去觊觎和嫉妒别人的历史和文化遗存，先辈们留下的东西管够，只要稍下功夫整理下历史，重新填上已被岁月凋落的色彩，这里的历史就会由风干变得丰腴，由黯然变得有神，由模糊变得清晰。

托克托有个好听而充满诗意的名字——云中郡。战国秦汉时筑城设郡，因此我常和朋友们开玩笑，两千二百多年前呼和浩特市归托克托管辖。云中郡是赵武灵王筑城置郡。但北魏郦道元《水经注》所引《虞氏记》误为赵武侯，其文曰："赵武侯自五原河曲筑长城，东至阴山。又于河西造大城，一箱崩不就，乃改卜阴山河曲而祷焉。昼见群鹄游于云中，徘徊经日，见大光在其下，武侯曰：此为我乎？乃即于其处筑城，今云中城是也。"

《虞氏记》说这位赵武侯在黄河西岸筑城崩塌失败，就跑到了黄河东北离阴山不远处另觅城址。白天看见一群天鹅整日翱翔云中，群鸟下方光芒耀眼，赵武侯以此为吉兆筑城，筑城成功遂命为云中城。黄河千古，云中千古。云中城故址在今托克托县东北的古城镇，再说得明白点，这片平原就是北朝人歌咏的敕勒川的一部分——"敕勒川，阴山下。天似穹庐，笼盖四野。天苍苍，野茫茫。风吹草低见牛羊。"在这里建城可以放牧战马、胡服骑射。

漫长的岁月湮没了城址荒芜了朝代，但总有一些事令我们神往。我因为回老家五申镇团结村，无数次经过云中古城的断壁残垣，"远水平芜开野花"，春季这里的农民用犁铧耕耘着历史，夏季这里是"夹道离离禾黍稠"的景象，在"塞云漠漠际寒沙"的残垣上，我不止一次遥想当年赵武灵王胡服骑射的飒爽英姿，遥想这位帝王看到鸿鹄翔集后开始筑城设郡的情景。

"云中"——这个好听的名字给托克托留下了许多宝贵的歌诗佳句，这些边塞诗至今读来英气勃勃，词句铮铮："朝入云中郡，北望单于台""为报如今都护雄，匈奴且莫下云中""见说云中擒黠虏，始知天上有将军"……但我最击赏的是大文豪苏东坡《江城子·密州出猎》中的一句"持节云中，何日遣冯唐"，这件事发生在汉文帝：颇有作为的云中太守魏尚为争军功多报了六颗首级，汉文帝便把他免职并处刑一年，冯唐据理说服文帝，文帝恍然大悟，马上任命冯唐为特使来到云中郡赦免了魏尚。唐王维《老将行》中“莫嫌旧日云中守，犹堪一战取功勋”的云中守，就是指魏尚。

《史记》卷一百零二《冯唐列传》详细记载了这件事，冯唐对汉文帝两次提到魏尚的名字，南宋洪迈《容斋随笔》卷十五“云中守魏尚”条感叹“重言云中守及姓名，而文势益遒健有力，今人无此笔也”，也就是佩服太史公司马迁笔力遒劲，气势磅礴。经过古城镇时，我想象遥远的历史肯定有过这样一幕：手持天子符节的冯唐翩然从长安跋涉而来，满城百战能胜的士卒为平日体恤他们的太守魏尚遇赦荷甲而舞、欢声雷动。

后来，托克托在隋唐先后设云中都护府、单于大都护府。隋开皇十八年（598 年）改阳寿县置金河县，置榆关总管。古城遗址在今内蒙古托克托县北双河镇哈拉板申村大黑河东岸古城。唐柳中庸《征人怨》：“岁岁金河复玉关，朝朝马策与刀环。三春白雪归青冢，万里黄河绕黑山。”我一直怀疑“玉关”或许是“榆关”，因为他诗中的地名就在呼和浩特市和托克托县一带。

托克托境内有好多古城。除了云中城，还有在今哈拉板申村东的沙陵古城、章盖营子村的桢陵古城、葡滩拐的阳寿古城……这么多古城的出现，肯定是因为水美地肥。托克托县地势低，有“万水归托”之说，就是好多河流到托克托汇入黄河。北魏郦道元所著《水经注》载：“芒干水又西南注入沙陵湖，湖水西南入于河，河北南入桢陵县。”芒干水就是大黑河，沙陵湖是五申镇伞盖村西的七星湖，桢陵县就是燕山营镇章盖营村东梁汉代古城遗址。

大黑河又称作金河，我的家乡团结村就在黑河故道旁边，我小的时候记得父亲他们防过洪。现在大黑河干了，父亲带我去换鱼吃的七星湖也干了。河湖是有生命的，干涸了的湖泊好像精灵从风中逝去。我一直为家乡的水担心。海生不浪就是蒙古语“奇怪的泉水”的意思，在有泉水处先民们开始繁衍生息。托县是个风水好的地方，水不能干了也不能被污染，一代又一代云中后人还要在这里生活呢。

明太祖洪武年间，在东胜州旧址置东胜卫，就是现在的县城圐圙，又在黑城村置镇虏卫。明嘉靖中期西土默特部阿拉坦汗的义子恰台吉（即脱脱，或称妥妥）驻牧妥妥城，托克托城名由此而来。历代建城是因为托克托地势平坦，水草丰美，宜农宜牧。水，是托克托的命呀。

真的做过一个梦：大黑河有水了，七星湖又像天上的星星眨眼睛，有了鱼和鸥鹭。

独具特色的祭祀文化

——管窥鄂尔多斯民俗（上）

鄂尔多斯蒙古语意为“众多的宫殿”，如今是内蒙古最具经济活力的地区，也是一座洋溢着现代化气息的少数民族城市。我已经连续二十五年关注和聚焦这个地区的变化，在注意其日新月异的城市面貌和经济发展的同时，我一直留意从民俗角度来审视这里。这座西北东三面为黄河环绕的地方，南临古长城，毗邻晋陕宁三省区，生活着蒙古族群众，也生活着走西口来的汉族群众。这里保存了蒙古族古朴的民风，也有晋陕文化风俗的传承，很多独具特色的文化民俗十分有趣且有宝贵的人文价值。

作为一代天骄成吉思汗的陵寝之地，成吉思汗祭祀是鄂尔多斯草原最隆重庄严的礼俗。

公元 1227 年，一代天骄成吉思汗再也不能弯弓射雕了，在征西夏途中病殁于六盘山脚下。对成吉思汗的祭奠活动在草原上已经绵延传承数百年。鄂尔多斯草原上的伊金霍洛安奉成吉思汗陵也已有三百多年的历史了，今天人们来到阿拉腾甘德尔敖包畔肃然伫立的成吉思汗陵前，领略最多的恐怕就是盛大而庄严的祭祀成陵活动。

蒙古民族祭祀成吉思汗活动，最早见诸成书康熙元年的《蒙古源流》。一年中，成吉思汗陵前要举行数十次祭祀活动，每次祭祀活动的日期和规模都是固定的，其中有 4 次为季祭，亦称大祭。此外还有月祭和常祭。这些祭祀仪式继承了成吉思汗时代萨满教的祭天方式，明代以后又加入少量藏传佛教的内容。2006年，成吉思汗祭祀被列入中国首批非物质文化遗产保护名录。

春季农历三月二十一，是一年中规模最大、最为隆重的祭祀活动日子。这天祭奠的专有名称是“额苏格（马奶汁）”，是继承成吉思汗在世时的古俗，用一年中最早挤的白骒马奶汁祭上苍，祝愿奶子多得像河湖中的水那样丰盈，是祈求畜群兴旺的祭典，故又称“查干苏鲁克祭”（汉语意为洁白的畜群祭）和“鲜奶祭”。过去，这次春季大祭时间要持续半个月左右。

2018年5月6日上午，年度规模最大的成吉思汗祭祀活动——成吉思汗查干苏鲁克大典，在内蒙古自治区鄂尔多斯市境内的成吉思汗陵举行。来自全国各地约十万名游客齐聚这里，来到三座“一字”排开的蒙古包式陵宫前，感受了这场传统文化盛会的魅力。人们带着哈达、酥油、羊肉等来到成吉思汗陵前，祈求风调雨顺、幸福安康。

夏季的鄂尔多斯，草青畜肥、乳酪生香，成吉思汗陵的淖尔大祭在农历五月十五日这天举行。秋季农历八月十二日这天的禁奶大祭又叫“玛里亚德”，意即新的毡宫落成典礼，是祝愿草原上马群兴旺，吉祥如意。而冬季的农历十月初三，成陵又迎来了盛大的“皮条祭”，相传成吉思汗出生的那年冬天，他的襁褓外面用山羊皮条包扎起来取暖，并以此祝福，“皮条祭”由此得名，是对成吉思汗和后代子孙都能平安度过严冬的祝福。

一年中的祭祀仪式还有彼此相对应的。如每年农历八月十五日的“柱拉格”祭，就是和三月二十一日“额苏格”祭相对应的。“额苏格”是开春时祈福于上苍，而“柱拉格”祭奠是感谢上苍的保佑，使草原上畜群兴旺，并用上苍保佑得来的果实——肉、奶、酒祭奠回敬上苍。

成陵祭祀的仪式也在不断改进充实，文化娱乐和经济活动常常是和盛大的祭祀活动紧密相随。目前鄂尔多斯市正努力把成吉思汗陵打造为成吉思汗历史文化研究中心，传承成吉思汗祭祀这一古老的中华文化。

除了以成吉思汗祭祀为主要内容的传统祭祀，鄂尔多斯蒙古族绵延传承了有别于其他地区的祭祀文化，祭祀文化是鄂尔多斯文化遗存中重要的组成，丰富而独特。在鄂尔多斯采访，经常会不期而遇各种祭祀活动。除了人们比较熟悉的成吉思汗陵祭祀、敖包祭奠和与牧民们最密切的玛尼宏祭祀活动外，还有许多人们难以一见的其他祭祀活动。

当年成吉思汗及其亲兵使用的旗徽大纛，有黑、白、花三种。镇远黑纛的蒙古语为苏勒德，被视为“战神”。今天这柄传说是成吉思汗从长生天那里请到的苏勒德依然供奉在成吉思汗陵，高耸于新建的祭台上。每当农历的七月十四，都要进行苏勒德祭祀，逢龙年则更为隆重。而花纛相传是成吉思汗胞弟哈撒儿的神矛，蒙古民族为纪念哈撒儿，将花纛一直供奉于鄂尔多斯的鄂托克草原上，每逢虎年都要对花纛进行一次威猛祭。1997 年成陵新建大纛祭坛，将花纛移至祭坛黑纛后侧正中供奉。

对旗徽大纛的祭祀，寄托着获得力量和胜利，是牧人们期望草原兴旺发达。倘若赶巧，游览成吉思汗陵时或许会遇到祭纛的盛况，但祭泉则是难得一见的珍稀的蒙古族祭祀文化。

鄂托克旗阿尔巴斯苏木的敖伦布拉格，至今保留着传统的祭泉的传统习俗。这里是一个干旱缺水的地方，却神奇地出现了多处泉水，这里的牧民视泉水为神圣所赐，奉之为“洛素伊金”（意为水神），对之供奉祭祀，祈求神泉永远润泽草原，草畜兴旺。

祭祀圣洁的泉水过去是每月逢五必祭，但后来简省为每年农历五月十九举行一次。这一天附近的牧民自动前来，带着羊肉、美酒、饼子等祭祀用品。祭祀从上午开始，主持祭泉的老牧民带领众人叩拜“洛素伊金”，焚香绕泉祭洒美酒和奶酪。祭泉的同时，还要举行那达慕和物资交流会。

一曲《敖包相会》为草原上的敖包抹上了浪漫的爱情色彩，其实敖包并非恋人幽会的场所，而是草原上牧民祭祀神灵的圣地。敖包是鄂尔多斯蒙古族的灵魂，牧人遇有大事要先祭敖包。

敖包蒙古语意为“堆子”。为了在茫茫草原上识别方向，牧人们便用石头和树枝垒起了高高的堆子，草原上便有了敖包。敖包也逐渐成为游牧部落划定驻牧范围的界限。清代《大清会事例》曾记“游牧交界之处，无山河以为识别者，以石志，名曰‘鄂博’。”

作为草原上最早的路标，敖包给游牧民族带来了吉祥和幸福，逐渐成为民族崇拜物，成为祭祀神灵的地方。鄂尔多斯草原上的敖包分为汗敖包和诺颜敖包，统称金敖包，俗称官敖包。清代鄂尔多斯七旗，每旗有13个官敖包。此外，还有牧民自设的敖包，称为家敖包。敖包有以山川为名的，也有以历史事件和人物名字为名的。

鄂尔多斯草原上的敖包多为圆锥体，按数目分为单敖包和群敖包。群敖包有3个敖包为一组的，分别象征天、地、人。有7个敖包为组的，称为七耀之神。13是蒙古民族认为吉祥如意的数字，因此还有13个敖包为一组的群敖包，13敖包还有代表13尊天神腾格里佑助草原的人们战胜天灾人祸、祈求平安之意。

我采访鄂尔多斯时，常常遇到这样的情景：与我同行的蒙古族同志路遇敖包时，往往会下车参拜，并为敖包添上石块和新土。草原上的长辈们也经常会把赞美敖包的故事娓娓道给后代们。

每年农历5月13日，是鄂尔多斯草原上祭祀敖包的盛大日子。身穿节日盛装的人们如潮而至，在螺号声中，祭祀的人群绕行敖包三圈，献上哈达、炼烛、香枝等，虔诚跪拜鞠躬，默默地祈求幸福。古老的敖包祭祀要行牲祭、奶祭、火祭和玉祭之礼。

古老而神秘的礼仪结束后，敖包盛会中的草原上就沸腾了：那达慕、赛马、射箭、摔跤……欢乐的赛事依次进行。近年来，文娱活动、旅游项目为敖包盛会增添了新内容。

过去，女子是不准走近敖包的，但如今当熊熊篝火燃起的时候，映照着青年男女的蹁跹舞姿。敖包远处的草原上，一对对情侣在月色中漫步，曼妙的草原情歌时时萦绕耳际。

寓意美好的家园文化

——管窥鄂尔多斯民俗（中）

鄂尔多斯蒙古族牧民的院落前，家家都筑有一个1米多高的长方形土台，上竖两根2米多高的朱红色木杆，每杆顶端为三叉状铁矛头，铁矛头与木杆连接处为圆盘，圆盘下缀一圈马鬃长缨……许多人都不解这是何物？象征什么？

这是蒙古民族心灵中的守护神“玛尼宏”，蒙古语称为“赫莫日”。玛尼宏神台上两杆顶端的三叉矛头蒙古语称为“赛斯穆”。两杆之间还有两根或三根挂着五色彩绸的毛绳相连，在毛绳两头各有一块半米长的白布或红、蓝布以细柳作杆固定在两根主杆上，旗上印有九匹飞奔的命运之马，称为“禄马风旗”。玛尼宏神台风旗猎猎，威猛凛凛。

玛尼宏神台是草原的灵魂，是佑护草原吉祥如意的标志。鄂尔多斯人传说，它是战神苏勒德的化身。普通牧家前的玛尼宏神台，是牧人家庭幸福、安居乐业、驱灾去恶的精神寄托。

过去，祭祀玛尼宏是牧人生活的重要内容：每日清晨要小拜，每月初一户主要与家人一起长拜，每逢节日更要隆重礼祭。牧人出门远行前，要祭玛尼宏；家有婚丧嫁娶大事，要祭玛尼宏；而添丁进口了，更要祭玛尼宏……玛尼宏已成了牧民重要的精神家园。

爆竹声中一岁除。大年初一拂晓前的玛尼宏祭祀是一年中最为隆重的。给全家带来吉祥的禄马风旗和五彩连绳已蒙上了一岁的尘土，要换新的了，马鬃长缨也要重新修整。在装扮一新的玛尼宏神台前点燃熊熊的篝火，户主带领全家人长跪膜拜，诵颂玛尼宏祭文，祈福新岁。新年的黎明到来了，篝火堆里拣一块新火，点燃灶火煮好新年的第一壶醉人的奶茶，先敬玛尼宏，然后全家共饮。

如今，草原上的人们富庶了，玛尼宏也变得更加漂亮了。许多牧民不再用土坯筑台，而改用砖石。垒好的玛尼宏再用瓷砖镶嵌，玛尼宏再也不用怕风雨剥蚀了。尽管玛尼宏祭祀仪式省略了许多，可是每逢举家大喜，牧民们总忘不了向玛尼宏祈福。

蒙古包是马背民族流动的家园。说起蒙古包人们并不陌生，脑海中总能用草地、白云、牛羊、蒙古包来绘制出一幅想象的草原画景。但蒙古包天性是流动的，随着草原上定居的人们越来越多，草原上的蒙古包越来越少。

透过鄂尔多斯蒙古包的变迁过程，我们可以看到这里的人们由游牧走向定居的生活轨迹。

在鄂尔多斯中南部一些牧区曾出现过柳笆式蒙古包，这是牧民生产生活相对稳定后建造的半定居式蒙古包。柳笆蒙古包用当地沙柳杆编织为架，上面用毡覆盖，外观仍与传统的蒙古包相同。后来柳笆包逐渐改用柴草覆盖，然后用泥巴抹罩。

晚清时期出现的墙体式蒙古包，已是完全意义的定居形式。这种包一改传统折叠式蒙古包的特点，用材、制作和外观均已脱离了传统，采用了土筑墙体，上边用木椽搭建圆锥形顶棚，椽上用柳笆抹泥覆盖。到20世纪四五十年代，在墙体式包的基础上发展出了筒式蒙古包，筒式蒙古包与定居房屋已相差不多，包内增加了灶、炕、烟囱、窗户等。筒式包的外形仿佛是将一个圆形蒙古包拉长，墙体为长方形，只有顶部呈圆拱形。现在，筒式包在鄂尔多斯草原难得一见。

鄂尔多斯草原上还有两种未随时代变迁的蒙古包，即王府包和灵包，因为这两种蒙古包成为重点文物而突出了其观赏价值。清代的鄂尔多斯实行盟旗制度，在扎萨克王府内安置的蒙古包称王府包。王府包做工十分精致，门扇、套脑上有许多彩绘雕刻图案。王府包内部陈设也十分讲究，有木雕的柜子、佛龛和火盆桌等。

灵包是鄂尔多斯蒙古族心中的圣物，亦称八白室，是八座白色的毡帐，供奉着成吉思汗和他三位夫人的灵柩。经历了七百多年的风雨，八白室已数度迁移，作为一个流动的陵包，这在古今中外极少见。1954 年 4 月，因战乱羁旅于青海塔尔寺的成吉思汗陵又迁回了伊金霍洛，几经修缮，八白室已成为今天三座错落相连的蒙古包建筑，成为蒙古民族的精神寄托。

如今，成吉思汗陵周围的诸多旅游景点上，有许多蒙古包，这些蒙古包姿态各异，做工精细。在鄂尔多斯其他地区也常常能见到这样成簇的蒙古包，不过这些蒙古包大多是专门的民族工艺厂所制。传统的蒙古包是牧人生活和孕育蒙古文化的摇篮，今天的蒙古包更多是出于旅游的需要，增添文化感染力。

草原上的生活总会有乳香飘过。“牛羊散漫落日下，野草生香乳酪甜”——这是一幅过去蒙古族典型的生活画卷。今天，尽管鄂尔多斯草原上的牧民已全部定居，但草原上仍不难找到这样的画卷。草原牧民的生活，永远飘散着诱人的奶香。

炒米、奶茶、手把肉，是鄂尔多斯蒙古族人民迎接远方客人的最为贵重的佳肴。在鄂尔多斯草原上采访，随意叩开一户蒙古族牧人家，主人就会用奶酪、黄油和奶茶来招待你。有的牧民还把牛奶发酵后，酿出醇美甘甜的奶子酒，用以消暑待客。过去，晨曦微露的草原上，哞哞低吟的牛群中，挤奶姑娘提着奶桶忙碌地用劳动迎接着一天的黎明。而这种劳动也被升华出了舞蹈，我在那里采访曾见过这样的劳动场面，也领略过挤奶舞蹈的风姿。但现在好多年没见到了。

圣洁的牛奶在牧人心中不仅仅是一种食品，更是一种祭天祭地的上等祭品。在很大程度上，横溢的乳香飘出了缕缕凝重的鄂尔多斯奶文化。每年成吉思汗陵春季大祭时，陵前的甘德尔敖包旁放着一只盛满奶汁的大奶桶，即使是从数百里外赶来的牧民，也要把自家挤的新鲜奶子融入这只奶桶中，用以祭祀苍天。每年成吉思汗陵的数十次祭祀活动中，奶酒是不可缺少的必备的祭品，据说最盛大的祭祀活动要用 33 瓮奶酒。在其他祭祀活动中，也少不了奶酒和奶酪。

所有的祝贺也少不了奶汁。在喜庆牧业丰收时，牧人们把丰收的奶汁泼洒向敖包。在敖包会上的赛马比赛上，年老的主祭官会向优秀的骑手和坐骑抹画鲜马奶祈福祝愿。辞旧迎新时牧人们又会把圣洁的奶汁洒向玛尼宏周围默祷。“家里的奶茶常醉人……”这样的歌声会从草原深处经常响起。

醉人的婚礼与撩人的漫瀚调

——管窥鄂尔多斯民俗（下）

鄂尔多斯婚礼和漫瀚调代表着鄂尔多斯两种截然不同的文化，它们都是鄂尔多斯最动人最娇艳的民俗文化奇葩。双花脉脉娇相向：2006年5月20日，鄂尔多斯婚礼经国务院批准列入第一批国家级非物质文化遗产名录；2008年6月7日，漫瀚调经国务院批准列入第二批国家级非物质文化遗产名录。

“前额上嵌着玉点的骏马，还在沙丘上奔跑。身穿蟒缎长袍的姑娘哟，就要离开娘家的毡包……”凡是参加过鄂尔多斯婚礼的人，无不为这哀怨凄惋的《送亲歌》感动，同时雍容华贵、精彩纷呈的鄂尔多斯婚礼，也令参加者叹赏不已，久难忘怀。

经过千年演变的鄂尔多斯婚礼，如今仍然比较完整地保留着本来面貌，只此便堪称我国传统礼仪文化史中一绝。史载成吉思汗成亲过程中，先后履行了6项仪式程序：提亲、订婚、宴请、送礼、求名、迎亲。这种古老的蒙古婚礼，流传至各个蒙古部落后经演变更多地突出了地方特色，唯有鄂尔多斯婚礼仍然延续着古老的婚俗传统。“佩弓娶亲”“闭门谢婿”“献羊敬酒”“求名问庚”“分辫出嫁”“路迎新娘”“跪拜公婆”……这一整套鄂尔多斯婚礼程式，可从12世纪的蒙古婚礼找到其雏形。

“卸羊脖子”是鄂尔多斯婚礼的独特规矩。新郎到女方家后，新娘分辫出嫁仪式完毕后，女方家人用盘子端出煮熟的羊脖子，要求新郎卸开，这是对新郎是否心灵手巧的考验。有的新郎拔刀开卸、游刃有余，赢得了人们满意的掌声。而有的新郎卸得大汗淋漓也无如之何，就会招来围观者的嘲笑。

婚礼上最耀眼的要数新娘的头饰。雍容华贵的头饰由头带和腮垂两部分组成。头带是项圈、后片、额垂珠、银坠子和垂饰搭配而成，腮垂则由腮托、外档片、内档片、布套筒和垂旒等点缀而成，这些首饰用材为金银、珊瑚、珍珠、玛瑙、玉石和蓝晶石等，重量一般为 5 市斤左右。在鄂尔多斯婚礼上，人们同样领略的是鄂尔多斯服饰文化的最精华部分。

所有仪式程序，一切感情交流，都以歌舞和酒来作载体，鄂尔多斯因此而以“歌的海洋、酒的故乡”闻名。婚礼一般举行三天三夜，自始至终不准重复唱一支歌，唱出一支重歌就要罚酒三杯。婚礼上人们要唱百支歌曲，要献千首祝福。

我曾参加过数次鄂尔多斯婚礼，有表演的婚礼，也有真实的婚礼。用作表演的鄂尔多斯婚礼已压缩至 2 个小时甚至更短，浓缩了其中的精华部分。今天的年轻人喜结良缘时，已不再完全依照传统的婚礼程式，但卸羊脖子、献羊敬酒等许多内容仍在保留，而婚礼上歌不能少，酒更不能缺。我曾在乌审旗陶利苏木参加一户牧民的婚礼时，歌饮直达通宵，困了也只能盘腿原地打盹，醒来后接着欢饮歌唱。

九曲黄河如弯弓般环绕鄂尔多斯，由准格尔旗进入晋陕峡谷。准格尔旗的沟沟峁峁不时会传出高亢的“漫瀚调”，萦绕于漫漫山梁间，回荡在滔滔黄河上。

“漫瀚调”是民族团结的结晶，她诞生在黄河岸边的准格尔旗，这里是远近闻名的漫瀚调艺术之乡。秦代曾强迫 3 万户迁至今日的河套和准格尔一带屯垦，形成蒙汉杂居相处的局面。自秦以降，中原汉族不断进入鄂尔多斯，蒙汉人民水乳交融，孕育出了独特的民族民间音乐——漫瀚调。

在长期的交流中，汉族群众学唱蒙古民歌时，取其曲调而以乐器演奏，这样的旋律演变成了内蒙古西部“二人台”的部分曲牌，《巴音杭盖》《敏金杭盖》等名曲至今传唱草原。还有一部蒙古族民歌在口耳相传中，一方面保持鄂尔多斯民歌的规律和弦法；另一方面糅进了汉族的“信天游”“爬山调”“二人台”等音乐的要素，形成了独具特色的民歌新品种漫瀚调。

一百多年流行愈盛，准格尔旗无论男女老幼，都能信口吟唱。漫瀚调最初是爱情的“鹊桥”，青年男女隔着沟壑，倾心吐露着爱情之声，《栽柳树》《唐庆扎布》等有关爱情的漫瀚调名曲，今天的年轻人可能不知道这是先辈撩人的歌。传唱历久，漫瀚调歌词内容已无所不包容：以叙事和抒情两种方式讽喻时政，歌唱对美好生活的向往，心里所想就成了口中所唱，即兴出口，语言无华，散发着浓郁的乡土风味和山野气息。

漫瀚调与鄂尔多斯民歌永远割舍不开，腔调潇洒、感情炽烈等鄂尔多斯民歌所具的特点，都为漫瀚调所传承，甚至就一首歌也能找到其间相承的关系。《阿拉腾岱日》是一首在准格尔旗布尔陶亥乡广为流传的漫瀚调，此歌就是在传统鄂尔多斯民歌《鄂托克西边》的基础上演变而来。

除了在鄂尔多斯地区广为流传外，漫瀚调也流传于内蒙古西部许多地区，备受那里人们的喜爱。因为蒙汉群众休戚与共的生活，是漫瀚调的根。

古塞黄云共渺然——居延访古之一

发源于祁连山深处的黑河是我国第二大内陆河，《水经注》将其译为弱水流沙。黑河流经青海、甘肃进入内蒙古境内称作额济纳河。“额济纳”来源于西夏语“亦集乃”，意为黑水。这条被称为弱水的诗意的河流出祁连山向东北奔流800多公里后，在巴丹吉林沙漠西北缘找到了自己的归宿，其尾闾湖被称为居延海，位于内蒙古阿拉善盟额济纳旗达来呼布镇东北约40公里处。

“居延”是匈奴语“祁连”的音转，唐代颜师古注《汉书》时云“匈奴谓天为祁连”，祁连山即天山，居延海即天池。在这一天赐大湖的滋润下，形成了历史上有名的居延绿洲，即今天的额济纳绿洲。从汉朝开始在黑河流域的绿洲屯垦驻军，起塞筑垒，砌城修郭，兴修水利，发展农垦，创造了灿烂的文明，这些文明的碎片散落在居延遗址的断壁残垣和风沙戈壁中。

居延海在汉代被称作居延泽，那时的居延泽水草丰美，是蒙古高原通往河西走廊和西域诸国的必经之道，也是穿越巴丹吉林沙漠和大戈壁通往漠北的重要通道。匈奴如果占据了这里，就可以联络河湟一带的羌人共同侵袭汉朝；汉朝如果控制了弱水两岸，就扼住了自漠北向南转而至河西、西域之咽喉要冲，控制进入河西走廊的这个北部豁口不仅可以屯垦以备御匈奴，而且可以此为据点主动从河西或漠北出击匈奴。

汉武帝元狩二年（前121年）春，霍去病重创匈奴后，匈奴败退漠北，给汉王朝在居延经营抵御和出击匈奴的防线提供了充裕的空间和时间。据《史记·大宛列传》载，约二十年后的太初三年（前102年），汉武帝“益发戍甲卒十八万，酒泉、张掖北，置居延、休屠以卫酒泉”。汉王朝擢用前伏波将军路博德为居延都尉，路博德当年曾随霍去病出征过匈奴，熟悉居延的地形要害，他在这个广大的区域修筑了一道长城。这道长城沿弱水两岸由张掖郡筑塞至居延泽，南从今甘肃省高台县境内正义峡起始，沿黑河东岸的毛目东山绵延修筑亭鄣、长城、烽燧、斥堠等防御设施，经肩水金关直至居延泽西北的殄北候官。

路博德同时也修建了肩水都尉府、居延都尉府和遮虏障，这些都构成了今天的居延遗址。居延都尉府和遮虏障是分布在居延泽不远处的黑河故道岸边，遮虏障在居延海西、居延城西北。《史记正义》引《括地志》云：“汉居延县故城，在甘州张掖县东北一千五百三十里，有汉遮虏鄣。”位于河西走廊北侧黑河通道的险要处的肩水金关据水为险，是河西走廊进入居延地区的咽喉要道，严格地控制着关内外的人口流动。秦汉时的都尉是仅次于将军的武官，都尉府直接的下属军事机构称候官。隶属于张掖郡的居延都尉府，在北部、西部、南部下设三大候官，分别为殄北、甲渠、卅井候官。候官的下一级军事机构是部，部又下设若干个燧，燧有燧长，管辖戍卒，少则三四人，多则近四十人不等。这样严密的防御体系不仅拱卫着居延泽和周围的绿洲，而且成了河西走廊张掖郡和酒泉郡的屏障，起到了“卫酒泉”的战略初衷。

内蒙古文物考古研究所副所长张文平介绍，有的研究者认为居延都尉府之下还有一个候官——居延候官。因为出土汉简简文中有“居延塞”“居延候官”“居延塞尉”的叫法。“塞尉”往往简称“尉”，也称“障尉”，是候官长吏之一。如果居延候官确实存在的话，其治所初步推断为红城。居延都尉府之下的三大候官治所所在障城主体均为边长23.1米的方形障城，南侧附带较大坞院。红城虽不见坞院，但其主体障城边长亦为23.1米，符合候官治所的规格。

汉代居延遗址分布在甘肃省金塔县和内蒙古额济纳旗境内。遗址包括张掖郡居延、肩水两都尉所辖的关城、烽燧和塞墙等遗址。汉代的边塞遗迹自东北斜向西南沿弱水左岸分布，全长约250公里，始建于汉武帝太初三年（前102年），一些关城屯戍衰落约在王莽末年，废弃于东汉末年。汉代的辉煌过去了，但只要有黑河水滔滔流过，居延的文明就不会消失，就会层层累积下去。居延地区是内地通往西域的主要通道，是草原丝绸之路的重要关隘，自汉以降，魏晋、北周、唐元、西夏都曾在此设关置隘。

在额济纳旗达来呼布镇东南约19公里外，是唐代的大同城遗址，城址在黑河故道的右岸。在这里我看到，这一回字形城址由内外两道城墙组成，夯土墙残存已不多，但城墙基础依然明晰。此城前身是北周武帝宇文邕所筑的大同城旧址，因多圈马群、套捉坐骑而又名“马圈城”，蒙古语是阿格塔音浩绕。此城垂拱元年（685年）曾侨置安北都护府，但不久安北都护府内移至西安城（今甘肃省民乐县西北）。后来在此设立屯戍的同城守捉，唐玄宗天宝二载（743年）改为宁寇军。唐代的城址遗址仅此一处，因此考古学家推测唐代居延屯田范围要比汉代缩小了许多，这是居延屯田史上的衰落期。

黑城遗址位于内蒙古额济纳旗达来呼布镇南偏东方向约22公里处，是古丝绸之路北线上现存最完整、规模最宏大的一座古城遗址。黑城是西夏在额济纳河下游设的黑水镇燕军司，西夏语称作“亦集乃”，是黑色的意思，亦集乃城被称作黑城或黑水城，蒙古语称作哈日浩特。《元史·太祖纪》载元太祖二十一年(1226年)“二月，取黑水等城”。1286年元世祖在此设“亦集乃路总管府”，大规模扩建黑城，这里成为中原到漠北的交通枢纽，相传马可·波罗从这里经过。明洪武五年（1372年）明朝征西将军冯胜攻打元军残余，筑起沙坝截断黑河上流的水源，断水攻破黑城后撤军而去，这座繁华一时的古城因黑河改道而废弃。直到1886年，俄国探险家波塔宁发现了已在黄沙中沉睡了五百多年的黑城遗址，之后黑城多次遭受俄国、瑞典和日本等外国探险家的疯狂洗劫。

1908年俄国探险家科兹洛夫在这里掘得大量文物，其中包括珍贵的汉文、夏文对照的《番汉合时掌中珠》及《音同》《文海》等古籍。科兹洛夫对黑城进行了两次掠夺式挖掘，第一次在城内的街区和寺庙遗址上挖出了十多箱绢质佛画、钱币等文物，还盗挖出书籍、信件、金属钱币、女性饰物、家具和日常生活用品等。第二次到黑城他雇人大规模地野蛮挖掘，打开一座覆钵式佛塔，里面秘藏着许多佛教塑像和成百上千的书籍、绘画、经卷等。这一惊喜的发现刺激了他的野蛮和贪婪，一共挖掉了30多座塔，几乎毁坏了黑城遗址内所有的佛塔和古城。科兹洛夫将挖掘的宝物打包，用40只骆驼装载这些罕见的文献与500多件精美绝伦的艺术品踏上了归途，他不仅挖走了抄本书籍2000多种，还挖走了300张佛画和大量木制的、青铜镀金的小佛像。俄国著名汉学家伊凤阁在成堆的文献中发现了一册《番汉合时掌中珠》，这是世界上仅存的西夏文、汉文的双解词典。除举世闻名的大宗西夏文刊本和写本外，尚有汉、藏、回鹘、突厥、女真、蒙古文等经籍文献和画卷、元钞、织品、雕塑等器物。

黑城的珍藏不亚于殷墟甲骨、敦煌文书和居延汉简。这里出土有辽、宋、夏、金、元等不同朝代文献，特别是迄今西夏地下文物90%是出自黑城，内容包括语言文字、历史、法律、社会文学、古籍译文以及佛教经典等。迄今为止，目前西夏考古资料的发现中，黑城出土文献数量最多、价值最高。后来出土的文献典籍无论数量、价值、种类等都难与黑城这次被盗的珍藏比肩。1963年苏联出版的《西夏文写本和刊本》一书，公布了科兹洛夫劫走的部分西夏文献目录，计有佛经345种，政治、法律、军事、语文学、医卜、历法等著作60种，合计405种。如今的俄罗斯科学院东方文献研究所收藏着科兹洛夫在黑城所获文献，为当今世界西夏文文献收藏的大宗，共计有大约9000件番文文献和数不清的残片。

经科兹洛夫洗劫后，留下一座伤痕累累的黑城。由于周边地区沙化严重，近年来流沙从东、西、北三面侵蚀黑城，许多遗址已埋于黄沙之下。考古专家们预测至今城内还埋藏着丰富的西夏和宋、辽、金、元等朝代的珍贵文书，“沙阔独行寻马迹，路迷遥指戍楼烟”……这座被流沙半掩的古城曾经历过繁华，也曾经历过战火的洗礼，黄沙里还埋藏有多少神秘呢？还会给我们带来怎样的惊奇呢？

汗青留名居延客——居延访古之二

在烽燧遍地关塞耸峙的居延地区，曾经上演过许多刀光剑影的血战，响彻过无数鼓角争鸣。岁月如同眼前这漫漫的黄沙，湮没了黄尘古道，荒芜了烽火边城，但霍去病、李陵等一个个鲜活的面容仍然闪现在茫茫的居延戈壁，历史是那么遥远，又是那么清晰，莽莽黄沙遮不住英雄男儿用铁血和气节写成的历史。

史籍中第一个和居延有联系的名人是汉代名将霍去病。这位年轻的将军在他二十四年短暂的生命历程中，成就了许多武臣难以企及的功业巅峰，如电击雷震般长驱横扫漠北，饮马翰海，封狼居胥，立功当时，垂名后世。

汉武帝元狩二年（前121年）春，霍去病从北地郡（郡治义渠，在今甘肃庆阳市西南）出发，西北行经鸡鹿塞(今内蒙古磴口县西北哈隆格乃山口)，过钧耆(水名，今地不详)，跨越千里戈壁至居延海，然后沿黑河南进入张掖郡，反向包抄回击今甘肃省酒泉市境内的祁连山，杀伤匈奴甚众。

唐代司马贞《史记索隐》引《西河旧事》云“匈奴失二山，乃歌云：‘亡我祁连山，使我六畜不蕃息；失我燕支山，使我嫁妇无颜色。’”后代诗人皆羡慕赞美霍去病横扫匈奴彪炳青史，如李白《塞下曲》云“功成画麟阁，独有霍嫖姚”，司马光《边将》诗云“红旗一簇聚山椒，霁日清风看射雕。脱帽胡儿遥稽首，汉家新将霍嫖姚”。

在霍去病的电扫雷驱下，匈奴不敢再在大漠北缘立足，向西北方向远遁退缩，出现了“漠南无王庭”的局面。经此一战，危害汉朝百余年的匈奴边患基本得到解决，匈奴主力消耗殆尽，再无能力大规模入侵汉朝。太初三年（前102年）汉武帝派遣光禄勋徐自为出五原塞（今内蒙古准格尔旗黄河岸边），在秦代长城的基础上修筑今内蒙古大青山西端、乌拉山南麓及阴山南坡绵延千余里的长城鄣塞。又派路博德在居延一带筑城修垒，形成了完整的防御体系。

与居延有联系的第二个历史名人是汉代飞将军李广之孙李陵，这是一个悲情的人物。天汉二年（公元前99年），汉武帝派贰师将军李广利以三万骑出酒泉郡，进军新疆哈密市境内巴里坤湖附近的天山，进击匈奴右贤王。又命李陵率5000步兵从居延出兵向北，以分匈奴兵势，减轻李广利部的压力。

李陵从居延孤军深入敌境上千里，一个月后在东浚稽山（在居延海正北，蒙古国南戈壁省鄂勒格湖南）遭遇匈奴单于亲率的3万骑兵主力。李陵所带领的这5000人都是"荆楚勇士奇材剑客"，有着超强的战斗力。一接战便消灭数千敌人。单于又招来8万步卒围攻李陵。李陵向居延方向且战且退，进入一峡谷后继续与匈奴人血战。曾为伏波将军的路博德耻为李陵的后援，没有接应李陵。矢尽道穷、士张空弩的李陵被匈奴俘获，无奈之下投降。《史记正义》引《括地志》指出了李陵血战被俘的位置："李陵败，与士众期至遮虏鄣……长老传云鄣北百八十里，直居延之西北，是李陵战地也。"

"誓扫匈奴不顾身，五千貂锦丧胡尘""都尉出居延，强兵集五千"……唐代诗人的这些诗句，其实是感李陵的事迹而发的。除了当时司马迁为李陵鸣屈，后代诗人莫不感愤李陵之事，对李陵这位在居延之北血战过的汉代名将，表示深深的同情。王维的《李陵咏》写道："汉家李将军，三代将门子。结发有奇策，少年成壮士。长驱塞上儿，深入单于垒。旌旗列相向，箫鼓悲何已。日暮沙漠陲，战声烟尘里。将令骄虏灭，岂独名王侍。既失大军援，遂婴穹庐耻。少小蒙汉恩，何堪坐思此。深衷欲有报，投躯未能死。引领望子卿，非君谁相理。"诗人用诗句把那段悲壮的历史巧妙再现，就像钱穆先生读《史记》感慨"李陵之才气，及其全军之勇决，令千载下读史者想慕不已"。

李陵的悲剧是汉武帝造成的。唐代诗人刘湾《李陵别苏武》诗云“汉武爱边功，李陵提步卒。转战单于庭，身随汉军没。李陵不爱死，心存归汉阙。誓欲还国恩，不为匈奴屈。身辱家已无，长居虎狼窟。胡天无春风，虏地多积雪……”，对李陵的际遇深深地同情。宋代赵崇嶓《汉地》诗也责备汉武帝“但高苏武节，不察李陵心”。

说到这里该说苏武了，这是第三个与居延有联系的名人。苏武牧羊的故事大家都不陌生，他就是从居延出使匈奴的，被扣留匈奴十九年持汉节不屈。诗人们看到苏武的事迹总会联想起居延，或者说看到居延的遥远就会想到苏武持节十九年的不易。比如唐代胡曾《咏史诗·居延》的诗云：“漠漠平沙际碧天，问人云此是居延。停骖一顾犹魂断，苏武争禁十九年。”唐代陈羽《读苏属国传》诗云：“天山西北居延海，沙塞重重不见春。肠断帝乡遥望日，节旄零落汉家臣。”天山即今天之祁连山，匈奴语祁连为天的意思。

宋代汪元量的《居延》诗更是苏武牧羊的诗史：“忆昔苏子卿，持节入异域。淹留十九年，风霜毒颜色。啮氈曾牧羝，跣足涉沙碛。日夕思汉君，恨不生羽翼。一朝天气清，持节入汉国。胤子生别离，回视如块砾。丈夫抱赤心，安肯泪沾臆。”通篇只说苏武事迹，居延只是一个意象的引子而已，宋人廖行之这句“居延汉节存”也是这样的诗法，唐代陈子昂在《居延海树闻莺同作》一诗中更是想到了“明妃失汉宠，蔡女没胡尘”。这样的诗歌里有了遥远的居延、辽西，有了在边地蒙尘的王昭君、蔡文姬，有了出使或征战边关的苏武、李陵，便显得苍凉悲壮，让人思接千载浮想联翩。

少壮出使归来须发尽白的苏武，被汉朝拜为典属国，从此诗歌里出现“属国”一词多指苏武。如宋代徐钧《苏武》诗云：“胡沙不隔汉家天，一节坚持十九年。白首微官甘属国，耻随李卫老戎旃。”指苏武持节十九年虽然白首只得到典属国的微官，但也耻于像李陵、卫律那样投降匈奴。其他如“悠哉典属国，驱羊老一生”“虽言穷北海云中，属国当时事不同”“生归苏属国，死别李将军”“自笑餐毡典属国”“属国方将掘鼠余”“属国餐毡真强项”

之类的诗句，属国都专指苏武，与苏武的事迹相连。

到了东汉时的汉和帝永元元年（89 年），还有窦宪、耿秉从居延出兵大败匈奴的事迹。此战窦宪、耿秉选择了当年霍去病出兵的路线，从鸡鹿塞（今内蒙古磴口县西北哈隆格乃山口）出兵过居延，出塞三千里一直打到燕然山(今蒙古国境内杭爱山)，几乎全歼北单于主力。让随军的班固在燕然山刻石勒功。“穹庐烧尽龙庭破，却上燕然更勒铭”，2017 年 8 月间，中蒙联合考察队在蒙古国杭爱山一带发现了东汉班固所撰《燕然山铭》石刻。

居延故址上坍塌或湮没的燧燧城郭带走了昔日的辉煌，碧波荡漾的居延海淘尽了千古英雄。封狼居胥的名将，勒石燕然的英雄，血战无援的猛将，持节不屈的使臣……居延的这些过客为自己的理想或鏖战直捣龙庭，或坚守至节旄落尽，留取功业纪汗青，留下了黄沙湮没不了的姓名事迹。

大漠孤烟落日圆——居延访古之三

“单车欲问边，属国过居延。征蓬出汉塞，归雁入胡天。大漠孤烟直，长河落日圆。萧关逢候骑，都护在燕然。”许多人都是从王维的这首《使至塞上》开始知道“居延”一词的，诗人描摹的一幕又一幕壮阔的景象，使许多人对这雄关名郿的雄风心仪向往。

没有王维千古流传的诗歌，居延这一汉代要塞只能湮没于漫漫黄沙而不为众人所知；没有居延这一汉代雄关要塞，王维的诗就少了辽阔壮美的一面。王维与居延的邂逅，使汉塞与唐诗完美地结合，升华出了一种雄浑灿烂的大美：大漠孤烟直，长河落日圆。

这里我们再返回来欣赏王维的《使至塞上》这首千古绝唱。唐玄宗开元二十五年（737 年）春，河西节度副大使崔希逸大破吐蕃军。唐玄宗命王维以监察御史身份奉使凉州，出塞宣慰并察访军情，并任河西节度使判官。有人认为这首诗即作于此次赴边途中，还有人说此诗是王维到达凉州后的纪行之作。我同意后一种观点，首联“单车欲问边，属国过居延”是回述刚接到命令时准备出发，一个“欲”字说明诗人接到命令，《文苑英华》的版本是“衔命辞天阙，单车欲问边”。颔联“征蓬出汉塞，归雁入胡天”，解释者多认为诗人借飞蓬自况写出飘零之感，表达了诗人被排挤而产生的孤独、寂寞、悲伤之情，诗人的内心是激愤而抑郁的。《文苑英华》里“征蓬”作“征鸿”，我倒觉得诗人能够受命出塞，实现了自己年轻时的梦想，自己像征鸿、归雁一样自由翱翔，以颈联“大漠孤烟直，长河落日圆”的景象特别壮阔雄浑，有一种天高任鸟飞的意味。

王维出使的地点是河西节度使幕府驻地姑臧，即今甘肃省武威市。这一路的旅程令诗人心潮澎湃，他想到汉代奉使的苏武和遥远的居延。李陵《答苏武书》云“且足下昔以单车之使，适万乘之虏”，王维写下单车的诗句应从此句出典。而“属国过居延”里的属国肯定是指苏武，亦有自况之意，诗人以监察御史身份出塞宣慰得胜将士，意谓自己要像汉代这位忠贞的使者一样单车奉使，前往遥远的边关。历来笺注此诗者把“属国”解释为附属汉朝的少数民族政权，并用《汉书·武帝纪》里唐代颜师古的注解：“凡言属国者，存其国号而属汉朝，故曰属国。”把这句解释为“路经的属国已过居延”“边塞的辽阔，附属国直到居延以外”，这是对这两句古诗的误读。后来储光羲曾孙储嗣宗在《过王右丞书堂》诗中云“感深苏属国，千载五言诗”，这是对王维诗的正确解读。像宋代岳珂《宫词》里“已报龙支新拓境，更开属国处降羌”，这句里的属国才是指汉朝的藩属国。

“晚年唯好静，万事不关心”的王维，年轻时可是一个“相逢意气为君饮”的主，他对汉武帝时这些名臣宿将的事迹羡慕不已。比如边塞诗名篇《老将行》就是感慨李广难封的事迹，王维的《陇头吟》诗云：“长安少年游侠客，夜上戍楼看太白。陇头明月迥临关，陇上行人夜吹笛。关西老将不胜愁，驻马听之双泪流。身经大小百余战，麾下偏裨万户侯。苏武才为典属国，节旄落尽海西头。”关西老将也是指李广。在《送韦评事》一诗中，他写道：“欲逐将军取右贤，沙场走马向居延。遥知汉使萧关外，愁见孤城落日边。”王维对边塞的风物和历史人物是了如指掌的，有着“孰知不向边庭苦，纵死犹闻侠骨香”的游侠情结的。

我说这些的意思是王维诗中的居延、长河、萧关、燕然等地名不一定是实指。有人考证长河是黄河、黑河、石羊河，有人考证王维出使不一定经过萧关（在今宁夏固原东南）、居延……其实这些或虚或实的地名符号，是王维写作时信手拈来描写塞上山川的，他写《李陵咏》时才十九岁，写《燕支行》时年二十一……年轻时的王维一直向往出塞并抒写边塞立功的急切心情。

如果非要胶柱鼓瑟地去考据，描绘出王维出塞路线图来，你会觉得很错乱。一个简单的证明，燕然是今蒙古国境内的杭爱山，自东汉霍去病封狼居胥、东汉窦宪勒石燕然，踏上狼居胥和燕然祭天告功便成为武将的巅峰荣耀，诗人们的立功畅想。“萧关逢候骑，都护在燕然”，这一句化用南朝梁何逊《见征人分别》诗句“候骑出萧关，追兵赴马邑”之语意，并非实写王维在萧关遇到了侦察兵。王维要去慰劳的“都护”是崔希逸，“燕然”指代的就是大破吐蕃军的前线青海西头，诗人到了凉州但崔希逸还在青海前线。

在天马行空的边塞诗人的笔下，地名真的不必当真。像王维的《榆林郡歌》：“山头松柏林，山下泉声伤客心。千里万里春草色，黄河东流流不息。黄龙戍上游侠儿，愁逢汉使不相识。”隋大业三年（607 年）改胜州置榆林郡，治所是今内蒙古准格尔旗东北十二连城，与我的家乡托克托县隔黄河相望。王维不一定去过这里，这首诗歌应该是拟作，诗歌等文学作品里这种写法是很多的。再比如唐代杨凝的《送客往夏州》诗首联是：“怜君此去过居延，古塞黄云共渺然。”夏州治所是赫连勃勃建立的大夏国都城统万城，在今陕西省榆林市靖边县红墩界乡境内，所以这首诗里的居延亦非实指。

王维出使到达凉州后，写了不少诗篇。除了豪情万丈的边塞诗之外，也写过一些民间风俗诗歌，如《凉州郊外游望》《凉州赛神》等。王维去过居延吗？有人根据他的《出塞作》：“居延城外猎天骄，白草连天野火烧。暮云空碛时驱马，秋日平原好射雕。护羌校尉朝乘障，破虏将军夜渡辽。玉靶角弓珠勒马，汉家将赐霍嫖姚。”认为诗人肯定去过居延，否则不会写出“白草连天野火烧”的景象。著名沙漠考古学家景爱先生认为王维曾到过居延城附近的大同城，在这里写作《出塞作》和《使至塞上》两首诗。

有研究者认为，唐代的大同城是王维赴居延慰问将士路线中的必经之地。额济纳旗文化新闻出版广电局副局长那仁巴图一边背诵王维的《出塞作》，一边告诉我：“‘大漠孤烟直，长河落日圆’就是王维登上马圈城所看到的景象。”这位蒙古族汉子坚信王维当年是站在眼前这座古城上吟咏出这首千古绝唱的。

汉简珍贵胜连城——居延访古之四

20世纪中国档案界有轰动世界的“四大发现”：北京故宫内阁大库档案、河南安阳甲骨档案、敦煌莫高窟藏经洞经卷档案和居延汉简。人们把故宫大库档案、殷墟甲骨文、敦煌遗书和居延汉简并称为20世纪东方文明的四大发现。大量居延汉简出土后以简证史，对研究汉朝的文书档案制度、政治制度具有极高的史料价值。

汉王朝在居延绿洲兴修水利、移民屯田、耕作备战，戍卒和移民共同屯垦戍边持续200多年，参与屯田的兵马就有十万之众。汉代居延地区的兵马活动，不仅留下了大量的城址烽燧遗址，更形成了大量居延汉简。我们来到位于额济纳旗达来呼布镇南24公里的甲渠候官遗址，这里只残存风化的夯土堆和三层土坯夹一层芨芨草筑成的鄣墙残垣，鄣城轮廓依稀可辨。这个俗称为破城子的地方，是汉代张掖郡居延都尉所属的“甲渠候官”所在地，就在这里出土了大量居延汉简。

1926年，北京中国学术协会和瑞典学者组成西北科学考察团到内蒙古、甘肃、新疆、宁夏等地综合考察。1930年四五月间，到1931年初，考察团成员瑞典学者弗克·贝格曼首先在居延长城烽燧遗址发掘出汉代木简。之后又在甲渠候官的城堡遗址中发掘出汉简5200多枚。城堡东侧是有一间不足6平方米的小屋，贝格曼在小屋遗址中发现了成册的木简，专家们推测此小屋很可能是当时的档案室。之后在距甲渠候官城堡以南约5公里的一个烽燧遗址发现1枚汉简，这枚汉简上记载这里是第四候长何某的治所，因而称为甲渠塞第四燧。在甘肃省金塔县境内的肩水金关遗址，贝格曼等发掘汉简 850 多枚和 50 多件汉代遗物。贝格曼一行共在居延 60 个区域内挖掘，共挖出汉简 11000 余枚。

1972 年至 1976 年，中国考古队又在居延地区全面、深入发掘，共出土近 2 万枚汉简，其中有纪年的汉简就达 1222 枚，为历年出土最多者。这次发掘在肩水金关掘出汉简最多，共 11577 枚。对甲渠候官遗址的发掘共发现 7000 多枚汉简，《烽火品约》《甲渠候请罪》一枚枚字迹清晰、坚固如新的汉简，仿佛让人穿越到了“烽火高飞百尺台”的汉代。对甲渠候官遗址的发掘，考古队重点对推测为档案室的小屋遗址挖掘，在此出土了从王莽天凤元年（14 年）到东汉建武元年（25 年）的各种簿籍 70 余册，每个簿册以二道或三道绳索编缀，在此档案室内还发掘出各种简牍 900 余枚。另外，在甲渠塞第四燧还发掘出了 195 枚汉简。这次为期四年的考古发掘，被誉为“世界文化史上的一件大事”。人们习惯将 1930 年出土的称为旧简，将 1972 年至 1976 年出土的称为新简。

1986 年，甘肃省文物考古所对大湾城遗址进行挖掘，出土汉简 1000 余枚；1999 年至 2002 年，内蒙古自治区文物考古研究所在额济纳旗汉代烽燧遗址进行考古调查，又清理出土 500 余枚汉简，其中王莽时期的册书颇为重要，现称额济纳汉简。1930 年以来的考古发掘，在居延地区共发现汉简 35500 余枚，是我国发现简牍最多的地区之一。在内容和数量上都大大超过了敦煌汉简、楼兰汉简和尼雅汉简，为汉代历史的研究开辟了一个新的研究领域。

居延汉简按其本身书写名称，可分为檠、牍、牒、检、檄、札、册、符、传、柿及觚等，就其质地而言可分为竹、木两类，竹质的所占比例甚微，不到 1%，所以人们也称为居延木简，出土的木简材质经鉴定有松杉、白杨、水柳、红柳等。居延汉简形成的年代上起西汉武帝太初三年（前 102 年），下至汉灵帝建宁二年 (169 年)，时间跨度 270 多年。居延汉简以记录居延边塞屯戍活动为主，内容包括了汉代的政治、经济、军事、科技、文化等各方面。居延汉简不仅为汉史研究者开启了巨大的宝库，也为研究长城和汉代书籍制度以及档案历史提供了丰富而宝贵的资料，以简补史证史是史书所不可替代，堪称“国宝”，具有极高的科学、历史与文物价值。

数量巨大的居延汉简甫一出世便轰动了中国和世界学术界，为历史研究带来新鲜活力，学术界将贝格曼等人的发现与敦煌藏经洞的打开相提并论。居延汉简自1930年发现后，于次年5月运抵北京，由劳榦、马衡、余逊等先生分工合作，对汉简作整理、考释工作。1936年原西北科学考察团首先将劳榦、余逊二先生的部分考释用晒蓝纸印刷成册出版，世称“晒蓝本”，这是最早的居延汉简释文稿本。劳榦一生致力于居延汉简之研究，20世纪40年代根据照片写成《居延汉简考释·释文之部》《居延汉简考释·考证之部》。1957年他的《居延汉简·图版之部》在台湾公布，这是1930年发现的一万余枚居延汉简的全部图版。1960年他又根据新出简文照片对《居延汉简考释》详细校改，出版《居延汉简·考释之部》，汉简的照片和释文有了比较准确的本子。

1980年中国科学院考古研究所出版的《居延汉简甲乙编》，发表了照片和经过重新修订的释文，同时注明出土地点。1998年《居延汉简补编》在台湾出版，对误释和未释的简牍进行释文的纠正和补充。近年来对居延新简的研究也有《居延新简》《居延新简释校》《居延新简集释》等大量专著问世。中国社科院历史所研究员谢桂华等人还出版了《额济纳汉简》。

居延汉简自1930年现世至今，从事释文考订引用证史的中外学者已有数百人，与居延有关的论文著述已有数千种。学者们从单纯研究孤立的简文，扩大到研究成册或同类的简，复原各类文书档案。同时在研究方法上，也从文字考释转向更多更高的研究，以陈梦家、永田英正等人的研究为代表，将古文书学、考古学的方法纳入简牍研究的范畴。近年来，居延汉简的研究不断向多领域拓展。如有人研究汉简在书法艺术上的贡献，笔法灵动、质朴自然、结构谨严的汉简遗墨篆、隶、楷、行、草诸体咸备，体现了中国艺术思想中“大道至简”“道法自然”的艺术境界。

已经出土的居延汉简尽管数量巨大，但据汉简专家们预测这仅仅是冰山一角，还有大量居延汉简未被发现，相信将来会有更多更重要的汉简出土。在黄沙漫漫的居延遗址上，还有多少稀世之珍沉睡在一眼望不到边的戈壁上呢？期待着考古专家们有更多的惊喜和发现。

弱水大泽喜重生——居延访古之五

居延留下了众多的古塞荒城，留下了宝贵的断简残编，这些璀璨夺目的古代人类文明是古弱水和居延海孕育出来的。夏秋之季来额济纳旅游的人们也许不会相信，如今碧波荡漾、鳞浪层层、鸥鹭翔集的居延海，曾经彻底干涸变成死亡之海，成为中国的第二个“罗布泊”。

在有水则绿洲、无水则沙漠的西北地区，绿洲的文明是极其脆弱的，古丝绸之路上尼雅、楼兰等文明的消失都是由于河水的改道和断流，使文明遭受灭顶之灾，尘封于黄沙中的神秘废墟遗迹，成了探险家、考古家们向往的天堂。居延城不远的黑城就是这样的，明洪武五年（1372年）明朝征西将军冯胜截断黑河上游的水源攻城，在如今额济纳旗东河的保都布拉格筑起沙坝，原本流向东北的黑河改为直北流向，黑河故道上的黑城以及周围的垦田水渠，逐渐为流沙淹埋。黑城不远处的怪树林遍布痉挛扭曲的死胡杨，这是河水改道后胡杨垂死的挣扎。

居延海在汉代时被称为居延泽，魏晋时被称为西海，从唐代起被称为居延海。居延海的湖面因额济纳河的改道而时有变动，自元代以后分为亦集乃、哈班哈巴儿、塔剌失三个海子（湖泊），清代以来又分成了东部的苏泊淖尔和西部的嘎顺淖尔，人们习惯称为东居延海和西居延海。但苏泊淖尔和嘎顺淖尔并非古代的居延泽，冯胜筑坝黑河改道，在今额济纳旗京斯图山南部的古居延泽彻底干涸，今天被称作京斯图淖尔的小湖是古居延泽的残余，汉代的居延泽连同周围的垦区都消失在了流沙中。

塔里木河的萎缩和罗布泊的干涸，是由于人类修水库、兴开垦等不节制的耗水活动所致。20世纪50年代之后，人们在塔里木河中游大量修建水利工程，使得罗布泊的面积锐减，加上塔里木河两岸人口激增，耕地大量增加，人们不断从河流取水，最终使300多公里长的河道干涸，罗布泊干涸沦为沙漠。

黑河和居延海也曾遭遇了与塔里木河、罗布泊一样的命运，额济纳旗水务局副局长石玉军说，20世五六十年代黑河中游大规模的农业开发，开垦出了上百万亩土地，消耗掉了黑河干流70%的水量，张掖绿洲成为全国重要的粮油基地。但下游来水逐渐减少，据中科院兰州沙漠研究所的研究资料显示，黑河进入额济纳绿洲的水量，从20世纪50年代的10.5亿立方米，锐减至80年代的2.5亿立方米和90年代的1.8亿立方米。黑河河道断流期也由原来的100天左右延长到200多天，1997年断流天数高达255天。额济纳旗境内先后有12个大小湖泊干涸，16个泉眼和四个沼泽地消失，约有870万亩水域变为盐碱沙滩。

据地质学家考证，历史上的居延泽最大时面积曾达2600多平方公里，至秦汉时期尚有720多平方公里。据1958年中科院考察队调查和航片测算，西居延海还有267平方公里的水域，东居延海水域面积尚有35.5平方公里。然而仅仅过了三年，西居延海于1961年彻底干涸，东居延海也时干时续，于1992年干涸。失去了黑河额济纳绿洲急剧萎缩，成为沙尘暴重要的策源地之一。

2002年春，我在额济纳旗采访时走进了干涸已十年之久的东居延海的湖盆，这里已堆积了一层厚厚的细沙和白花花的盐碱，间或能看见鱼骨和动物的骨头。由于黑河入境水量日趋减少，自20世纪60年代到2002年额济纳绿洲平均每年以13.4万平方公里的速度荒漠化，已有530万亩绿洲消失。因绿洲缺水，额济纳河沿岸116万亩胡杨、红柳天然林不复存在，在实施分水工程前上百万亩胡杨林萎缩减到39万亩。我们走进额济纳旗旗政府达来呼布镇那天，遭遇了漫天蔽日的沙尘暴，城镇边上因缺水濒临枯死的胡杨在风沙中挣扎摇曳。

黑河断流，居延海干涸，沙尘暴频发，额济纳绿洲持续恶化的生态引起人们广泛的关注。为了遏制黑河下游生态系统整体恶化，2000 年 8 月，国务院作出黑河跨省分水的决定，水利部随即成立黄河水利委员会黑河流域管理局，实现黑河干流水量统一调度、全流域水资源统一管理。分水制度使东居延海起死回生，2003 年已消失 11 年的东居延海湖盆首次过水，并且蓄积起稳定的水面。实施黑河水量统一调度以来，东居延海累计调入水量 9.95 亿立方米水量。从 2004 年 8 月至今，东居延海已连续 14 年再未干涸，水域面积稳定在 40 平方公里左右，已形成了近一百年来最大的湖面。

森森居延海，萧萧芦荻林。隆冬时节，我们来到东居延海畔，湖里丛丛簇簇的芦苇随风起伏摇曳，阳光下结冰的湖面倒映着蓝天，宛如一面巨大的镜子，镶嵌在茫茫戈壁上。从最初走进干涸的居延海，我已经五六次走进居延海，感慨着桑田沧海般的变化，见证了居延海边沙漠绿洲的变幻。2016 年神舟十一号飞船发射之前，我来到居延海，看到湖水安静地映衬着蓝天白云，成群的水鸟追逐着游人和湖面上的游船觅食。水，使居延海涅槃重生，使不毛之地焕发生机。

2016 年 8 月，黑河水进入消失已 55 年的西居延海，到 2018 年底西居延海已先后十余次进水。听到西居延海进水的消息，2017 年夏我们坐着越野车一路颠簸赶往那里，流沙侵蚀了道路，我们的车几次陷到了沙窝里……历经辛苦，终于来到西居延海的湖盆，这里和我当年看到的东居延海的景象一样：西居延海硕大的湖盆被风刮起了灰白色的碱土，在干涸的湖盆边有一个约 7 平方公里的小海子，周边长满了芦苇和杂草，这是西居延海过水后残存下的小湖。当地水务部门的同志告诉我们，这个小湖干了好几次，彻底干涸后有牛羊那么大的鱼骨头。2018 年 12 月中旬我再次来到额济纳旗，特意问起这个小湖的命运，水务局副局长石玉军告诉我，这个小湖没有干涸，湖面也比较稳定了。

据额济纳旗水务局提供的资料，现在进入额济纳旗境内黑河主干流东、西河每年能实现 2 — 3 次全线过流，流入西居延海的西河过水后，地下水位也有了明显回升。黑河下游额济纳绿洲区内 19 条支流总长约 1105 公里的河道得到浸润，河流断流天数明显减少，黑河沿线的地下水位明显升高，与分水前相比，额济纳东西河流域地下水位升高了 0.5—1 米。额济纳旗林业局副局长雒金玉说，地区的生态环境开始好转，居延三角洲面积较统一调度前增加了 100 多平方公里，森林面积增加到 738 万多亩，其中胡杨林面积增加到 44.41 万亩。

居延海复活了，已经成了鸟类流连嬉戏的天堂。雒金玉说，居延海湿地内重现蛇、蜥、黄羊、狐狸等动物，每年来此栖息的候鸟种群、数量逐年增加，已由 2010 年的 14 种数千只增加至目前的 84 种 3 万多只，最大种群雁类已达 3000 多只，其中有黑鹳、遗鸥等 4 种国家一级保护鸟类，白鹭、红嘴鸥国家二级保护鸟类等 12 种珍稀鸟类。绝迹近 10 年的白天鹅故地重游，灰雁、黄鸭已形成种群规模，每年都有大量的鸟类来这里翔集栖息。

黑河来水多了，每年来水后林地和草地得到了浇灌，林草地灌溉面积由调度初的每年近 30 万亩增加到了近 110 万亩。祖祖辈辈生活于居延海畔的苏泊淖尔苏木牧民青格勒说：“以前梭梭林、柽柳林下长的是碱草、骆驼刺等不好的草，浇水后长起了甘草和沙拐枣等好草。为了保护来之不易的生态成果，额济纳旗从生态脆弱地区转移搬迁农牧民累计近 4600 人，占全旗农牧民人口的四分之三。2017 年以来，从胡杨林自然保护区退出 1 万亩耕地。

2018 年 9 月，沉寂六百多年的黑河古河道进水了，这一次灌溉和浸润面积达 25 平方公里。当地的牧民兴奋地说，河道过水后，怪树林的小胡杨树居然发芽了！

生态调水使额济纳绿洲重现生机。水，可以使城宇繁华，可以使沙漠变绿洲，可以使古泽重生。面对有限的水资源，人类千万不可任性地挥霍它。